SOPHIE RANALD

Den Freund der Schwester klaut man nicht – oder?

GOLDMANN
Lesen erleben

Buch

Die Schwestern Ellie und Rose sind unzertrennlich und teilen sich fast alles im Leben – die Wohnung, Kleider und Schuhe. Dabei könnten sie unterschiedlicher nicht sein. Die jüngere Rose ist bildschön und kann sich vor gut aussehenden, erfolgreichen Männern kaum retten. Ellie hingegen gibt nicht viel auf Äußerlichkeiten und verbringt ihre Abende am liebsten auf dem Sofa mit ihrem besten Freund Ben. Doch als Rose ihren neuen Freund Oliver mit nach Hause bringt, ist es um Ellie geschehen. Es ist Liebe auf den ersten Blick. Er ist der Mann ihrer Träume. Ellie weiß, dass es verabscheuenswert ist, und doch will sie Oliver unbedingt für sich gewinnen. Ist es denn wirklich so falsch, doch noch auf gesunde Ernährung zu achten, mit dem Joggen anzufangen und einfach ein bisschen mehr aus sich zu machen – eben ein bisschen mehr so zu sein wie Rose? Doch während Ellie ihrer Schwester in unbequemen High Heels hinterhertrippelt, läuft sie Gefahr, die Menschen zu verlieren, die sie im Leben wirklich liebt …

Autorin

Sophie Ranald wurde in Zimbabwe geboren. Als jüngste von fünf Schwestern wuchs sie in Südafrika auf, bevor sie schließlich mit Mitte zwanzig nach London zog. Sophie arbeitet als Redakteurin für Zeitschriften und Online-Magazine. 2011 schlug sie alle Warnungen über den steinigen Weg, sich als Debütautorin zu etablieren, in den Wind und schrieb »Den Freund der Schwester klaut man nicht – oder?«. Ein Buch, so charmant, dass es nur ein Erfolg werden konnte. Sophie lebt mit ihrem Freund und ihrer Katze Purrs im Westen von London.

Sophie Ranald

Den Freund der Schwester klaut man nicht – oder?

Roman

Aus dem Englischen
von Babette Schröder

GOLDMANN

Die Originalausgabe erschien 2013 unter dem Titel
»It Would be Wrong to Steal My Sister's Boyfriend (Wouldn't It?)«
bei Amazon Media EU.

Dieses Buch ist auch als E-Book erhältlich.

MIX
Papier aus verantwortungsvollen Quellen
FSC® C014496

Verlagsgruppe Random House FSC® N001967
Das FSC®-zertifizierte Papier *Holmen Book Cream* für dieses Buch
liefert Holmen Paper, Hallstavik, Schweden.

1. Auflage
Deutsche Erstveröffentlichung Februar 2015

Umschlaggestaltung: UNO Werbeagentur, München
Umschlagmotiv: TongRo Images / Corbis; FinePic®, München
Redaktion: Cathrin Wirtz
MR · Herstellung: Str.
Satz: omnisatz GmbH, Berlin
Druck und Bindung: GGP Media GmbH, Pößneck
Printed in Germany
ISBN: 978-3-442-48168-2
www.goldmann-verlag.de

Besuchen Sie den Goldmann Verlag im Netz:

Für Hopi,
der meine Träume wahr werden lässt.

1. Kapitel

Ich saß mit Ben auf dem Sofa und schaute die Abendnachrichten, als meine Schwester den Mann mit nach Hause brachte, in den ich mich verlieben sollte. Ich würde ja gern behaupten, dass ich gleich so eine Ahnung hatte, als ich hörte, dass zwei Personen draußen die Treppe hinaufkamen. Aber ich trank noch einen Schluck Tee, hörte weiterhin mit halbem Ohr Jeremy Paxman zu, der einen Abgeordneten der Liberaldemokraten in die Zange nahm, und sagte zu Ben: »Klingt, als hätte Rose einen Kerl im Schlepptau.«

Wir teilten uns seit vier Jahren eine Wohnung und kamen grundsätzlich ziemlich gut miteinander aus – Rose und ich, versteht sich, nicht Ben und ich. Rose hat das, was man wohl ein reges Gesellschaftsleben nennt – es kommen oft ein paar ihrer gut gelaunten Freunde zum Abendessen oder zu »Küchenpartys« vorbei (ich mache mich über sie lustig, weil sie sich für die nächste Nigella Lawson hält, woraufhin sie erwidert, dass Nigella absolut out sei und sich bei den Fernsehköchen jetzt alles um Lorraine Pascale drehen würde. Wahrscheinlich hat sie recht – was weiß ich schon?). Jedenfalls gibt es neben diesen Freunden einen steten Strom an »Typen«, wie Rose sie nennt.

Als wir hier zusammen eingezogen sind, war Rose mit Danny zusammen, den sie in ihrem letzten Jahr an der Uni kennengelernt hatte. Der war ein Schnösel, und ich konnte ihn nicht ausstehen. Ich verstehe immer noch nicht, was

Rose an ihm fand, obwohl er zugegebenermaßen einen fantastischen Körper hatte. Offenbar vom Polospielen. Polo! Ich bitte euch. Danny hieß eigentlich der ehrenwerte Daniel Irgendwas – sein Vater war ein Graf (unser Vater, der ein aufrechter alter Sozialist ist, würgte buchstäblich an einer Kichererbse, als Rose ihm das erzählte. Ich dachte schon, ich müsste das Heimlich-Manöver anwenden. Zum Glück erholte Dad sich von allein wieder, ich habe nämlich keine Ahnung, wie das Heimlich-Manöver eigentlich geht). Rückblickend war es möglicherweise genau diese Sache mit dem Grafen, die Rose an Danny gefiel.

Irgendwann gab sie dem ehrenwerten Dan den Laufpass – oder andersherum, das weiß ich nicht mehr so genau. Kurz darauf folgte Neil, der die Harvard Business School besuchte, eigentlich Neil Marshall III. hieß und Erbe eines enormen Ölimperiums war. Als Neil sich aus dem Staub machte und zurück nach Amerika ging, war Rose mit Aiden zusammen, der irgendetwas mit Finanzen machte. Dann kam Mark, der etwas anderes mit Finanzen machte – ich glaube, er hatte einen Hedgefonds, aber es kann auch sein, dass ich mir das nur einbilde. So langsam könnt ihr euch ein Bild machen – es gab ziemlich viele Männer in Roses Leben, und nach einer Weile verschmolzen sie alle zu einem unendlichen Strom. Der Gerechtigkeit halber muss ich allerdings sagen, dass sie meines Wissens nie mit mehr als einem gleichzeitig etwas hatte. Jedenfalls war ich also keineswegs überrascht, als ich an jenem Dienstagabend zwei Personen auf der Treppe hörte: das Klackern von Roses hohen Absätzen sowie den etwas schwereren Gang eines neuen Typen.

Die Wohnungstür ging auf, und Rose legte wie immer ihren Schlüssel klirrend in den kleinen Teller auf dem Flurtisch – was immer dann praktisch ist, wenn ich meinen nicht finde. Dann fragte Rose: »Möchtest du einen Whisky, Ollie? Oder soll ich uns einen Kaffee machen?«, und eine ziemlich nette, vornehm klingende Männerstimme bat um einen Whisky.

»Eis?«, erkundigte sich Rose.

»Nein danke«, antwortete der Gentleman, und dann betraten sie gemeinsam das Wohnzimmer.

Rose und ich sehen uns ziemlich ähnlich. Wenn wir uns zusammen in einem Raum voller Menschen befänden und ihr müsstet raten, wer von den Anwesenden Schwestern sind, würdet ihr sofort auf uns tippen – vorausgesetzt, es herrscht schummrige Beleuchtung und es sind keine eineiigen Zwillinge im Raum. Wir besitzen dieselbe Gesichtsform mit einer hohen Stirn, hohen Wangenknochen und einer leichten Hakennase, die ich auch sehe, wenn ich Fotos von Mum betrachte. Wir besitzen dieselben ziemlich dünnen dunkelblonden Haare sowie haselnussbraune Augen, und wir sind beide durchschnittlich groß, nicht zu groß und nicht zu klein. Da hören die Ähnlichkeiten allerdings auch schon auf. Wenn Leute, die eine von uns gut kennen, der anderen vorgestellt werden, fragen sie ausnahmslos: »Ach, das ist deine Schwester?« Sie klingen erschrocken und erstaunt oder, wenn Freunde von mir Rose zum ersten Mal begegnen, auch nur erstaunt.

Rose hat nämlich »das Beste aus ihrem Typ gemacht«, wie man so sagt, oder »sich aufgehübscht«, wie ich es bei den seltenen Gelegenheiten nenne, bei denen ich es selbst tue. Rose macht es immer. Sie hat sich in irgendeinem schicken Salon in Chelsea Strähnchen färben lassen, sodass ihre Haare nicht wie meine mausbraun, sondern zartgolden sind, dabei aber ganz natürlich aussehen. Und sie glättet sie jeden Tag, sodass das, was bei mir schlapp und formlos herunterhängt, bei ihr wie ein glänzender Vorhang wirkt. Sie verlässt die Wohnung niemals, ohne geduscht, ihre Wimpern getuscht und Make-up aufgelegt zu haben – nicht einmal, um an einem Samstagmorgen verkatert zum Eckgeschäft zu gehen und Brot und Marmite, meine geliebte vegetarische Paste, zu holen. Meistens gehe ich dann auch selbst, weil ich keine Lust habe zu warten, bis sie fertig ist. Sie trägt immer hohe Absätze, sodass sie trotz ihrer Durchschnittsgröße elegant und hochgewachsen wirkt. Außerdem kleidet sie sich in wirklich teure Designerkleidung. Ach, und habe ich schon die Sache mit der Figur erwähnt? Ich möchte nicht den Eindruck erwecken, als sei ich ein plumpes Kalb – ich trage eine völlig normale gesunde Größe vierzig –, aber Rose trägt Größe vierunddreißig und macht die Hölle durch, um so zu bleiben.

Nicht dass ihr mich falsch versteht, es sind natürlich *ihr* Körper und *ihr* Leben, aber manchmal macht es mich traurig, dass Rose so viele Opfer für ihr Aussehen bringt. Und das teils aus Prinzip – ich finde es falsch, dass Frauen so stark nach ihrem Äußeren beurteilt werden und dass die Definition von Schönheit in der westlichen Welt viel zu eng gefasst ist. Der Druck, diesem Bild zu entsprechen, ist enorm groß. Teils aber auch, weil ich sehe, wie sich meine Schwester gnadenlos jeden Tag ins Fitnessstudio quält, egal ob sie schrecklich erkältet ist oder nur drei Stunden geschlafen hat, weil sie den Abend zuvor auf einer Party gewesen ist. Sie gibt alles, was sie isst oder trinkt, in eine App auf ihrem iPhone ein, und wenn sie ihr Limit von zwölfhundert Kalorien erreicht hat, lässt sie ihr halbes Essen stehen – egal wie hungrig sie noch ist. Und natürlich fände ich es toll, wenn ich mir bei den seltenen Anlässen, bei denen ich schick aussehen muss, ihre Designersachen leihen könnte – aber die passen mir nicht, nicht in einer Million Jahren. Doch Rose ist immerhin so nett, mir ihre Schuhe zu leihen, wann immer ich will. Es ist also nur halb so schlimm. Nur dass meine Füße darin sterben und ich sie regelmäßig am Ende ausziehen und barfuß nach Hause laufen muss. Einmal habe ich ihre silberfarbenen Schlangenleder-Jimmy-Choos im Bus liegen lassen. Da war sie nicht mehr ganz so nett.

Langer Rede kurzer Sinn: Rose ist gepflegt und fantastisch zurechtgemacht, und ich nicht. Obwohl sie achtzehn Monate jünger ist als ich – sechsundzwanzig, ich bin achtundzwanzig –, wirkt sie älter, irgendwie richtig erwachsen. Ich dagegen sehe immer noch aus wie eine Studentin, und die Leute halten mich oft für die jüngere Schwester. Vermutlich hat Rose, als sie und Oliver an jenem Abend ins Wohnzimmer kamen, deshalb gesagt: »Das sind meine große Schwester, Elodie, und ihr Freund Benedict.«

Natürlich wusste Rose ganz genau, dass Ben nicht mein Freund ist. Absolut nicht. Er ist mein Kumpel, und das, seit ich ihm in meinem letzten Uni-Jahr in der Studentenvereinigung ein Glas Bier übers Hemd gekippt habe (nun ja, zehn Minuten später, um genau zu sein, nachdem er nicht mehr sauer war und ich aufgehört hatte, mich zu entschuldigen). Nicht dass er nicht der Typ wäre, den jede Frau mit etwas Verstand zum Freund haben wollte – er ist superschlau, aber nie arrogant. Er hört zu, was man sagt, und behandelt jeden gleich, und obwohl er so klug ist und alle ständig sagen, was für eine tolle Karriere vor ihm liegt, macht er nie jemanden nieder, auch wenn derjenige wirklich nicht recht hat. Dazu ist er ziemlich attraktiv, und zwar nicht auf die offensichtliche Art, sondern einfach wirklich nett, mit warmen, lachenden graublauen Augen und einem attraktiven, offenen Gesicht. So wollte ich verständlicherweise an jenem ersten Abend, an dem ich ihn kennengelernt habe, mit ihm ins Bett gehen, nachdem er wieder getrocknet war. Das haben wir auch getan, und es war unglaublich.

Einige Monate waren wir, was man wohl »Freunde mit gewissen Vorzügen« nennt, und dann ist etwas passiert – okay, *jemand* ist passiert –, das heißt, die Vorzüge hörten eine Weile auf, aber wir blieben Freunde. Und so treffen wir uns immer noch ein paarmal im Monat – manchmal allein, um einen Film zu sehen oder zu einem Konzert zu gehen oder was auch immer. Manchmal mit ein paar Freunden, wie zum Dienstagsquiz in unserem Pub, dem Duchess, wo wir an jenem Abend gewesen waren. Vermutlich werden wir eines Tages gegenseitig unsere Trauzeugen und die Paten unserer Kinder sein und all das. Jedenfalls muss ich die Leute ziemlich häufig daran erinnern, dass Ben. Nicht. Mein. Freund. Ist. Und ich war etwas gereizt, als Rose ihn Oliver als solchen vorstellte.

Doch das sagte ich Oliver nicht, weil ich zu sehr damit beschäftigt war, ihn anzusehen. Ich möchte ja nicht übertreiben, aber er raubte mir buchstäblich den Atem. Ehrlich. Ich war wie vom Schlag getroffen, und Hitze durchströmte meinen gesamten Körper. Was seltsam war, denn selbstverständlich halte ich Liebe auf den ersten Blick für Unsinn. Und außerdem war Oliver noch nicht einmal mein Typ, obwohl sein Aussehen, wie schon gesagt, atemberaubend war. Er erfüllt alle Klischees: groß, dunkel, gut aussehend. Wenn er Schauspieler wäre, würde man ihn als James Bond besetzen – er hat nämlich die entsprechenden stahlblauen Augen und eine wunderschöne tiefe Stimme mit jenem Akzent, den man an einer Privatschule und in Oxbridge erwirbt. Jenem Akzent, den Rose sich sorgsam antrainiert hat und ich nicht. Und wie Rose war er fantastisch zurechtgemacht: die Haare gut geschnitten und mit genau der richtigen Menge Wachs oder Ähnlichem gestylt. Er hatte seinen eigenen Stil und sah nicht wie das Mitglied einer Boygroup aus. Auch sein Anzug war hervorragend geschnitten, das erkannte selbst ich, und er betonte seine breiten Schultern und die langen Beine. Die Krawatte, die Schuhe, die Manschettenknöpfe – alles wirkte teuer, und obwohl es elf Uhr abends war, sah er aus, als hätte er sich eben erst rasiert. Also, echt nicht mein Typ. Er und Ben in seinem abgetragenen grauen Kapuzenpullover, ausgefranster Jeans mit einem Loch am Knie und auf Socken hätten unterschiedlicher kaum aussehen können.

Als ich schließlich wieder atmen konnte, lächelte ich und schaffte es zu sagen: »Alle nennen mich Ellie.« Ben stand vom Sofa auf, schüttelte Oliver die Hand und sagte, alle würden ihn Ben nennen.

»Wart ihr in einem netten Laden?«, fragte ich.

Oliver antwortete: »Ach, nichts Besonderes«, während Rose genau gleichzeitig sagte: »Im Brompton Club.« Sie äußerte es mit dieser gewissen Selbstgefälligkeit, die mir das Gefühl gab, dass das wahrscheinlich etwas *sehr* Besonderes war. Ich fing Olivers Blick auf, und er zwinkerte mir kaum merklich zu.

Zum ersten Mal seit Ewigkeiten wünschte ich, ich hätte etwas Make-up aufgelegt und mich frisiert – mir war überaus bewusst, wie gegensätzlich Roses und mein Erscheinungsbild waren. Sie in ihrem eleganten kleinen schwarzen Kleid mit hohen Absätzen und einer Strumpfhose mit Naht – mit Naht! Vermutlich waren es sogar diese halterlosen Strümpfe, von denen ich jedes Mal Ausschlag bekam, wenn ich es mit ihnen versuchte. Ich trug ein T-Shirt von der Wohltätigkeitsveranstaltung »Race for Life«, alte Jeggings mit einem Loch an der Naht, das ein Stück von meinem inneren Schenkel freigab, und keinen BH. Um ehrlich zu sein, sah ich an den meisten Abenden so aus, sodass ich noch nicht einmal behaupten kann, Oliver habe mich in einem besonders ungünstigen Moment erwischt.

Ich versuchte, etwas Konversation zu betreiben, und ließ mir von Rose berichten, wen sie im Brompton Club gesehen hatte (da du schon fragst: Kate Moss und Harry Styles). Am Ende der Nachrichten, als der Börsenbericht anzeigte, welche Märkte sich nach oben und welche sich nach unten entwickelten und wie das Pfund im Vergleich zum Yen stand und all das, tauschten Oliver und Ben ein paar unverständliche Sätze. Aber nach Olivers Zwinkern – wenn es denn ein Zwinkern gewesen war – wusste ich kaum noch, wohin ich blicken sollte, und fühlte mich schrecklich unwohl in meiner bequemen Kleidung und mit meinem bequemen Nichtfreund. So trank ich meinen Tee aus, und Ben verabschiedete sich und ging nach Hause, und ich ging ins Bett, und nach einer Weile hörte ich, dass Rose und Oliver dasselbe taten.

2. Kapitel

Als ich ein paar Tage später von der Arbeit nach Hause kam, wirkte die Wohnung irgendwie verändert. Ich hatte sie morgens in normalem Zustand verlassen – nicht gerade als Müllhalde, aber mit benutzten Teebechern auf dem Küchentresen, einem leichten Staubfilm auf allen Oberflächen und einem Haufen Wäsche in der Waschmaschine, die ich nicht mehr geschafft hatte, zum Trocknen aufzuhängen. Was vermutlich sogar gut war, denn Rose wäre nicht glücklich gewesen, ihren neuen Mann mit nach Hause zu bringen und im Wohnzimmer meine Strümpfe und meine Höschen auf der Leine vorzufinden.

Ich hatte einen miesen Tag hinter mir und war erledigt, und deshalb hatte ich die Einladung einiger Kollegen ausgeschlagen, mit ihnen in den Pub zu gehen. Ich arbeite für eine Wohltätigkeitsorganisation, in der wir auf die Mitarbeit von Ehrenamtlichen angewiesen sind – und ich bewundere ihre Leidenschaft und ihr Engagement, ohne die wir vermutlich nicht zurechtkämen. Wenn sie sich aber als unzuverlässig oder unfähig erweisen oder einfach schlicht nicht erscheinen, machen sie meine Arbeit komplizierter, als sie ohne sie wäre.

Meine Stelle nennt sich »Leiterin der Kommunikation«, was ungemein wichtig klingt, jedoch eigentlich bedeutet, dass ich überwiegend Zeitungen nach für uns relevanten Geschichten durchforste. Dann schicke ich wie verrückt Pressemitteilungen raus, um unsere Reaktion auf die Geschichten publik zu machen, bevor sie veraltet sind und alle das Interesse an ihnen verlieren. Manchmal ruft mich ein Journalist an, *bevor* eine Geschichte gedruckt wird, und wir werden zitiert – das ist ein guter Tag. Jener Freitag war kein guter Tag gewesen. In der *Daily Mail* war eine Panik schürende Geschichte erschienen, und eine eher glücklose Ehrenamtliche und ich hatten den Tag damit verbracht, per Telefon und per E-Mail all unseren Pressekontakten unsere Stellungnahme dazu mitzuteilen. Am Nachmittag, als ich gerade dachte, der Tag sei so gut wie gelaufen, stellte ich fest, dass die Ehrenamtliche meine Pressemitteilung zu einer Geschichte der vorherigen Woche herumgeschickt hatte – zu »Archie, 12, ist Großbritanniens jüngster Vater!« anstatt zu der Geschichte jenes Tages, in der es um den Zusammenhang zwischen Kampftrinken und Genitalwarzen ging. Und so musste ich dann die Journalisten anrufen und mich entschuldigen und die Presseerklärung ein zweites Mal hinausschicken – nur dass um diese Zeit die meisten von ihnen bereits in den Pub gegangen waren. Als ich schließlich fertig war, war ich zu müde, um es ihnen gleichzutun.

Wie gesagt, ich wusste sofort, dass etwas nicht stimmte, als ich durch die Tür trat. Die Wohnung roch nach Politur und Maiglöckchen und nach einem köstlichen Essen, und das Wohnzimmer sah aus wie ein Wintermärchen: mit einem Weihnachtsbaum voller Silber- und Goldschmuck, und dazu hingen überall weiße Lichterketten. Ich persönlich mag Lametta und bunte Lichter, aber Rose hält sie für unmodern und will sie nicht in der Wohnung haben. Das muss ich wohl oder übel hinnehmen, denn schließlich ist sie, wie jeder weiß, diejenige mit Geschmack in unserem Haushalt. Das stimmt wirklich, und ich habe kein Problem damit, ihr freie Hand in Sachen Einrichtung zu lassen.

Ich sollte an dieser Stelle vielleicht erwähnen, wie außerordentlich glücklich Rose und ich uns schätzen können, dass wir diese Wohnung überhaupt besitzen. Unser Vater hat einen beträchtlichen Teil des Geldes beigesteuert, und so hatten wir, anders als die meisten anderen in unserem Alter, glücklich die unterste Sprosse der Hausbesitzerleiter erklommen, anstatt uns mit einer Mietwohnung herumzuschlagen. Ich bin wirklich aufrichtig dankbar für dieses Privileg. Die Wohnung an sich ist nichts Besonderes, es ist eine kleine Dreizimmerwohnung mit einer anständigen Küche und einem hübschen schicken neuen Badezimmer, das Dad uns zum Einzug renoviert hat. Sie liegt in einem Viertel von Battersea, das ziemlich heruntergekommen war, jedoch zunehmend in Mode kommt und schicker wird. Neulich hat man doch tatsächlich einen von Prinz Harrys Kumpels am Ende unserer Straße ausgeraubt. Na, wenn das kein Zeichen dafür ist, dass sich die Gegend im Aufschwung befindet, weiß ich es auch nicht.

Als wir eingezogen sind, habe ich es Rose überlassen, sich um die Inneneinrichtung zu kümmern. Um ehrlich zu sein, interessiert mich so etwas nicht die Bohne, ich hätte die gesamte Wohnungsausstattung bei einem einzigen Ikea-Besuch erworben. Rose ist da anders: Sie hat auf Märkten, in Antiquitätenläden und in niedlichen kleinen Geschäften jede Menge hübscher »Stücke« gefunden, durch die unsere Wohnung gemütlich, aber zugleich äußerst elegant wirkt. Selbst als wir zum Schluss bei Ikea kaufen mussten, weil Rose mit ihren vielen schicken oder klassischen »Stücken« unser Budget erschöpft hatte, wählten wir das besonders weiche cremefarbene Sofa, weil es genau passte. Man füge noch ein paar wirklich gute Originalzeichnungen und Ölgemälde hinzu – Rose arbeitet für das Auktionshaus Quinn's, wo sie junge Brit-Art-Künstler bezirzt hat, uns für einen Spottpreis ein paar ihrer Arbeiten zu überlassen, die eines Tages Abermillionen Pfund wert sein werden –, und schon sah die Wohnung aus wie aus *Schöner Wohnen*.

Die Weihnachtsdekoration erinnerte mich zusammen mit der unnatürlichen Sauberkeit und den köstlichen Gerüchen, die aus der Küche strömten, daran, dass Rose mir gesagt hatte – jedenfalls bin ich mir ziemlich sicher, dass sie das getan hatte –, dass sie an jenem Abend eines ihrer Essen oder eine ihrer Küchenpartys geben würde. Eigentlich hatte ich vorgehabt, mich aus dem Staub zu machen, wie ich es üblicherweise bei diesen Gelegenheiten tat. Doch es war zu spät – ich hatte die Höhle des Löwen bereits betreten.

»Ellie?«, rief Rose aus der Küche. Widerstrebend schlich ich zu ihr und lehnte mich in den Türrahmen.

»Hallo, Rose. Die Dekoration sieht toll aus, und irgendetwas riecht hier sehr gut«, bemerkte ich. Rose ist neben ihren zahlreichen anderen Talenten auch eine hervorragende Köchin. Ich bin nach der Schule ein Jahr mit dem Rucksack durch Südostasien gereist; Rose hingegen hatte als Hausmädchen gearbeitet, bevor sie sich auf eine große Kunstreise durch Europa begab, und im Laufe derer hatte sie gelernt, wie man Mayonnaise herstellte und Rotwein dekantierte und all dieses Zeug. Ich für meinen Teil bin zufrieden, wenn ich mit einer Backkartoffel vor dem Fernseher sitze, und ich bin ohnehin Vegetarierin, sodass die meisten von Roses Meisterwerken an mir verschwendet sind. Ihre Freunde schwärmen jedoch von ihren Kochkünsten, und wann immer sie einlädt, gibt sie ein Vermögen für Zutaten aus und verbringt Stunden in der Küche.

»Ich hoffe, du hast nichts dagegen, dass ich schon den Baum aufgestellt habe, obwohl wir erst den zehnten haben«, sagte Rose. Sie wirkte aufgekratzt und gut gelaunt, sie hatte wirklich Spaß an diesen Dingen. »Es gibt Kalbsrippchen mit Pfifferlingen und für dich und Simon geräucherten Ziegenkäse in Kräuterkruste, ebenfalls mit Pfifferlingen.«

»Was?«, erwiderte ich. Meine Hoffnung, Ben eine Notruf-SMS zu senden oder, wenn er keine Zeit hätte, meine beste Freundin Claire anzurufen, schwand umgehend. »Rose, es tut mir wirklich leid, aber ich hatte das völlig vergessen, und ich … äh … habe etwas vor.«

»Nein, das hast du nicht«, widersprach sie. »Ich habe dich neulich abends daran erinnert. Weißt du das nicht mehr? Du hast gesagt, du hättest Zeit.«

Mir schwante entfernt, dass sie so etwas erwähnt hatte und dass ich eine Antwort gemurmelt und dann weiter Oliver angestarrt hatte. Rose ist eine Quasselstrippe – auch wenn sie sieht, dass ich fernsehe oder lese, quasselt sie. Sie erzählt von ihrem Arbeitstag, von den neuen Schuhen, die sie sich gekauft hat, was sie abends vorhat – quassel, quassel, quassel. Eigentlich ist das sehr süß, aber ich habe mir bereits in meiner Kindheit die überlebenswichtige Fähigkeit antrainiert, ihr Gerede einfach auszublenden. Und seit wir zusammen wohnen, habe ich regelrecht eine Kunst daraus gemacht.

Ich saß ganz klar in der Falle – Rose hatte extra einen vegetarischen Hauptgang für mich und diesen Simon gemacht. Aus dieser Nummer kam ich nicht mehr raus, ohne sie zu verletzen und mir furchtbar schlecht vorzukommen.

»Kann ich dir irgendwie helfen?«, fragte ich.

»Nein, ich habe alles im Griff«, erwiderte Rose. Dann warf sie mir einen ihrer Blicke zu. »Warum duschst du nicht und machst dich fertig? Wenn du einen anstrengenden Tag hattest, nimm etwas von meinem Molton-Brown-Erfrischungszeug.«

Was ich wie folgt interpretierte: »Wasch dir die Haare, und zieh dir etwas Anständiges an, damit du mich nicht vor meinen Freunden blamierst.«

»Wer kommt denn?«, erkundigte ich mich, öffnete den Kühlschrank und stibitzte eine von Roses selbst gemachten Schoko-Gin-Trüffeln.

»Nur ein paar Leute«, antwortete Rose und zählte sie an den Fingern auf. »Simon, ein Arbeitskollege, und sein Partner Khalid.« Sie versuchte also wenigstens nicht, mich mit Simon zu verkuppeln, was mich etwas erleichterte. »Und Vanessa und Tom.« Vanessa war eine von Roses eher nervigen Schulfreundinnen, deren Hochzeit mit Tom Willoughby-Archer letztes Jahr laut Rose die Seiten der Illustrierten gefüllt hatte. »Und Pip. Sie wollte eigentlich Sebastian mitbringen, aber die beiden haben sich furchtbar gestritten, deshalb wird sie wohl allein kommen. Und im letzten Moment habe ich noch Oliver eingeladen, also sind wir eine gerade Zahl.«

Ich empfand einen Anflug von Freude. »Gut, dann mache ich mich mal fertig«, erklärte ich und ging nach oben, um zu duschen.

Offen gestanden werde ich mit meiner Geschäftskleidung nie den Preis für die bestgekleidete Frau gewinnen. Ich muss im Büro Kostüme tragen, was ich zutiefst verabscheue, und ich weigere mich, auch nur einen einzigen Penny mehr als nötig dafür auszugeben. Ich erstehe im Ausverkauf irgendein Kaufhausmodell gleich in mehreren Farben und werfe diese einmal die Woche in die Waschmaschine, wodurch sie nicht annähernd so lange halten, wie sie eigentlich sollten. An jenem Tag trug ich ein besonders uninspiriertes champignonfarbenes Ensemble, das schon bessere Tage gesehen hatte, und ehrlich gesagt, waren auch die besten Tage nicht wirklich gut gewesen.

Leicht dampfend und mit einem Handtuch um den Kopf betrachtete ich mit düsterer Miene den Inhalt meines Kleiderschranks. Ich mache mir nicht viel aus Mode – es kommt mir etwas oberflächlich und sinnlos vor, so viel Geld wie Rose für Kleidung auszugeben –, aber an jenem Abend deprimierte mich meine spärliche Garderobe, und wenn ich ehrlich bin, meine Erscheinung im Allgemeinen. Ich würde an einem Tisch mit dem ehemaligen Model Vanessa sitzen, die lange Glieder und ein perfektes Gesicht besaß, das sie Generationen von dummen reichen Männern verdankte, die dumme schöne Frauen geheiratet hatten; Pip war, wenn ich mich recht erinnerte, angehende Modedesignerin sowie die Tochter eines Siebzigerjahre-Rockstars und einer bekannten Schauspielerin; das Pärchen Simon und Khalid kleidete sich mit Sicherheit äußerst modisch; und dann war da noch meine Schwester, die ohnehin immer fantastisch aussah. Und Oliver. Eigentlich dachte ich an Oliver, Roses Oliver, während ich meinen Kleiderschrank durchforstete, ein Stück nach dem anderen inspizierte und verwarf. Die türkisfarbene Seidentunika, die ich in China erstanden hatte, wäre perfekt gewesen, hatte jedoch vorn in der Mitte einen Fettfleck. Ständig vergaß ich, sie zur Reinigung zu bringen. Mein schwarzes Samtoberteil mit den Fledermausärmeln, das ich in einem Haufen von Moms alten Sachen entdeckt hatte, die Dad zu Oxfam bringen wollte, und das ich nur aus sentimentalen Gründen gerettet hatte, das jetzt jedoch ungemein angesagt war, lag zusammengeknüllt auf dem Boden des Wäschekorbs. Mein einziges Kleid, ein rotes, mit Perlen versehenes Etuikleid von Monsoon, hatte schrecklich gelitten, als ich den Hinweis »chemische Reinigung« ignoriert hatte.

Am Ende entschied ich mich natürlich für Jeans. Das mache ich immer so: Ich wühle eine halbe Stunde wie verrückt in meinem Kleiderschrank, probiere Sachen an und werfe sie auf den Boden, bis mein Zimmer wie eine von Randalierern verwüstete Boutique aussieht, und dann ziehe ich Jeans an. Ich hatte aber immerhin einen ziemlich hübschen glänzenden Schal in Roses Accessoire-Schublade gefunden. (Sie besitzt eine Accessoire-Schublade und eine Make-up-Schublade und ein Fach in ihrem Kleiderschrank, in dem sie all ihre Handtaschen in Leinenbeuteln aufbewahrt. Ich muss wohl nicht noch erwähnen, dass sie ihre Schuhe in Plastikkisten sortiert hat, auf denen vorn ein Foto des jeweiligen Schuhs klebt.) Außerdem hatte ich meine Haare mit ihrem Glätteisen frisiert und etwas von ihrem Tom-Ford-Duft aufgelegt, und als ich fertig war, fand ich, dass ich ganz okay aussah.

Jetzt fragt ihr euch vielleicht, ob ich abgesehen davon, dass ich Roses Parfüm, ihr Glätteisen und ihren Schal geliehen habe (ach, und etwas von diesem hübschen Shu-Uemara-Eyeliner – das will ich nicht verschweigen), nicht auch ein Auge auf ihren Freund geworfen hatte. Ehrlich gesagt, nein. Ich war fasziniert von Oliver. Irgendwie wollte ich, dass er gut über mich dachte. Ich wollte nicht, dass er in mir Roses fette, schlampige, ältere Schwester sah, aber ich wollte nicht *ihn*, wenn ihr versteht, was ich meine. Damals noch nicht. Rose und ich hatten nie auf denselben Typ Mann gestanden – ich schwärme für Männer, die meine Weltsicht teilen, die sich für wichtige Sachen wie Politik und die Umwelt interessieren und die sich nichts aus Geld und Aussehen machen. Ich kannte Oliver nicht, aber allein weil er sich für Rose interessierte, schied er als Typ für mich automatisch aus. Dennoch, als ich nach unten ging, um unter Roses strikter Aufsicht den Tisch zu decken, stellte ich fest, dass ich an einem ernsten Fall von Erwähningitis litt.

»Oooh, du siehst toll aus!«, rief Rose, als ich in die Küche kam. »Der Schal steht dir hervorragend. Du solltest ihn öfter tragen.« Das ist noch so eine Eigenschaft von Rose: Sie ist unglaublich großzügig. Sie hat überhaupt nichts dagegen, wenn ich mir ungefragt Sachen von ihr leihe – die Kehrseite der Medaille ist allerdings, dass sie keinerlei Skrupel hat, sich etwas von mir zu leihen. Nicht dass das wichtig wäre, denn ich besitze nichts, was für sie interessant wäre. Aber deshalb bedient sie sich von meinem fettfreien Joghurt, wenn sie keinen mehr hat, was etwas nervig ist. Schließlich kann man den nicht einfach zurücklegen – wie einen Schal.

»Danke«, sagte ich. »Ich dachte, ich gebe mir etwas Mühe, nicht wie die hässliche Schwester auszusehen. Also, erzähl mir mehr von diesem Oliver.« Als ich seinen Namen aussprach, spürte ich, dass ich rot wurde – albern, oder?

»Ist er nicht reizend?«, fragte Rose mit einem glücklichen Seufzen, während sie ein Bataillon goldener Kerzen unterschiedlicher Höhe auf dem Esstisch drapierte. »Ich habe ihn bei der Arbeit kennengelernt. Er war vor ein paar Wochen bei der Vorschau auf die Auktion zeitgenössischer Kunst. Und dann habe ich in seinem Auftrag auf ein paar Werke von Marcus Brand geboten und sie bekommen. Daraufhin hat er mich zum Dank auf einen Drink eingeladen.«

»Wow, Marcus Brand.« Ich stellte Weingläser auf den Tisch und beobachtete, wie Rose sie auf der anderen Seite der Teller platzierte. Marcus Brand wird unter den Young British Artists, die Rose betreut, am höchsten gehandelt. Vor ein paar Jahren war er für den Turner-Preis nominiert, und seine Gemälde (um den Begriff locker zu gebrauchen) sind meist Ungeheuer aus »Objets Trouvés, die die urbane Umwelt verkörpern«. So stand es in der Broschüre, die Rose mir mal gezeigt hat, und das bedeutete: leere Pappkaffeebecher,

Big-Mac-Kartons, Hühnerknochen und in einem Fall – und ich denke mir das nicht aus – einen benutzten Tampon. Seine Werke sind irre gefragt und werden für geradezu lächerliche Summen verkauft. Das sagte mir, dass Oliver a) ziemlich viel Geld besaß und b) nicht viel Geschmack. »Er muss Geld wie Heu haben.«

»Er investiert gern in Kunst«, meinte Rose etwas affektiert. »Und ich schätze, dass er es sich leisten kann; er ist Partner bei Longfellow Reeves.«

Typisch meine Schwester. Meine Freunde hatten interessante, aber nicht gerade lukrative Berufe gehabt – Wallace arbeitete in der Verwaltung von Amnesty International, Sean war Journalist, und Chris befand sich in der Ausbildung zum Allgemeinmediziner. Er änderte dann allerdings seine Meinung und beschloss ungefähr zum selben Zeitpunkt, Schönheitschirurg zu werden, als er mich mit einer blonden Krankenschwester betrogen hatte. Stellt euch das vor. Und auch wenn er natürlich nicht mein Freund ist: Ben arbeitet als parlamentarischer Berater für eine Abgeordnete – Lucille Field, die als Ministerin zum Schattenkabinett gehörte, bevor sie … ja, genau die. Aber Rose geht mit niemandem aus, der nicht über ein Vermögen mit einer Menge Nullen verfügt. Nicht, dass sie oberflächlich wäre, sie ist nur … na ja, vielleicht doch ein bisschen. Irgendwie.

»Vergiss seinen Kontostand«, sagte ich. »Aber er ist doch am Dienstag über Nacht geblieben – wie war er?«

»Gott, Ellie, du bist so neugierig!« Rose lehnte über dem Tisch und zündete die Kerzen an – aber vermutlich rührte der Schimmer auf ihren Wangen nicht nur von den Flammen. »Wenn du es unbedingt wissen willst, ich habe schon ein paar Tage vorher bei ihm übernachtet. Bei unserer vierten Verabredung.«

»Und?«, bohrte ich. Es macht einen Heidenspaß, Rose auszufragen, wenn sie nicht ausgefragt werden will – sie wird dann überaus nervös.

Diesmal allerdings nicht, sie lehnte sich zurück und betrachtete den Tisch prüfend aus allen Blickwinkeln, dann sagte sie ziemlich ernst: »Die Käufer bestimmen nicht den Markt dort draußen, Ellie.«

Ich wollte sie gerade fragen, was um alles in der Welt Kunstauktionen damit zu tun hatten, wie Oliver im Bett war, als sie auf ihre Armbanduhr schaute und meinte: »Gott! Ich sollte mich mal lieber umziehen« und nach oben flüchtete. Ich schenkte mir einen kräftigen Gin Tonic ein, setzte mich und wartete darauf, dass Roses Freunde eintrafen.

»Und was machst du so, Ellie?«, fragte Simon, oder vielleicht war es auch Khalid, als wir beim Hauptgang angelangt waren. Um ehrlich zu sein, konnte ich das strahlende Paar nicht auseinanderhalten, denn zu jenem Zeitpunkt nahm ich alles bereits etwas nebelhaft wahr. Ich hatte einen Gin Tonic getrunken, dann noch einen und dann ein paar Gläser von dem Champagner, den Rose zu den Kanapees gereicht hatte (ehrlich, Kanapees), und anschließend zum Essen jede Menge Wein.

Ich fing über den Tisch Roses Blick auf und sah, was sie dachte: »Sprich nicht vom Muschi-Bus!« Das ist so mit meiner Arbeit – es kann schnell passieren, dass sie die gesamte Unterhaltung bestimmt. Muschi-Bus ist natürlich nicht die offizielle Bezeichnung. Die Wohltätigkeitsorganisation heißt SEJS, was für Stärkung und Erziehung Jugendlicher zu Sexualhygiene steht. Abgesehen von dem Medien- und Kampagnenkram, um den ich mich kümmere, haben wir ein Spitzenteam aus Ärzten, Krankenschwestern und Pädagogen. Sie fahren durch die Gegend (»landauf und landab«, wie es in unseren Broschüren heißt), besuchen Schulen und Jugendgruppen, führen Gespräche, bieten Beratung zu Verhütung an sowie die Pille danach. Sie machen Abstriche, geben Hinweise zum Umgang mit Geschlechtskrankheiten und beraten bei einer möglichen Abtreibung – und all das in ihrem mobilen Beratungsraum. Dem Muschi-Bus, wie ich ihn nenne. Ich finde, dass es eine fantastische Organisation ist, die hervorragende Arbeit leistet. Manche Leute allerdings – vielmehr ziemlich engstirnige Idioten – sehen unsere Arbeit zwiespältig, hauptsächlich weil wir offen mit der Tatsache umgehen, dass Teenager biologisch darauf programmiert sind, Sex zu haben. Wir sind der Ansicht, dass sie es ohnehin tun, ob uns das nun passt oder nicht. Deshalb halten wir es für das Beste, sie mit Wissen und Material zu versorgen, damit sie sicheren Sex haben. Wie man sich vorstellen kann, werden wir von der rechten Presse ziemlich hart attackiert, und Rose weiß aus bitterer Erfahrung: Wenn ich einmal anfange, darüber zu reden, ist es schwer, mich wieder zu stoppen.

All das erzählte ich Khalid – oder Simon –, und sie machten zustimmende Geräusche, weil sie wie die meisten schwulen Männer Verständnis für diese Dinge hatten.

Dann schaltete sich Vanessa ein: »Aber ermuntert ihr die Mädchen nicht geradezu, leichtfertig zu sein? Ist es nicht besser, man bringt ihnen bei, Nein zu sagen?«

Ich schenkte mir noch mehr Wein ein. »Es ist doch so«, erklärte ich. »Stell dir vor, du bist ein vierzehnjähriges Mädchen, und dein Freund sagt, dass er mit dir Schluss macht, wenn du nicht mit ihm schläfst. Und all deine Freundinnen sagen, sie haben mit ihren Freunden geschlafen, und keine gibt dir einen vernünftigen Tipp zur Verhütung, weil sie immer noch diesen Mist glauben, dass man beim ersten Mal nicht schwanger wird oder wenn man es im Stehen macht.« Ich sah, dass Rose zusammenzuckte. »Oder wenn man eine leere Chipstüte als Kondom benutzt. Ein Nein wird dein Freund nicht akzeptieren, und dann weißt du nicht, wie du schnell an ein Verhütungsmittel kommst oder wo du einen vernünftigen Rat bekommst. Und dann wundert ihr euch noch, warum bei uns mehr Teenager schwanger werden als in jedem anderen europäischen Land.« An dieser Stelle wurde ich vermutlich etwas laut, aber in Bezug auf meine Arbeit bin ich ziemlich leidenschaftlich.

Bevor Rose die Unterhaltung taktvoll auf unverfänglichere Themen lenken konnte, meldete sich erneut Vanessa zu Wort: »Aber wie kann ein vierzehnjähriges Mädchen die Entscheidung treffen, eine Schwangerschaft abzubrechen?« Und dann habe ich etwas zu weit ausgeholt und bin in meinen üblichen Sermon darüber verfallen, dass eine Abtreibung sicherer sei als eine Geburt. Und dass, wenn man Frauen nicht die volle Kontrolle über ihre Fortpflanzung überlasse, wir nur noch Brutkästen für die Gesellschaft seien. Als ich fertig war, war das freundliche Geplauder am Tisch verstummt, und Vanessa wirkte schockiert und peinlich berührt.

»Nun, natürlich hast du ein Recht auf deine Meinung, Ellie«, meinte sie, und ich sagte, es sei nicht eine Meinung, es sei eine Tatsache, und sie dürfe auch Meinungen haben, aber nur, wenn sie bereit sei zu akzeptieren, dass diese schlichtweg falsch seien. Vermutlich mag Rose es deshalb nicht, wenn ich bei ihren Abendessen über den Muschi-Bus spreche, aber ich kann schließlich nichts dafür, dass manche ihrer Freunde so lächerliche, vorsintflutliche Ansichten haben, oder?

»Möchte jemand Pudding?«, fragte Rose etwas angespannt, stand auf und räumte die Teller ab. Vanessa half ihr, und ich wusste, dass sich Rose in der Küche für mein Verhalten entschuldigen und dass Vanessa behaupten würde, dass sie damit kein Problem habe und überhaupt nicht beleidigt sei. Dann kamen sie mit einer Schüssel zurück, in der sich, wie Rose verkündete, Maronen-Pannacotta mit Mincemeat befand, und die Unterhaltung am Tisch kam wieder in Gang. Ich beschloss, lieber ein bisschen den Mund zu halten, und versuchte, keinen weiteren Aufruhr zu verursachen. So konzentrierte ich mich darauf, meinen Pudding zu essen – der himmlisch schmeckte –, und hörte Oliver zu, der mit Tom über seine Kunstsammlung sprach und über einen Typen namens Jamie Cunningham, der offenbar die nächste große Nummer auf dem Kunstmarkt sein würde. Rose warf ein, dass er sie gefragt hatte, ob sie ihm Modell sitzen würde, und alle zeigten sich angemessen beeindruckt.

Als alle fertig gegessen hatten, räumte ich den Tisch ab – Rose hat mich gut ausgebildet –, und Oliver stand auf, um mir zu helfen. Wir trugen die Teller und Schüsseln hinaus in die Küche, und während ich die Spülmaschine einräumte, meinte Oliver: »Das war beeindruckend vorhin, Ellie. Du hast absolut recht, solche Ansichten müssen sich ändern.« Ich schaute zu ihm hoch, und er lächelte, und ich spürte, wie sich mein Magen verkrampfte, was nichts damit zu tun hatte, dass ich zu viel Pannacotta gegessen hatte.

3. Kapitel

Am nächsten Morgen erwachte ich mit einem heftigen Kater. Meine Zunge klebte am Gaumen, und ich hatte einen widerlichen Geschmack im Mund, der mich an getrocknete Katzenkotze denken ließ. In meinen Wimpern klebten Schlaf und Wimperntusche. Mein Kopf pochte, und ich fühlte mich elend. Ich drehte mich um und versuchte, noch etwas zu schlafen – das ist stets das Vernünftigste in solchen Situationen –, doch das erwies sich als keine gute Idee; ich musste pinkeln, und außerdem zog der angenehme Duft von Kaffee und Speck die Treppe hinauf.

Ich weiß – ich habe gesagt, ich sei Vegetarierin, und das stimmt auch, ich bin absolut davon überzeugt, dass das wichtig ist. Es geht nicht nur um die moralische Seite – Tiere zu töten, um sie zu essen –, es gibt noch viele andere Punkte: Essensmeilen, der Einfluss von Tierhaltung auf die Umwelt, die Wirtschaft. Wisst ihr, wie unendlich viel Weideland man braucht, um ein Pfund Rindfleisch zu produzieren, und wie viel Getreide man aus derselben Fläche Land gewinnen könnte? Nun ja, ich kann mich nicht mehr genau erinnern, aber glaubt mir, es ist ziemlich viel. Natürlich geht man als Vegetarier ethische Kompromisse ein. Ben hat mir vor einigen Jahren erklärt, wenn man als Vegetarier Milchprodukte äße, sei man unweigerlich am Mord unzähliger männlicher Rinder schuld, da diese für die Milchproduktion nutzlos seien. Ich weiß nicht mehr, was ich bis dahin dachte, was mit ihnen geschehen würde – vielleicht dass sie glücklich über grüne Wiesen tollten oder die bösen Fleischesser sie verspeisten. Doch weder das eine noch das andere trifft zu: Sie werden nach der Geburt geschlachtet und zu Tierfutter verarbeitet. Das hat mich wirklich schockiert, und zwar so sehr, dass ich über ein Jahr keine Milchprodukte mehr gegessen habe (und keine Eier, wenn schon, denn schon ...) und zur Veganerin wurde. Doch das ging gar nicht. Mir fielen die Haare aus, ich war müde, erschöpft und ständig erkältet. Ich nahm mehrere Kilo zu, weil ich permanent Lust auf Zucker hatte und es dieses hübsche kleine vegane Café gibt, das fantastische Erdnussbuttertörtchen macht. Von denen verdrückte ich ungefähr fünf Stück die Woche, abgesehen von Bergen von Nüssen und Avocados. Dann erzählte Ben mir von der schrecklichen Abholzung im Amazonasgebiet und wie in die Natur eingegriffen wird, um Land für die Sojaproduktion zu gewinnen. Als Veganerin trage ich daran sozusagen eine Mitschuld. Also machte ich mir ein Käse-Omelett und fühlte mich deutlich besser.

Was ich sagen will: Wenn man versucht, auf anständige und ethische Art zu leben, gerät man ständig in neue, scheinbar unlösbare Dilemmata. Ist es schlimmer, Freilandeier anstatt solche aus Legebatterien zu essen? Ist die Zerstörung des Regenwalds für die Produktion von Soja angemessen, wenn man dadurch Menschen in der Dritten Welt ernähren kann, die sonst sterben würden? Ist die CO_2-Bilanz einer südafrikanischen Avocado höher oder niedriger als die eines walisischen Lammkoteletts? Und so weiter und so fort. Man muss ein paar Kompromisse eingehen, und was mich angeht, schaffe ich es nicht, moralisch einwandfrei zu leben, wenn es ums Essen geht – und auch sonst nicht. Ich finde es allerdings wichtig, dass man sich bewusst entscheidet. Deshalb versuche ich, mich nicht schuldig zu fühlen, weil ich den Geruch von Speck mag und noch immer Lust auf ein Speckbrot habe. Nur manchmal, und zwar meistens, wenn ich einen ausgewachsenen Kater habe.

Ich duschte, putzte mir die Zähne und schluckte zwei Paracetamol mit Wasser aus dem Wasserhahn hinunter. Ich zog meine Skinny-Jeans mit Ballerinas an und dazu ein ziemlich hübsches Mieder mit einem Wasserfall-Cardigan darüber (von Primark – kommt mir bloß nicht mit Ethik, was *das* angeht), kippte mir Unmengen Augentropfen in die Augen und ging nach unten. Nicht dass ich Oliver dort erwartet hatte. Doch er war da. Er stand allein in der Küche am Herd und stocherte mit einem Pfannenwender in einer Pfanne mit Speck.

»Morgen«, sagte ich und fühlte mich plötzlich schrecklich schüchtern.

»Morgen«, erwiderte Oliver. Er trug das schicke weiße Hemd vom Vorabend mit Manschettenknöpfen, und ich nehme mal an, Boxershorts. Das konnte ich allerdings nicht sehen, da sein Hemd bis zu den Oberschenkeln reichte, auf die ich unwillkürlich starrte. Seine Beine und seine Füße waren nackt, und er hatte offenbar gerade geduscht (Rose hat ihr eigenes Bad im Zimmer; im Laufe der Verhandlungen sprach sie mir die alleinige Nutzung des Hauptbads zu und auch das größere Zimmer mit Blick zum Garten, deshalb will ich mich nicht beklagen), denn seine Haare waren nass und sorgfältig gekämmt. Obenherum sah er aus wie ein Banker, untenherum wie ein Teenager – es war seltsam und irgendwie anrührend. Ich bemerkte, dass er hübsche Beine hatte, schlank und muskulös mit einem Flaum dunkler Haare, die von seinen Hosen am Beinansatz etwas abgerieben waren. Ich merkte, dass er mich beim

Starren erwischte und dass eine ziemlich peinliche Stille entstanden war.

»Hast du gut …«, sagte ich im selben Augenblick, in dem Oliver anhob: »Ich hoffe, du hast nichts dagegen …«

»Nach dir«, meinte er.

»Nein, nein«, entgegnete ich. »Bei uns kommt der Gast zuerst. Ich wollte sowieso nur fragen, ob du gut geschlafen hast. Eine ziemlich einfallslose Art, eine Unterhaltung zu beginnen.«

Oliver lachte. »Und ich wollte mich dafür entschuldigen, dass ich eure Küche besetze. Ich habe Madame ein Frühstück im Bett versprochen – sie fühlt sich heute Morgen etwas schwach. Ich übrigens auch. Ich schätze, es war ein schwerer Fehler, den Calvados herauszuholen. Da hattest du dich vernünftigerweise schon verabschiedet.«

Ich weiß nicht, ob ihr das auch kennt: Wenn man herausfindet, dass jemand anders einen noch schlimmeren Kater hat als man selbst, weckt das übernatürliche Kräfte. Vielleicht, weil einem klar wird, dass die anderen zu sehr mit ihren eigenen beschämenden Erinnerungen beschäftigt sind, als dass sie sich um etwas Dummes scherten, das man selbst an dem Abend gesagt oder getan hat. Vielleicht ist es auch die schlichte Tatsache, dass andere schlechter dran sind als man selbst, jedenfalls funktioniert es jedes Mal. Ich fühlte mich Tonnen besser, nachdem ich wusste, dass Rose und Oliver ebenfalls litten.

»Kaffee?«, fragte Oliver und schob die Presskanne über den Tisch.

»Wunderbar.« Ich entdeckte meinen Lieblingsbecher im Regal, einen Werbebecher von Marmite, schenkte mir Kaffee und Milch ein, ließ mich am Küchentisch nieder und nippte dankbar daran. »Habt ihr heute etwas Aufregendes vor?«, fragte ich und bemerkte, während ich es sagte, dass es sich anhörte, als wollte ich auf nicht gerade subtile Weise herausfinden, wann er unsere Küche räumte.

Oliver hob die Speckscheiben aus der Pfanne und arrangierte sie zum Abtropfen auf einem Teller mit Küchenpapier. Beeindruckend – ich bin mehr der Typ, der sie direkt aufs Brot wirft und das Ganze über dem Spülbecken verschlingt.

»Ich muss leider arbeiten«, antwortete er. »Wir machen im Dezember unseren Jahresabschluss, und das heißt, dass vor Weihnachten enorm viel zu tun ist. Der Januar kommt einem dann doppelt so deprimierend vor, weil man nicht mehr von drohenden Deadlines abgelenkt wird.«

Das wäre vermutlich das Stichwort gewesen, Oliver zu fragen, was er beruflich machte, aber mir schwante dunkel, dass wir darüber am Abend ausgiebig gesprochen hatten, und so machte ich nur verständnisvolle Geräusche. Oliver öffnete den Brotkasten und holte ein Vollkornsauerteigbrot hervor – Rose lehnt Weißbrot im Haus ab, weil sie meint, sie könne dem nicht widerstehen und es würde weder ihrem Gewicht noch ihrem Reizdarmsyndrom bekommen – und schnitt es in Scheiben.

»Ich habe immer das Gefühl, Plastikweißbrot ist die beste Grundlage für ein Brot mit Speck«, bemerkte Oliver, »aber ich bin mir sicher, das hier hat auch seine Vorteile.«

Ich pflichtete ihm bei und gab Rose die Schuld an dem biologischen Vollkornkram. Ich erwähnte allerdings nicht ihr Reizdarmsyndrom – das wäre fies gewesen.

»Und auf welcher Seite stehst du in der Debatte – rote oder braune Soße?«, fragte ich.

»Soße? Welcher Spießer verdirbt ein Speckbrot mit Soße?«, entgegnete Oliver. »Viel Butter«, er strich eine dicke Schicht aufs Brot, »Speck, eine großzügige Portion weißer Pfeffer, und schon ist es fertig – perfekt. Willst du auch eins? Oh, nein, tut mir leid, natürlich – du isst ja …«

Ich schaute Oliver an, dann auf die Speckscheiben, auf das goldene knusprige Fett an den Rändern, und dachte über meine Prinzipien und die armen Schweine nach. Wie oberflächlich und falsch es wäre, etwas zu tun, das ich eigentlich verachtete, nur um ihm zu gefallen, und sagte: »Ach, weißt du was – was soll's …«

Und er hatte recht – es war köstlich. Wir aßen, und er fragte mich, was ich am Wochenende vorhatte. Ich erzählte ihm, dass ich meine beste Freundin Claire besuchen würde, die mit ihrer hinreißenden kleinen Tochter Persephone, meinem Patenkind, einige Meilen entfernt in Brixton in einer ziemlich winzigen Studiowohnung wohnt. Ich erzählte ihm alles von Claires Freund Ty, der gegen Ende von Claires Schwangerschaft einen Anfall von Bekennerphobie entwickelt und sie und Persephone mit so gut wie nichts sitzen gelassen hatte, da Claire ja im Mutterschaftsurlaub war. Sie ist Schauspiellehrerin in einem Sozialprojekt, wo sie schon in normalen Zeiten kaum etwas verdient. Ich berichtete weiter, wie Claire mich gebeten hatte, ihr bei der Geburt beizustehen, nachdem Ty abgehauen war – wobei ich glaube, dass er ohnehin so nützlich wie eine Teekanne aus Schokolade gewesen wäre. Einmal ist er fast in Ohnmacht gefallen, als er gesehen hat, wie Claire Hühnerleber für eine Pastete geschnitten hat.

»Es war eine fantastische Erfahrung«, schwärmte ich, »so ursprünglich. Und Claire war … einfach, wow. Obwohl sie geschrien und gemuht hat wie eine Kuh, sie war unglaublich stark. Sie hat einen Hypnose-Geburtskurs besucht, und ich glaube, die Technik hat ihr geholfen, mit dem Schmerz umzugehen. Sie hat sich einfach weggebeamt, es war, als wäre sie auf einem anderen Planeten. Und es war einfach unglaublich zu sehen, wie stolz sie war, als sie Pers zum ersten Mal in den Armen gehalten hat. Es ist wirklich hart für sie als alleinerziehende Mutter, aber ich weiß, dass sie es gut machen wird.«

Und Oliver erzählte ein bisschen von einem Freund, der als Anwalt auf Familienrecht spezialisiert war und der erwähnt hatte, wie schwer es manchmal sei, abwesende Väter dazu zu bekommen, ihre Pflicht gegenüber ihren Kindern zu erfüllen. Was für eine Schande es sei, dass sich so viele Männer anscheinend vor der Verantwortung drücken wollten, anstatt sich den Pflichten zu stellen, die eine Vaterschaft mit sich bringt. Dass sich die Dinge in den letzten Jahrzehnten allerdings stark verbessert hätten, da die Gerichte Einkommen für den Unterhalt pfänden könnten. Ich war von seinen Ansichten überrascht – die meisten von Roses Freunden würden vermutlich lamentieren, dass Frauen keine Babys bekommen sollten, wenn sie es sich nicht leisten konnten. Was natürlich Unsinn ist, weil, wie wir alle wissen, immer zwei dazugehören. Egal, wir tranken noch mehr Kaffee, und ich fand eine Packung Grapefruitsaft im Kühlschrank, und als Rose nach unten kam – geduscht, angezogen, fertig geschminkt und ziemlich sauer auf der Suche nach ihrem Frühstück –, plauderten Oliver und ich wie alte Freunde und hatten den ganzen Speck aufgegessen.

»Rose hat also einen neuen Freund?«, erkundigte sich Claire, nachdem wir die Formalitäten hinter uns gebracht hatten. Diese bestanden darin, dass ich Claire eine Flasche Wein und eine Schachtel Brownies überreichte, die ich unterwegs gekauft hatte, sowie ein flauschiges rosa Schwein für Pers. Dann küsste ich eine halbe Stunde Pers' hinreißend weichen

Babybauch und erklärte, wie sehr Pers gewachsen sei, seit ich sie vor zwei Wochen zum letzten Mal gesehen hatte.

Arme Claire. Seit Ty sie sitzen gelassen hatte und sie mit Pers allein lebte, war ihr Sozialleben etwas eingeschränkt. Sie war fast besessen vom Leben anderer Menschen, und natürlich eignete sich Rose ziemlich gut, um durch sie sozusagen »aus zweiter Hand« zu leben. Obwohl Pers absolut bezaubernd, eine glänzende Begleiterin und für ihre acht Monate schon sehr weit war, hatte sie nicht gerade viel zu sagen. Claire vermisste menschlichen Austausch, auch wenn Pers und sie mindestens einmal am Tag versuchten, vor die Tür zu kommen.

Ihre Wohnung ist wirklich absolut furchtbar. Bei jedem Besuch bin ich aufs Neue schockiert, wie schrecklich sie ist und dass meine beste Freundin und ihre Tochter hier zu Hause sind. Claire hat sich bemüht, das Beste daraus zu machen, aber mit einer Küche, die seit den Siebzigern nicht mehr renoviert worden ist, einem Boden mit schmutzigen alten Teppichfliesen, durch die der stinkende Rauch der Nachbarn von unten heraufsteigt, und einem riesigen Schimmelfleck an der Badezimmerwand, der innerhalb weniger Tage wieder auftauchte, nachdem Claire ihn einen Nachmittag lang weggeschrubbt hatte, können blühende Pflanzen und fröhlich gerahmte Poster an den Wänden nur wenig ausrichten. Claire und Pers verlassen jeden Tag ihre Bruchbude, um zur Babymassage-Gruppe oder zum Mutter-Kind-Yoga oder zum Vorlesen in die Bibliothek zu gehen. Und dabei sehen Claire in ihren Kleidern aus dem Wohltätigkeitsladen und Pers in Sachen, die Claire in Secondhandläden und bei eBay ersteht, aus, als seien sie gerade einem exklusiven Klamottenkatalog entstiegen.

Claire ist wirklich schön. Nicht wie ich und Rose. Claire

ist eine schlanke Achtunddreißig, ohne dass sie irgendetwas dafür tun muss. Sie hat eine klare, schimmernde olivfarbene Haut, die kein Make-up braucht, und glatte glänzende Haare in der Farbe von Bitterschokolade, die kein Glätteisen nötig haben. Sie hat eine schlanke geschmeidige Figur, die nicht wirkt, als müsse sie Diäten machen oder Sport treiben, um in Form zu bleiben, und ein perfektes ovales Gesicht mit hohen Wangenknochen und vollen Lippen, die stets zu lächeln scheinen. Ich vermute, dass sie zum Teil durch ihr Aussehen in die missliche Lage geraten ist, in der sie jetzt steckt. Auf dieselbe Weise, wie Menschen mit viel Geld dazu neigen, mit Menschen auszugehen, die ebenfalls viel Geld haben, und diese zu heiraten, habe ich festgestellt, dass sehr gut aussehende Menschen mit anderen sehr gut aussehenden Menschen schlafen. Man könnte denken, dass sich das nachteilig auf die Genvielfalt auswirkt, aber anscheinend ist das nicht der Fall, und so war es bei Claire und Ty. Er sah genauso gut aus wie sie, mit langen Gliedern und honigfarbener Haut und den faszinierendsten grünen Augen, die ich je gesehen habe. Fast zwei Jahre lang waren die beiden unzertrennlich, ständig wanden sie ihre geschmeidigen Körper umeinander, strahlten einander an und schauten sich in die schönen Gesichter. Egal wie vehement sie behaupteten, unheimlich froh zu sein, dich zu sehen, merkte man doch genau, dass sie es kaum erwarten konnten, wieder allein miteinander zu sein. Es war zugleich ziemlich nervig und absolut hinreißend und süß, weil sie so glücklich waren. Jeder mit etwas mehr als fünf Minuten Lebenserfahrung wusste allerdings, dass die Geschichte nicht gut enden würde – und so war es denn auch.

Als Claire feststellte, dass sie schwanger war, war es, als hätte die Natur noch einmal nachgelegt. Sie strahlte vor

Freude. Ihr war nie schlecht, sie nahm kaum zu, sie hatte keine geschwollenen Knöchel oder Schwangerschaftsstreifen oder Krampfadern oder eins der anderen schrecklich entstellenden Dinge, die andere schwangere Frauen plagen. Sie strahlte und beobachtete gespannt und aufgeregt, was in ihrem Körper vor sich ging. Und darin lag das Problem. Zum ersten Mal in ihrer Beziehung war Claires Aufmerksamkeit nach innen gerichtet, auf das winzige neue Leben in ihr, und nicht nach außen, auf Ty. Anfangs bemühte er sich und teilte Claires Freude über das Baby – ich glaube, das tat er tatsächlich. Aber nachdem die Monate vergingen und er weiterhin nicht mehr so wichtig war, zog er sich zurück. Als Claire zu Hause bleiben, Tee trinken, ein warmes Bad nehmen und sich mit einem weiteren Georgette-Heyer-Roman (von denen sie während ihrer Schwangerschaft geradezu besessen war) ins Bett zurückziehen wollte, hatte Ty Lust auszugehen. Zunächst ging Claire widerwillig mit; dann blieb Ty widerwillig zu Hause; später ging er allein aus, und eines Nachts kam er nicht zurück.

Außer sich vor Sorge rief Claire mich an. Ich fuhr zu ihr und übernachtete in der nur etwas weniger schrecklichen Einzimmerwohnung, die sie mit Ty teilte, während sie nervös auf und ab lief und davon überzeugt war, dass man ihn auf den gefährlichen Straßen von Brixton erstochen hatte. Ich erklärte ihr, dass es in Brixton nicht mehr wirklich gefährlich zuginge – die Immobilienpreise waren in den letzten Jahren in die Höhe geschossen, und es gab sogar einen Bauernmarkt –, aber sie war zu verängstigt, um mir zuzuhören. Natürlich hatte ich recht, und am nächsten Morgen schlenderte Ty widerborstig und streitlustig und eindeutig mit einem höllisch schlechten Gewissen herein. Ich zog mich zurück, und Claire erzählte mir hinterher, dass Ty nach einem

Tag Weinen (sie) und Schreien und an die Wand schlagen (er) zugegeben hatte, dass er die Nacht mit einem Mädchen namens Olya verbracht hatte, die am Chanel-Stand bei Harrods arbeitete. Er könne nichts dafür, aber er habe sich in sie verliebt und werde nach Bayswater fahren, um seine Glieder um ihre zu winden und ihr in die Augen zu blicken. Und wenn Claire meinte, sie würde Unterhalt bekommen, könne sie es vergessen, denn Ty, der ein arbeitsloser Musiker war, besaß keine zwei Pfund.

So hatte die arme kleine Pers zwar ein genetisches Erbe, das sie vermutlich zum Supermodel qualifizierte – in materieller Hinsicht allerdings einen schweren Start ins Leben. Doch Claire vergöttert sie, und ich vergöttere sie, und Ty und Olya vergöttern sie (Claire hat sich unglaublich erwachsen benommen und überlässt die Kleine den beiden jedes zweite Wochenende, obwohl sie nicht lange mit ihr allein etwas unternehmen können, weil Claire sie noch immer stillt, wenn sie will, und Pers will ziemlich oft). Das schränkt Claires Teilnahme am gesellschaftlichen Leben zusätzlich ein. Ich weiß zwar, dass sie mit niemandem tauschen möchte, aber sie bekommt einen ziemlich sehnsüchtigen Blick, wenn sie sich an die Tage erinnert – es ist noch nicht lange her –, als sie jede Nacht zu Konzerten gegangen ist, getrunken, geraucht und getanzt hat und angehimmelt wurde. Es wird natürlich leichter für sie, wenn Pers etwas älter ist und sie etwas mehr Freiheit und ein bisschen mehr Geld hat, aber fürs Erste fühlt sie sich manchmal etwas gefangen, glaube ich. Und sie findet es herrlich, von Roses intensivem und meinem weniger intensiven sozialen Leben zu hören.

»Er heißt Oliver«, berichtete ich. »Er ist so eine Art Finanzmakler, und er sammelt Kunst.«

»Echt?« Claire kreischte vor Lachen und verdrehte die Augen. »Typisch Rose. Ist er so schrecklich, wie er sich anhört? Trägt er pfirsichfarbene Kaschmirpullover und hat eine geschniegelte konservative Frisur? Klappt er seinen Kragen hoch und besitzt ein Häuschen in Twickenham? Finde ich sein Bild auf siehdirmeineverdammtrotenhosenan.com? Ist er Mitglied in einem schicken Golfclub, in dem keine weiblichen Mitglieder zugelassen sind? Oder ist er eher der verwegene Typ, zu dessen Vorstellung einer spaßigen Nacht es gehört, Koks vom Hintern einer Stripperin zu schniefen?«

Aus irgendeinem Grund hatte ich das Gefühl, ihn verteidigen zu müssen, und sagte, dass ich Oliver noch nicht im Kaschmirpullover oder in roten Hosen gesehen hätte, dass er weder Golf noch Stripperinnen erwähnt habe und dass seine Haare ganz anständig und normal aussähen. Claire schien etwas enttäuscht und legte Pers an die andere Brust, damit sie ihr Mittagessen beenden konnte.

»Eigentlich ist er wirklich nett, Claire. Ich mag ihn.« Ich spürte, dass ich heftig errötete, doch sie bemerkte es nicht, weil sie auf Pers' weichen kleinen Kopf hinunterblickte.

»Du magst ihn? Toll«, meinte sie. Claire hatte sich im Laufe der Jahre all die Horrorgeschichten von Danny, Neil, Aiden und den vielen anderen angehört. Sie hatte mein Jammern ertragen, dass Rose eines Tages womöglich einen von ihnen heiraten würde und meine armen künftigen Nichten und Neffen Danny, Neil oder Aiden als Vater ertragen müssten.

»Mmmmm«, sagte ich und nahm mir noch einen Brownie. »Es ist vielmehr so, dass ich ihn vielleicht ein bisschen zu sehr mag.«

Das erregte Claires Aufmerksamkeit. Sie schaute mich an. »Du stehst auf Roses neuen Freund? Wirklich? Du denkst dir das nicht bloß aus, weil mein Leben gerade nicht sehr aufregend und romantisch ist?«

Ich lachte. »Ich wünschte, dem wäre so. Nein, er ist wirklich süß. Er scheint sich für das zu interessieren, was ich sage. Und, Claire, er sieht so umwerfend gut aus, dass ich nur dasitzen und ihn anstarren könnte. Er sieht genauso gut aus wie du, und du weißt, was das für ein Kompliment ist.«

»Hör auf!«, rief Claire. »Aber ... du wirst doch nichts unternehmen, oder? Du würdest doch nicht etwa versuchen, Rose den Freund auszuspannen? Das wäre so gemein, ich glaube, dann könnte ich nicht mehr deine Freundin sein.« Doch sie lächelte dabei, und ich wusste, dass ein Teil von ihr es ziemlich interessant fände, wenn ich versuchte, Rose den Freund abspenstig zu machen und sie mit genügend Tratsch versorgte, bis Pers quasi alt genug wäre auszuziehen. Claire ist ein netter Mensch und eine wahre Freundin, aber sie liebt nichts mehr als einen deftigen Skandal.

»Natürlich nicht. Das wäre falsch. Ich sollte mich nach jemand Neuem umsehen. Ich muss mehr ausgehen«, erklärte ich trübsinnig.

»Ich wünschte immer noch, du und Ben ...«, hob Claire an, aber ich brachte sie mit einem strengen Blick zum Schweigen.

»Ben. Ist. Nicht. Mein. Freund«, verkündete ich. »Und das wird er niemals sein.« Ich musste Claire nicht erklären, warum – sie wusste alles über Nina. »Ich brauche also jemand Neuen. Ich muss alle fünf Minuten mein Telefon überprüfen, um sicherzugehen, dass es noch funktioniert, und das Gefühl haben, dass mir schwindelig wird, wenn ich geküsst werde, und die schrecklich enttäuschende Erfahrung machen, dass er *American Psycho* nicht wirklich versteht und all das.«

»Ja, ich erinnere mich vage an all diese Dinge.« Claire lächelte sehnsüchtig. »Egal, selbst wenn du ein Auge auf Roses Freund geworfen hättest, würde es nicht funktionieren, denn wenn Rose sein Typ ist, bist du es nicht, stimmt's? Nicht dass du nicht wunderschön und attraktiv und alles bist«, fügte sie eilig hinzu, »aber Rose ist einfach anders. Hohe Lebenshaltungskosten. Kennt wichtige Leute. Geht zu Geheimpartys. Du weißt schon.«

Ich wusste genau, und nachdem der leicht brennende Schmerz, den ich jedes Mal empfand, wann immer jemand Vergleiche zwischen Rose und mir anstellte, nachließ, stellte ich fest, dass sie recht hatte. Warum um alles in der Welt sollte Oliver mich wollen oder überhaupt daran denken, mich zu wollen, wenn er Rose hatte? Andererseits – warum nicht? Wenn er alles oder zumindest einige der Dinge, die er an Rose mochte, auch von mir haben konnte, könnte er mich dann nicht vielleicht – aus ganz freien Stücken, ohne dass ich ihn ihr erst ausspannen musste – einfach nur ... bemerken? Mich ein bisschen so ansehen und an mich denken, wie ich unwillkürlich ihn ansah und an ihn dachte? Denn als ich Claire von den zitternden Knien und der Intensität einer neuen Beziehung erzählt hatte – der atemlosen Vorfreude, dem Rund-um-die-Uhr-Sex, der Zärtlichkeit, die alles an ihm weckte (sogar dreckige Socken), hatte ich mir diese Gefühle nicht mit irgendeinem neuen Mann vorgestellt. Ich stellte sie mir mit Oliver vor. Mit Oliver!

Dann sagte Claire: »Es wäre natürlich falsch und schlecht, deiner Schwester den Freund zu klauen, aber ...«

»Aber was?«

»Wenn du dich entscheiden würdest, ihn nur ein ganz kleines bisschen von ihr wegzulocken, was dich ganz offensichtlich zu einer wirklich schrecklichen Person machen würde ...«

»Was dann?«, fragte ich.

»Dann könnte es vielleicht hilfreich sein, eine Freundin zu

haben, die genauso verkommen ist und einen brillanten, gemeinen Masterplan hat, der dir dabei helfen könnte.«

»Ich weiß, dass du stillst, aber wollen wir noch eine Flasche Wein aufmachen?«, schlug ich vor.

»Meine Hebamme meint, solange man nicht so betrunken ist, dass man vergisst, überhaupt ein Baby zu haben, ist alles gut«, entgegnete Claire. »Im Kühlschrank steht Weißwein.«

4. Kapitel

»Wollen wir heute Abend ausgehen? Ort geheim?«, schrieb ich eine SMS an Ben. »Treffen um acht Uhr bei mir zum Vorglühen. Zieh dich an, als würdest du für *Made in Chelsea* vorsprechen. Liebe Grüße, E.«

Es war der letzte Arbeitstag des Jahres, Rose und ich wollten am nächsten Morgen mit dem Zug nach Buckinghamshire fahren, um Weihnachten mit Dad und Serena zu verbringen. Aber, wie man es um diese Jahreszeit hin und wieder hat, verspürte ich das Bedürfnis, ein letztes Mal anständig auszugehen, bevor wir London verließen. Normalerweise hätte ich mich mit ein paar Freundinnen getroffen und wäre mit ihnen in Brixton oder in Camden in ein Konzert gegangen, oder nach South Bank, falls wir Lust gehabt hätten, mit unseren Drinks zugleich etwas Kultur aufzusaugen, oder zum Abendessen, wenn wir flüssig gewesen wären. Heute hatte ich jedoch einen anderen Plan.

Ich hatte Rose nach ihren Ideen gefragt.

»Wo gehen deine Freunde momentan hin?«, wollte ich wissen, als wir zusammen zum Bahnhof liefen – Rose, um gen Norden nach St. James, zum luxuriösen Hauptsitz von Quinn's, zu fahren. Ich, um den Zug nach Waterloo und dann die U-Bahn nach London Bridge zu nehmen, zu den deutlich schäbigeren Büros von SEJS.

»Welche?«, fragte Rose. »Die Medienfreunde oder die Kunstfreunde oder die Banker oder die jungen Hippen?«

»Die jungen Hippen, schätze ich. Ich will Ben zeigen, wie die andere Hälfte lebt.«

»Dann wahrscheinlich ins Mahiki«, antwortete Rose. »Das ist nicht neu, aber immer noch angesagt. Da trifft man manchmal Prinz Harry und jede Menge Models und Fußballspieler.«

»Das klingt perfekt. Da muss ich vermutlich reservieren, oder?«

»Reservieren?« Rose lachte. »Dafür ist es zu spät. Du musst einfach hingehen, dich mit dem Volk in eine Schlange stellen und dich vielleicht von der Zicke an der Tür abweisen lassen. Deren Einlasspolitik ist brutal. Leih dir meine Louis-Vuitton-Tasche, wenn du magst – das ist keine Garantie, aber es schadet nicht.«

»Wirklich?«, fragte ich. Die Louis-Vuitton-Tasche war neu – ein frühes Weihnachtsgeschenk von einem ihrer kunstliebenden Bewunderer –, und sie bedeutete Rose sehr viel. »Danke. Du bist ein Engel. Ich passe gut auf sie auf.« Inzwischen hatten wir den Bahnhof erreicht und verabschiedeten uns. Ich ging hinauf zu Bahnsteig drei und Rose in den Tunnel Richtung Café und Gleis zwölf.

Normalerweise würde mich nichts – aber auch rein gar nichts – dazu bringen, in einen Laden zu gehen, der eine Einlasspolitik verfolgt, die nicht auf Reservierungen basiert oder darauf, wer zuerst kommt. Die Vorstellung, dass jemand in der Schlange wegen seiner Person oder seines Aussehens bevorzugt wird, ist mir ein Gräuel – und als bekennende Monarchiekritikerin war die Vorstellung, mich in Prinz Harrys Lieblingsladen herumzutreiben, auch nicht nach meinem Geschmack. Aber ich hatte beschlossen, meine Nase in Roses Welt zu stecken – die Welt, in der ich leben musste, wenn ich nicht nur als schwaches Signal auf Olivers

Radar erscheinen wollte –, und außerdem verfügte ich über eine Geheimwaffe.

Meine Freundin Ashira arbeitet für die Kulturseiten des *Evening Standard*, und sie kommt einfach überall rein, weil die Läden so verzweifelt um gute Werbung kämpfen. Eigentlich schreibt Ashira über Filme, Theaterstücke und Konzerte von unbekannten Regisseuren und Künstlern, aber das wissen die Clubs und die Restaurants nicht. Sobald sie den Namen der Zeitung erwähnt, ist sie drin. Als ich ins Büro kam, trank ich Kaffee, schaute in meine E-Mails und plauderte mit den Kollegen über die letzte Sendung der Castingshow *X Factor*. Es war der Teil des Morgens, in dem normalerweise nichts Wichtiges passiert, und so schickte ich eine E-Mail an Ashira und bat sie, Ben und mich ins Mahiki zu schleusen.

»Ins Mahiki?«, schrieb sie zurück. »Machst du Witze? Du willst nicht ins Mahiki, da wimmelt es von protzigen Schwachköpfen in Blazern.«

Ich dachte mir rasch eine Geschichte von einem unreifen Exkommilitonen von Ben aus, der aus der Provinz nach London kommen würde und dessen Lebensziel es sei, Rosie Huntington-Whiteley persönlich zu begegnen. Wir hätten ihm versprochen, es zu versuchen. Erst wollte ich noch schreiben, dass der Freund an einer schweren Krankheit leidet und Ben und ich ihm einen Lebenstraum erfüllen wollten, aber das schien mir dann doch etwas zu dick aufgetragen. So beließ ich es dabei, und wenige Minuten später mailte Ash mir zurück, dass alles klarginge und ein Tisch für drei auf meinen Namen für elf Uhr reserviert sei. Ich trank meinen Kaffee aus, boxte in die Luft und rief »Jaaa!«, Ruth und Duncan unterbrachen ihre Unterhaltung am anderen Ende des Büros und sahen mich an, als hätte ich nicht alle Tassen im Schrank. Dann schrieb ich Ben und sagte ihm, er solle sich auf meinen magischen geheimnisvollen Abend einstellen.

Als es langsam acht Uhr wurde, war ich nicht mehr ganz so fröhlich. Meine Garderobe erwies sich mal wieder als überaus lückenhaft, vor allem als mir klar wurde, dass Frauen in schicken Nachtclubs keine Jeans trugen. Ich hatte mir die Webseite der Zeitschrift *Heat* angesehen und festgestellt, dass jede Promifrau, selbst der Z-Kategorie, die bei ihrer Ankunft am oder beim Herauskommen aus dem Mahiki fotografiert worden war, ein Kleid trug. Vermutlich, damit die langen Objektive der Paparazzi ihren Slip besser einfangen konnten. Also tätigte ich in der Mittagspause einen Notkauf im Kaufhaus Debenhams, fand aber nur ein ziemlich trauriges schwarzes Kleid, in dem ich aussah, als würde ich zu einer Beerdigung gehen. Nun ja, wenigstens machte es schlank. Doch es klaffte vorne auf, sodass man meinen hautfarbenen BH sah, der zwar mein Dekolleté vorteilhaft nach oben schob, an sich aber furchtbar hässlich war. Und meine Haare klebten an Roses Brustklebestreifen, die ich en masse verwendet hatte, um das Kleid an den BH zu heften. Als ich mich in meinem überheizten Zimmer zudem in ein figurformendes Höschen zwängte, geriet ich etwas ins Schwitzen. Meine Nase glänzte, und in Kürze fühlte ich mich meilenweit von einer jungen und hippen Nachtclubbesucherin entfernt.

Als Ben dann aber an der Tür auftauchte, machte er große Augen und sagte: »Wow, Ellie, du siehst toll aus!« Der gute Ben. Er schafft es immer, dass ich mich gut fühle. Und er selbst sah auch nicht gerade unattraktiv aus: Er trug einen langen Tweedmantel, der fast bis zu seinen Converse reichte, einen schwarzen Pullover und Jeans, die – ich beugte mich vor und warf einen prüfenden Blick auf seinen Hintern, was weiß Gott keine Strafe war – tatsächlich von einem Designerlabel stammten.

»True Religion?«, stellte ich fest. »Wow!« Und er erklärte, dass die Jeans das Ergebnis eines Panikkaufs bei TK Maxx in der Mittagspause gewesen sei, und ich erzählte ihm von meinem Panikkauf bei Debenhams in *meiner* Mittagspause, und während Ben eine Flasche Sekt öffnete und uns zwei Gläser einschenkte, zogen wir uns gegenseitig mit unseren modischen Ausfällen auf.

»Also«, sagte er, »darf ich fragen, wohin wir gehen?«

»Ins Mahiki.«

»Ins Mahiki?« Ben fragte das in demselben ungläubigen Ton, den ich aus Ashs E-Mail herausgehört hatte. »Wimmelt es in dem Laden nicht von Idioten?«

Ich schaute meinen Freund Ben an, dessen Champagnerglas auf halbem Weg zum Mund in der Luft hing. Ich dachte, wie schön es wäre, Ben alles zu erzählen: von meiner albernen Verliebtheit in Oliver. Dass ich Claire davon erzählt und sie mir einen Rat gegeben hatte, von dem sie sicher glaubte, dass ich ihn ohnehin nie befolgen würde. Dass ich Ash dazu gebracht hatte, uns auf die Gästeliste setzen zu lassen, weil ich meinte, dass es die Art von Laden sei, wo Oliver Stammgast ist. Und dass ich, seit ich mit Oliver auf Facebook befreundet war, Statusmeldungen posten wollte, die klangen, als würde ich leben wie Rose und er. Doch das war alles zu kompliziert, und ich würde klingen wie jemand, den Ben nicht mochte – und ich im Übrigen auch nicht. Also sagte ich nur: »Ich muss meinen Horizont erweitern.« Ich erzählte ihm allerdings von seinem geheimnisvollen Freund, der in Rosie Huntington-Whiteley verliebt war. Wir schütteten uns aus vor Lachen, während wir die Flasche Cava austranken und einen Kübel Käsebällchen verschlangen. Dann zogen wir unsere Mäntel an, und ich nahm Roses Tasche – eine wirklich hübsche Envelope-Tasche aus weichem goldfarbenem Leder – und überprüfte, ob ich Schlüssel, Telefon und Lippenstift eingesteckt hatte. Dann traten wir hinaus in die eisige Nacht.

Als ich die Schlange vor der Tür sah, hätte ich Ben beinahe gepackt und die Flucht ergriffen. Ich habe mich noch nie so unsicher gefühlt wie in dem Moment, als ich an der Schlange aus schnieken Typen mit schicken Frisuren in Designerkleidung vorbeiging – und das waren nur die Männer. Alle schenkten Ben begehrliche Blicke. Oder vielleicht beäugten sie Roses Handtasche oder ärgerten sich, dass wir einfach an der Reihe entlang nach vorn liefen, während sie in der Kälte warten mussten. Ich rechnete jeden Augenblick damit, dass eine feste Hand auf meiner Schulter landete und eine drohende Stimme sagte: »Sie gehören nicht hierher, Miss. Ihre Haare sitzen nicht, Ihr Kleid ist von Debenhams, und wir wissen, dass diese Tasche nicht Ihnen gehört. Außerdem wurde uns berichtet, dass Sie den *Guardian* lesen. Folgen Sie uns unauffällig, wir wollen kein Aufsehen erregen.« Doch wir erreichten ungehindert die Tür und nannten dem wunderschönen gertenschlanken blonden Mädchen, das das Klemmbrett der Macht schwang, unsere Namen. Sie führte uns zu unserem Tisch, der sich hinter einer gigantischen farnähnlichen Pflanze neben der Toilette befand. Ashs magische Kräfte hatten offenbar ihre Grenzen.

Ben studierte im Halbdunkel die Cocktailkarte. »Heißt du Vicky?«, fragte er.

»Was?« Ich beugte mich vor. Die Stühle zwangen einen in eine halbliegende Position, sodass man den Leuten am Nebentisch näher war als der Begleitung am eigenen Tisch.

Und die Musik war so laut, dass ich gewettet hätte, die Leute unterhielten sich einen ganzen Abend, ohne ein Wort zu verstehen. Oder vielleicht werde ich einfach alt, taub und griesgrämig.

»Ich habe gefragt, was zum Teufel Tiki ist?«, rief Ben.

Ich erklärte ihm überwiegend mit Zeichensprache, dass es mit tropischen Inseln zu tun habe und jede Menge Rum enthielte. Wir bestellten irgendwelche absurden Cocktails, die in ausgehöhlten Ananasfrüchten serviert wurden, nippten daran und betrachteten die Leute.

Wann immer Rose mir erzählte, dass sie mit Freunden aus gewesen war, klang es, als hätte sie sich bestens amüsiert. Ob es einen nun interessierte, dass Tara etwas mit Tristram angefangen hatte. Oder ob Pippa Middleton auf der Toilette eine Laufmasche flickte. Rose und ihre Freunde schienen jedenfalls nächtelang zu tanzen, bis ihre Füße sie umbrachten, und zu lachen, bis ihnen der Bauch wehtat, und überhaupt immer eine fantastische Zeit zu haben. Doch um uns herum nahm ich nur Leute wahr, die versuchten, schrecklich cool zu wirken, und deshalb aussahen, als würden sie sich überhaupt nicht amüsieren. Sie bestellten Flaschen mit Wodka und Champagner und unterhielten sich, indem sie sich anbrüllten. Alle Frauen waren unglaublich dünn und schön und hatten glänzende, kunstvoll zerzauste Haare. Sie trugen die Art von Make-up, das glänzen soll, im Gegensatz zu meinem, das gegen Ende der Nacht glänzte, obwohl es das nicht sollte. Sie sahen vielleicht nicht aus, als würden sie sich amüsieren, aber Herrgott, sie sahen immerhin *gut* aus. Selbst wenn ich den nächsten Monat hungern, an mir herumzupfen und mich stylen würde, würde ich kaum so aussehen. Die Männer teilten sich anscheinend in zwei Kategorien: in jene, die Anzüge, aber keine Krawatten trugen und mit einem Wodkaglas an einer Säule lehnten. Und in die lauten, provozierenden, verschwitzten Rugbyspielertypen, die Frauen auf die Tanzfläche zerrten. Ich blickte hinüber zu Ben. Ob er sich genauso fehl am Platz fühlte wie ich? Doch er schien seine Piña Colada zu genießen und schaute sich grinsend um, als würde er sich prächtig amüsieren.

Ich bemerkte, dass viele Leute, die versuchten, cool und gleichgültig zu wirken, zwischendurch wie verrückt auf ihren Highend-iPhones und Blackberrys herumtippten. Vermutlich wollten sie sichergehen, dass dies hier der coolste Laden überhaupt war und dass nicht um die Ecke eine bessere Party stattfand. Was passierte, wenn Kate Moss oder jemand anders in einem anderen Club entdeckt wurde? Wahrscheinlich würde sich die Nachricht wie ein Lauffeuer auf Twitter verbreiten und der Laden gestürmt werden, und das womöglich mit tödlichen Folgen, wenn alle gleichzeitig versuchten, zur Tür zu kommen. Ich überlegte, ob ich meine Theorie austesten sollte, aber ich kannte keinen Laden in der Nähe, in dem ich sie entdeckt haben könnte, und außerdem hatte ich ohnehin nur zwanzig Follower auf Twitter.

Dennoch holte ich mein Telefon aus Roses Tasche und twitterte: »Im Mahiki mit @BenedictTheRed. Auch mit dabei: komplizierter Cocktail und Designertasche. Bislang noch keine Promis entdeckt – Buh.« Ich bin mir sicher, dass ich nicht die Einzige bin, die die Beobachtung macht, dass der Gebrauch von Mobiltelefonen ansteckend ist. Es ist so, als würde jemand gähnen. Kurz darauf muss man unwillkürlich auch gähnen. Als ich tippte und zu Ben hinüberschaute, sah ich jedenfalls, wie er mit seiner Selbstkontrolle rang. Schließlich verlor er sie und holte von einer unwiderstehlichen Kraft getrieben ebenfalls sein Telefon hervor, um zu tippen.

Der Fairness halber muss ich sagen, dass Ben einen ziemlich guten Grund hat, an seinem Telefon zu kleben. Ich glaube, ich habe bereits erwähnt, dass er als Berater für die Abgeordnete Lucille Field arbeitet. Jeder, der sich für Politik interessiert, hat grausam fasziniert die Geschichte ihres Absturzes verfolgt – man hat ihn in der Presse groß als ersten Social-Media-Unfall behandelt. Lucille war im Schattenkabinett Ministerin für Kinder und Familie oder so etwas in der Art. Ein Amt, das sich mit Themen befasst, die die meisten Politiker für nicht so wichtig halten, um die sie sich jedoch kümmern müssen, weil die Wählerschaft sie für wichtig hält. Lucille Field galt als äußerst klug, und man sagte ihr eine glänzende Zukunft voraus. Dann stürzte sie sich ins Twitter-Universum. Lucille dachte, es sei eine fantastische Art, mit ihren Wählern zu kommunizieren und den Eindruck zu vermitteln, dass sie auf der Höhe der Zeit sei. Im Handumdrehen folgten ihr jede Menge Wähler sowie andere technisch versierte Abgeordnete. Eine Weile lief alles gut, bis Lucille wegen irgendetwas in eine Auseinandersetzung mit dem Oppositionsführer geriet und den folgenden Tweet postete: »Mich stört weniger das fehlende Politikverständnis unseres Oppositionsführers – sondern vielmehr sein schrecklicher Mundgeruch (bloß nie erwähnen), der Schande über uns alle bringt.« Es waren genau einhundertvierzig Zeichen, was, wie ich fand, auf lobenswerte Sorgfalt hindeutete. Leider schickte Lucille den Tweet jedoch nicht als Antwort an einen ihrer Vertrauten, sondern an all ihre vierzehntausend Follower. Sofort suchten diese Google-Bilder von Leuten, die vor besagtem Politiker zurückwichen, und hängten sie an Retweets von Lucilles scharfen Worten. Die Geschichte hielt sich sogar ein paar Tage auf den Titelseiten der Boulevardzeitungen. In der Folge wurde Lucille rasch aus dem Schattenkabinett entfernt. Und nun verbringt der arme Ben jede Menge Zeit auf Twitter, wo er als Lucille twittert, weil er ihr verboten hat, weiterhin eigene Tweets zu senden. Ich warte nur auf den Tag, an dem ihm selbst ein Fehler unterläuft und er so etwas wie: »Treffe mich mit @EllieMottram, um uns zu besaufen und ein Curry zu essen« von Lucilles Account twittert anstatt von seinem eigenen, aber ich glaube, um einen derart dummen Fehler zu begehen, ist er technisch zu versiert. Außerdem ist er ziemlich diskret, was sein Privatleben angeht.

Ich überprüfte Roses Twitter-Nachrichten und sah, dass sie bei der Weihnachtsfeier ihrer Firma war, dann überprüfte ich Olivers, doch der hatte nur unverständliches Zeug über künftige Märkte getwittert. Ich steckte mein Telefon ein, und wir bestellten einen weiteren Cocktail, der diesmal in einer Kokosnuss mit zwei Strohhalmen serviert wurde, sodass wir ihn uns teilen konnten. Während wir tranken, noch eine Weile die schönen Menschen beobachteten und versuchten, uns trotz der Musik über sie zu unterhalten, stellte ich fest, dass ich mich fürchterlich langweilte. Ich befand mich mit meinem besten Freund an einem legendären Ort. Dennoch konnte ich nur daran denken, wie viel besser wir uns bei einem Bier oder einem einfachen Rotwein in einer schlichten Bar amüsieren würden, um uns über einen Film oder eine Ausstellung zu unterhalten, den oder die wir gerade gesehen hatten. So muss es sein, wenn man zu den oberen Zehntausend gehört – nicht nur, dass man sich enorm viel Mühe mit seinem Aussehen geben muss, man muss auch noch in Läden gehen, in denen man nicht unbedingt sein will, und mit Leuten sprechen, mit denen man eigentlich nicht reden möchte. Zum Glück blieb mir dieses Schicksal erspart, denn ich kannte dort niemanden außer Ben. Ich dachte jedoch über all die Partys nach, auf denen Rose im Laufe der Jahre gewesen war, nur um zu »netzwerken«. Woher um alles in der Welt nahm sie die Kraft dazu? So ist Rose eben – wenn sie sich etwas vornimmt, zieht sie es durch.

Es war warm, und die zwei Cocktails hatten mich ziemlich müde gemacht – außerdem war es schon nach eins. Offenbar beginnt der Abend als Promi spät, wenn man am nächsten Morgen lediglich um elf Uhr einen Termin bei der Pediküre hat. Ich musste heftig gähnen, und dann sah ich, dass Ben ebenfalls gähnte. Ich streckte mein Bein aus und stupste ihn mit der Schuhspitze an.

»Wollen wir gehen?«, formte ich mit den Lippen.

Ben nickte begeistert und stand auf. Wir bahnten uns einen Weg durch die schönen Menschen zur Tür, und dort stand, inmitten einer Gruppe der schönsten Menschen von allen, Oliver. Er gehörte zur Anzug-ohne-Krawatte-Fraktion, die Haare fielen ihm in die Stirn, und seine langen, eleganten Finger hielten den Stiel eines Cocktailglases. Keine Kokosnuss oder Ananas, stellte ich fest – Oliver trank Martini mit Oliven. Ich beschloss sofort, mich künftig von süßen rosafarbenen Getränken fernzuhalten und mir anzugewöhnen, trockenen Martini zu mögen, auch wenn es mich umbringen würde. Was vermutlich der Fall war, denn, seien wir ehrlich, es ist ein schreckliches Getränk. Ich hätte gern behauptet, dass die Musik verstummte und die Menge zurückwich, während sich unsere Blicke trafen und unsere Lippen sich zu einem scheinbar endlosen Kuss vereinten. Doch das wäre ganz offensichtlich lächerlich. Als ich ihn sah, blieb ich stehen und sagte etwas einfallslos: »Hallo! Schön, dich hier zu treffen.« Wir küssten uns gegenseitig auf die Wangen oder drückten vielmehr unsere Kiefer aneinander, wie man das eben so macht, und Oliver antwortete: »Was für ein Zufall.« Dann zwinkerte er mir zu, sodass ich wusste, er hatte meinen Tweet gelesen und war entsprechend überhaupt nicht überrascht, mich zu sehen. Ich fragte mich, ob er – nur vielleicht – hergekommen war, weil er wusste, dass er mich dort treffen würde, aber das schien zu abwegig. Wahrscheinlich kam er ständig her.

»Was wollt ihr trinken?«, fragte Oliver.

Ich öffnete den Mund, um zu sagen, dass ich gern einen trockenen Martini hätte, doch Ben kam mir zuvor: »Nichts, danke, wir wollten gerade gehen.« Er schien nicht sonderlich erfreut, Oliver zu treffen. Dabei hatte ich gedacht, die beiden würden sich mögen. Schließlich waren beide klug und ungefähr gleich alt und hatten noch so einiges andere gemeinsam, aber da hatte ich mich wohl getäuscht.

»Seid ihr sicher?«, fragte Oliver. »Ellie?«

»Nein, wir sollten wirklich gehen«, erklärte ich. »Ich muss morgen früh aufstehen. Rose und ich fahren über Weihnachten zu meinem Vater und meiner Stiefmutter.« Ja, richtig, ich hörte mich langweilig und steif und wie eine Zwölfjährige an.

»Schade«, bemerkte Oliver, und Ben meinte, ja, es sei schade, und wir sollten uns unbedingt ein anderes Mal alle zusammen treffen, was enorm unaufrichtig klang. Dann tauschten wir die üblichen Weihnachtshöflichkeitsfloskeln und stellten fest, dass Rose Oliver für Silvester zu uns eingeladen hatte. Ben und er würden also schneller ein paar Drinks zusammen trinken, als Ben dachte.

Draußen warteten wir gefühlte Stunden auf ein Taxi, ein besetzter Wagen nach dem anderen fuhr an uns vorbei. Und als schließlich ein leeres Taxi hielt, weigerte sich dieser Mistkerl von Fahrer, auf die südliche Seite der Themse zu fahren, obwohl er das laut Taxiverordnung musste.

»Fahr du«, sagte ich zu Ben. »Ich nehme den Bus.«

Er zögerte, während er sich mit einer Hand an der offenen Wagentür festhielt. »Steigen Sie jetzt ein oder nicht?«, fragte der Fahrer.

Daraufhin schlug Ben vor: »Warum kommst du nicht mit zu mir?«

Und ich sagte: »Okay.«

Ich übernachtete nicht gerade häufig bei Ben, aber wenn wir zusammen ausgingen und ich den letzten Zug verpasste, kam es manchmal vor. Wir würden uns ein Kebab in dem Laden am Ende von Bens Straße kaufen – Falafel in Fladenbrot mit extra Chilisoße, keine Zwiebeln auf Bens, und einer riesigen Tüte fettiger Pommes –, und wir würden Winston Schnurrchill Hummus von unserem Finger schlecken lassen. Winston ist Bens schwarzweißer zugelaufener Kater, und er hat einen kosmopolitischen Geschmack. Dann würde ich mir die Zähne mit einem Klecks Zahnpasta auf dem Finger putzen und mir das Gesicht mit Bens Seife waschen, wonach sich meine Haut am nächsten Tag immer trocken anfühlte und spannte. Er würde anbieten, auf dem Sofa zu schlafen und mir sein Bett zu überlassen, und ich würde sagen, dass das Sofa für mich okay sei, und alles wäre völlig normal.

Doch in dieser Nacht war es ein bisschen anders. Wir saßen schweigend auf der Rückbank des Taxis, und der Abstand zwischen uns fühlte sich zu groß oder zu klein an – irgendwie jedenfalls nicht richtig. Nach einer Weile sagte ich: »Und wie fandest du's?«

»Nur Idioten«, antwortete Ben. »Warum wolltest du dahin?«

»Hat es dir keinen Spaß gemacht, die scharfen Frauen zu beobachten?«, fragte ich.

Ben zuckte mit den Schultern. »Die waren okay. Aber ich stehe nicht auf Frauen, die in Designerklamotten herumstolzieren und ihre Haare nach hinten werfen, das weißt du doch. Ich mache nicht den Gigolo – außer für dich«, fügte er höflich hinzu.

Ich rutschte zu ihm und stieß ihn für diese Bemerkung mit dem Ellenbogen in die Seite, dann blieb ich dort sitzen. Unsere Arme berührten sich. Mir fiel nichts mehr ein, was ich sagen konnte. Ich wunderte mich über Bens Wahrnehmung all der schönen Frauen mit den tollen Haaren. Stand er wirklich nicht auf sie? Vielleicht hatte er recht, und sie warteten nur, dass ein reicher Typ kam und sie heiratete. Aber vielleicht waren sie auch Hedgefonds-Managerinnen oder Leiterinnen der Marketingabteilung in einem multinationalen Konzern oder einfach jemand, der viel Wert auf sein Äußeres legte und gern mit Freunden in Clubs ging, so wie Rose. Wie Rose hatten sie ein Zuhause und Schwestern, die sich ihre Schuhe liehen. Sie hinterließen ihre Haare im Bad und aßen manchmal eine ganze Packung Orangenkekse, auch wenn sie ihr Reizdarmsyndrom am nächsten Tag dafür bestrafte und sie zwei zusätzliche Stunden im Fitnesscenter verbringen mussten. Doch es war mehr an Rose als nur ihre strahlende Schönheit – sie war liebenswert und klug und hatte einen wundervollen Sinn für Humor, und sie besaß einen tollen Geschmack. Also würde Ben – oder Oliver oder irgendein anderer Mann – doch lieber jemanden wählen, der all das war und aussah wie Rose, als jemanden wie mich, der nur ein paar dieser Eigenschaften besaß und nicht so aussah.

Wie viele Kalorien hatte ich den Tag über gegessen? Zweitausend? Dreitausend? Rose gestattete sich ja nur (sie sagte immer »ich darf nur …«, als ob eine Agentur ihr vorschriebe, was sie essen durfte und was nicht) tausendzweihundert am Tag. Ich hatte zum Frühstück eine Schale Cornflakes gegessen, zum Mittagessen ein Thunfischsandwich und am

Nachmittag ein Mars, weil ich leicht gereizt war und etwas brauchte, das mir die Zeit bis um fünf Uhr versüßte. Außerdem zwei Scheiben Toast mit Erdnussbutter, bevor wir ausgegangen waren, um eine Grundlage zu haben. Und den Kübel Käsebällchen, die Ben und ich verputzt hatten (diese Dinge sind wie Crack, und wenn es sie in den Läden gibt, weiß ich, dass Weihnachten ist). Das war normal, oder? Okay, ich hatte nicht meine täglichen fünf Obst- und Gemüseportionen gegessen, aber im Allgemeinen tat ich das. Ich nahm eine normale Menge Essen zu mir, oder? Aber für die Armee der Größe vierunddreißig tragenden Frauen, die ich im Club eifersüchtig bewundert hatte, war es nicht normal.

So war ich ebenso erleichtert wie enttäuscht, dass Ben den Taxifahrer nicht bat, am Kebab-Laden zu halten. Wir fuhren direkt zu seiner Wohnung und gingen nach oben. Ben schaltete nicht das Licht ein, und als er ans Fenster ging, um den Vorhang zuzuziehen, beleuchtete die Straßenlaterne kurz sein Gesicht.

»Soll ich das Sofa nehmen?«, fragte ich. Doch Ben schüttelte den Kopf.

»Komm einen Moment her«, sagte er. Noch immer auf meinen hohen Absätzen und in meinem schwarzen Kleid ging ich langsam zu ihm.

»Dreh dich um«, bat er. Ich gehorchte, und er öffnete meinen Reißverschluss. Doch anstatt verführerisch auf den Boden zu gleiten, hielt sich das Kleid hartnäckig oben, wo es an Kilometern von bombenfesten Brustklebestreifen haftete, mit denen ich es an meinem hautfarbenen BH befestigt hatte. Zudem trug ich noch das schreckliche Drück-alles-weg-Höschen (solche, die eine spezielle Lasche haben, durch die man pinkeln kann, und tiefe rote Furchen auf der Haut hinterlassen; jede einzelne Naht prägt sich unauslöschlich ein).

»Das wäre dann alles, Butler«, sagte ich. »Den Rest bekomme ich allein hin.«

Ich hörte, dass Ben tief Luft holte, als wollte er etwas Wichtiges sagen. Doch dann meinte er nur: »Nimm du das Bett. Ich schlafe hier.«

Ich fand ein altes T-Shirt von ihm, zog es an und schlüpfte unter die dunkelblaue Decke. Sofort umfing mich sein warmer Geruch. Trotz Winstons beruhigenden Schnurrens – er lag auf meiner Hüfte – brauchte ich eine ganze Weile, um einzuschlafen.

Am nächsten Morgen erwischten Rose und ich noch gerade den Zug und ließen uns lachend auf unsere Plätze fallen. Wir saßen inmitten von Tragetaschen voller Geschenke (Roses geschmackvoll in glänzendes Silberpapier mit einer grauen Chiffonschleife eingepackt, meine nachlässig in braunes Papier gewickelt und mit einem Bindfaden verschnürt).

»Und wie war es im Mahiki?«, erkundigte sich Rose.

»Fantastisch«, antwortete ich. »Wir hatten einen tollen Abend.«

5. Kapitel

Ich nehme das Bett am Fenster!« Rose stürmte durch die Tür und warf sich samt Koffer auf eins der beiden Betten.

Ich lachte. »Du kannst es dir aussuchen, es ist schließlich dein Zimmer.« Streng genommen war es das natürlich nicht mehr, es war Dads und Serenas Gästezimmer. Sie hatten es geschmackvoll mit strahlend weißen Tagesdecken eingerichtet und ein abstraktes Gemälde in leuchtenden Farben über dem Kamin aufgehängt. Doch früher war es Roses Zimmer gewesen – sie hatte sich als Zehnjährige in den Raum verliebt, denn wenn man sich aus dem Fenster lehnte und den Hals reckte, konnte man ein kleines Stück vom Fluss erspähen, und manchmal glitten sogar Schwäne vorüber.

Mein ehemaliges Zimmer befindet sich ganz oben, im umgebauten Dachboden. Es störte mich nicht im Geringsten, dass man aus den winzigen Fenstern nur den Himmel sehen konnte. Mir gefiel die Vorstellung, direkt unter dem Dach mein eigenes kleines Königreich zu haben, in dem ich mich stundenlang mit einem Buch verkriechen und Roses Flehen ignorieren konnte, herunterzukommen und mit ihr zu spielen. Jetzt dient es Serena als Arbeitszimmer, und dort steht ein bequemes Sofa, das man zum Doppelbett ausziehen kann. Dort schlafen Granny und Grandpa. Jedes Weihnachten fragt Dad sie taktvoll, ob sie nicht lieber in Roses Zimmer schlafen wollen, und jedes Weihnachten erklären sie ihm, er solle sich nicht lächerlich machen, und bestehen darauf, dass sie mit den Treppen wunderbar zurechtkämen.

Granny und Grandpa sind die Eltern von Mum. Seit wir hergezogen sind, haben sie jedes Weihnachten mit uns verbracht. Es ist seltsam, wenn ich an das erste Jahr zurückdenke, als Mum und Dad ganz aufgeregt waren und im Garten Hühner und Gänse halten wollten und vielleicht sogar ein Schwein. Mum hatte alle möglichen Ideen zum Umweltschutz und wollte ländlich leben – sie gehörte immer zu den Ersten, wenn ein neuer Trend aufkam. Manchmal betrachte ich Fotos von ihr und Dad aus der Zeit, als sie sich kennengelernt haben. Damals hatte Mom schwarz gefärbte Haare und trug Spitzenschals mit Handschuhen, die bis zu den Ellenbogen reichten. Als die Sache mit den Gruftis losging, war sie voll dabei. Eigentlich haben Dad und sie sich auf einem Joy-Division-Konzert kennengelernt, und Dad sagt, er habe sofort gewusst, dass die Gestalt in dem dunkelroten Brokatkorsett und mit dem Lederrock seine Frau fürs Leben war. Gott weiß, was Granny und Grandpa gedacht haben, als ihre exzentrische Tochter, ihr einziges Kind, das an die Universität gegangen war, um Computerwissenschaften zu studieren, nach dem ersten Semester wie ein Vampir gekleidet heimkehrte und nach dem zweiten Semester mit mir schwanger war.

Damals dachten viele Leute noch, sie »*müssten* heiraten«. Das wäre für Mum und Dad jedoch kein Grund gewesen, dazu waren sie zu unkonventionell. Sie waren allerdings so verrückt nacheinander, dass sie es deshalb unbedingt dennoch tun wollten. So gingen sie zum Standesamt von Chelsea – Mum in einem engeren Korsett als je zuvor – und fuhren anschließend nach Frankreich, um mit einem Campingwochenende ihre Flitterwochen zu begehen. Was sich übrigens als einziges Desaster entpuppte. Ich erinnere mich, dass ich Mum immer wieder angebettelt habe, mir vor dem Einschlafen die Geschichte zu erzählen: Es regnete und regnete, und ihr Zelt leckte, und ihre mageren Essensvorräte waren nass. Schließlich fuhren sie per Anhalter ins nächste Dorf und suchten Unterschlupf in einem winzig kleinen Café, wo sie zumindest eine saubere Toilette benutzen und etwas essen konnten. Mum hatte erzählt, wie erleichtert sie gewesen war, im Warmen und Trockenen zu sitzen. Die Suppe wäre das Köstlichste gewesen, das sie je gegessen hätte, und die Kellnerin sei so nett und so hübsch gewesen, dass sie zu Dad gesagt hätte: »Luke, wenn das Baby ein Mädchen wird, nennen wir es nach dieser Frau.« Zu diesem Zeitpunkt hatten sie die Kellnerin noch nicht einmal nach ihrem Namen gefragt – es hätte Clothilde oder etwas Scheußliches sein können, aber sie hieß Elodie. Als Rose geboren wurde, hatte Mum sich bereits ein bisschen verändert und die schwarzen Kleider entsorgt. Dad und sie wohnten zu dem Zeitpunkt in einer kleinen Wohnung in Earl's Court, während Dad und sein Geschäftspartner Stu wie verrückt arbeiteten, um ihre Firma für Softwareentwicklung nach vorn zu bringen. Mum sagte immer, sie und Dad hätten mich so sehr geliebt, dass sie es einfach nicht abwarten konnten, noch ein weiteres Baby zu bekommen, auch wenn sie schrecklich arm waren. Und als Rose zur Welt kam, seien sie so überwältigt von ihrer Schönheit gewesen (völliger Unsinn, ich habe Bilder gesehen, sie war ein verschrumpelter kleiner Troll), dass sie ihr den Namen Rosamund gegeben hätten – die Rose der Welt. Aber pompöse Namen für Kinder halten sich meist nicht lange, und als wir schließlich in die Schule kamen, war ich Ellie und Rose war Rose.

Vermutlich hätten sie noch mehr Kinder bekommen.

Mum war am glücklichsten, wenn sie mit uns spielte und so tat, als sei der Schrank unter der Treppe ein Schloss. Oder wenn sie Kleider für Papierpuppen ausschnitt oder Lebkuchenmännchen buk. Doch nach Roses Geburt haben sie es ein paar Jahre lang probiert, und als schließlich kein drittes Baby kam, ging Mum zum Arzt und ließ ein paar Tests machen. Dabei stellte sich heraus, dass sie Gebärmutterhalskrebs hatte und sich einer Totaloperation unterziehen musste. Sie war damals erst achtundzwanzig. Dads und Stus Geschäft sorgte mittlerweile für Furore. Sie hatten eine Anwendung entwickelt, die sich WebSurfer nannte, einer der ersten Internetbrowser. In den frühen Neunzigerjahren nahm Dad das Angebot eines amerikanischen Computerriesen an, ihm sein Geschäft abzukaufen, und wir zogen in dieses kleine Steinhaus mit zwei Morgen Garten, von wo aus man ein Stück der Themse sehen kann. Dad wollte sich früh zur Ruhe setzen und mit Mum ihre Vorstellungen von einem ethischen Leben mit Hühnern und Schweinen und einem biodynamischen Obstgarten verwirklichen. Doch dann fühlte Mum sich ständig krank, und als sie zum Arzt ging, stellte der fest, dass der Krebs zurückgekommen war und Metastasen gebildet hatte. Noch vor dem nächsten Weihnachtsfest im neuen Haus war sie tot.

Obwohl er sehr mitteilsam war und uns stets ermuntert hat, über unsere Gefühle zu sprechen, und uns von seinen erzählt hat, kann ich mir nicht vorstellen, wie das für Dad gewesen ist. Er schlug sich irgendwie durch, blieb zu Hause und kümmerte sich als Vollzeitvater um uns; gelegentlich kamen Granny und Grandpa für einige Zeit, um ihm zu helfen. Ich mied die Gesellschaft anderer und bekämpfte meine Einsamkeit mit Büchern und Schulaufgaben. Einsam war ich deshalb, weil Rose, als sie auf die weiterführende Schule gehen sollte, plötzlich verkündet hatte, dass sie ein Internat besuchen wollte.

Ich habe keine Ahnung, welches Mädchenbuch zu dieser Entscheidung geführt hat. Trotz Dads sanftem Protest und meinen gemeinen emotionalen Erpressungsversuchen blieb Rose jedenfalls stur, beharrte auf ihrem Vorhaben und setzte es schließlich in die Tat um. Vermutlich haben Rose und ich uns seitdem in so unterschiedliche Richtungen entwickelt. Während ihrer Zeit am Cheltenham Ladies' College – Rose wollte nicht auf irgendein Internat gehen, sondern genau auf dieses – erwarb Rose ihre Haltung, ihren anmutigen aufrechten Gang, die Fähigkeit, »mit Fremden« zu sprechen, ihre Sorgfalt und Ordentlichkeit und ihre Liebe zu Kunst und Mode. All die Dinge, die sie von mir unterscheiden.

Ich war zu jener Zeit einfach ein ganz normaler Teenager. Ich war glücklich, wenn ich auf dem Gymnasium meine Ruhe hatte, und lernte eifrig, um einen Studienplatz für Englische Literatur an der UCL zu ergattern. Mir fiel nicht auf, dass meine Schwester auf ein anderes Ziel hinarbeitete. Ich bin mir nicht einmal sicher, ob es ihr selbst damals bewusst war, aber Rose wollte hoch hinaus, höher als Dad und ich. Als sie uns zurückließ, war sie zwar traurig, aber sie bereute es nicht.

Doch wie gesagt, Dad war wirklich großmütig und widmete uns all seine Zeit. Ich weiß nicht, ob er Freundinnen hatte – wenn, dann hielt er sie von seinen Töchtern fern. Vermutlich spürte er, dass wir jede Frau abgelehnt hätten, die es auf Mums Platz abgesehen hatte. Erst als wir beide zur Universität gingen und Dad wieder anfing zu arbeiten (er hatte als Hobby Software für webbasierte interaktive Kriegsspiele geschrieben und, wie nicht anders zu erwarten, damit großen Erfolg; für einen Mann, dem Geld so wenig bedeutet wie ihm, besitzt Dad einen übermäßig großen Anteil der Midas-Gabe), tauchte Serena auf.

Sie ist Trickfilmzeichnerin, sie und Dad haben sich kennengelernt, als sie sich für das Design von seinem letzten Spiel beworben hat – offenbar, als der Feuer speiende Drache, den sie entworfen hatte, auf dem Bildschirm explodierte. Dad hatte buchstäblich vor Angst geschrien. Serena ist großartig. Und sie ist ein ganzes Stück jünger als Dad. Als sie geheiratet haben, war sie vierunddreißig, im selben Alter wie Mum, als sie gestorben ist (was auch immer ihr darin sehen wollt, Freudianer), und Dad ist letztes Jahr fünfzig geworden. Sie sind also zwölf oder dreizehn Jahre auseinander, aber Dad ist in allen wichtigen Dingen so jung geblieben, dass es keine Rolle spielt. Serena ist klein und dunkel und hat kurz geschnittene Haare, die sie mit Wachs und Pomade kunstvoll zurechtzupft. Außerdem trägt sie eine Designerbrille aus Metall. Sie hat nie versucht, Rose und mich zu bemuttern, stattdessen begegnet sie uns mit gelassener Freundlichkeit. Vermutlich hofft sie, dass wir sehen, wie glücklich sie Dad macht, und dass wir sie, wenn schon nicht um ihrer selbst willen, wenigstens deshalb mögen.

Für mich war das nie ein Problem – ich finde sie toll, und obwohl wir Mum vermissen, wäre es verrückt zu erwarten, dass Dad für immer Single bleibt. Rose findet sich damit nicht ganz so mühelos ab, und manchmal macht sie es der armen Serena nicht gerade leicht.

Über all das dachte ich nach, während ich meinen kleinen Rollkoffer auspackte, der Kleider für vier Tage enthielt, und alles ordentlich in den Schrank räumte – Rose dreht leicht durch, wenn wir uns ein Zimmer teilen und ich nicht ordentlich bin –, aber vor allem war ich aufgeregt. All die Traditionen, die Mum angefangen, Dad sorgfältig fortgeführt und Serena auf feinfühlige Weise unverändert übernommen hatte, würden in den nächsten Tagen wieder aufleben. Da war das Spaghetti-bolognese-Essen am Weihnachtsabend, gefolgt von einem Spaziergang zum Pub. Der Mitternachtsgottesdienst in der Dorfkirche für jene, die hingehen wollten, was hieß: die Großeltern und gelegentlich Rose oder ich, aber niemals Dad. Die Weihnachtsstrümpfe, die Dad noch immer für Rose und mich machte, obwohl wir inzwischen wirklich zu alt für sie waren (und das hübsche Make-up, die Kaschmirhandschuhe und Ähnliches, die in den letzten Jahren darin aufgetaucht waren, legten den Verdacht nahe, dass die Verantwortung für sie auf Serena übergegangen war). Der Truthahn und die Bratensoße und die besondere Nusskruste, die Granny für Dad und mich machte, und der Weihnachtspunsch, den Grandpa mischte. Jedes Jahr war es dasselbe, und jedes Jahr, ungefähr ab dem ersten Dezember, machte sich bei dem Gedanken daran ein aufgeregtes Kribbeln in mir bemerkbar. Ich weiß, es ist etwas tragisch, und ich sollte dem inzwischen entwachsen sein, aber ich liebe Weihnachten. Und obwohl sie so etwas Uncooles niemals zugeben würde, weiß ich, dass es Rose genauso geht. Während ich meine Sachen in die Schublade räumte, die Serena sorgfältig mit weißem Seidenpapier ausgelegt hatte, sah ich, dass Rose ihre Unterhöschen mit den kleinen Rentieren und den Stechpalmzweigen mitgebracht hatte.

Am nächsten Morgen erwachte ich von dem hellen Licht, das durch die zarten Vorhänge ins Zimmer fiel, und bemerkte den Schnee. Es hatte bereits gestern Nacht angefangen zu schneien, als wir nach der letzten Runde vom Pub nach Hause gelaufen waren. Ich drehte mich um, lag eine Weile ruhig da und genoss die unfassbare Stille, die eine Schneedecke mit sich bringt. Ich betrachtete meinen verführerisch ausgebeulten Weihnachtsstrumpf und fragte mich, ob ich es wagen konnte, Rose zu wecken. Es dauerte nicht lange, und ich konnte die Vorfreude nicht länger aushalten, stand auf, duschte und zog mich an. Dann wachte auch Rose auf.

»Frohe Weihnachten«, sagte ich.

»Frohe Weihnachten.« Rose grinste breit und machte einen kleinen Hüpfer auf ihrem Bett. »Sollen wir sie aufmachen?«, fragte sie.

»Ja«, erwiderte ich. »Und dann zeigen wir uns von unserer besten Seite und bringen Grandpa und Granny einen Kaffee nach oben.«

Wir rissen das Geschenkpapier auf, und es kamen wundervolle Dinge wie Burt's Bees Lipbalsam hervor; Urban-Decay-Lidschatten, gestreifte Wollstrumpfhosen, Schokoladenmuscheln, eine Flasche Trüffelöl für Rose und ein riesiges Glas Marmite für mich. Taschenbücher und iPod-Hüllen, an denen wir ebenso viel Freude hatten wie in unserer Kindheit, als wir neue Kleidung für unsere Puppen und Buntstifte ausgepackt hatten. Schließlich war alles geöffnet. Wir beförderten die Schokoladenorangen aus den Sockenzehen hervor, und unsere Betten waren mit glänzendem Papier übersät.

»Gute Beute«, sagte ich.

»Gute Beute«, stimmte Rose zu. »Geh du runter, ich mache mich fertig und komme gleich nach.«

Als ich in die Küche kam, war Serena bereits dort. Sie trug einen ziemlich scharfen roten Seidenpyjama und beförderte gerade einen riesigen Truthahn in den Ofen.

»Gott, was habe ich mir nur dabei gedacht, dieses Monster zu kaufen?«, sagte sie. »Es muss nur für sieben Personen reichen, aber es ist groß wie ein Nilpferd. Ich werde monatelang an den Resten essen. Frohe Weihnachten, Ellie.«

»Frohe Weihnachten«, antwortete ich, und nachdem Serena den Truthahn abgestellt hatte, küsste ich sie auf ihre weiche honigfarbene Wange. »Wir haben gerade unsere Strümpfe ausgepackt. Tolle Sachen. Ich wusste gar nicht, dass Dad Burt's Bees kennt.«

Serena lachte. »Ich würde ja behaupten, dass ich versuche, einen Metrosexuellen aus ihm zu machen, aber das würdet ihr mir nicht glauben. Obwohl natürlich nicht Luke der Metrosexuelle ist, sondern der Weihnachtsmann. Vielleicht gehört es zu Rudolphs Aufgaben, ihm jede Woche die *Grazia* zu bringen.«

Ich sang die Melodie von Rudolph, the Red-nosed Reindeer. »Ihr kennt *Grazia* und *Cosmopolitan*, *Tatler*, *Stylist* und *Harpers* und … Nein, das geht nicht. Mir fallen keine mehr ein.«

»*Vogue* passt nicht«, überlegte Serena, »und *Marie-Claire* oder *Elle* auch nicht. *Instyle* vielleicht.« Sie versuchte es zu singen, und es klang so furchtbar, dass wir beide am Küchentresen lehnten und wie verrückt kicherten, als Rose hereinkam. Wie immer war sie wunderbar und dem Anlass entsprechend zurechtgemacht. Sie trug ein cremefarbenes Seidenwickelkleid mit karamellfarbenen Knautschstiefeln, hatte die Haare mit hübsch glitzernden Kämmen auf dem Kopf aufgetürmt und die übergroße Perlenkette umgelegt, die sie in ihrem Strumpf gefunden hatte. Ich deutete es als Zeichen, dass sie Serena eine Freude machen wollte, und war ein bisschen erleichtert.

Nachdem das Essen Roses Ansprüchen entsprechend vorbereitet war, verpackten Dad, Rose und ich uns in Schals, Mäntel und Handschuhe. Wir gingen hinaus und bauten einen Schneemann, dem wir zum Abschluss eine Karottennase ins Gesicht steckten und Grandpas abgetragene Tweedkappe aufsetzten, die er auf Spaziergängen hier in der Gegend trug. Ich nahm mir vor, sie vor dem Abend wieder hereinzuholen, weil Grandpa sie wirklich heiß und innig liebte. Trotz der eisigen Temperaturen glühten wir alle, und uns war warm vom Lachen. Ich schaute den Schneemann an und dachte, wie sehr er Pers gefallen würde. Ob Claire mit ihr in den Park gegangen war, um einen eigenen Schneemann zu bauen? Ganz kurz kam mir der Gedanke, dass ein Weihnachten ohne Kinder ein ganz kleines bisschen leer und traurig wirkte. Ich war nicht mit dem Brütvirus infiziert – ich liebe Pers, und ich gehe davon aus, dass ich eines Tages eigene Kinder haben werde, aber momentan kann ich mir noch nicht vorstellen, die Verantwortung auf mich zu nehmen.

Vielleicht würde Rose Oliver heiraten, und in ein paar Jahren würde ein kleines Kind durch Dads verschneiten Garten tapsen, sich plötzlich auf den Hosenboden setzen und auf diese typische, so absolut niedliche Weise überrascht aufblicken. Dann stellte ich mir vor, wie es wäre, allein in der Wohnung in Battersea zu wohnen, wenn Rose und Oliver woanders lebten – ich meinte, er hätte gesagt, dass er eine Wohnung in Barbican besaß –, und plötzlich fröstelte ich. In dem Moment kamen Stu, Dads alter Geschäftspartner, sowie Serenas Eltern Gill und Michael an, und wir gingen ins Haus, legten unsere diversen Schichten ab und öffneten den Champagner.

Schließlich – spät wie immer am Weihnachtstag – war das Mittagessen fertig. Wir gingen alle nacheinander ins Esszimmer und sahen zu, wie Dad den Truthahn tranchierte, um anschließend auf äußerst zivilisierte Weise zu schlemmen. Nach dem Hauptgang und vor dem Pudding, nachdem alle stöhnten, sie könnten unmöglich noch ein Chipolata-Würstchen oder Rosenkohl essen, trugen Rose und ich die Teller in die Küche. Wir stellten sie auf die, aber nicht in der Spülmaschine ab, weil eine aufgeschobene Arbeit nur halbe Arbeit ist. Dad schenkte allen nach, und Grandpa stand auf und schlug mit dem Senflöffel gegen sein Glas.

Er hielt seine kleine Rede, die er auch schon an den letzten dreizehn Weihnachten gehalten hatte. Vermutlich hatte er es auch in den Jahren zuvor schon getan, doch ich hatte es als etwas abgetan, das Erwachsene taten und das für mich keine Bedeutung hatte. Doch seither war es eine ziemlich wichtige Sache geworden. Er sprach schnell und liebenswert darüber, dass Weihnachten die Zeit der Familie und der Freunde sei – hier schenkte er Stu ein warmes Lächeln, der bereits grenzwertig komatös vom Punsch zu sein schien – und fügte an, dass wir um diese Jahreszeit am intensivsten und am traurigsten an jene denken, die wir gern dabeihätten, die aber nicht da sein konnten.

Dann sagte er: »Ich spreche meinen üblichen Weihnachtstoast auf alle Lieben aus, die nicht bei uns sind«, und alle murmelten: »Auf die Lieben, die nicht bei uns sind«, und tranken dankbar einen Schluck aus ihrem Glas. Dad drückte Serenas Hand, um ihr zu zeigen, dass zwar alle an Mum dachten, *sie* aber jetzt in seinem Leben war und er sie *jetzt* am meisten liebte. Und Serena drückte ebenfalls seine Hand, und dann hüstelte Dad ein bisschen und machte Anstalten aufzustehen, überlegte es sich jedoch anders und setzte sich wieder hin.

»Ich habe euch etwas zu sagen«, verkündete er, »und da wir heute alle hier versammelt sind, scheint mir der richtige Zeitpunkt dafür zu sein.«

Ich sah in sein Gesicht, das zugleich überglücklich und unsicher wirkte, und in Serenas Gesicht, das vor Aufregung glühte. Dann auf das sprudelnde Wasserglas in ihrer Hand mit dem Titanehering, und ich wusste genau, was er sagen würde. Doch Rose ahnte es nicht. Sie hatte sich halb Granny zugewandt, wartete ungeduldig darauf, ihre Unterhaltung fortzusetzen, und wirkte etwas irritiert und gereizt. Ich wollte Dad aufhalten und ihm sagen, dass es keine gute Idee war. Dass er es sich für einen anderen Tag aufheben sollte, aber das ging nicht. Dad ist in der Öffentlichkeit bestenfalls ein mieser Redner, aber in diesem Setting, mit seinen Töchtern, seinen Schwiegereltern (auch noch gleich zweien, das war wirklich hart) und seinem besten Freund, wurde er geradezu redselig.

»Die Familie ist Serena und mir enorm wichtig«, sagte er. »Sie ist eine wunderbare enge Freundin für Ellie« – stimmt – »und Rose« – halt, langsam, Dad – »Gill und Michael haben mich als ihren Sohn aufgenommen, wenn auch als ziemlich alten Sohn.« Er kam richtig in Fahrt. Ich grub meine Fingernägel in die Handflächen und wünschte mir, dass er sich kurz fasste. Oder noch besser, gleich ganz schwieg, aber dafür war es zu spät.

»Und wir freuen uns sehr, dass wir die Familie um eine zusätzliche Generation erweitern werden«, stieß Dad in einem Schwung hervor. »Serena bekommt im Juni ein Baby. Vielmehr bekommt sie Zwillinge, und wir sind beide sehr stolz und sehr glücklich.«

Die Menge, wie es so schön heißt, tobte. Granny und Grandpa schoben ihre Stühle zurück, gingen zu Dad und sagten ihm vorsichtig, wie sehr sie sich für ihn und Serena freuten. Granny wischte sich eine Träne aus dem Augenwinkel und sagte, es sei, als wäre Elizabeth im Raum und gebe ihnen ihren Segen. Ich stand auf und wollte Serena richtig umarmen, damit sie wusste, dass ich mich ehrlich für sie freute, es mir nichts ausmachte und ich nicht im Geringsten wütend oder eifersüchtig war. Gill und Michael hielten sich an den Händen und wirkten sehr glücklich mit sich und ihrer Tochter, die ihnen im reifen Alter von neununddreißig Jahren nicht nur eins, sondern gleich zwei Enkelkinder schenken würde. Stu stand auf, um wem auch immer zu gratulieren, blieb mit dem Fuß am Stuhlbein hängen und stürzte, wobei er den Punschkrug mit sich riss. Ich änderte rasch die Richtung und sah nach, ob es ihm gut ging, denn ein Gast mit Gehirnerschütterung würde uns nun wirklich Weihnachten verderben.

Nur Rose verharrte auf ihrem Platz. Sie saß eine ganze Weile unbeweglich da, während der Punsch, den Stu verschüttet hatte, sich über die rote Tischdecke und ihr cremefarbenes Kleid ergoss. Dann stand sie sehr, sehr langsam auf und hielt sich an der Tischkante fest, als müsste sie erst ihr Gleichgewicht finden – was vielleicht auch der Fall war, denn sie hatte jede Menge Champagner getrunken.

»Wie könnt ihr es wagen?«, sagte sie leise, dennoch hörten wir in dem Durcheinander jedes Wort. »Wie könnt ihr es verdammt noch mal wagen, Mum das anzutun?« Dann wandte sie sich ab und verließ das Zimmer, wobei der Punsch von ihrem Schoß auf den schönen Wollteppich tropfte, den Serena auf ihrer Reise nach Tibet gekauft hatte und auf den sie unendlich stolz war. Rose stieg langsam und anmutig die Treppe hinauf, wobei ihre aufgetürmten goldenen Haare, ihr langer Nacken und ihr aufrechter schlanker Rücken langsam verschwanden, bis sie den oberen Treppenabsatz erreicht hatte. Dann bebten die Gläser und die Teller auf dem Tisch sowie die Kugeln am Weihnachtsbaum, so fest schlug sie die Tür zu unserem Zimmer zu.

Einen Augenblick herrschte vollkommene Stille. Dann rappelte sich Stu auf und entschuldigte sich für das Chaos, das er angerichtet hatte. Serena und ich fingen uns, griffen nach Lappen und Schwamm, und Serena sagte ihm, es sei nicht schlimm. Granny schlug Gill und Michael vor, ins Wohnzimmer hinüberzuwechseln, sie werde Weihnachtspudding, Gebäck, Kaffee und Portwein auf einem Tablett hinüberbringen. Es sei am besten, sie ließen uns zwei in Ruhe aufräumen.

Dad seufzte schwer und meinte: »Ich gehe wohl lieber hinauf und spreche mit Rose.«

Ich sagte nichts. Ich bearbeitete den Teppich mit Fleckentferner und spürte, wie sich langsam eine wütende Blase in mir bildete. Ich war wütend auf Rose – nicht nur, weil sie Dad wehgetan hatte und zickig zu Serena war, sondern weil sie für sich die Rolle der besonderen Schwester beanspruchte. Die der Schwester, die anders, die sensibel war. Die man dementsprechend behandeln musste, da sie sich sonst zurückzog und der Familie ihre Zuneigung verweigerte. Was hieß das für mich, wütete ich innerlich. Blieb ich mein ganzes Leben lang diejenige, die das Chaos beseitigte, keinen reichen, gut aussehenden Mann bekam und sich mit ihren verletzten Gefühlen abfand? So eine Art modernes Aschenputtel?

Ich stand auf und entleerte den Eimer mit Wasser in die Küchenspüle, trocknete meine Hände und ging ins Wohnzimmer, wo alle etwas peinlich berührt mit ihren Kaffeetassen, Puddingtellern und Portweingläsern herumsaßen. Ich schenkte mir einen Brandy ein, setzte mich und versuchte, mich mit Gill zu unterhalten, die sich nach meinen Silvesterplänen erkundigte, vermutlich in der Annahme, das sei ein unverfängliches Thema.

»Rose und ich geben in unserer Wohnung eine Party«, erzählte ich und sah, wie Gill bei der Erwähnung von Roses Namen die Lippen zusammenkniff.

»Es tut mir wirklich leid, was sie vorhin gesagt hat«, bemerkte ich. »Sie hat eine Menge getrunken, und ich glaube, Weihnachten denkt sie besonders viel an Mum. Da ist sie sehr empfindlich. Ich bin mir sicher, sie kommt bald herunter, und es wird ihr furchtbar leidtun.«

Gill schnaufte, und mir wurde klar, dass Serena ihr im Laufe der Jahre die diversen Situationen anvertraut hatte, in denen Rose gezeigt hatte, wie »schwierig« sie war. Als sie die Wäsche in die Waschmaschine gestopft, dabei aber Serenas Sachen im Wäschekorb zurückgelassen hatte; die liebevoll gekochten Mahlzeiten mit Unmengen von Chili, das Serena nicht verträgt; die chinesische Figurine einer Katze, die Dad und Serena zur Hochzeit erhalten und die Rose *aus Versehen* zerschlagen hatte. Zugegeben, sie hatte sich immer wieder ziemlich hässlich verhalten, aber trotzdem.

Dann kam Dad herunter und sah nicht gerade glücklich aus. Er nahm mich zur Seite und sagte: »Ich fürchte, Rose hat beschlossen, nach London zurückzufahren, Ellie.«

»Aber wie kann sie das?«, fragte ich verdattert. »Bis morgen fahren keine Züge.«

»Sie hat ihren Freund angerufen. Einen Typen namens Oliver. Er ist auf dem Weg hierher, um sie abzuholen.«

Bei der Aussicht, ihn zu sehen, überkam mich unwillkürlich ein Anflug von Aufregung.

6. Kapitel

Als ich drei Tage später nach Hause kam, war Rose nicht da. Die Wohnung hatte diesen leicht stickigen, abgestandenen Geruch, den Räume bekommen, wenn sie ein paar Tage nicht bewohnt waren. Der hübsch geschmückte Weihnachtsbaum ließ seine Nadeln auf den Parkettfußboden rieseln. Ich warf die riesige Tragetasche mit Roses Weihnachtsgeschenken, die sie nicht mitgenommen hatte, in den Flur und ging in mein Zimmer. Ich stellte meinen Koffer auf den Boden, setzte mich aufs Bett, betrachtete traurig und enttäuscht meine Hände und wusste nichts mit mir anzufangen.

Nachdem Rose mit Oliver abgereist war, hatten wir versucht, den Schein eines normalen Weihnachtsfests zu wahren. Oliver hatte sich der gesamten Familie höflich vorgestellt, sich jedoch geweigert, etwas zu essen oder zu trinken, weil er die Situation eindeutig ebenso unangenehm fand wie der Rest von uns. Er hatte kaum mit mir gesprochen und auf der Sesselkante gehockt, während wir alle darauf warteten, dass Rose wieder auftauchte. Und als sie das schließlich tat, sagte sie: »Wollen wir fahren, Ollie?«, und zu uns: »Macht es gut, und habt noch einen schönen Tag. Ellie, ich simse dir.« Dann waren sie und Oliver zu seinem Wagen gegangen (ein tiefliegendes Sportmodell, vielleicht ein Jaguar?), waren abgefahren und hatten Stille und ein Gefühl der Leere hinterlassen. Ehrlich gesagt war alles im Eimer, und obwohl ich versuchte, es nicht zu zeigen, war ich wütend auf Rose. Ich schämte mich für sie und für mich, als wäre ich irgendwie schuldig, und Oliver blieb natürlich fern und unerreichbar wie zuvor.

Ein Teil von mir wäre wirklich auch gern nach Hause gefahren und mit meinen Freunden ausgegangen oder zur Arbeit oder irgendwohin, wo ich der schrecklichen Atmosphäre entkommen konnte. Doch das Büro war bis zum zweiten Januar geschlossen, ich wollte nicht zurück in die Wohnung – falls Rose mit Oliver dort war –, und bei Claire und Pers in ihrer kleinen Bude war kein Platz für mich. Außerdem wollte ich Dad und Serena nicht das Gefühl geben, ihre andere Tochter würde sie auch noch verlassen. So hielt ich es für weitere drei Nächte aus, plauderte mit ihnen über die Babys, kochte kannenweise Tee und war brav. Anstatt es zu genießen, dass ich sie für mich allein hatte, war ich am Ende allerdings ziemlich erleichtert, nach Hause fahren zu können. Doch jetzt, wo ich wieder da war, wusste ich nichts mit mir anzufangen. Wenn wir Roses ehrgeizige Silvesterpartypläne umsetzen wollten, mussten wir irgendwann miteinander in Kontakt treten, aber sie hatte sich nicht bei mir gemeldet, und ich wollte nicht der Idiot sein, der zuerst nachgab und sie anrief.

Nach einer Weile stand ich auf, packte aus, räumte meine Weihnachtsgeschenke weg, hob die Tannennadeln auf und schwang etwas halbherzig ein Staubtuch, dann ging ich zum Eckladen und kaufte Brot, Milch und – spontan – einen Kohl. Ich hatte das vage Gefühl, wir sollten zum Ausgleich für die ganze Schokolade, die ich in den letzten Tagen gegessen hatte, etwas Gesundes im Kühlschrank haben. Als ich zurückkam, zappte ich durch die Fernsehkanäle, rief Ben an und hinterließ ihm eine Nachricht. Ich rief Claire an und hinterließ ihr ebenfalls eine Nachricht, und dann knickte ich natürlich ein und rief Rose an. Ich hätte es gleich wissen müssen – ich besitze in diesen Dingen keine Willenskraft und kann jegliche Art von kaltem Krieg nicht ertragen. Wann immer ich Streit mit Freunden hatte und wutschnaubend in die Nacht hinausgelaufen bin, bin ich immer nach ein paar Minuten zurückgekommen, habe an ihre Tür geklopft und mich entschuldigt. Wenn ich mit jemand bei der Arbeit eine Auseinandersetzung habe, muss ich mich buchstäblich auf meine Hände setzen, um keine Entschuldigungs-E-Mail zu schicken, und am Ende schicke ich sie doch. In dieser Hinsicht bin ich eine komplette Versagerin. Wollte man es freundlich ausdrücken, würde man mich wohl als friedliebend bezeichnen.

Rose ging ans Telefon, bevor ich es überhaupt hatte klingeln hören. Vermutlich hatte sie meinen Anruf ebenso ängstlich erwartet wie ich den Augenblick, in dem ich nachgab und sie anrief.

»Hallo«, sagte sie.

»Hallo«, erwiderte ich.

»Bist du zu Hause?«, fragte sie, und ich antwortete, ich sei vor ein paar Stunden zurückgekommen.

»Rose, hör zu …«

»Nein, Ellie«, unterbrach sie mich, »ich werde dir nicht zuhören, ich will nicht darüber sprechen, okay?«

Ich glaube, ich hatte bereits erwähnt, dass Rose ziemlich dickköpfig ist. Ich sagte nichts und dachte einen Augenblick nach. Ich könnte versuchen, sie zur Vernunft zu bringen und sie zu überzeugen, dass sie sich kindisch, ungezogen und gemein verhalten hatte. Dann würden wir uns jedoch darüber streiten, und es würde eine heftige Spannung in der Wohnung herrschen, die wochenlang anhielt. Oder sie würde bleiben, wo sie war, und nicht nach Hause kommen, und das wäre genauso schlimm.

Also fragte ich: »Wo bist du?«

»Bei Vanessa«, antwortete sie überraschenderweise. »Ich bin schon die ganzen Tage hier – Ollie hatte zu tun. Wir planen, was wir Silvester anziehen. Hast du das Update auf der Facebook-Seite gesehen?«

»Nein«, brummte ich mürrisch.

»Wir haben beschlossen, eine Achtzigerjahre-Party zu machen«, erklärte sie. »Du musst dir ein Kostüm überlegen – ich gehe als Madonna, mit einem spitzen BH und allem, und Ness geht als Tina Turner.«

»Was?«, fragte ich, nun wirklich von meinem eigentlichen Thema abgelenkt. »Aber ich hasse Kostüme. Das weißt du doch.«

»Ach, komm schon, Ellie, sei kein Spielverderber. Das wird toll. Wir werden Discomusik und Discolichter haben und Retro-Essen und alles. Ness wollte einen Garnelenring, aber das habe ich abgelehnt, weil das nicht zu unseren Prinzipien passt. Ich denke an kleine Hähnchenbrüste nach Kiewer Art und an Russische Eier und so ein Zeug.«

»Käse- und Ananas-Igel?« Gegen meinen Willen ließ ich mich anstecken.

»Genau!«, bestätigte Rose. »Siehst du, es gibt keinen Grund kratzbürstig zu sein.«

»Solange du versprichst, dass die Idee mit dem Garnelenring vom Tisch ist«, antwortete ich kichernd. Rose und ich lieben dieses Spiel.

»Keine Sorge, ich habe es Ness ausgeredet«, antwortete Rose. »Sie ist ziemlich willenlos.« Ich hörte an ihrer Stimme, dass sie ebenfalls lächelte.

»Hast du harte Worte benutzt?«, fragte ich.

»Nein«, meinte Rose, »Ness fehlt es an Durchsetzungskraft.«

Vanessa stöhnte laut im Hintergrund. Sie begriff natürlich nicht, was vor sich ging.

»Weißt du, was ich nicht verstehe?«, fragte ich.

»Was?«

»Warum sie sich nicht einfach an dem Igel beteiligt.« Rose brach in Lachen aus, und als wir das Gespräch beendeten, fühlte ich mich deutlich besser. Ich wusste nicht, was mit Oliver passieren würde, oder mit Dad und Serena, aber fürs Erste hatte ich meine Schwester zurück. Ich setzte mich an meinen Laptop und googelte Achtzigerjahre-Mode, und als Rose ein paar Stunden später hereinkam, war ich ziemlich begeistert von der Idee und hatte beschlossen, als Siouxsie Sioux zu gehen.

»Wenn wir die Discokugel hier in die Mitte an die Lampenfassung hängen«, sagte Rose, »und die bunte Lichterkette in die Ecken, sieht es absolut super aus.« Es war der Silvesternachmittag um fünf Uhr, und Rose hatte den ganzen Tag eifrig vorbereitet. Wir hatten massenweise ausgehöhlte Eier gefüllt, Spieße nicht nur auf einen, sondern auf drei Käse-Igel gespickt – einen mit Ananas, einen mit grün und rot glasierten Kirschen und einen mit blauen Cocktailzwiebeln. Gott weiß, woher Rose die beschafft hatte. Ich dachte, die hätte man schon vor Jahren wegen ihrer schrecklichen E-Inhalte verboten. Schließlich sind sogar Smarties jetzt gesund und natürlich gefärbt. Sie sehen aus, als wären sie vorgelutscht, was nicht okay ist, wenn ihr mich fragt. Jedenfalls hatte Rose die schrecklichen eingelegten Zwiebeln irgendwo aufgetrieben und arbeitete jetzt an einer riesigen Schwarzwälder Kirschtorte sowie haufenweise Blätterteigpasteten und Wurströllchen und Selleriesticks mit Schimmelkäse und Walnüssen. Es mochte alles kitschiger als kitschig sein, aber es sah köstlich aus.

Schließlich stieg Rose auf die Trittleiter und hing vorsichtig die Discokugel auf.

»So.« Sie trat zurück und betrachtete unser Werk. »Jetzt sollten wir uns lieber fertig machen, Ellie – ich werde ewig brauchen, um meine Haare mit diesen albernen Heizwicklern in Form zu bringen.«

Wir gingen in Roses Zimmer, und es war genau wie damals, wenn wir uns als Teenager für eine Party fertig machten. Rose toupierte mir die Haare und sprühte sie violett an, und ich half ihr, die Wickler in ihre zu drehen. Sie lieh mir einen schwarzen Vinylminirock, den sie in einer ihrer Schubladen gefunden hatte, und ich schaffte es tatsächlich, meinen Hintern hineinzuzwängen. Wir rissen vorsichtig Laufmaschen in meine blickdichten Strumpfhosen, und ich vervollständigte mein Outfit mit Mums Samtoberteil mit den Fledermausärmeln, das ich vorsorglich gebügelt hatte. Meine Augen schminkte ich mit reichlich Eyeliner und umrahmte damit auch ein bisschen meine Lippen. Rose hatte keinen Spitzen-BH gefunden, doch sie zog ein weißes miederähnliches Teil mit einem weiten Minirock an und dazu weiße Spitzenhandschuhe und weiße Netzstrümpfe, für die sie in einem Brautgeschäft ein Vermögen bezahlt hatte. Sie legte dick roten Lippenstift auf, und nachdem sie eine halbe Dose Haarspray auf ihren Locken verteilt hatte, sah sie wirklich mehr als scharf aus.

Dann klingelte es an der Tür – Roses Freund Simon. Er trug Anzug und Krawatte, und abgesehen davon, dass der Anzug etwas dickere Schulterpolster hatte und der Knoten der Krawatte etwas zu groß wirkte, sah er ziemlich normal aus. Wir riefen: »Buuuh, Spaßbremse!«, doch dann reichte er uns eine Tragetasche mit einer Magnumflasche Krug-Champagner und zog hinter seinem Rücken eine Maske hervor: Er war Nigel Lawson. Wir brachen alle in Gelächter aus, und Rose öffnete eine Flasche und suchte ein Abba-Album auf ihrem iPod. Wir schalteten das Licht aus und fingen an zu tanzen, obwohl es erst halb acht war und unsere anderen Freunde noch nicht eingetroffen waren.

Bald kam Ben, der sich mit zurückgekämmten Haaren, einem weißen bauschigen Hemd, rotem Lippenstift und viel Eyeliner als Robert Smith verkleidet hatte. Er sah ganz genauso aus wie der Frontmann von The Cure um 1984, nur nicht so pummelig und generell deutlich attraktiver. Wir lachten über unsere zufällige Kostümkombination und kehrten nach der seltsamen Ich-habe-nur-ganz-kurz-dran-gedacht-Situation vor Weihnachten anscheinend wieder zur Normalität zurück. Doch nach unserem letzten gemeinsamen Abend lag noch immer ein leichter Schatten über uns, und zum ersten Mal überhaupt fühlte ich mich in seiner Gegenwart unsicher. Claire kam und sah mit neongelben Stulpen und einem übergroßen schwarz-weiß gestreiften Pullover ziemlich beeindruckend aus; Pers hatte sie in ihr Tragetuch gebunden. Pers ist ein sehr entspanntes Baby, sie ist mit Claire bei Occupy-London-Demos gewesen, auf jeder Menge Partys und sogar auf ein paar Pro-Abtreibungsmärschen. Sofort hingen Ben, Simon und sogar Rose gurrend über ihr und spielten mit ihren kleinen Speckärmchen. Sie kicherte wie verrückt und genoss es.

Ehrlich gesagt beneidete ich die kleine Pers um ihre mühelose Kontaktfreudigkeit. Als mehr Gäste eintrafen – Vanessa und Tom, Pip und Sebastian sowie eine schnatternde Gruppe alter Unifreundinnen von Rose, die ich nicht kannte, meine Freundin Ash und ihr Freund Dave, Ruth von der Arbeit und ihre Freundin Diana, Bens Bruder Alex sowie einige andere gemeinsame Freunde von uns –, verspürte ich das Bedürfnis, mich in eine ruhige Ecke zurückzuziehen und eine Weile zuzuschauen. Dabei fiel mir etwas Merkwürdiges auf: Obwohl fast alle verkleidet waren (bis auf Alex, die Nudel, der es vergessen hatte und in Jeans und Pullover auftauchte), würde ein Fremder, der sagen sollte, wer von den Gästen meine und wer Roses Freunde waren, vermutlich mit fünfundneunzigprozentiger Sicherheit richtigliegen. Meine Freunde sahen alle ein kleines bisschen nachlässig aus. Ganz offensichtlich hatten sie, genau wie ich, ihre Kostüme in letzter Minute aus Sachen zusammengestellt, die sie in ihren Schränken gefunden hatten. Ich glaube, die Einzige, die etwas Geld ausgegeben hatte, war Diana; sie kam als Prinzessin Diana und hatte in eine glitzernde Plastiktiara von Claire's Accessoires investiert. Die meisten hielten ein Bier oder ein Glas Wein in der Hand, standen in kleinen Gruppen zusammen und schienen in interessante und offenbar ernste Gespräche vertieft zu sein. Ben saß mit Claire auf dem Sofa und hatte Pers auf dem Schoß. Mir fiel auf, dass die beiden sich erst ein- oder zweimal begegnet waren, was seltsam war, da ich Ben seit Jahren und Claire eigentlich schon immer kannte – ihre Mum war eine sehr gute Freundin meiner Mutter gewesen. Sie und Ben verstanden sich offenbar gut, und als ich auf dem Weg in die Küche an ihnen vorbeikam, hörte ich, dass sie sehr ernsthaft über die Zukunft des Bildungssystems in London diskutierten. Wie viel wichtiger ein stabiles Zuhause für ein Kind sei als eine Privatschule. Zum Glück, denn Claire wäre in einer Million Jahren nicht in der Lage, Pers auf eine Privatschule zu schicken, es sei denn, sie würde im Lotto gewinnen.

Roses Freunde standen dagegen in großen Gruppen zusammen, sprachen alle laut durcheinander und brachen hin und wieder in lautes Lachen aus – durchdringend die Männer, kreischend die Frauen. Rose eilte von Gruppe zu Gruppe. Ob es sie stresste, dass Oliver noch nicht aufgetaucht war? Hin und wieder hielt sie im Herumschwirren inne und überprüfte ihr Telefon, dann biss sie sich auf die Lippe und wirkte verärgert. Als der Abend voranschritt und sie noch immer kein Zeichen von ihm erhalten hatte, wirkte sie langsam eher ängstlich als verärgert.

Ich glaube, dieser große Unterschied zwischen unseren Freunden kommt daher, dass Rose aufs Internat gegangen ist. Wenn ich mir andere Geschwister ansehe, sind ihre gesellschaftlichen Kreise ziemlich homogen. Der eine hat vielleicht Freunde aus der Buchgruppe und der andere aus dem Laufclub, aber im Großen und Ganzen sind es ähnliche Typen, die irgendwie zusammenpassen. Doch als Rose vor fast fünfzehn Jahren in den Sommerferien zum ersten Mal für eine Woche Vanessa mitbrachte, war es, als wäre ein Alien in unserem Haus gelandet. Obwohl sie erst zwölf war, hatte Vanessa Strähnchen in den Haaren, limettengrün lackierte Fußnägel und gewachste Beine. Sie trug zueinander passende BHs und Slips von Sloggi, und sie besaß ein eigenes Mobiltelefon, was zu jener Zeit geradezu unerhört für jemand unter achtzehn war. Ihr gehörten nicht ein, sondern zwei Ponys, und in jener Woche rief sie jeden Abend ihre Mutter an, die sie »Mummy« nannte, und sprach ausführlich mit ihr darüber, wie Dapples und Buzz' Vorbereitung auf den Pony-Club-Wettbewerb im Spätsommer voranging. In den nächsten Ferien fuhr Rose mit zu Vanessas Familie in Gloucestershire und kam mit Strähnchen, lackierten Fußnägeln und gewachsten Beinen zurück. Granny erklärte ihr entsetzt, dass lackierte Fußnägel in jedem Alter vulgär seien, bei einem dreizehnjährigen Kind aber absolut inakzeptabel, und ließ sie den Lack entfernen. Im Sommer lackiere ich mir meine Nägel heute natürlich auch – obwohl es die langweiligste Tätigkeit der Welt ist –, aber jedes Mal höre ich die schockierte Stimme meiner Großmutter, wie sie Rose ausschimpft.

»Wie man bei uns früher in der Schule sagte, darf ich mitlachen?« Ich war in Gedanken versunken gewesen und hatte noch nicht einmal bemerkt, dass Oliver schließlich aufgetaucht war und neben mir stand. Offenbar hatte ich vor mich hin gegrinst. Ich erzählte ihm von Granny und Roses Fußnägeln, und er lachte. Dann sagte er: »Rose weiß, wie man eine Party schmeißt. Ich fürchte, ich enttäusche sie – ich bin nicht gerade ein Partylöwe.«

»Ich auch nicht«, antwortete ich. »Wenn ich mit ein paar Freunden im Pub sitze, bin ich vollauf zufrieden, aber Rose liebt es, solche Events zu organisieren.«

Oliver berichtete, dass es für ihn der größte Albtraum sei, wenn er bei der Arbeit Kunden unterhalten müsse, mit denen er nichts gemeinsam hatte. Er wüsste nicht, worüber er mit ihnen reden sollte, und andersherum ebenso wenig.

Ich lachte. »Klingt schrecklich. Warum machst du das?«

»Man erwartet es von mir.« Er zuckte mit den Schultern. »Plaudern gehört zum Geschäft, obwohl ich glaube, dass die wenigsten von uns es gern tun. Vor allem diejenigen mit Kindern leiden, wenn sie ab sieben Uhr im Büro hocken und dann bis elf Uhr dort festsitzen, ohne etwas Produktives zu leisten.«

Ich murmelte etwas Verständnisvolles.

»Die Tochter von deiner Freundin ist bezaubernd«, schwärmte Oliver. »Kinder in dem Alter sind toll – sie sind noch Babys, aber sie fangen an, wirklich interessant zu werden.«

Das überraschte mich, obwohl bei den Leuten, die ich kenne, im Allgemeinen die Männer auf Babys stehen, nicht die Frauen. Bevor Claire feststellte, dass sie mit Pers schwanger war, wusste sie nicht, ob sie überhaupt eine Familie haben wollte, und selbst jetzt erzählt sie noch, dass sie die Kinder von anderen Leuten schrecklich langweilig fände. Rose will auch keine Kinder haben. Aber Ben und Alex sind hervorragend im Umgang mit Kindern und tun nichts lieber, als mit ihnen herumzualbern und Guck-Guck zu spielen und Gott weiß was noch. Ich hätte Oliver allerdings nicht für den väterlichen Typ gehalten, musterte ihn mit neuem Interesse und sagte ihm das auch.

»Ich hätte gern schon in meinen Zwanzigern eine Familie gegründet«, erzählte er, »ich habe aber nicht die Richtige getroffen. Eine Zeit lang dachte ich es zwar, aber es stimmte nicht.« Wir blickten beide hinüber zu Rose in ihrem weißen Mieder, in den Netzstrümpfen und mit ihren goldenen Locken, die sich langsam auflösten und in ihren Nacken fielen. Wie immer befand sie sich inmitten ihrer grölenden, kreischenden Freunde.

»Glaubst du, du hast sie jetzt gefunden?«, erkundigte ich mich.

»Na ja, es ist noch ziemlich frisch«, antwortete Oliver, »aber ich glaube …«

Doch bevor er zu Ende bringen konnte, was auch immer er hatte sagen wollen, trieb Rose alle zusammen, um auf die Dachterrasse zu gehen. Wenn die Nacht klar und man ziemlich groß war und den Hals reckte, hatte man von dort einen ganz guten Blick auf das Feuerwerk in South Bank. Sie kam mit einem Tablett voller Gläser zu Oliver und mir und sagte:

»Würdest du die nach oben tragen, Ollie?« Mir drückte sie ein paar Flaschen in die Hand, dann gingen wir alle hinauf.

Es war verdammt kalt dort oben, aber der Blick war fantastisch. Man sah die alles überragenden Schornsteine vom Battersea Kraftwerk und in der Ferne die glitzernden Lichter von Westminster. Es nieselte leicht, allerdings noch nicht einmal stark genug, dass man es als Regen bezeichnen konnte, und im gelblichen Licht sah ich winzige Tropfen auf meinen wild toupierten Haaren.

Ben und Oliver öffneten die Champagnerflaschen, und Rose füllte den Gläserwald auf den Tabletts. Jemand holte sein iPhone heraus, stellte einen Radiosender von BBC ein, und alle zählten herunter bis Mitternacht. Es war wirklich ziemlich cool. Wir hörten die blechernen Glocken über den Worten des Sprechers, dann wenige Sekunden später den echten Klang, der schwach, aber deutlich in der stillen, feuchten Luft ertönte. Und dann sahen wir in der Ferne die ersten Funken des Feuerwerks. Jeder umarmte und küsste jeden. Ich umarmte Claire in ihrem flauschigen Pullover herzlich und küsste Pers, die fest an ihrer Brust schlief und sich nicht im Geringsten von dem Krach stören ließ. Ich umarmte Rose, und wir grinsten einander einen Augenblick an, glücklich, dass wir Schwestern waren und zumindest für einen Moment auch Freundinnen. Ich küsste Ben und bemerkte, dass ich mit ihm den ganzen Abend kaum gesprochen hatte. Ich tauschte sogar mit Vanessa eine Art von Luftküssen aus. Dann kam Oliver auf mich zu, und einen Augenblick fühlte ich mich schüchtern und ungelenk. Wir trafen uns zu einem höflichen Kuss, so wie man ihn dem Freund der Schwester gibt, doch das ging irgendwie schief. Unsere Nasen stießen aneinander, und dann spürte ich seine warmen trockenen Lippen auf meinen, die leicht nach Champagner schmeckten. Oder vielleicht war der Champagner auch an meinem eigenen Mund, ich weiß es nicht. Es dauerte nur eine Sekunde, aber mir wurde richtiggehend schwindlig in seiner Nähe. Seine Schultern fühlten sich schlank und stark unter meinen Händen an, und seine Haare, die über meine Haut glitten, so seidig, dass ich am liebsten mit meinen Fingern hindurchgefahren wäre. Dann lösten wir uns voneinander und lächelten, und alle fassten sich an den Händen und brüllten eine schräge Fassung von Auld Lang Syne. Und Oliver, der noch immer meine Hand hielt, fragte leise: »Und? Was sind deine Vorsätze für das neue Jahr, Ellie?«

Darüber hatte ich mir wirklich noch keine Gedanken gemacht, hörte jedoch, wie meine Stimme sehr zuversichtlich verkündete: »Oh, das wird ein großartiges Jahr für mich. Es wird sich eine Menge ändern.« Und während ich den letzten goldenen Glimmer des Feuerwerks hinter der Flussbiegung ausmachte, war ich mir plötzlich ziemlich sicher, dass das stimmte.

7. Kapitel

Ich habe Hunger«, sagte ich zu Ben. »Wir haben den fünften Januar, und seit fünf verdammten Tagen sterbe ich vor Hunger.«

Das stimmte. Na ja, nicht ganz. Es gab Momente, in denen der Hunger nachließ, wie beispielsweise nach zwei Löffeln einer besonders faden Tomatensuppe, aber es stimmte fast. Natürlich hatte ich in meinem Leben bereits Hunger erfahren, aber nur auf eine »Super, was gibt's zum Abendessen?«-Weise. Es war ein nerviger Dauerhunger, der jeden vernünftigen Gedanken auszulöschen schien, und ich verabscheute ihn. Am Neujahrsmorgen war ich mit einem leichten Kater und mit festen Vorsätzen aufgewacht. Ich sagte mir, heute sei der erste Tag meines restlichen Lebens und all diesen Kram, und machte mir einen Becher Tee sowie zwei Scheiben von Roses Bio-Weizentoast mit Marmite, aber ohne Butter. Nachdem ich die aufgegessen hatte, war ich noch immer hungrig, und es war an den folgenden Tagen ähnlich.

Ich schlürfte mürrisch mein Wasser und blickte auf Bens Bier. Dabei muss ich ausgesehen haben wie diese armen psychisch kranken Frauen, die Babys aus Supermärkten entführen, und zwar kurz bevor sie sich den Kinderwagen schnappen und fliehen.

»Ich mache Weight Watchers«, berichtete ich. »Na ja, so eine Art. Ich esse vor allem trockenen Toast und Suppe und gekochtes Gemüse.«

»Das ist nicht Weight Watchers«, widersprach Ben. »Lucille hat das letztes Jahr gemacht, und sie hat ganz normales Essen zu sich genommen.«

»Ja, aber ich darf kein normales Essen im Haus haben«, erklärte ich. »Wenn leckere Sachen im Kühlschrank sind – und damit meine ich so etwas wie Tofu, nicht etwa eine Familienpackung Marsriegel –, verliere ich die Beherrschung und esse es. Ich habe keine Kontrolle, ich grusele mich vor mir selbst.«

»Was ist mit Roses Essen?«, fragte Ben.

»Sie kauft nie etwas Interessantes ein, abgesehen von Räucherlachs. Außerdem bekommt sie von dankbaren Kunden Schokolade geschenkt«, erwiderte ich. »Aber ich habe sie eine rituelle Säuberung vornehmen lassen, bevor sie in den Skiurlaub gefahren ist. Es ist die Politik der verbrannten Erde. Die hat bei Napoleon funktioniert und funktioniert hoffentlich auch bei mir.«

»Ihr habt Schokolade weggeworfen?« Auf Bens Gesicht lag ein Ausdruck echten Horrors. »Ellie, wir haben schlechte Zeiten.«

»Ich weiß«, bestätigte ich finster. »Und es war auch noch dieses gute Zeug – diese salzigen Karamellkugeln und diese hübschen Dinger mit der geschwungenen Verzierung, die aussehen wie von Fabergé. Und drei riesige Schachteln Toblerone. Die gehörten natürlich mir, nicht Rose. Wir haben sie nicht wirklich weggeworfen, ich habe sie mit zu Claire genommen – ihr ist zuzutrauen, dass sie nicht gleich alle auf einmal isst.«

»Hmmm«, machte Ben. »Klingt, als wäre es Zeit für mich zu intervenieren.«

»Wie meinst du das?«, fragte ich und schob die Vision fort, dass er mit all unseren Freunden auftauchte, um mir wannenweise Schokolade zu einer Art Fressorgie mitzubringen.

»Wenn du abnehmen willst – nicht dass du das müsstest –, musst du es vernünftig anstellen«, erklärte er. »Ich lasse nicht zu, dass du Rachitis oder so etwas bekommst, weil du dich von gekochten Kartoffeln und Tiefkühlerbsen ernährst. Was du, so wie ich dich kenne, tust.«

»Gestern Abend habe ich Tomatensuppe gegessen«, widersprach ich. »Und Vollkornknäckebrot mit Hüttenkäse.«

»Na, toll«, meinte Ben sarkastisch. »Du musst vor allem so essen, dass du es ertragen kannst. Kannst du dir vorstellen, für den Rest deines Lebens jeden Abend Tomatensuppe und Vollkornknäckebrot zu essen?«

»Nein«, gab ich zu. Ich dachte einen Augenblick nach. Man könnte sagen, dass ich Glück gehabt habe, weil ich nie wirklich abnehmen musste. Ich bin immer irgendwie normal gewesen. Abgesehen von meiner kurzen, unglücklichen Episode als Veganerin hat mein Gewicht nicht wirklich geschwankt, seit ich zur Universität gegangen war und wie alle fünf Kilo zugenommen hatte. So war diese Aktion etwas Neues für mich. Ich stellte mir vor, dass ich ein paar Wochen leiden würde und dann Größe sechsunddreißig (in meinen wildesten Fantasien sogar vierunddreißig) hätte. Anschließend könnte ich wieder normal essen, wobei ich auf magische Weise dauerhaft dünn wäre. Damit wäre außerdem der erste Schritt des Projektes »Die neue Ellie«, wie ich es nicht sehr einfallsreich für mich nannte, vollendet.

»Du brauchst Eiweiß«, belehrte mich Ben. »Mit Eiweiß geht dein Hungergefühl weg. Und du brauchst Essen, das du magst, sonst verwandelst du dich in einen totalen Miesepeter. Das sehe ich jetzt schon. Deshalb werde ich dir einen Wodka ausgeben und ein Diät-Tonic, bevor ich dir noch mehr erkläre.«

»Okay«, stimmte ich gehorsam zu. Er ging zur Bar und kam

mit einem weiteren Bier für sich und einem Wodka für mich zurück. Es war das Beste, das ich seit langer Zeit zu mir genommen hatte. Seit fünf Tagen, um genau zu sein. Wir waren im Duchess, meinem Pub, in dem es früher ziemlich heftig zugegangen war – Bandenmitglieder hatten sich bei Abendveranstaltungen im Biergarten abgestochen. Jetzt ging es dort, wie im Rest von Battersea, vollkommen zivilisiert zu. Es gab Gedicht- und Strickabende und alles. Man hatte die Velourstapete und die alten klebrigen Teppiche gegen helle Wände und polierte Holzdielen getauscht und diverses zusammengewürfeltes Mobiliar, Lampen sowie Regale mit alten staubigen Büchern hineingestellt. Jedes Mal denke ich, dass es irgendwo eine Firma geben muss, die ein Vermögen damit verdient, Häuser alter Menschen nach deren Tod zu entrümpeln und die Sachen anschließend an trendige Pubs zu verhökern. Egal, es sieht ziemlich authentisch und hübsch aus. Ich vermisse allerdings die alten Zeiten, in denen ich auf dem Weg zur Bar zwielichtige Typen belauscht habe, die ihre illegalen Wettbetrügereien und ihre Hundekämpfe planten. Ben hatte auch eine Schale Oliven mitgebracht – früher hätte man hier keine Oliven bekommen, eine Prise Crack, mehr wäre nicht drin gewesen –, ich aß eine und dann noch eine.

»Fett«, sagte Ben.

»Was?«, fragte ich und starrte schockiert auf die Olive. Sie war grün, wie konnte sie aus Fett bestehen?

»Fett ist wichtig für deine Diät«, dozierte Ben. »Es sendet Sättigungssignale an dein Gehirn, und es ist wichtig für alle Arten von Stoffwechselprozessen. Gott, hast du in der Schule denn überhaupt nichts über Ernährung gelernt?«

Ich sagte, dass wir das Thema vermutlich nicht gehabt hätten oder dass ich heimlich unterm Tisch *Jane Eyre* gelesen hätte, als es im Unterricht durchgenommen worden war.

»Egal«, fuhr Ben fort, »noch etwas: Sport. Sieh mich an.«

Ben deutete auf sich, und ich sah ihn an, und es war wie immer weiß Gott keine Strafe. Ich glaube, ich habe das noch nicht erwähnt, aber Ben ist ein Sportfanatiker – er ist Marathons gelaufen und trainiert für den Ironman-Triathlon. Folglich besitzt er einen dieser schlanken, muskulösen Körper. Nicht klobig, nur durchtrainiert, mit hübschen festen Muskeln an Brust und Bauch. Meist achte ich nicht wirklich auf sein Aussehen, weil … na ja, ich habe mir das irgendwie abtrainiert. Aber manchmal erstarre ich, weil er so gut aussieht – auf eine ganz objektive Weise natürlich –, und stelle mir vor, wie glücklich die Frau sein wird, die sich eines Tages in ihn verliebt. Vorausgesetzt natürlich, er verliebt sich ebenfalls in sie. Er trug einen dunkelgrauen Anzug, eine silberne Krawatte und ein violettes Hemd, das seine Augen äußerst blau wirken ließ, und seine dunkelbraunen Haare standen hier und da etwas nach oben ab.

»Enthalte ich mir Essen vor?«, fragte er.

»Nein«, gab ich zu. »Vielmehr schaufelst du eigentlich ständig etwas in dich hinein. Du bist wie eine Einmannversion der Heuschreckenplage.«

»Genau«, bestätigte Ben etwas selbstgefällig. »Das, Ellie, ist die magische Wirkung von Sport. Wenn du genug machst, dann kannst du essen, was du willst.«

Das klang verlockend. Ich hatte angenommen, dass für Männer andere Regeln galten und dass sie deshalb essen konnten, ohne dick zu werden, so wie Ben, wohingegen Frauen jede Kalorie zählen mussten, so wie Rose.

»Nun«, fuhr er fort, »wir fahren zu dir und halten unterwegs beim Supermarkt. Ich koche dir etwas Anständiges, und morgen früh stehst du auf und läufst eine Runde. Abgemacht?«

Ich dachte einen Augenblick darüber nach. Am Morgen aufzustehen hasste ich fast so sehr, wie zu laufen. Ich meine, wozu gibt es Busse? Ich habe vor ein paar Jahren an einem Wohltätigkeitslauf teilgenommen. Ich habe fast eine Stunde gebraucht und, um ehrlich zu sein, bin ich fast die ganze Zeit gegangen. Ich war nur der guten Sache wegen dort und wegen der Solidarität. Aber ich war hungrig, und es hörte sich an, als müsste ich den Lauf als Preis dafür in Kauf nehmen, dass Ben für mich kochte, was wirklich ziemlich gut war.

»Abgemacht«, stimmte ich zu und trank mein Glas aus, dann standen wir auf und verließen den Pub.

Kurz darauf war der Küchentresen mit Gemüse übersät, und Ben fuhr mit seinem Vortrag fort.

»Kürbis hat kaum Kalorien, ist vielseitig und macht satt. Blumenkohl ebenso. Fettarme Kokosnussmilch. Currypaste. Brauner Reis. In zwanzig Minuten haben wir ein ebenso köstliches wie nahrhaftes Abendessen.«

»Verflixte Hölle«, sagte ich. »Willst du bei mir einziehen? Oder könntest du nicht so ein Lieferdienst sein, wie ihn die Hollywoodstars haben? Der ihnen jeden Morgen das Essen für den Tag vorbeibringt? Ich hätte nichts im Kühlschrank außer Evian-Wasser und Nagellack. Ich wäre so dünn, dass ich mit einem Kleiderbügel zwischen den Zähnen baden müsste, damit ich nicht im Abguss verschwinde.«

Ben lachte. »Aber was ist überhaupt das Ziel dieser Diätaktion, Ellie? Ich habe noch nie gehört, dass du dich mit so etwas beschäftigst, und, wie gesagt, du hast es sicher nicht nötig.«

Ich setzte mich an den Küchentisch, schenkte mir ein Glas Wein ein und lieferte Ben eine Zusammenfassung der Oliver-Situation.

»Ich mag ihn wirklich sehr«, gestand ich. »Ich weiß, dass er im Moment mit Rose zusammen ist, aber sie findet einen anderen. Das ist immer so bei ihr. Sie hat einen unfairen Vorteil, weil sie so hübsch ist. Und deshalb ist sie Olivers Typ und ich nicht. Noch nicht. Also muss ich nur ein paar Änderungen vornehmen, um ein bisschen mehr in seine Geschmackssphären zu gelangen, wenn es mit den beiden schiefgeht. Verstehst du, was ich meine?«

Ben schwieg und donnerte das Messer, mit dem er den Ingwer schnitt, mit übertriebener Kraft auf das Schneidebrett.

»Du machst also eine Diät, weil du deiner Schwester den Freund wegschnappen willst?«, fragte er.

»Nein, nein«, protestierte ich. »Nicht wegschnappen. Das wäre falsch. Ich will mich nur auf eine Art präsentieren, die mich attraktiver für ihn macht. Vielleicht merkt er dann, dass er die Falsche von uns gewählt hat.«

Ben warf das klein geschnittene Gemüse in eine Pfanne und fügte aus diversen Dosen und Gläsern Dinge hinzu, dann kochte er Wasser für den Reis. Er sagte: »Stell Teller auf den Tisch, ja? Und hast du etwas dagegen, wenn wir beim Essen die Nachrichten schauen?«

Ich deckte den Tisch, und wir aßen unser Abendessen, das köstlich schmeckte. Wir sprachen jedoch nicht, weil Ben auf seinem Telefon tippte und vermutlich auf Twitter mal wieder vorgab, Lucille zu sein. Anschließend packte ich alles in die Spülmaschine und machte Wasser heiß.

Wir tranken schweigend unseren Tee, und nach einer Weile sagte Ben, er würde lieber gehen, weil er um sechs Uhr aufstehen müsse, um vor der Arbeit hundert Meilen zu radeln. Dann sagte er: »Eins muss dir klar sein, Ellie: Wenn Oliver Rose für dich sitzen lässt, und das auch noch, weil du abgenommen hast und dir Strähnchen machen lässt, wäre er ein richtiger Mistkerl.« Er nahm seinen Mantel und seine Laptoptasche und stöpselte seinen iPod ein, dann küsste er mich flüchtig auf die Wange und schritt aus der Tür, die er wie immer donnernd hinter sich zuschlug.

Am nächsten Morgen, als ich mich in diesem angenehmen Dämmerzustand zwischen dem Drücken der Schlummertaste und dem tatsächlichen Aufstehen befand, erinnerte ich mich, wie ich nach meiner ersten Nacht mit Ben neben ihm aufgewacht war. Ich war leicht benebelt gewesen – nicht, dass ich viel geschlafen hätte. Wann immer ich langsam in den Schlaf hinüberdriftete, hatte Bens Gegenwart neben mir ein heftiges Kribbeln in mir ausgelöst und mich wieder hellwach gemacht. Ich hatte die Hand ausgestreckt und ihn berührt. Die Laken waren feucht und zerwühlt, und ich fühlte mich etwas verkatert und ein bisschen wund von all dem Sex. Eine Nacht voller Schweiß und Stöhnen, voll überraschender Worte und flüchtiger Blicke in Bens Gesicht war vorüber. Vorsichtig öffnete ich an diesem strahlenden Morgen die Augen. Meine Kleider lagen auf dem nicht sehr sauberen Teppich verstreut, und das Zimmer verströmte diesen Geruch, der typisch für die Wohnung von alleinstehenden Männern ist. So eine Art männliche Essenz.

Ich drehte mich vorsichtig zu ihm um, denn ich wollte meinen nächtlichen Begleiter nicht wecken, falls er sich als schrecklich peinliches Ergebnis eines Bierrauschs entpuppen sollte. Doch das tat er nicht. Es war Ben. Er war bereits hellwach, sah mich aus seinen leuchtend blauen Augen an, grinste und zeigte seine gleichmäßigen weißen Zähne. Ich erwiderte sein Grinsen und streckte über das Bett hinweg meine Hand nach ihm aus.

Später, nachdem wir kannenweise schwarzen Tee mit Milch und Zucker geschlürft und diverse Scheiben Toast mit Marmite gegessen hatten, fragte Ben: »Und was machen wir? Das reichhaltige Angebot Londons liegt uns zu Füßen. Wir können eine der unzähligen Galerien oder eines der vielen Museen besuchen. Das leuchtende Herbstlaub in einem der vielen Parks bewundern. In ein Weltklasse-Theater oder in die Oper gehen …« Er unterbrach den Ton einer Reisereportage. »Okay, das können wir nicht. Ich bin pleite. Aber eine der anderen Sachen. Oder wir bleiben hier und gucken geistloses Fernsehen.«

»Werbung für Kredithaie und Unfallanwälte?«, entgegnete ich.

»Nicht heute«, antwortete Ben. »Heute wird *Samstagsküche, komm, iss mit mir* und Fußball gezeigt.«

Mir fiel ein, dass Wochenende war. »Das geht nicht«, erklärte ich. »Wir dürfen nur drinbleiben und fernsehen, wenn es richtigen Mist gibt.«

»Guter Punkt«, lobte Ben. »Noch einen Toast?«

Ich betrachtete seine kräftigen Unterarme und seine knochigen, fast eleganten Hände, mit denen er das Messer in das Marmiteglas tauchte, einen anständigen Klecks herausbeförderte und dick auf einem Toast verteilte. Meine Kehle schnürte sich in einer Mischung aus Verlangen und Bewunderung zusammen. »Nein danke«, sagte ich.

Am Ende ließen wir uns einfach in den strahlenden Oktobertag hinaustreiben, gingen spazieren und unterhielten uns. Als wir feststellten, dass wir dieselben Bücher mochten, Reality-TV hassten, aber Verkaufskanäle liebten, die Band Razorlight mochten, McFly jedoch für überschätzt hielten, stieg langsam Panik in mir auf. Das durfte nicht passieren, ich hatte den Männern offiziell abgeschworen. Ich hatte mir fest vorgenommen, Single zu bleiben, mir nicht mehr die Finger zu verbrennen und verletzt zu werden.

Als wir am Südufer der Themse Halt machten, uns über das Geländer beugten und das Wasser betrachteten, das unter dem klaren Himmel wie eine zerknitterte blaue Folie glänzte, stieß ich hervor: »Weißt du, was cool wäre?«

»Was?«, fragte Ben.

»Wenn man all die Vorteile einer Beziehung haben könnte, aber nicht die Nachteile.« Ich hatte Jean-Paul Sartre gelesen und behauptete, die Monogamie sei ein bürgerliches Konstrukt, das die persönliche Freiheit einschränke und die Entwicklung hemme. Ich denke mir das nicht aus. Ich dachte, ich müsste unglaublich begehrenswert klingen – unheimlich interessant und unabhängig und erwachsen. Vermutlich glaubte ein Teil von mir sogar den Quatsch, den ich von mir gab.

»Wir existieren, um frei zu sein«, verkündete ich. »Das Bewusstsein unterscheidet uns von Blumenkohl.«

»Unterscheidet uns von Blumen… Richtig«, sagte Ben. »Wie wäre es mit einem Bier?«

Ich war vollkommen davon überzeugt, dass meine kleine Rede die gewünschte Wirkung erzielt hatte. Ben würde mich für absolut cool halten, ich bot ihm großartigen Sex, verlangte aber nicht, dass er sich an mich band und mir treu war. Ich würde nicht klammern und keine Forderungen stellen, und ich würde mich nicht verlieben. Auf diese Weise würde niemand verletzt werden.

Na, das hat bei dir ja toll geklappt, sagte ich laut zu mir selbst, als der Alarm mich zum letzten Mal weckte. Widerwillig schwang ich die Füße aus dem Bett und stieg in meine wartenden Laufschuhe.

8. Kapitel

Meine neue Lebensweise mochte karg sein, doch nach fünf Tagen morgendlichen Laufens, Porridge zum Frühstück und zunehmend einfallsreichen Abendessen auf Gemüsebasis musste ich jedoch zugeben, dass Ben recht hatte. Meine Kleidung fühlte sich weiter an, meine Haut hatte diese käsige Winterblässe verloren, und Duncan im Büro fragte mich, ob ich mich verliebt hätte.

»Du strahlst so, Süße«, stellte er fest. »Wir haben Januar, das ist nicht normal.«

Wir befanden uns in einer Besprechung über unsere neue Außenwerbekampagne, die eigentlich überhaupt nicht außen stattfand. Sie bestand aus einer Reihe digitaler Rolltreppenplakate, ermöglicht durch die großzügige Spende eines Verstorbenen. Das war eine große Sache für uns, denn normalerweise verfügten wir über keinerlei Budget für Werbung. Die Besprechung fing allerdings nicht gut an, weil Ruth etwas zu spät war. Als sie schließlich hereinkam, waren Duncan und ich bereits tief in eine Diskussion über die Abgeordneten verstrickt. Ruth verstand irgendeine Abkürzung falsch, erbleichte und sagte: »Ich weiß, wir sind alle offen, was Sexualerziehung angeht, aber wir sollten keine londonweite Kampagne über doppelte Penetration starten.« Und als wir zu Ende gelacht und sie ins Bild gesetzt hatten und ich über die Straße gegangen war, um etwas von unseren Spendengeldern für Take-away-Cappuccinos aus einem

Fairtrade-Coffeeshop zu verschwenden, plauderten wir ein bisschen über alles Mögliche. Es war beinahe Mittagszeit, und wir mussten Entscheidungen treffen.

»Findest du nicht, dass Ellie gut aussieht, Ruth?«, fragte Duncan.

»Ellie sieht immer gut aus«, entgegnete Ruth. Als ich anfing, dort zu arbeiten, hatte ich mich gefragt, ob Ruth mich anbaggern wollte. Doch sie ist einfach von Natur aus ein netter Mensch, der Wert darauf legt, nette Dinge zu sagen, die anderen Leuten ein gutes Gefühl geben.

»Ich stehe jetzt morgens früh auf und gehe laufen«, erklärte ich, »und ich klatsche mir etwas Schminke ins Gesicht, bevor ich zur Arbeit gehe. Und ich bügele meine Sachen. Ich versuche nur, mein Leben in Ordnung zu bringen, das ist alles.«

»Sie ist verliebt!«, triumphierte Duncan. »Total! Verrate uns, wer er ist, Ellie!«

Ich wollte Duncan nicht die ganze Geschichte von Oliver erzählen. Duncan ist eine schreckliche Quasselstrippe, und deshalb war ich überaus erleichtert, als mein Telefon klingelte und Ruth sagte: »Wollen wir uns morgen um dieselbe Zeit wieder treffen? Dann müssen wir aber wirklich Entscheidungen treffen.« Anschließend entschwebten sie, und ich überprüfte mein Telefon und sah Claires Name auf dem Display.

»Hallo Ellie!« Sie klang etwas quiekend, so wie sie sich anhört, wenn sie aufgeregt ist. Als Schauspiellehrerin wusste Claire alles über Atemkontrolle und Resonanz und all diese praktischen Dinge, aber anscheinend schaffte sie es nicht, die verräterischen Höhen in ihrer eigenen Stimme zu beherrschen. Ich finde das ziemlich süß, deshalb habe ich es ihr noch nie gesagt. »Du musst mir einen Riesengefallen tun. Hast du heute Abend Zeit?«

»Rose kommt heute aus dem Urlaub zurück«, antwortete ich, »aber wir haben nichts geplant. Warum?«

»Könntest du vielleicht auf Pers aufpassen? Nur für drei Stunden?«

Natürlich, sagte ich, es sei mir eine Freude. Wir verabredeten, dass Claire sie bei uns vorbeibringen würde. Sie meinte, das sei für sie kein Problem, weil sie sich mit jemandem in der Stadt treffen wollte. Natürlich war ich begierig zu erfahren, wer derjenige war und ob es bedeutete, dass die Romantik wieder in Claires Leben Einzug hielt. Bevor ich sie jedoch fragen konnte, hörte ich einen durchringenden Schrei von Pers, und Claire warnte: »Oh, Herrgott, nicht die Vorhänge. Nein – Persephone!« Dann krachte es, und Claire sagte halb lachend: »Mist, mein Kind nimmt gerade die Wohnung auseinander. Ich muss Schluss machen, wir sehen uns um sieben.«

Ich freute mich auf den Abend mit Pers und hielt auf dem Nachhauseweg an, um ein Exemplar von *Eulenbabys* und *Die kleine Raupe Nimmersatt* zu kaufen (Pers hatte ihr altes Buch derart angeknabbert, dass man es nicht mehr lesen konnte) sowie einen Vorrat an Pitabrot, Humus, Mango, Möhrenstiften und Gurke. Claire ist absolut von etwas überzeugt, das man als »babygesteuerte Beikosteinführung« bezeichnet. Meiner Ansicht nach bedeutet das nichts anderes, als dass Claire sich nicht mit Gläschen und Pürees herumschlagen muss. Stattdessen lutscht und nagt Pers an Erwachsenenessen herum und richtet ein unglaubliches Chaos an, was sie natürlich toll findet.

Es war fast Viertel nach sieben, als Claire eintraf. Sie sah fantastisch aus in einem langen Samtmantel mit Gürtel und braunen Stiefeln mit hohen Absätzen.

»Zu spät!«, sagte sie. »Verdammte Busse. Ich bin zu spät, zu spät, zu spät! Hier ist etwas Milch für Pers. Wenn sie nicht aus der Flasche trinkt, kippe sie in einen Becher, aber nimm sie auf keinen Fall für deinen Tee. Das ist abgepumpte Muttermilch. Und hier sind Feuchttücher und Windeln und ihre Kamelente.« Letzteres war ein formloses, von mir gestricktes Spielzeug, das nicht wie ein irdisches Wesen aussah, das Pers aber unglaublich liebte. »Ich bin um zehn Uhr zurück. Sei lieb zu Tante Ellie, Herzchen.« Mit diesen Worten drückte sie mir Pers mit all ihren Sachen in den Arm. Sie küsste uns beide und lief mit wehenden Haaren zurück auf die Straße, bevor ich Zeit hatte, sie über ihr Date auszufragen.

Ich wusste aus Erfahrung, dass Pers nur schlafen würde, wenn sie dazu bereit war. So nahmen wir ein Schaumbad und sahen etwas fern – Pers war absolut fasziniert von der Quizsendung *University Challenge*. Ich trank ein Glas Wein und Pers etwas von ihrer Milch, die sie anscheinend am liebsten aus der Flasche trank. Nachdem ich ihr die Windel gewechselt hatte und gerade dabei war, uns etwas zum Abendessen zu machen, klingelte es an der Tür.

»Wer ist das, Pers?«, fragte ich auf die verrückte Art, in der man mit Babys spricht, auch wenn man weiß, dass man wie ein Idiot klingt. »Wer will uns denn da besuchen? Ist Tante Rose aus dem Urlaub zurück und hat ihre Schlüssel vergessen?«

Ich nahm sie auf den Arm und ging zur Tür, und als ich öffnete, stand Oliver davor.

Im ersten Moment konnte ich es nicht ganz glauben, denn nach meinen Informationen befand er sich mit Rose auf dem Rückweg aus der Schweiz. »Äh … hallo«, sagte ich. Pers erkannte ihn wieder und schenkte ihm ein breites, klebriges Grinsen, babbelte etwas Unverständliches und streckte die

Arme aus. Oliver küsste sie, und dann küsste er mich ebenfalls.

»Es tut mir schrecklich leid, dass ich dich störe«, entschuldigte sich Oliver. »Ich schätze, Rose ist noch nicht zurück?«

Ich sagte ihm, dass sie noch nicht da sei. »Komm rein und trink etwas. Du kannst auch gern mit uns zu Abend essen, wenn du Möhrenstifte und Hummus magst.«

Er folgte mir in die Wohnung, und ich reichte ihm ein Glas Wein. Plötzlich fiel mir auf, dass ich in der ganzen Aufregung mit Pers noch nicht ein einziges Mal auf mein Telefon gesehen hatte, seit ich das Büro verlassen hatte. Ich hatte einen verpassten Anruf und eine SMS von Rose.

»Sie sitzt am Flughafen in Genf fest«, berichtete ich. »Offenbar wegen heftigen Schneefalls.«

Natürlich brannte ich darauf, Oliver zu fragen, warum er nicht bei ihr war und ebenfalls in Genf im Schnee festsaß und warum Rose mir Bescheid gesagt hatte, aber nicht ihm. Doch mir fiel keine auch nur annähernd taktvolle Art ein. So sah ich zu, wie er an seinem Wein nippte, und dachte zum x-ten Mal, wie schön er war. Noch nie hatte ich ihn in Freizeitkleidung gesehen, und in Jeans und einem schlabberigen cremefarbenen Pullover sah er genauso verführerisch aus wie im Anzug.

»Ich bin ein paar Tage früher zurückgekommen«, erklärte Oliver nach einer Weile freiwillig. »Wir hatten Ärger im Büro, den ich nicht per E-Mail lösen konnte. Ich hatte mit Rose verabredet, dass wir uns heute Abend hier treffen, und mehr oder weniger angenommen, dass die Verabredung noch steht. Wobei, als ich gefahren bin …« Er verstummte. Ich vermutete, dass sie sich gestritten hatten. Wahrscheinlich war Rose nicht erfreut gewesen, dass ihr neuer Freund Ärger im Büro als wichtiger erachtete als die Ferien mit ihr und ihren Freunden. Was nicht vollkommen unverständlich war. Das würde jeden nerven, aber die meisten Leute würden sich nach ein oder zwei Tagen wieder beruhigen. Nicht so Rose – sie kann schmollen wie kein Zweiter.

Während ich über all das nachdachte, richtete ich Salat und Brot und Käse auf einer Platte an – und das deutlich dekorativer, als wäre ich mit Pers allein gewesen, das gebe ich zu. Pers saß zufrieden auf dem Boden und kaute auf ihrer neuen Ausgabe von *Die kleine Raupe Nimmersatt.* »Vielleicht hat sie dir eine SMS geschickt, und die ist nicht durchgekommen. Manchmal brauchen die ewig. Bleib und iss etwas.«

Das schien Oliver zwar nicht ganz zu überzeugen, er sagte jedoch, dass er gern bleiben würde. Ich deckte Teller auf und stellte die Flasche Wein auf den Tisch. Für Pers packte ich etwas Essen auf ein Brettchen und stellte es vor sie auf den Boden, weil wir keinen Hochstuhl für sie hatten. Ich fragte Oliver, wie das Skifahren gewesen sei, und er erzählte diverse unverständliche Dinge über die Schneebeschaffenheit. Ich bin nur ein Mal Skilaufen gewesen, als Rose mich überredet hatte, mit ein paar von ihren Freunden für eine Woche nach St. Moritz zu fahren. Ganz ehrlich, ich habe in meinem ganzen Leben noch nie etwas so schrecklich gefunden. Es ist mir ein Rätsel, wie eine Aktivität gleichzeitig langweilig und furchteinflößend sein kann, aber beim Skifahren ist das meiner Meinung nach der Fall. Folglich verbrachte ich den Großteil der Ferien in der Bar, ließ mich langsam mit Glühwein volllaufen, aß Kuchen und las den Schmöker *Eine gute Partie*. Das erzählte ich Oliver allerdings nicht. Stattdessen gab ich vor, sehr zu bedauern, dass ich in diesem Jahr nicht hätte mitfahren können, aber dass wir im Büro schrecklich viel zu tun hätten. Dann erzählte ich ihm von Ruth und Duncan und dem Missverständnis, und er lachte.

Ich war so in mein Gespräch mit Oliver vertieft, dass ich Pers fast vergessen hatte. Er erzählte mir, dass er beinahe einen Unfall auf einer schwarzen Piste gehabt hätte, als eine Art ersticktes Quieken vom Fußboden hinter mir ertönte. Ich sah mich um, ob es Pers gut ging, und begriff sofort, dass das nicht der Fall war. Ihr Gesicht war puterrot, nur um ihren Mund herum war sie bläulich weiß, und ihre Augen traten hervor. Ich sagte dümmlich: »Mist. Ich glaube, sie würgt an etwas, und ich weiß nicht, wie der Heimlich-Griff geht.« Ich erstarrte, und alles bewegte sich in Zeitlupe. Ich spürte einen dicken Kloß in meinem Hals, und meine Hände zitterten so heftig, dass ich nicht das Telefon halten konnte, um den Notruf zu wählen.

Bevor ich überhaupt wählen konnte, hatte Oliver Pers hochgehoben. »Man wendet den Heimlich-Griff nicht bei Babys an«, erklärte er ganz ruhig. Dann legte er sie auf sein Bein und klopfte sanft zwischen ihre kleinen Schulterblätter. Starr vor Panik sah ich ihnen zu, und ungefähr nach dem sechsten Klopfen schoss ein aufgeweichter Klumpen Pitabrot aus Pers' Mund auf den Boden. Sie rang kräftig nach Luft und begann zu weinen. Ich schäme mich, es zuzugeben, aber ich weinte ebenfalls. Am Ende hielt Oliver uns beide in den Armen, während wir heftig schluchzten, bis seine starke tröstende Gegenwart und sein »Na, na, na, es ist ja alles gut« uns beruhigte.

An jenem Abend änderten sich schlagartig meine Gefühle für Oliver. Klar, vorher hatte ich ihn anziehend gefunden, ich war fasziniert von der Welt, für die er stand: von der Welt des Geldes mit Designerkleidung und Freunden mit Titeln, zu der Rose gehörte, und ich ganz sicher nicht. Ich stand zögernd an der Schwelle zu einem gefährlichen Gebiet. Ich trat in einem Spiel gegen meine Schwester an, in dem sie deutlich talentierter war als ich. Ich wusste, dass es falsch war, und mein Gewissen hatte mich zurückgehalten. Aber an jenem Abend verliebte ich mich gegen meinen Willen in Oliver. Mein Verstand setzte aus, mein Herz übernahm die Führung – und mein Körper war auch ziemlich stark involviert.

Oliver war an jenem Abend wirklich fantastisch. Er tröstete mich und Pers, machte etwas Milch für sie warm, wechselte, ohne auch nur mit der Wimper zu zucken, ihre Windel und las ihr eine Geschichte vor, bis sie lang gestreckt auf seinem Schoß einschlief. Er sagte, dass er bei mir warten würde, bis Claire käme, um Pers abzuholen, weil ich mich furchtbar erschrocken habe und völlig aufgewühlt sein müsse – was ich tatsächlich war. Wir saßen zusammen auf dem Sofa, tranken die Flasche Wein aus und sahen *Masterchef*, das Kochduell, nur dass ich weniger auf den Fernseher als zu Oliver sah. Sein schönes Profil faszinierte mich, die langen Wimpern strichen beim Blinzeln über seine Wangen, die weichen dunklen Haare fielen ihm in die Stirn, und seine makellose Haut war vom Skifahren leicht gebräunt. Gelegentlich machte er eine harmlose Bemerkung über die Wettbewerber oder das Essen, und wir lachten. Ich achtete allerdings nicht wirklich auf das, was er sagte, sondern aalte mich in dem warmen Klang seiner vollen Stimme, die sich anhörte, als könnte sie sich jeden Augenblick in ein Lachen verwandeln.

Ich weiß, ich klinge wie eine Fünfzehnjährige, die in den Kapitän der Hockeymannschaft verliebt ist. Und ehrlich gesagt: Genau so fühlte ich mich. Diese schüchternen, fast ehrfurchtsvollen Gefühle für jemanden, dieses starke Verlangen, das einem die Kehle zuschnürt – das alles hatte ich nicht mehr empfunden, seit ich nach der Schule ein Jahr durch

Asien gereist war. Dort hatte ich mich Hals über Kopf in diesen zottelhaarigen, Gitarre spielenden Typ namens Kyle verliebt. Natürlich wusste ich damals noch nicht, dass Kyle ein Loser war und ich neun Monate meines Lebens mit ihm verschwenden würde, die ich nie mehr zurückbekommen würde: neun Monate, in denen ich mich mit seiner Untreue, seiner Unzuverlässigkeit und seinem ständigen Drogenkonsum abgefunden hatte, weil ich verliebt war. Mehr oder weniger habe ich dieser Art von emotionaler Inkontinenz nach Kyle abgeschworen. Ein paar Wochen nachdem er mich schließlich sitzen gelassen hatte – eines der anderen Mädchen, mit denen er vögelte, erwies sich als noch größerer Trottel und finanzierte ihn –, begegnete ich Sean. Wir waren fast ein Jahr zusammen, aber wenn ich ehrlich sein soll, meinte ich es mit ihm nie wirklich ernst. Ich war hingerissen von seinem Aussehen und von der Tatsache, dass er ziemlich gute Gedichte schrieb. Dann folgte Chris, aber der hat mich betrogen, und meine Toleranzschwelle in diesen Dingen war nach Kyle ziemlich niedrig. Ich verließ ihn sofort, nachdem ich es herausgefunden hatte (er kam doch tatsächlich mit dem Slip eines anderen Mädchens in der Hosentasche nach Hause), und schwor fortan jedem emotionalen Engagement ab. Dann lernte ich Ben kennen, und nach ein paar Monaten, in denen wir nicht zusammen waren, begegnete er Nina, sodass ich wieder ein richtiger Single war. Das blieb ich ewig und war, offen gestanden, ziemlich ausgehungert nach Sex, bis ich mich mit Wallace zusammentat. Der hieß wirklich so, und (ich zucke bei dem Gedanken leicht zusammen) er mochte es, wenn ich seinen Namen beim Sex aussprach. »Nimm mich, Wally! Fester, Wally! Gib mir deinen harten Schwanz, Wally!« Nennt mich ruhig oberflächlich, aber nach ungefähr einem Monat wurde mir klar, dass ich schlicht nicht mit mir selbst leben konnte und ganz sicher nicht mit Wally. Ich erklärte ihm, dass er weiterziehen sollte. Das war nun ein paar Jahre her, und abgesehen von gelegentlichem Vögeln nach einem feuchtfröhlichen Pub-Besuch war ich seitdem mehr oder weniger alleinstehend. Es wurde Zeit, dass mein Gefühlsleben in Wallung geriet, und das war es absolut.

Um zehn Uhr hörten wir Claire an die Tür klopfen, und ich ließ sie herein. Sofort platzte die ganze Geschichte aus Oliver und mir heraus. Claire sagte, dass Pers ziemlich häufig an ihrem Essen würge und es im Allgemeinen schaffe, es selbst wieder herauszubefördern. Es höre sich jedoch an, als ob Oliver genau richtig reagiert habe, falls wir uns deshalb Sorgen machten. Claire umarmte Pers fest und sagte, dass sie sie lieber nach Hause ins Bett bringen würde. So erhielt ich wieder keine bedeutende Information darüber, wo sie gewesen war und mit wem sie sich getroffen hatte. Ein paar Minuten nachdem Claire und Pers gegangen waren, sagte Oliver, dass er sich jetzt besser auch auf den Weg machen würde.

»Geht es wieder, Ellie?«, fragte er.

»Ja, mir geht's gut. Tut mir leid, dass ich so in Panik geraten bin, und vielen Dank, dass du dich um Pers gekümmert hast.«

»Nein, ich danke dir.« Er lächelte regelrecht verzückt. »Sie ist ein richtiger Schatz, es hat mir wirklich Spaß gemacht, den Abend mit euch beiden zu verbringen. Früher … ich vermisse … Egal, es war mir ein Vergnügen.«

Er steckte mir eine Haarsträhne, die sich aus meinem Pferdeschwanz gelöst hatte, hinters Ohr, und als sein Finger meine Wange berührte, fühlte es sich an wie ein elektrischer Schock. Er zog mich in seine Arme – ich hoffte inständig, dass es etwas mehr als nur eine brüderliche Umarmung war – und sagte, dass wir uns bald wiedersehen würden. Ich ging ins Bett und bewahrte die Erinnerung an das Gefühl seiner starken, schlanken Arme um mich und seines kratzigen Pullovers an meinen Lippen, unter dem ich seinen warmen Körper gespürt hatte.

Am nächsten Tag arbeitete ich von zu Hause aus. Normalerweise schaffe ich eine ganze Menge, wenn ich mit meinem Laptop im Bett sitze, unzählige Tassen Tee trinke und Radio Vier im Hintergrund höre. An jenem Tag konnte ich mich jedoch einfach nicht konzentrieren. Jedes Mal wenn ich versuchte, mir einen guten Slogan für unsere Werbekampagne auszudenken oder eine klare, starke Presseerklärung zu entwerfen, wanderten meine Gedanken zu Oliver. Jedes Mal wenn ich die Absätze einer Frau auf dem Pflaster draußen hörte, fürchtete ich, es wäre Rose, und empfand eine schreckliche Mischung aus schlechtem Gewissen und Scham. Als würde sie hereinplatzen und versuchen, meine üppigen Schenkel in ihre Jeans zu quetschen oder so etwas. Nach ein paar Stunden verlor ich die Geduld mit mir und ging unter die Dusche. Das Wasser muss das Geräusch der Eingangstür übertönt haben, denn als ich auf der Suche nach Toast und Marmite nach unten kam, stand Rose in der Küche und füllte den Kühlschrank mit stinkendem Käse aus der Schweiz.

»Hallo«, begrüßte ich sie.

»Hallo, Ellie.« Wie Oliver hatte auch Rose einen wunderbar goldenen Teint, doch sie sah müde aus, und ihre Haare waren ganz durcheinander. Vermutlich hatte sie die Nacht in irgendeiner Flughafenhalle verbracht.

»Wie war es?«

»Abgesehen von der dummen Verspätung am Schluss hatten wir eine großartige Zeit«, sagte sie. »Pip hat sich endlich von Sebastian getrennt und ihn gedemütigt, indem sie vor aller Augen mit einem Skilehrer namens Hans abgezogen ist. Sebastian ist stinksauer. Die meiste Zeit haben wir Witze über Hans gemacht, um ihn aufzumuntern. Ich wünschte, du wärst da gewesen.«

»Um ihn zu hänseln?«, bot ich an, und Rose lachte.

»Genau. Und Vanessa meinte, sie hätte sich einen Magen-Darm-Infekt eingefangen. Sie hat nichts getrunken und kaum etwas gegessen, aber eigentlich hat sie eine Panik-Diät gemacht. Sie hat mir erzählt, dass sie über Weihnachten ziemlich zugenommen hat.«

»Das kommt von der Ehe«, bemerkte ich.

»Ich habe dir haufenweise Schokolade und eine Flasche von diesem tödlichen Aquavit mitgebracht.«

In mir regte sich erneut mein schlechtes Gewissen. Toll, danke, Rose, komm nur aus den Ferien zurück, und bring mir Geschenke mit. Ich versuche dafür, dir den Freund zu klauen. Super.

»Danke. Ich werde allerdings versuchen zu widerstehen. Ich mache ja auch so eine Art Diät.«

»Ach ja? Du siehst auch wirklich gut aus, das ist mir gleich aufgefallen. Nicht, dass du nicht immer fantastisch aussehen würdest. Meine glückliche Schwester hat in der ersten Reihe gestanden, als die Dekolletés verteilt wurden.« Das war Roses nette Art zu sagen, dass ich fetter war als sie.

»Ach, und«, ich versuchte beiläufig zu klingen, »Oliver ist gestern Abend vorbeigekommen. Ich habe auf Pers aufgepasst, und er ist ein bisschen geblieben. Er dachte, du wärst hier.«

Roses Lächeln erstarb, und ihr Gesicht verwandelte sich in eine ausdruckslose Maske. So sieht sie immer aus, wenn sie wütend ist. »Ach was?«, meinte sie.

»Ja«, plapperte ich weiter. »Ehrlich, Rose, ich fand es etwas unfair von dir, ihm nicht zu sagen, dass du nicht hier sein würdest. Auch wenn ihr euch gestritten habt.«

»Wie kommst du darauf, dass wir uns gestritten hätten?«, schnappte sie. »Was hat Oliver gesagt?«

Ich versicherte ihr eilig, dass er außer irgendwelchen Skierlebnissen überhaupt nichts erzählt habe. Dann berichtete ich ihr von Pers' Erstickungsanfall, damit sie begriff, dass Oliver und ich wichtigere Dinge zu besprechen gehabt hatten als irgendeinen Streit.

»Aber es war offensichtlich«, sagte ich. »Du hast mir eine SMS geschickt, um mir zu sagen, dass das Flugzeug Verspätung hat. Warum hast du ihm nicht auch eine geschickt? Es ist nicht seine Schuld, dass er früher zurückkommen musste. Vor allem weil du dich hier mit ihm verabredet hattest.«

»Es ist nett von dir, Ellie, dass du dir solche Sorgen um Olivers Wohlergehen machst«, antwortete sie, »aber wenn er unsere Beziehung wie eine bedeutungslose Affäre behandelt, muss er damit rechnen, dass ich ihn genauso behandle.«

Und dann platzte natürlich alles aus ihr heraus. Anders als ich kann Rose nie widerstehen, mir alle blutigen Einzelheiten über ihre Freunde anzuvertrauen: was sie im Bett machen, worüber sie sich streiten, wann sie sich anrufen und wann nicht. Vermutlich ist es ein Ventil für die Unsicherheit und den Aufruhr, den jeder empfindet, der verliebt ist, selbst wenn er so gelassen und schön ist wie Rose.

Wie sie berichtete, war es der sechste Abend ihres Urlaubs gewesen. Eine wunderschöne sternenklare Nacht, der Schnee glitzerte im Mondlicht, und die Berge ragten wie Gespenster über allem auf. Oliver und sie hatten einen Spaziergang gemacht und eine Flasche Champagner mitgenommen.

»Es war wie im Märchen«, erzählte sie. »Die kleinen Häuser, die aussehen wie aus Pfefferkuchen, und die schmalen Kopfsteinpflastergassen und Ollie und ich Hand in Hand. Es war so romantisch, es war einfach perfekt. Ich weiß, wir sind noch nicht so lange zusammen, aber ich war mir sicher, dass er mich aus einem bestimmten Grund dorthin gebracht hatte.«

Rose hatte also, hingerissen von der Umgebung und, wie ich sie und ihre Freunde kannte, ermutigt von Unmengen Wein, beschlossen, die Gelegenheit zu ergreifen. Wie ein Volltrottel hatte sie, anstatt den Mund zu halten und Oliver das Sprechen zu überlassen, vom Heiraten geredet.

»Und da hat er sich total zurückgezogen, Ellie«, fuhr sie schniefend fort. »Er sagte, ich sei ein nettes Mädchen – wie tröstlich –, aber dass es noch sehr früh sei und wir uns erst besser kennenlernen und uns amüsieren sollten.« Ihre Stimme zitterte leicht. »Vielleicht sollten wir uns auch noch mit anderen treffen. Dieser Mistkerl! Uns mit anderen treffen! Nur weil so eine dumme Kuh ihn abgeschoben und verlassen hat, meint er, er könne ewig auf der Masche mit dem gebrochenen Herzen reiten.«

»Welche dumme Kuh?«, fragte ich. Ich wusste nichts über Olivers bisheriges Beziehungsleben, und natürlich interessierte es mich – wie alles, was mit ihm zu tun hatte.

»Ich weiß es nicht«, sagte Rose. »Er spricht nicht darüber. Er redet nur sehnsüchtig von der, die ihn verlassen hat. Aber so etwas hat doch jeder schon erlebt. Sieh mich an. Ich bin auch schon verlassen worden, mehrfach sogar, und ich gebe trotzdem nicht auf. Egal, am nächsten Tag sagte er, er habe einen Anruf aus dem Büro erhalten und müsse zurück nach London fliegen. Und ich blieb wie ein Mauerblümchen zurück.«

»Ich bin mir sicher, dass du nicht wie ein Mauerblümchen ausgesehen hast«, tröstete ich sie.

»Doch«, widersprach Rose. »Und ich musste für Pip und den verdammten Hans den Anstandswauwau spielen, die jeden Abend in der Bar fast übereinander hergefallen sind.«

»Bäh, wie eklig«, bemerkte ich.

»Ach, Ellie«, Roses Stimme zitterte wieder, und ich hatte Angst, dass sie gleich weinen würde. »Was soll ich nur tun?«

»Du musst das Ganze rational betrachten«, riet ich. »Was ist mit früheren Freunden schiefgelaufen? Wo gibt es Parallelen zu der Situation mit Oliver? Und wie kannst du verhindern, dass du immer wieder in dieselben Fallen tappst?« Ich holte meinen Stenoblock aus der Handtasche und nahm einen Stift. »Komm schon, du hast von dem gesprochen, der dich verlassen hat, oder von diversen, die dich verlassen haben. Lass uns ein Venn-Diagramm erstellen.«

Rose schniefte, putzte sich die Nase und brachte ein schwaches Kichern zustande. »Okay. Venn-Diagramm.«

»Danny. Was war mit ihm?«

»Es lief alles wirklich sehr gut«, berichtete Rose. »Wir hatten das Stadium erreicht, in dem wir uns fast jeden Abend sahen. Dann habe ich vom Zusammenziehen gesprochen. Schließlich wohnten wir praktisch ohnehin schon zusammen. Daraufhin war er plötzlich wie ausgewechselt. Als ich dann herausgefunden habe, dass er etwas mit einer anderen Frau hatte, habe ich Schluss gemacht.«

»Richtig«, bestätigte ich. »Untreue, da verfrühter Vorschlag, sich fest zu binden«, notierte ich. »Der Nächste?«

»Neil. Ich war so verliebt in ihn. Obwohl er deutlich älter war als ich. Ich dachte, das wäre gut. Ich dachte, das hieße, er sei reifer und gefestigter und eher bereit, sich zu binden.«

»Aber?«, forschte ich.

»Aber er war doch Amerikaner, und er war nur für sechs Monate hier, um Kunst zu kaufen. Ich dachte, ich würde vielleicht mit ihm nach Amerika gehen. Ich hatte mich sogar schon erkundigt, wie man eine Green Card bekommt, und mit Quinn's Büro in Manhattan gesprochen, ob ich dort eine Stelle bekommen könnte. Ich hätte das wirklich toll gefunden, aber als ich Neil von meiner Idee erzählt habe, meinte er, ich solle mich nicht lächerlich machen.«

»Was war lächerlich daran?«

»Er meinte, ich sei nur eine Affäre. Ein schöner Sommer, so drückte er sich aus. Arschloch.«

»Okay, also sitzen gelassen von Arschloch, da lockere Affäre zu ernst genommen«, schrieb ich. »Aiden war der Nächste, stimmt's?«

Rose nickte. »Wir waren ja fast ein Jahr zusammen. Dann fing diese neue Frau in seiner Firma an, und er redete ziemlich viel von ihr. Manchmal spürt man doch einfach, dass etwas im Gang ist, weißt du, was ich meine?«

»Mmmm«, brummte ich unbestimmt.

»Also habe ich die Nachrichten auf seinem Telefon überprüft. Ich habe zwar nichts gefunden, aber er war stinksauer, weil ich ihm hinterherspioniert habe. Danach hat es irgendwie nicht mehr zwischen uns gestimmt, und wir haben uns auseinandergelebt.«

»Okay, ich schreibe ›auseinandergelebt, nachgeschnüffelt, ausgelöst durch die Angst vor einer Affäre und der Sorge um die feste Beziehung‹«, sagte ich. »Ich weiß nicht, wie es dir geht, aber ich erkenne langsam ein Muster. Jetzt zu Mark.«

»Okay, okay«, antwortete Rose. »Das hat nur fünf Wochen gedauert. Er hat mich verlassen, nachdem ich gesagt habe, ich ginge davon aus, wir würden uns exklusiv miteinander treffen. Er dachte aber, wir würden uns auch noch mit anderen treffen.«

»Beziehungsgestörten mit der Forderung nach Exklusivität verschreckt«, notierte ich. »Ich glaube, wir haben die Antwort, Rose. Du musst die feste Beziehung vergessen und daran arbeiten, weniger zu klammern. Sei cool, unzuverlässig, distanziert. Scarlett O'Hara trifft Buffy.«

»Ellie, du bist genial. Du und dein Venn-Diagramm! Von jetzt an kann Oliver Farquahar mich mal. Ich rufe ihn nicht an, ich schicke ihm keine SMS, und wenn er vorbeikommt, werde ich nicht da sein. Wir werden ja sehen, ob er nach ein paar Wochen dieser Behandlung nicht seine Meinung ändert.«

Mit diesen Worten schulterte sie ihr Skizeug und ging nach oben.

Mein Rat war gut, das wusste ich, aber hatte ich auch unbeabsichtigte Folgen erwähnt? Wenn Rose Oliver die kalte Schulter zeigte, konnte es passieren, dass Oliver nichts mit sich anzufangen wusste und gelegentlich Gesellschaft brauchte. Ich loggte mich bei Facebook ein.

9. Kapitel

Rose hielt Wort. Ein paar Wochen vergingen, und Oliver erhielt keine SMS-Nachrichten, seine Facebook-Pinnwand blieb leer. Hin und wieder hörte ich, wie Rose mit ihm telefonierte, dabei klang sie heiter und unbeschwert und sagte Dinge wie: »Ach, das tut mir leid, Ollie, aber wir haben Donnerstag etwas vor« oder: »An dem Abend arbeite ich lange, sonst hätte ich dich sehr gern gesehen« und so weiter. Sie hat Nerven wie Drahtseile. Ehrlich. Leider bedeutete das, dass auch ich Oliver nicht mehr zu sehen bekam. Hinzu kamen die Arbeit an der Werbekampagne für die U-Bahn-Rolltreppen und meine andauernde Diät mit den morgendlichen Läufen, mit Gemüsesuppe und ohne Alkohol. Ich hatte das Gefühl, dass sich mein gesellschaftliches Leben von durchschnittlich zu geradezu nicht existent entwickelte.

Nach einer Woche grässlich langer Tage – ich glaube, am Dienstag, Mittwoch und Donnerstag hatte ich das Büro nicht vor elf Uhr abends verlassen – wurde die Kampagne am Freitagnachmittag endlich verabschiedet. Im letzten Moment. Am Montagmorgen sollten die Plakate geschaltet werden, damit die Londoner Pendler nach einem ausschweifenden Wochenende mit schonungslosen Botschaften über sexuell übertragbare Infektionen konfrontiert wurden, mit der ihre Woche mit Sicherheit schrecklich begann. Der ursprüngliche Kreative von der Design-Agentur hatte die Kampagne nicht begriffen – hatte die Marke nicht verstanden, wie Duncan klagte –, und so musste man immer wieder von vorn beginnen. Ruth und ich schwitzten derweil Blut und Wasser über dem Text. Schließlich hatten wir uns auf zwei Bilder festgelegt: Das eine zeigte Gesicht und Brust eines Mädchens, das im Dämmerlicht auf einem Kopfkissen lag und sich deutlich im Zustand sexueller Erregung befand. Das andere das Gesicht eines Jungen in ähnlichem Zustand, jedoch von unten aufgenommen. Der Text lautete: »Sie (oder er) ist nicht das Einzige, das du heute Abend abgeschleppt hast.« Dann folgten ein paar gruselige Unterpunkte über die wachsende Rate verschiedener Infektionen und unsere kostenlose Servicenummer sowie Webadresse. Ich hatte gefragt, ob es nicht stereotype Geschlechterrollen verstärken würde, wenn wir zwei Bilder in Missionarsstellung zeigten. Duncan hatte jedoch ausgeführt, dass man nie die Fähigkeit der Öffentlichkeit unterschätzen sollte, eine Botschaft falsch zu verstehen, und so hielten wir es einfach.

Schließlich schickte Ruth die letzte E-Mail an die Produktion, und wir lehnten uns alle auf unseren Stühlen zurück und sahen ganz verstört aus vor Erleichterung.

»Ein Drink?«, fragte Duncan, aber um ehrlich zu sein, in diesem Stadium konnten wir uns alle nicht mehr sehen. Ruth sagte, sie sei mit Diana zum Essen verabredet, und Duncan meinte, er wollte unbedingt zum Sport gehen. Ich schlug vor, dass wir in der darauffolgenden Woche an einem Abend zusammen ausgehen sollten. Wir schalteten alles aus, schlossen das Büro ab und drifteten zombieähnlich auseinander, so müde waren wir, nachdem endlich die Deadline vorüber war.

Ich könnte Claire anrufen und sehen, ob sie Pers bei ihrer Nachbarin Portia lassen konnte, um mit mir ein oder zwei Bier trinken zu gehen. Oder ich konnte auch einfach bei ihr bleiben, und wir bestellten uns ein Curry und guckten schlechte Filme oder so etwas.

Es dauerte ewig, bis Claire ans Telefon ging, aber schließlich hörte ich sie sagen: »Hallo, Ellie, wie geht's?« Sie klang durcheinander und atemlos.

Ich erzählte ihr von der Arbeit und fragte, wie es ihr und Pers ginge.

»Uns geht's bestens! Nur gerade etwas konfus. Ich mache mich gerade fertig, um Pers bei Portia zu lassen. Ich gehe aus.«

»Toll!«, sagte ich. »Wohin gehst du? Hast du was dagegen, wenn ich mitkomme?«

Es folgte eine etwas unangenehme deutliche Pause, dann sagte Claire: »Oh, es ist nicht wirklich diese Art von Ausgehen, Ellie. Ich treffe …«, dann folgte ein Knall und Heulen, und wie so oft während eines Telefonats mit Claire sagte sie: »Mist! Muss Schluss machen. Ich rufe dich morgen an, Süße, okay?«

Etwas ernüchtert schrieb ich Ben eine SMS, um zu sehen, was er vorhatte. Ich stieg eine Station früher aus dem Zug aus und ging am Fluss entlang und durch den Park. Es war ein wunderschöner sonniger Februartag – einer jener Tage, an denen man spürt, dass der Höhepunkt des Winters vorbei ist und der Frühling nicht mehr lange auf sich warten lässt. Der Fluss funkelte in der untergehenden Sonne, und auf der Wiese blühten Schneeglöckchen und Krokusse. Das alles munterte mich ziemlich auf, und als ich zu Hause ankam, wollte ich unbedingt ausgehen und feiern. Das brauchte ich jetzt. Ich stieg unter die Dusche, rasierte mir die Beine, wusch meine müden, fettigen Haare und benutzte etwas von Roses Gesichtspeeling. Als ich meine Haare geglättet hatte – was wirklich schrecklich aussah, wie ich feststellte, da sie ausgefranst und ziemlich kaputt waren –, erhielt ich eine Antwort von Ben.

»Tut mir leid, Ellie, heute Abend keine Zeit. Treffen vielleicht nächste Woche?«

Ach, dachte ich. Das war nun aber ziemlich blöd.

In diesem Moment war meine gute Stimmung augenblicklich wie weggeblasen, und als Rose nach Hause kam, fand sie mich noch immer in meinem Frotteebademantel am Küchentisch vor, wo ich mit finsterer Miene Wodka mit Diättonic trank.

»Hallo, Ellie«, sagte sie, stürzte gewissermaßen in den Raum und lud haufenweise Tragetüten von Selfridges und House of Fraser auf einem Stuhl ab. »Was ist los? Ich habe dich die ganze Woche kaum gesehen.«

Ich erzählte ihr, dass wir die Deadline geschafft hätten und dass ich mich wirklich gefreut hatte, heute Abend zu feiern, dass aber sowohl Ben als auch Claire etwas vorhätten.

»Dann komm doch mit uns!«, schlug Rose vor. »Komm schon! Das wird super.«

»Wer ist uns?«, fragte ich skeptisch und stellte mir vor, wie ich für Rose und Oliver den Anstandswauwau spielte.

»Pip, Ness, Chloë und ich« antwortete sie. »Nur ein unkomplizierter Frauenabend. Versprochen. Wir gehen in eine neue Bar, die unten in der Straße aufgemacht hat. Es soll ziemlich nett sein.«

Ich zögerte. Ich kannte Roses Vorstellung von einem unkomplizierten Abend. Das letzte Mal, als ich mit ihr unterwegs gewesen war, hatten wir bis vier Uhr morgens in einem Club in Chelsea herumgehangen und mussten Chloë von einem Rugbyspieler wegzerren, den sie aufgerissen hatte. Die Musik war zu laut, um sich zu unterhalten, nirgends konnte man sitzen, und dürre Mädchen kreischten einander an.

Das war nicht meine Vorstellung, sich zu amüsieren. Aber wenn es Roses Vorstellung war, stellte ich fest, musste es auch Olivers sein.

»Es wird nicht wie beim letzten Mal.« Wie so oft schien Rose meine Gedanken zu lesen. »Dieser Laden ist wirklich neu, niemand hat ihn bislang entdeckt. Pip kennt den Besitzer, also bekommen wir auch einen Tisch.«

»Okay«, stimmte ich zu. »Aber wenn es schrecklich ist, dann …«, ich sah mich auf der Suche nach einer schrecklichen Drohung um, »… sage ich Vanessa, dass du mit Mick gevögelt hast.«

»Waaaas?!?«, rief Rose. »Nein! Alles, nur das nicht!«

Ich hatte Mick eine Weile nicht erwähnt, aber die Erinnerung hatte eindeutig nichts von ihrer Schockwirkung verloren. Rose war in der Oberstufe und ich im ersten Jahr an der Uni gewesen, als wir beide in den Sommerferien Dad besucht hatten. Wir waren mit ein paar meiner alten Schulfreunde in die örtliche Disko gegangen – eine ziemliche Spelunke. Wahrscheinlich da keiner von ihrer Gruppe dabei war, hatte Rose nicht das Gefühl gehabt, sich cool geben zu müssen. Sie trug ihre Haare offen und betrank sich heftig mit Alcopops.

Gegen Mitternacht klebte sie wie mit Sekundenkleber an einem kräftigen, tätowierten Kerl mit glatt rasiertem Schädel, der irgendwie in seinen Zwanzigern war. Ich überlegte, ob ich dazwischengehen sollte, beschloss jedoch, dass er vermutlich harmlos war und dass Rose ziemlich gut auf sich selbst aufpassen konnte. Tatsächlich kehrte sie am nächsten Tag zwar mit einem brutalen Kater, aber heil nach Hause zurück.

»Ooooh, mein Kopf«, stöhnte sie. »Und ooooh, meine Knie und die Ellbogen. Ich fühle mich, als hätte ich zehn

Runden gegen Mike Tyson gekämpft.« Ich lachte, und Rose fuhr fort: »Das Komische ist, dass er mir irgendwie bekannt vorkam. Meinst du, der ist beim Fernsehen oder so was?« Ich schaute sie schockiert an und machte mir vor Lachen fast in die Hose. »Du hast ihn nicht erkannt?«, fragte ich. »Das war doch Mick, der war ungefähr acht Jahre lang unser Müllmann.« Wann immer ich Rose seither zwingen wollte, die Spülmaschine einzuräumen, wenn ich eigentlich dran war, oder die Bestellung beim Online-Supermarkt aufzugeben oder was auch immer, habe ich ihr damit gedroht, es Vanessa zu erzählen. Vanessa ist ein entsetzlicher Snob, sie würde sich gnadenlos über Rose lustig machen oder ihr vielleicht sogar die Freundschaft aufkündigen.

Rose und ich lachten über Mick, den Müllmann, und wie immer hatte sie mich deutlich aufgeheitert. So ging ich nach oben und zog mich um. Leider hielt meine gute Laune nicht lange an, denn ich stellte fest, dass mein Gewichtsverlust dazu geführt hatte, dass mir nichts mehr richtig passte – sogar meine BHs waren zu groß. Schließlich wählte ich einen Jeansminirock, der so tief auf den Hüften saß, dass es eigentlich kein Minirock mehr war. Dazu einen weiten schwarzen Pullover, der eigentlich nicht locker sitzen sollte, sowie Strumpfhosen mit Leopardenmuster und schwarze Stiefel. Rose meinte, ich sähe toll aus und sie könne nicht glauben, wie dünn ich geworden sei, aber ich glaube, sie wollte nur nett sein – drei Kilo sind nicht wirklich viel. Jedenfalls konnte ich mitnichten mit ihr und ihrer engen Designerjeans, ihren Overknee-Boots und dem rückenlosen goldenen Oberteil konkurrieren.

Ihre Freundinnen waren allerdings auch nett und sagten auf dem Weg zur Bar alle: »Wow, Ellie, du siehst fabelhaft aus! Wie schön, dich zu sehen!« Es war wirklich ziemlich süß. Die Bar hieß Eve's und sollte mit zahlreichen üppigen Pflanzen und Dschungelgemälden an den Wänden offensichtlich an den Garten Eden erinnern. Die Sofas waren mit einem schlangenhautähnlichen Stoff bezogen, und überall standen Schalen mit künstlichen Äpfeln.

Wir setzten uns um unseren Tisch, bestellten schicke Cocktails und plauderten. Pip berichtete uns von den schrecklichen SMS, die sie von Hans, dem Skilehrer, erhielt, und wir lachten uns kaputt über seine Nachrichten, in denen es von Autokorrektur-Fehlern nur so wimmelte. Chloë interessierte sich für ein paar Männer im Anzug, die am Nebentisch saßen. Als sie jedoch herüberkamen, um »Hallo« zu sagen, und sie herausfand, dass es sich um Makler handelte, verlor sie das Interesse. Rose steuerte etwas Klatsch über ihren Freund Gervase bei, der offenbar eine leidenschaftliche Affäre mit einem verheirateten Mann hatte, den er von der Arbeit her kannte. Nach der zweiten Getränkerunde erzählte ich Vanessa alles über Bens Lauf-und-Porridge-Bootcamp und dass mir meine Sachen nicht mehr passten.

»Du musst mich bei der Arbeit besuchen«, sagte sie. »Ich würde dich liebend gern mit einer neuen Garderobe ausstatten. So etwas mache ich schrecklich gern. Und ich sorge dafür, dass du einen guten Rabatt bekommst. Komm schon, lass mich deine persönliche Einkaufsberaterin spielen.« Im nächsten Moment hatte sie ihren Blackberry gezückt. Wir verglichen unsere Terminkalender und stellten fest, dass wir beide am nächsten Nachmittag um zwei Uhr Zeit hatten (eigentlich hätte ich dazu nicht in meinen Terminkalender blicken müssen, aber in solchen Situationen kann man ja mal so tun).

Vanessa ist Modeeinkäuferin für Black & White, ein superschickes Modehaus in der Bond Street. Ich war erst einmal mit Rose dort gewesen, als sie verzweifelt nach einem Hut gesucht hatte, der zu ihren taupefarbenen Schuhen passte. Der Laden hatte mir mit seinem Duft, den protzigen dicken Teppichen, den herablassend lächelnden Angestellten und den deftigen Preisen richtiggehend Angst eingeflößt. Doch in jenem Monat war ich ziemlich flüssig, und ich hatte schon ewig kein Geld mehr für Kleidung ausgegeben. Es fühlte sich faszinierend und aufregend an, die schweren Glastüren aufzustoßen und in den ersten Stock zu gehen, wo ich mit Vanessa in der Abteilung für individuelle Einkaufsberatung verabredet war.

»Also, Ellie, ich habe ein paar Teile herausgesucht, die ich mir an dir vorstellen kann.« Vanessa war ganz hibbelig und aufgeregt, und ich spürte, dass sie, genau wie ich, ihren Job wirklich liebte. Damit wuchs meine Sympathie für sie beträchtlich. »Ich denke an einige klassische, zeitlose Teile für die Arbeit. Die kann man mit ein paar modischen Accessoires aufpeppen, damit sie etwas jünger und frecher wirken. Und dann an ein paar tolle Sachen für die Freizeit, damit deine Wochenendgarderobe etwas harmonischer wirkt.« Sie warf mitleidig lächelnd einen Blick auf meine schwarze Hose und mein gestreiftes Oberteil. Ich hatte gedacht, dass die Kombination Korsage mit Jeansjacke und einem weiteren von Roses Schals gelungen wäre, aber das sah sie offenbar anders. »Und ein oder zwei richtig schicke Teile für abends. Und wenn wir fertig sind, reiche ich dich nach unten zu Martina weiter, die dich mit ein paar anständigen BHs ausstattet – vertrau mir, die lassen dich größer und kurviger wirken.«

Ich dankte ihr noch einmal dafür, dass sie mir ihren Samstagnachmittag widmete und sich so viel Arbeit machte, und sagte: »Gut, legen wir los.«

Vanessa schob mich in eine Art Superumkleide – einen Raum, der fast so groß war wie mein Zimmer zu Hause. Die eine Seite war komplett verspiegelt. Es gab eine gemütliche goldfarbene Chaiselongue, und auf einem kleinen Tisch standen eine Flasche Champagner in einem Kühler sowie ein Tablett mit Kaffeetassen und einem Teller edler Schokoladenkekse. So, wie ich die Kundschaft von Black & White einschätzte, bezweifelte ich, dass sie jemals gegessen wurden. Auf der anderen Seite stand ein Garderobenständer, der unter einem Haufen Sachen ächzte.

»Mein Gott!«, rief ich. »Das kann ich nicht alles anprobieren. Da breche ich zusammen.«

»Nein, das wirst du nicht«, widersprach Vanessa in eisernem Ton, der mich ein bisschen an Rose erinnerte. »Außerdem, wenn wir erst einmal eine Idee davon haben, was dir steht, entscheiden wir, welche der Sachen du wirklich anprobieren solltest und welche wir gleich aussortieren können. Dann gehe ich los und besorge noch ein paar andere Dinge, von denen ich denke, dass sie dir stehen. Also – was zuerst?«

»Freizeit, glaube ich.« Ich verkroch mich wie eine Schnecke in meine Wohlfühlzone.

»Freizeit? Nein, das finde ich nicht«, meinte Vanessa. »Komm, zieh das mal an.« Sie nahm ein Kleid vom Ständer und reichte es mir wie ein Zauberer, der gerade ein Kaninchen aus dem Hut gezaubert hat.

Ich zuckte etwas zurück. »Das kann ich nicht tragen. Das ist pink.« Es war ein tiefes, fast lilafarbenes Pink, wie eine Pfingstrose. Als ich es betrachtete, wurde mir bewusst, dass fast alle meine Sachen entweder schwarz, weiß, grau, beige oder jeansblau waren. »Und vor allem hat es ein Loch.« Es hatte einen tiefen Ausschnitt, der von den Schultern über den Rücken lief.

»Unsinn«, erklärte Vanessa streng. »Die Farbe wird toll an dir aussehen. Und das ist wirklich ein vielseitiges Teil – es eignet sich perfekt, um im Sommer abends auszugehen oder für Cocktailpartys, und mit einer Jacke drüber kann man es sogar zur Arbeit tragen. Jetzt probiere es bitte an, mir zuliebe, ja?«

Sie war so überzeugend, dass ich beim nächsten Blick in den Spiegel vom Schlüsselbein bis zum Knie in Pink gewandet war. Und ich sah toll aus. Das Kleid streckte meine Beine und ließ auf wundersame Weise eine Taille erscheinen, wo zuvor keine gewesen war. Das Pink ließ meine grünen Augen leuchten, und meine Haut wirkte rosig. Und als ich mich umdrehte, um die Rückseite zu betrachten, sah man keinen BH in dem Loch.

»Wow«, sagte ich. »Du bist gut.« Ich konnte nicht aufhören zu lächeln.

»Siehst du?« Vanessa grinste ebenfalls wie eine Verrückte. »Jetzt packen wir das auf den ›Wahrscheinlich‹-Stapel und machen weiter.«

Im Laufe des Nachmittags wuchs meine Bewunderung für Vanessas Geschick derart, dass es an Ehrfurcht grenzte. Ich probierte Jeans, die meinen Hintern knackig und klein aussehen ließen; Kostüme, die wirklich saßen und nicht an den falschen Stellen ausbeulten; Oberteile, die mit Falten, Verzierungen und Rüschen interessant und schmeichelnd wirkten und eben nicht einfach nur Oberteile waren. Sie hatte mir sogar Schals in unterschiedlichen Größen besorgt. Und sie zeigte mir, wie man sie geschickt band, damit sie gut aussahen und nicht, als hätte ich sie mir einfach um den Hals gewickelt, weil es etwas kühl war. »Aber die kaufst du nicht hier«, bestimmte sie. »Du gehst in die Hauptstraße, wo Schals drei Pfund kosten anstatt fünfzig wie die hier. Das sind modische Teile, die wechselt man jede Saison, um seinen Look up to date zu halten.«

Ich nickte gehorsam. Inzwischen hatten wir den Champagner geleert, hingen beide erschöpft auf der Chaiselongue und machten uns über die Kekse her. Der volle Kleiderständer war nun in drei Haufen aufgeteilt. Einen großen »Ja«-Stapel, einen etwas kleineren »Vielleicht«-Stapel und einen sehr kleinen »Nein«-Stapel, aus dem ich die meisten Teile nur entfernt hatte, weil mein Gewissen mir schlicht nicht erlaubte, mehr als fünfzig Pfund für ein Oberteil auszugeben.

»Gut«, sagte Vanessa zufrieden, »das nenne ich einen erfolgreichen Nachmittag. Das hat mir so gefehlt, obwohl mir der Job als Einkäuferin auch viel Spaß macht.«

Ich fragte sie nach ihrem Werdegang, und sie erzählte, dass sie mit zwanzig aufgehört hatte zu modeln. Sie meinte, sie sei damals zu kräftig geworden. Plötzlich fiel mir auf, dass sie, obwohl sie groß, sportlich und alles andere als dick wirkte, nicht wirklich dünn war. Sie trug einfach nur Sachen, die ihr standen und wirklich zu ihrer Figur passten. Sie hatte dann auf der Shop-Etage angefangen, Sachen zusammenzulegen (eine weitere Überraschung) und sich von dort hochgearbeitet. Ein paar Jahre hatte sie in der individuellen Einkaufsberatung gearbeitet, bis sie zur Einkäuferin ausgebildet wurde. Sie meinte, dass sie auf keinen Fall eine wohlhabende Hausfrau sein wollte, wenn sie und Tom einmal Kinder hätten. Sie wolle ihren Erziehungsurlaub knapp halten, ein Kindermädchen engagieren und sobald wie möglich wieder arbeiten, weil sie das Gefühl habe, ihr Gehirn werde sonst verkümmern. Sie erzählte mir etwas über den Hintergrund des Ladens, der entstanden war, als sich ein altmodischer Stoffladen mit Namen White mit einem altmodischen Miederwarengeschäft mit Namen Black zusammengetan hatte.

Sie hatten ewig Handschuhe, Dienstmädchenuniformen, Bloomer-Kostüme und derlei Sachen für besserverdienende Damen aus Mayfair verkauft. In den Fünfzigerjahren fingen sie an, Konfektionsware aus Paris zu importieren, der Rest war Geschichte. Nun, es war natürlich alles Geschichte, aber ihr wisst schon, wie ich das meine.

Dann sagte Vanessa: »Ich habe mich übrigens neulich mit einem Kollegen unterhalten, Barri. Der ist Marketingleiter, und er meinte, dass sie jemanden für Presse und Kommunikation suchen. Du hast nicht vielleicht Interesse?«

Ich sagte, das hinge von verschiedenen Dingen ab. Ich sei zwar sehr glücklich mit meiner Arbeit, aber man würde natürlich immer nach neuen Möglichkeiten Ausschau halten. Dann nannte sie mir das Gehalt, und ich schluckte und sagte, ich würde darüber nachdenken und vielleicht eine Bewerbung schicken. Ich notierte mir die E-Mail-Adresse von diesem Barri. Anschließend gingen wir zur Kasse, um alles zu bezahlen, was selbst mit Vanessas Rabatt noch ziemlich teuer war. Ich hatte jede Menge Tragetaschen – wie können Kleider so schwer sein? Wenn man sie am Körper trägt, fühlen sie sich gar nicht so an – und beschloss, mit dem Taxi nach Hause zu fahren. Ich fühlte mich wie die verwöhnte Tochter eines Herrschers aus dem Mittleren Osten. Aber natürlich, wie es dann immer so ist, gab es keine Taxis, und es begann zu regnen – ein feiner Nieselregen. Alle spannten ihre Schirme auf und suchten Schutz unter Markisen, und so kam man in den vollen Straßen noch schwerer voran als zuvor. Ich schlug mich in eine Nebenstraße und lief nach Süden, in der Hoffnung, dass ich dort mehr Glück hatte. Doch das Nieseln nahm zu, und bald regnete es richtig. Die einzigen Taxis, die ich sah, hatten stur die Lichter ausgeschaltet, und eines fuhr so schnell durch eine Pfütze, dass es einen kleinen Tsunami auf dem Bürgersteig verursachte. Meine Hosen waren nass und klebten bei jedem Schritt an meinen Waden.

»Mist«, murmelte ich. Eine meiner Tragetaschen war ebenfalls durchnässt, und das dicke, teure Papier löste sich in Matsch auf. Ich fühlte mich überhaupt nicht mehr glamourös. Ich fühlte mich ganz einfach wie ich, die durch den Regen nach Hause lief, um den Samstagabend allein zu verbringen. Als ich in einem Eingang Schutz suchte, um die Sachen aus der durchnässten Tüte in eine intakte umzupacken, stellte ich fest, dass ich direkt vor Gilbert's stand – einer Weinbar, in der Claire und ich ein paarmal gewesen waren, bevor sie Pers bekommen hatte. Ich beschloss hineinzugehen, meine Haare unter dem Föhn im Waschraum zu trocknen und ein Glas Wein zu trinken, bis der Regen aufhörte.

Ein paar Minuten später hatte ich es mir an einem Ecktisch gemütlich gemacht. Ich trank Sancerre und versuchte, distanziert und geheimnisvoll zu wirken und nicht wie eine tragische Gestalt, die an einem Samstagabend allein trank. Oder noch schlimmer: versetzt worden war. Ich wünschte, ich hätte ein Buch dabei. Stattdessen benutzte ich den Frühjahr-Sommer-Katalog von Black & White, um mich dahinter zu verstecken, während ich die anderen Leute in der Bar betrachtete. Es gab die üblichen Touristengruppen, die diese durchsichtigen Regencapes trugen, in denen man niemals einen Londoner sehen würde, und durchnässt über riesigen Karten brüteten. An einem Tisch saßen Frauen, die aussahen, als feierten sie, vielleicht einen Junggesellinnenabschied. Da ich mich in Mayfair befand, waren alle schrecklich gut gekleidet, und nirgends waren Haarreifen zu sehen. Außerdem gab es jede Menge Paare: einen silberhaarigen Mann mit einer deutlich jüngeren Blondine, die, so wie er die Hand auf ihren Schenkel legte, ganz sicher nicht seine Tochter war. Zwei Teenager, die kaum alt genug wirkten, um überhaupt hier zu sein, starrten einander schüchtern an und schwiegen verlegen. Ein Paar saß nebeneinander mit dem Rücken zu mir auf einer Bank. Ihre dunklen Haare und seine helleren berührten sich fast, während sie intensiv miteinander sprachen. Dann stand die Frau auf und glitt aus der Nische, der Mann folgte ihr und hielt ihr den Mantel auf, während sie hineinschlüpfte. Sie hob ihre seidene Mähne aus dem Kragen und warf sie über ihren Rücken, und noch bevor sie sich umdrehte, erkannte ich sie. Und ihn. Es waren Claire und Ben.

Mir schoss die Hitze in die Wangen, ich hielt den Black & White-Katalog höher und betete, dass sein Riesenformat mein Gesicht verdeckte. Aber sie hätten mich ohnehin nicht bemerkt, sie bemerkten niemanden. Sie waren wie von einer unsichtbaren Blase umgeben, während sie durch die Menge zur Tür gingen, wobei Bens Hand über Claires Rücken schwebte, sodass ihre Haare sie hin und wieder berührten. Er hielt ihr die Tür auf, und der Wind wehte ihr die Mähne ins Gesicht. Ich bildete mir ein, ihr Lachen zu hören. Dann spannte Ben einen großen schwarzen Schirm über ihnen auf, und sie gingen gemeinsam davon, und dabei berührten sich ihre Schultern.

10. Kapitel

Jeden Tag, den ich in der darauffolgenden Woche ins Büro kam, sahen Duncan und Ruth und wer auch immer von den Ehrenamtlichen da war, mich an und riefen: »Großartig!« Ich musste mich vor ihnen drehen und wenden und ihnen erklären, was ich trug und von welcher Marke es war. Obwohl es am Freitag zugegebenermaßen bereits etwas zur Gewohnheit geworden war, freute ich mich noch immer wirklich sehr darüber. Weil sie so nett waren, hatte ich natürlich ein noch schlechteres Gewissen, dass ich meine Mittagspausen damit verbrachte, meinen Lebenslauf aufzupolieren, und ihn am Donnerstag per E-Mail an Vanessas Marketingleiter schickte. Ich arbeitete seit vier Jahren mit Ruth und Duncan zusammen, nachdem ich meine Stelle als schlichte Pressesprecherin bei Amnesty International aufgegeben hatte. Ich mochte sie wirklich gern, und natürlich mochte ich SEJS und alles, wofür es stand. Obwohl ich mir sagte, dass jeder zusehen musste, dass er seine Karriere irgendwie voranbrachte und sie problemlos Ersatz für mich finden würden und dass eine Anstellung in der Privatwirtschaft meinem Lebenslauf nicht schaden konnte, wurde ich das Gefühl nicht los, dass ich sie verriet. Ich tröstete mich allerdings mit dem Gedanken, dass ich die Stelle todsicher ohnehin nicht bekommen würde – schließlich war ich weder ein Exmodel noch mit jemandem zusammen, dessen Name Barri etwas sagte.

Ich war erleichtert, als die Woche vorüber war. Rose und ich waren an jenem Freitag beide abends zu Hause – soweit ich das feststellen konnte, hielt sie Oliver noch immer auf Abstand, was mir etwas hart erschien. Seit seinem Fehlverhalten in Bezug auf den Heiratsantrag waren einige Wochen vergangen, aber so ist Rose eben. Wir saßen im Wohnzimmer, ich sah fern und stocherte hin und wieder in einer Pellkartoffel; Rose lackierte sich die Fußnägel. Ich habe mich immer schon gewundert, wem die Frauenzeitschriften etwas vormachen wollen, wenn sie schreiben, man solle »sich verwöhnen«. Was mich angeht, so finde ich, dass nichts weniger mit Verwöhnen zu tun hat als Maniküre, Pediküre, Augenbrauenzupfen und Gesichtsmasken, womit Rose so viel Zeit verbringt. Es sind langweilige Instandhaltungsarbeiten, die notwendig sind, wenn man sich nicht total gehen lassen möchte. Mit Verwöhnen haben sie jedoch so viel zu tun, wie den Küchenboden zu wischen – eine Aufgabe, der sich Rose mit ebenso viel Enthusiasmus widmet wie ich mich der Maniküre.

»Rose?«, sagte ich.

»Mmmm?«

»Du kennst doch Ben und Claire?«

»Was? Klar. Warum? Was ist los?«

Ich zögerte. Ich war hin und her gerissen. Ich wollte es meiner Schwester erzählen, doch mir war bewusst, dass ich dann nicht mehr so tun konnte, als sei das, was ich letzten Samstag in der Bar beobachtet hatte, nicht passiert. Die ganze Woche über hatte ich versucht, nicht daran zu denken, wie Ben und Claire zusammen gewirkt hatten. Wie glücklich Claire ausgesehen und wie sie gelacht hatte. Und wie fürsorglich, ja geradezu zärtlich er ihr in den Mantel geholfen, ihr die Tür aufgehalten und sie mit dem Regenschirm geschützt hatte. Wie waren sie zusammengekommen? Ich stellte mir vor, dass es einen Moment der Offenbarung gegeben hatte, in dem Ben Claire die Brille abgenommen und gesagt hatte: »Wow, Miss Jones, Sie sind wunderschön!« (nur dass Claire keine Brille trägt und sie immer wunderschön aussieht). Ich stellte mir in einer Endlosschleife diverse Unterhaltungen zwischen den beiden vor, die ungefähr so verliefen:

Ben: Süße!

Claire: Mein Schatz!

Ben: Nur eine Sache steht unserem vollkommenen Glück im Weg.

Claire: Ja. Ellie.

Ben: Wir müssen es ihr irgendwann sagen, Süße.

Claire: Ja, Schatz. Aber noch nicht. Sie wird furchtbar verletzt sein.

Ben: Arme Ellie. Es ist hart für sie, dass sie die ganze Zeit im Schatten von Rose steht. Und natürlich von dir, meine Süße.

Claire: Arme Ellie. Es ist nicht ihre Schuld, dass sie unscheinbar und ungelenk und, na ja, ein bisschen schwer von Begriff ist.

Ben: Reden wir nicht mehr von ihr, Süße. Unsere Zeit ist zu kostbar.

Und so weiter.

»Sie sind zusammen«, sagte ich zu Rose.

»Ben und Claire? Nein! Wann haben sie es dir erzählt?«

»Ich habe sie zusammen gesehen«, antwortete ich. »Ich habe ewig mit keinem von beiden mehr gesprochen. Sie haben mich ausgeschlossen. Es ist anders als damals, als Ben mit Nina zusammen war und nicht aufhören konnte von ihr zu schwärmen.«

Obwohl ich feststellte, dass ich mich so ähnlich fühlte wie damals. Ich fühlte mich sogar ganz genauso.

Ben hatte mir an einem scheinbar ganz normalen Dienstagabend im Latchmere zum ersten Mal von Nina erzählt. Wir hatten dort immer am Pub-Quiz teilgenommen, bevor das Duchess renoviert hatte und nun ebenfalls eins veranstaltete. Dort war es etwas weniger anspruchsvoll, und es gab großzügigere Preise (eine weniger saure Flasche Pinot Grigio für den zweiten Platz, den wir mit unseren Kenntnissen üblicherweise erreichten). Ich war wie immer um sieben Uhr da gewesen, um uns einen Tisch zu sichern, Getränke zu bestellen, die Karte zu studieren und die schwere Entscheidung zwischen dem vegetarischen Gericht und dem Pilzburger mit Pommes zu treffen. Ich hatte bereits ein Bier verputzt und schickte »Denkt nicht mal dran«-Blicke zu den anderen Quizbesuchern, die es auf die sechs von mir besetzten Stühle abgesehen hatten. Ich fragte mich, ob Alex oder Tim zuerst auftauchen würde, als Ben auf einer Glückswolke in den Raum schwebte und selig und etwas dümmlich grinste. Ich wusste natürlich sofort, dass etwas passiert war.

»Bier«, sagte ich und schob ihm sein Glas über den Tisch zu. »Jetzt erzähl schon, warum du aussiehst wie ein Spanielwelpe. Hast du im Lotto gewonnen? Hat man dich überraschend für die Landesliste in Islington nominiert? Oder bist du auf dem Weg hierher mit einem Laster voller Donuts von Krispy Kreme kollidiert?«

»Oh, mein Gott, Ellie«, schwärmte Ben. »Glaubst du an die Liebe auf den ersten Blick?« Nicht gelogen, das hat er wirklich gesagt.

Ich zündete mir eine Kippe an – damals durfte man noch rauchen –, und zwischen zwei Zügen erklärte ich Ben in ziemlich deutlichen Worten, dass Liebe auf den ersten Blick eine Wahnvorstellung sei. Genau wie überhaupt jede Art von Liebe und dass man damit lieber nichts zu tun haben sollte. Aber je eher er mir erzählte, was zum Teufel los sei, desto eher könnte ich ihn von diesem Wahnsinn heilen. Und Ben quatschte los, was ziemlich ungewöhnlich für ihn war, da er normalerweise zurückhaltend bis hin zu verstockt mit seinen Gefühlen umging.

»Ich habe einen präraffaelitischen Engel getroffen, Ellie«, schwärmte er. »Meine Traumfrau. Schön, kreativ, überirdisch. Und ich habe ihre Handynummer!«

Ich forderte ihn auf, sich zusammenzureißen und von Anfang an zu erzählen, was er brav tat. Allerdings erst nach ein paar weiteren albernen Schwärmereien über ihre bemerkenswerte Schönheit und ihren Charme, die mir den ganzen Appetit auf mein Coleslaw verdarben.

Wie sich herausstellte, war er mit der Victoria Line von Highbury und Islington Station nach Green Way gefahren, wo er auf die Jubilee Line wechseln wollte, um eine Station weiter in Westminster auszusteigen und zur Arbeit zu gehen. Bei der Haltestelle King's Cross hatte sich die Göttin zusammen mit einer Horde Touristen in den überfüllten Waggon gedrängt. Ben hatte die unverhohlene Aggression beeindruckt, mit der sie eine Gruppe deutscher Studenten beiseiteschob, den einzigen freien Sitz im Waggon ergatterte und sich schadenfroh darauf fallen ließ mit – und hier verklärte sich erneut sein Blick – ihrem Geigenkasten auf dem Schoß.

»Das ist eine Strad, Ellie«, betonte er. »Obwohl ich das da noch nicht wusste, das habe ich erst später herausgefunden.«

»Der Reihe nach, Benedict«, ermahnte ich ihn streng, und er entschuldigte sich und kehrte zur Geschichte zurück.

Dieses Mädchen – zu dem Zeitpunkt wusste er noch

nicht, dass sie Nina hieß – hatte sich Ben gegenübergesetzt, und sie war ihm sofort aufgefallen. Nicht nur wegen ihrer Fähigkeit, einen Sitz zu erobern und wegen ihres Geigenkastens, sondern weil sie um neun Uhr morgens ein schwarzes Abendkleid trug. Und weil sie hüftlange gewellte Haare in der Farbe von Herbstlaub hatte, wie Ben sich ausdrückte, und eine Haut wie eine Perle und den Körper eines Gnoms. Oder vielleicht hatte er von einer Elfe gesprochen, da bin ich mir nicht sicher – jedenfalls war sie äußerst klein, aber perfekt geformt. So hatte Ben getan, was alle Männer tun, wenn ein Mädchen in die U-Bahn steigt, das ihnen gefällt und gegenüber von ihnen Platz nimmt: Sie mustern es, versuchen aber, gleichgültig zu erscheinen. Wie das Glück es wollte, hatte der Kerl, der neben Ben saß, eine aktuelle Ausgabe des *Independent* bei sich, die Ben ohnehin vor der Arbeit lesen musste. Ben reckte den Hals und linste über die Schulter des Mannes auf die Schlagzeile, während er zugleich über den Gang hinweg verstohlen die rothaarige Frau musterte.

Bald stellte er fest, dass er sich nicht annähernd so subtil verhielt, wie er gedacht hatte, und dass die rothaarige Göttin sich über ihn kaputtlachte.

»Sie strahlte einfach vor Freude, Ellie«, schwärmte Ben. »Weißt du, wie ungewöhnlich es ist, um neun Uhr morgens jemanden in der U-Bahn lächeln zu sehen? Sie lächelte nicht nur, sie hat sich geradezu ausgeschüttet vor Lachen und sich über ihren Geigenkasten gekrümmt. Dabei sind ihre Haare auf den Boden gefallen, als wäre es ihr völlig egal, ob sich ein altes Kaugummi in ihnen verfinge.« Einen Augenblick schien ihn die Vorstellung zu beunruhigen, dass die kupferfarbenen Locken seiner Traumfrau auf diese Weise geschändet werden könnten.

»Herrgott«, stöhnte ich. »Hör auf zu schwärmen und

komm zur Sache. Was hast du getan?« Ich musste ihn antreiben, denn in fünfzehn Minuten würde das Quiz beginnen. Bald tauchten unsere anderen Freunde auf, und dann würde Ben ganz sicher den Faden verlieren.

»Ich bin erstarrt«, erzählte er. »Ich habe ihr in die Augen gesehen und bin erstarrt wie Odysseus, als er an den Mast gefesselt den Gesang der Sirenen gehört hat.« Er stieß einen lächerlichen Seufzer aus. »Aber dann fuhr die Bahn in Green Park ein, und ich habe gesehen, dass sie an derselben Haltestelle aussteigt wie ich. Da war mir klar, das ist meine Chance. Also habe ich sie angesprochen.«

»Großartig!«, bemerkte ich. »Und sie hat dir ihre Nummer gegeben?«

»Ja«, bestätigte Ben stolz, »es hat mich nur zwanzig Pfund gekostet.«

»Was?«, kreischte ich. »Es gibt einen Begriff für Leute, die so etwas tun und das …«

»Straßenmusiker«, unterbrach mich Ben. »Sie studiert an der Guildhall und spielt manchmal in der U-Bahn-Station Geige, um sich etwas dazuzuverdienen. Ich habe ihr ungefähr eine halbe Stunde lang zugehört und bin zu spät zur Morgenbesprechung gekommen, weil ich mich einfach nicht loseisen konnte. Ich habe ihr einen Fünfer gegeben und dann noch einen, dann hat sie mir ihren Namen verraten – Nina«, seine Stimme wandelte sich in ein ehrfürchtiges Flüstern, »und dann ihre Nummer: 074…«

»Halt!«, unterbrach ich ihn. »Hör sofort auf! Kann sein, dass du sie verfolgst, aber ich will sie noch nicht zu meinen Kontakten hinzufügen.«

»Aber das wirst du bald, Ellie«, beharrte Ben, »weil sie heute Abend herkommt. Hierher! Heute Abend!«

In diesem Moment verlor mein Vegi-Teller jegliche Attraktivität, und ich murmelte so etwas wie: »Oh, wow, toll«. Dann tauchten Erin und Alex auf, und unsere übrigen Freunde folgten kurz danach. Wir bestellten eine weitere Runde, bevor das Quiz begann. Dann, mitten in einer schwierigen Frage über Middlesbroughs Fußballpokalgeschichte, bei der wir uns normalerweise auf Bens Wissen verließen, schaltete er völlig ab und blickte wie gebannt zur Tür.

»Nina ist da«, erklärte er und stand so schnell auf, dass er beinahe wertvolles Lagerbier im Wert von zwanzig Pfund auf den Boden verschüttet hätte. Als Nina den Pub betrat, sah ich sie zunächst nicht. Sie war so klein, dass die übrigen Lachmere-Gäste ihre zierlichen 1,50 Meter trotz der Retroclogs mit Korksohlen überragten. Doch Ben hatte sie sofort entdeckt, bahnte sich einen Weg durch die dichte Menge und beförderte sie an unseren Tisch. Dabei sah er so verzückt und so stolz aus wie Winston, wenn er ein schlaffes, halb gekautes Eichhörnchen durch die Katzenklappe hereinschleppt.

»Das«, strahlte er, »ist Nina.«

Ich kann es nicht freundlicher ausdrücken, sie erinnerte mich an ein Insekt. Mit ihren zarten Gliedern und ihren hauchzarten Kleidern ähnelte sie irgendwie einer exotischen, äußerst bunten Wespe, aber nichtsdestotrotz einem Insekt. Und die Art, wie sie sich zu jedem aus unserer Gruppe herabsenkte, hatte etwas Abstoßendes. Mit ihrem roten Rüssel verteilte sie nacheinander kleine Küsse an Alex, an Erin, an Tim und schließlich an mich und schwärmte, wie nett es sei, uns kennenzulernen. Ben habe ja schon so viel von uns erzählt. Ich sagte mir, dass Ben und ich nur Freunde waren. Wir hatten lediglich eine Bumsbeziehung, ich hatte kein Recht, eifersüchtig zu sein. Dennoch, ich hasste Nina sofort.

»Aber dir war doch klar, dass er früher oder später wieder mit jemandem zusammenkommen würde«, holte Rose mich in die Gegenwart zurück. »Oder hast du gedacht, dass du und er vielleicht …?«

»Nicht nach Nina«, sagte ich.

»Darüber habe ich mich schon oft gewundert«, meinte Rose. »Das ist doch ewig her. Seitdem ist er Single. Das ist komisch.«

»Er spricht nicht darüber«, erklärte ich. Und mir wurde klar, dass es trotz der Nähe zwischen uns eine Seite an Ben gab, die er mir inzwischen vorenthielt: die Seite, die auf poetische Weise von Ninas Haaren geschwärmt, die mir Tee und Toast ans Bett gebracht und die gut gevögelt hatte. Ich hatte mich zu unserer einzigartigen Freundschaft beglückwünscht, aber eigentlich hatte Ben mir nur einen Bruchteil von sich gezeigt. Und jetzt teilte er den Rest mit Claire.

»Vielleicht hält es ja nicht lange«, tröstete Rose, »und du bekommst noch eine Chance.«

»Das ist es nicht«, widersprach ich heftig. »Es ist … na ja, ich war zuerst da. Sie sind *meine* Freunde, sie sollen nicht untereinander befreundet sein.«

Schon während ich es aussprach, merkte ich, wie kindisch und bockig ich mich anhörte. Doch Rose sagte nichts dazu, sie drückte meine Hand und meinte: »Weißt du was, Ellie, du siehst wirklich toll aus im Moment.«

Ich bedankte mich, allerdings etwas zurückhaltend, weil mir klar war, dass sie die Unterhaltung auf ihre diskrete Weise, die in Wirklichkeit alles andere als diskret war, auf ein anderes Thema lenken wollte. Und tatsächlich sagte sie: »Du solltest dich mit Gervase verabreden.«

Roses Freund Gervase – mit dem spektakulären Zwirbelschnurrbart und der Affäre mit einem verheirateten Mann –

ist zugleich ihr Friseur. Rose folgt ihm seit acht Jahren von Salon zu Salon – er hatte angefangen, ihr die Haare zu schneiden, als sie in Edinburgh auf die Uni ging. Ich glaube, Rose hat einen nicht unerheblichen Anteil daran, dass er umgezogen ist und sein Talent nach London gebracht hat. Nach all dieser Zeit ist er jedenfalls nicht nur ihr Stylist und sie seine Kundin, sie sind Freunde geworden. Ich stelle mir lieber nicht vor, was geschieht, wenn Gervase eines Tages Roses Strähnchen versaut oder ihre Haare ein Stück zu kurz schneidet oder so etwas – dann herrscht sicher der Dritte Weltkrieg. Doch bislang arbeitet Gervase tadellos, und wenn Rose von ihm zurückkommt, hat sie immer eine todschicke Frisur und sieht glücklich aus.

»Nur ein paar Strähnchen«, schlug sie vor, »und vorn vielleicht ein paar Stufen. Ich übernehme die Rechnung. Du wirst fantastisch aussehen. Wenn ich deprimiert bin, fühle ich mich immer besser, nachdem ich bei Gervase gewesen bin.« Und bevor ich überhaupt widersprechen konnte, hatte sie bereits ihr Telefon gezückt und Gervase eine SMS geschrieben. Sie informierte mich, dass ihm jemand abgesagt habe und er mich am nächsten Morgen um zehn Uhr dazwischenschieben könne.

11. Kapitel

Als ich am nächsten Tag im Friseursalon stand und mich einer von Gervases gepiercten Lakaien in eine Art Nylonregenmantel wickelte, wurde ich langsam nervös, und ich wusste wieder, warum ich so lange keinen Friseursalon betreten hatte. Ich bin mir sicher, dass das nicht nur mir so geht. Jedes Mal – wirklich jedes Mal – wenn man die Haare nur ein paar Zentimeter kürzen lassen möchte oder eine unauffällige Tönung wünscht, damit die Haare ein bisschen glänzen, erntet man einen mitleidigen Blick. Schließlich verlässt man den Salon mit kaum noch Haaren auf dem Kopf oder mit leuchtend orangenen Strähnen oder einer Vokuhila. Wenn euch bislang nichts Schlimmeres passiert ist, als dass man euch die Haare beim Föhnen derart aufgeplustert hat, dass ihr aussaht wie Kim Kardashian, habt ihr Glück gehabt. Meine Haare sind ja nichts Besonderes – im natürlichen Zustand sind sie schlapp, mausbraun und entweder elektrisch aufgeladen oder fettig und platt –, aber zumindest weiß ich, woran ich mit ihnen bin.

»Also«, sagte Gervase, nachdem er mich auf beide Wangen geküsst hatte, was sich in etwa so anfühlte, als hätte mich ein Pelzmantel abgeknutscht. Er platzierte mich auf einem Stuhl und forderte einen weiteren Lakaien auf, mir einen Cappuccino zu bringen. »Sieh dich an, Ellie. Schau!« Er fasste mein Kinn und drehte mein Gesicht zum Spiegel. Mir fiel ein weiterer Grund ein, weshalb ich Friseursalons hasste – ich meine, wer erträgt es schon, sich einen ganzen Vormittag lang im Spiegel anzustarren? Da muss man schon überaus selbstverliebt oder stark kurzsichtig sein.

»Als ich dir zum ersten Mal begegnet bin«, fuhr Gervase fort, »dachte ich, mein Gott! Diese Augen! Diese Wangenknochen! Dieses Mädchen ist etwas Besonderes! Ich habe jahrelang darauf gewartet, Hand an dein Haar zu legen, Ellie. Lass uns die Göttin in dir zum Vorschein bringen!«

Ich murmelte etwas von nur ein paar Zentimeter die Spitzen kürzen. Davon wollte Gervase allerdings nichts wissen, und weil er Roses Freund und sehr nett ist, stimmte ich demütig Strähnchen, Stufen, einer Spülung, Föhnen und all dem zu. Dann atmete ich ein und vertiefte mich in *Vanity Fair*. Ich zwang mich, alle Artikel zu lesen, sogar einen anspruchsvollen, extrem langen über Hillary Clinton, unter dem der alberne, nervige Hinweis »weiter auf Seite 148« stand. Es dauerte drei Stunden, doch schließlich flitzte Gervase mit Kanistern voll Haarspray um mich herum, zog riesige Rundbürsten aus meinen Haaren und sagte: »Voilà!«

Ich schaute mich im Spiegel an und schüttelte versuchsweise den Kopf. Anstatt schlapp um mein Gesicht herumzuhängen wie die Ohren eines Cockerspaniels, umrahmten meine Haare mein Gesicht. Meine Augen wirkten größer und mein Kinn klarer. Die Farbe hatte sich von einem dumpfen Hellbraun in ein hübsches Honiggelb verwandelt, und sie waren glatt und glänzend, aber zugleich irgendwie kraftvoll und wippend. Ich sah aus wie ich, nur fantastisch. Glücklich zahlte ich den Wucherpreis und gab Gervase zwanzig Pfund Trinkgeld in dem Vertrauen, dass er es an seine Lakaien weiterreichen würde. Vermutlich verdiente er mehr als ich.

Ich trat auf die Straße, blieb eine Weile stehen und überlegte, was ich tun sollte. Es schien mir eine traurige Verschwendung zu sein, meine wunderschönen Haare einfach nur nach Hause zu tragen und sie in der Wohnung zu verstecken. Aus einer Laune heraus beschloss ich, die Circle Line zu nehmen, ganz bis nach Moorgate zu fahren, zu gucken, was im Kulturzentrum Barbican geboten wurde, und dort vielleicht einen Kaffee zu trinken. Um ehrlich zu sein, war es eine ziemlich lange Strecke, um einen Kaffee zu trinken, aber ich wollte mich, nur für einen Moment, in Olivers Umlaufbahn begeben. Seit ich ihn das letzte Mal gesehen hatte, als er so wundervoll zu Pers und mir gewesen war, hatte ich ihn ... ich würde nicht sagen verfolgt, aber in gewisser Weise aufmerksam beobachtet. Ich habe seine Meldungen auf Facebook und Twitter gelesen – obwohl sie für mich weiterhin meist unverständliches Zeug waren und sich um Aktienkurse und Kricket drehten – und dachte andauernd an ihn: an sein Gesicht, an seine Stimme, wie sich seine Arme um mich angefühlt hatten, an den Geruch seiner Haut. Ich habe nicht viel Erfahrung mit unerwidertem Verlangen, aber ich vermute, dass es schwer ist, es aufrechtzuerhalten, wenn es keine Nahrung bekommt. Wahrscheinlich würde es vertrocknen und sterben wie ein Rosenstrauß, den man ohne Wasser und dieses komische blaue Gel, das Floristen einem immer geben, in die Vase stellt. Zum Glück können Leute in meiner Situation in diesen aufgeklärten Zeiten dem Objekt der Begierde über die sozialen Medien folgen – na ja gut, sie *ver*folgen –, sodass die Flamme der Leidenschaft noch so stark brennt wie im ersten Augenblick.

Über all das dachte ich nach, während ich durch das Randgebiet von Zone eins des U-Bahn-Netzes rollte und mich über meine Fähigkeit wunderte, der verliebten Heldin aus einem schwülstigen Liebesroman nachzueifern. Ab und an schüttelte ich meine Haare, um zu sehen, ob sie noch immer so schön fielen. Was der Fall war. So jämmerlich meine sentimentalen Gedanken waren, sie ließen die Fahrt nach Moorgate unglaublich schnell vergehen. Doch als ich dort ankam, erschien mir die Idee, eine Oliver-Tour durch London zu machen – »auf den Spuren von«, als wäre er Samuel Pepys oder so jemand –, nicht mehr als sonderlich schlau. Ich fand es kindisch und peinlich und sogar ein bisschen irre. Ich wollte schon umkehren, wieder in die Bahn steigen und ganz zurück zur Victoria Station fahren, da ertönte das durchdringende Piepen der Türen, und sie schlossen sich hinter mir. So ließ ich mich von der Menge die Treppen hinauftreiben, und als ich in den trüben, wolkenverhangenen Tag hinaustrat, hörte ich, dass jemand hinter mir herlief, und eine vertraute Stimme rief: »Hallo! Rose!«

Ich blieb stehen, drehte mich um und sah, wie Oliver auf der grauen Straße auf mich zulief. Die Touristen, die mit mir aus der Bahn gestiegen waren, gingen aus dem Weg. Es fühlte sich an, als gäbe es nur ihn und mich auf der Welt. Nur dass er natürlich nicht mich, sondern Rose erwartet hatte. Als ihm klar wurde, dass er die falsche Schwester vor sich hatte, blieb er abrupt stehen und sagte: »Ellie. Mein Gott, es tut mir leid. Ich dachte, du seist …«

Ich sagte: »Du dachtest, ich sei jemand anders. Tut mir leid.«

Er sah mich ziemlich verwirrt an. So musste laut Serenas Beschreibung Dad ungefähr fünf Tage lang ausgesehen haben, nachdem sie ihre Kontaktlinsen herausgenommen und stattdessen ihre Brille aufgesetzt hatte. Irgendetwas an ihr war anders, aber er war nicht in der Lage herauszufinden, was es war. Als Serena mir die Geschichte erzählte, hatten wir ewig darüber gelacht – sie meinte, es beweise, dass Männer die Welt ganz anders wahrnähmen als Frauen. Ich hatte das natürlich vergessen, und jetzt interessierte es mich nicht, weil Oliver mich ziemlich intensiv anstarrte und meinte: »Eigentlich tut es mir überhaupt nicht leid.«

Wir schauten uns eine Weile an. Es war einer dieser stürmischen Tage gegen Ende des Winters. Kalter Wind wirbelte um uns herum, trieb leere Chipstüten und weggeworfene Bahntickets über das Pflaster und peitschte mir die Haare ins Gesicht, die an meinem Lipgloss kleben blieben.

Dann sagte Oliver: »Was hast du vor?«

»Ich war gerade beim Friseur und dachte, ich gehe ein bisschen ins Barbican und gucke, ob es etwas Gutes gibt. Ich hatte in letzter Zeit so viel zu tun, dass ich mein Kulturprogramm etwas vernachlässigt habe.« Ich lächelte ein bisschen, um ihm zu zeigen, dass ich das nicht so ganz ernst meinte.

»Das geht natürlich nicht«, bemerkte Oliver. »Aber momentan gibt es nicht viel – nur irgendein seltsames experimentelles Jazzding und eine Ausstellung über James Bond. Die habe ich aber schon gesehen. Da musst du also ein anderes Mal hingehen. Denn vielleicht lebt man zweimal, aber in Ausstellungen gehe ich nur einmal.«

Ich lachte und rollte wegen seines schlechten Witzes mit den Augen, spürte jedoch eine kribbelnde Freude in mir aufsteigen. Was immer wir auch tun würden, wir würden es gemeinsam tun.

»Ist Entenfüttern genug Kultur für dich?«

»Enten?«, fragte ich.

»Wasservögel, die quaken«, entgegnete Oliver. »Sie werden dir gefallen.«

Ich lachte. »Okay, zeig mir deine Enten.«

Wir gingen in Richtung Barbican, und Oliver erzählte, dass es am Wochenende zu seinen Lieblingsbeschäftigungen gehörte, sich an den Teich zu setzen und die Enten mit Brotkrumen zu füttern. Er war gerade in Moorgate im Bioladen gewesen, um ein besonderes Brot zu kaufen, das sie am liebsten mochten. Es sei wie Meditieren, meinte er. Egal, wie anstrengend seine Arbeitswoche gewesen sei, nachdem er die Vögel beobachtet habe, die sich freuten und sein samenreiches Brot äßen, fühlte er sich besser, irgendwie getröstet und in gewisser Weise geheilt. Offen gestanden war es das Beknackteste, das ich je in meinem Leben gehört hatte, aber es war gleichzeitig auch wahnsinnig süß. Zudem war ich so hingerissen von Oliver, dass er auch hätte sagen können, er würde sich am liebsten beim Kartoffeldruck entspannen oder Züge beobachten. Ich hätte trotzdem »Ach« gesagt und ihn wundervoll gefunden.

Nach ungefähr einer Viertelstunde wurde mir klar, dass er recht hatte – es war unglaublich niedlich und beruhigend. Die Enten quakten sofort, als sie uns sahen, schwammen auf uns zu und fischten mit ihren Schnäbeln die Brotkrumen aus dem Wasser. Ein paar mutige kamen sogar aus dem Teich und liefen um unsere Füße herum. Oliver und ich redeten nicht viel, wir sagten nur so idiotische Dinge wie »Schau mal, die mit den blauen Federn« und »Was sind die schwarz-weißen da?«. (Es waren Blesshühner. Ja, schon gut – ich habe schließlich Englisch und nicht Zoologie studiert.)

Als das Brot aufgebraucht war und die Vögel davonschwammen – wobei sie etwas tiefer im Wasser lagen als zuvor; so wie die sich vollgestopft hatten, verstand ich, wie Foie Gras entstand –, bemerkte ich, dass mein Kiefer vom vielen Lächeln etwas schmerzte. Ich war entspannt und fröhlich, aber ich fror auch ein bisschen.

»Gut«, sagte ich, »du hast recht. Ich verstehe jetzt den Reiz von Enten. Wie bist du auf diese Form der Therapie gekommen? Anweisung vom Arzt? Ich habe das nicht mehr gemacht, seit ich ein Kind war.«

»Früher bin ich mit einem Kind hier gewesen«, antwortete Oliver. Plötzlich sah er traurig aus, und mir fiel ein, dass Rose seine Exfreundin erwähnt hatte, die ihn verlassen hatte. Ich hätte ihn gern danach gefragt, aber etwas an seinem erstarrten Gesicht hielt mich davon ab.

Dann fragte er: »Hast du Lust auf ein Mittagessen? Oder Tee und Kuchen? Es ist fast drei.«

Mir fiel auf, dass ich den ganzen Tag noch nichts gegessen hatte und enorm hungrig war.

Wir schlenderten durch die leeren Straßen. Dabei sprach Oliver über die City. Über die Kirchen Wren und Hawksmoor und wie man sie auseinanderhalten konnte, sowie über die alte Straßenanordnung und wie diese sich mit den Jahren verändert hatte. Mir fiel auf, dass ich zwar bereits seit zehn Jahren in London lebte, mich jedoch mehr oder weniger auf die Viertel am Fluss konzentriert hatte und große Bereiche überhaupt nicht kannte. Am meisten genoss ich es jedoch, seiner schönen tiefen Stimme zu lauschen. Hin und wieder sah er mich an und lächelte mir zu, und ich lächelte zurück.

Nach einer Weile hielt er vor einem kleinen Restaurant mit weißen Wänden, in dem Stühle und Tische verschiedener Form und Größe kunterbunt im Raum standen.

»Passt das?«, fragte er. »Hier hat am Wochenende nicht viel geöffnet. Ich muss gestehen, dass ich mich normalerweise aus der Mikrowelle ernähre.«

Ich sagte, dass es nett aussähe, und das stimmte – zu diesem Zeitpunkt wäre ich allerdings bereit gewesen, überallhin zu gehen. Ich war einfach froh, mit Oliver zusammen zu sein.

Wir setzten uns und bestellten beide Kaffee. Ich spürte, dass mein Magen jeden Augenblick ein lautes und peinliches Knurren von sich geben würde, starrte jedoch schüchtern und verunsichert auf die Karte. Ich hatte das Gefühl, dass ich nichts bestellen konnte, ohne gierig oder linkisch zu wirken. Doch da sagte Oliver zum Kellner: »Wir bekommen einen dreifachen Schokoladenbrownie, ein Stück Zitronenkäsekuchen und ein Stück Karottenkuchen bitte.« Er grinste mich an. »Den Karottenkuchen habe ich bestellt, damit wir eine unserer täglichen fünf Obst- und Gemüseportionen abdecken.«

Ich lachte. »Und den Zitronenkuchen, damit wir kein Skorbut bekommen?«

»Richtig.«

Der Kellner brachte drei voll beladene Kuchenteller, und als wir unsere Gabeln zur Hand nahmen, meinte Oliver: »Nach dir?«

»Nein, nach … verdammt, das sieht einfach zu gut aus, um höflich zu sein.« Schon stach ich in das erste Stück.

Der Kuchen schmeckte himmlisch, wir verschlangen ihn in Rekordzeit, dann meinte Oliver: »Ich weiß, das ist nicht gerade üblich mitten am Nachmittag, aber ich finde, eine Flasche Champagner würde jetzt gut passen. Was meinst du?«

Ich meinte, ach jetzt, wo er es sagte, schien es mir äußerst vernünftig. Wir nahmen Blickkontakt zum Kellner auf, bestellten eine Flasche und nippten kurz darauf an unseren Gläsern. Es fühlte sich so wunderbar dekadent an, dass ich mich fragte, warum ich nicht täglich zur Teestunde Champagner trank. Natürlich würde ich das niemals tun, weil das damit endete, dass man morgens im Bus auf dem Weg zur Arbeit Dosenbier trank, das man in blauen Plastiktüten versteckte.

Oliver erkundigte sich nach Pers und Claire, und ich sagte, es ginge ihnen gut, denn ich hatte keine Lust, von Ben zu erzählen. Ich lenkte das Gespräch auf neutralere Themen. Wir plauderten über Bücher, die wir gelesen, und Filme, die wir gesehen hatten, und darüber, wer die Kochshow *Masterchef* gewinnen würde. Und um ehrlich zu sein, fühlte es sich wie ein erstes Date an – eines, das deutlich besser lief, als meine ersten Verabredungen normalerweise laufen. Ich erwischte mich dabei, dass ich ihn betrachtete und mir einzuprägen versuchte, wie seine langen, geschmeidigen Hände das Glas hoben. Wie seine Lippen selbst in entspanntem Zustand wirkten, als würde er lächeln. Wie er eine Braue hob, wenn er ironisch war. Ich habe das einmal ungefähr eine halbe Stunde vor dem Spiegel in meinem Zimmer geübt, dann habe ich aufgegeben, weil es zu schwierig war und ich absolut lächerlich aussah. Ich schätze, es ist wie mit dem Ohrenwackeln – entweder kann man es, oder man kann es eben nicht.

Ich fragte ihn, wie es war, in Barbican zu wohnen. Er meinte, dass es praktischer für ihn wäre, in der City zu leben, weil er oft furchtbar lange arbeiten müsse. Dass ihm die Architektur jedoch so gut gefalle, die etwas ungewohnte Atmosphäre dieses Ortes und die Tatsache, dass es als ein gesellschaftliches Experiment begonnen habe.

Dann sagte er: »Und ich liebe Musik, das kommt noch hinzu. Als ich zuerst hergezogen bin, bin ich viel in Konzerte gegangen, aber das habe ich jetzt mehr oder weniger aufgegeben.«

Erneut legte sich dieser traurige verletzte Ausdruck auf sein Gesicht. Ich murmelte etwas Tröstendes über die Arbeitsbelastung und wie hart es für alle sei, Zeit für sich zu finden.

»Ich vermisse allerdings Grünflächen«, fuhr er fort. »Deshalb vermutlich die Enten. Ich habe ein Haus auf dem Land, ich bin einer von diesen schlimmen Zweithausbesitzern, über die sich die echten Landbewohner beklagen. Es hat meiner Großmutter gehört, und ich bringe es nicht fertig, es zu verkaufen. Leider komme ich nicht so oft dorthin, wie ich gern möchte.«

Ich begriff, dass er dort Weihnachten gewesen sein musste, als er Rose nach ihrem schrecklichen Ausbruch beim Mittagessen abgeholt hatte. Plötzlich fiel mir auf, dass es Roses Freund war, mit dem ich hier Champagner trank und den ich anstarrte. Roses Freund, der unter dem Tisch seinen Knöchel an meinen drückte. Hastig zog ich mein Bein zurück.

Inzwischen war es draußen dunkel geworden, und die Kellner verteilten überall zusätzliche Messer, Gabeln und Gläser auf den Tischen und zündeten Kerzen an. Oliver schaute auf seine Armbanduhr und verteilte den letzten Rest Champagner. Meine Stimmung sank, denn mir war klar, dass er nun die Rechnung bestellen würde und unser gemeinsamer Nachmittag dem Ende zuging. Doch das tat er nicht.

»Ich weiß, es ist Samstagabend und extrem kurzfristig«, meinte er, »aber würdest du mit mir zu Abend essen, falls du nichts anderes vorhast?«

Ich wollte »Ja« sagen. Ich wollte Wein mit ihm trinken und in meinem Essen stochern und mit ihm flirten und ihm bei Kerzenschein über die weiße Papiertischdecke hinweg in die Augen blicken. Ich wollte, dass der magische Kreis aus Vertraulichkeit, der sich um uns gebildet hatte, heil blieb, und dass er mich schließlich leise fragte, ob ich mit zu ihm kommen würde. Ich wollte mit ihm durch die stillen Straßen zurückgehen, an dem Teich vorbei, wo die Enten erwachen und uns verschlafen anquaken würden. Hinauf in die schwindelerregende Höhe des vierunddreißigsten Stocks, in dem sich seine Wohnung befand, wie er erzählt hatte. Ich wollte mit ihm schlafen, während sich unter uns die Lichter von London erstreckten, so wie er es beschrieben hatte. Ich wollte mehr als alles andere »Ja« sagen. Ich dachte an Roses albernen, kindischen Ausbruch vor Dad und Serena und wie sie Oliver bewusst ignorierte – fast als wollte sie ihn gar nicht wirklich haben. Doch dann dachte ich an ihre sorgsame Kontrolle, seit ihrem Streit oder was auch immer es gewesen war. Wie viel Mühe sie sich gegeben hatte, um strahlend und fröhlich zu bleiben. Und dass sie alles mit mir teilte: ihre Gedanken, ihre Klamotten – aber ganz sicher nicht ihren Freund. Ich schaute hinunter auf meine Hände, die unbeholfen die Tischdecke glatt strichen, und sagte mit heiserer Stimme: »Oliver?«

»Mmmm?«, machte er.

»Was ist eigentlich mit dir und Rose?«

Plötzlich wirkte seine Miene verschlossen, und er antwortete: »Das musst du Rose fragen.«

Kopfschüttelnd stand ich auf und sagte: »Es tut mir leid, ich glaube, ich sollte lieber gehen. Danke, es war ein schöner Nachmittag.« Ich legte dreißig Pfund auf den Tisch und achtete nicht darauf, dass Oliver es mir wiedergeben wollte und mich bat zu warten. Ich trat hinaus auf die Straße. In meinen Augen brannten Tränen. Ich hatte nicht aufgepasst, als wir zum Restaurant gegangen waren. Da ich mich in der Gegend nicht auskannte, lief ich ewig umher und studierte die Karten an den Bushaltestellen. Schließlich fand ich einen Bus, der nach Waterloo fuhr. Ich stieg ein und nahm anschließend den Zug nach Hause. Als ich die Wohnung erreichte, hatte ich einen trockenen Mund und Kopfschmerzen – vielleicht ist es doch keine so gute Idee, schon am Nachmittag zu trinken –, und meine Kehle fühlte sich von den unterdrückten Tränen wie zugeschnürt an. Es war nach acht Uhr abends, und ich dachte, die Chancen, dass Rose nicht zu Hause war, stünden äußerst gut – doch sie war da.

Sie hatte sich zum Ausgehen zurechtgemacht und trug ein cremefarbenes Kaschmirkleid sowie Knautschstiefel mit sehr hohen Absätzen. Als sie ihren Mantel anzog und Schlüssel und Handy in die weiche goldene Tasche steckte, verströmte sie Parfümduft sowie ziemlich gute Laune.

»Ellie!«, rief sie. »Mein Gott, deine Haare sind toll! Du siehst großartig aus! Mir war nicht klar, dass du nach Hause kommst, sonst wäre ich mit dir ausgegangen, und wir hätten gefeiert.«

Ich murmelte, dass ich ziemlich müde war, und Rose sagte: »Weißt du was? Ich habe beschlossen, Ollie zu vergeben. Ich habe gerade mit ihm gesprochen und treffe mich jetzt mit ihm. Freust du dich nicht?«

12. Kapitel

Nein«, sagte Ruth. »Nein, er ist in Urlaub auf Sardinien. Vielleicht kann er es über sein Handy machen. Nicht gut? Lassen Sie mich sehen, ob ich etwas anderes organisieren kann. Ja. Ja, ich rufe Sie zurück. In zwanzig Minuten. Okay. Wiederhören.« Sie knallte den Hörer auf. »Mist«, fluchte sie. »Mistmistmistmistmistmistmist.«

»Was ist los?«, fragte ich.

»Die BBC-Nachrichten sind los«, antwortete Ruth. »Sie wollen einen Bericht über unsere neue Werbekampagne machen – anscheinend hat sie in der rechten Presse für einige Kontroversen gesorgt. Und der verdammte Duncan ist im verdammten Urlaub. Die wollten heute Nachmittag ein Interview mit ihm aufzeichnen. Und ich habe Diana versprochen, Chessie zum Ballett zu bringen, weil Diana heute ihre Jahreshauptversammlung hat.«

»Kann Leda das nicht machen?«, fragte ich. Leda ist eine unserer Ärztinnen aus dem Muschi-Bus. Sie ist absolut bezaubernd und äußerst fotogen. Sie übernimmt viele Mediengeschichten, wenn Ruth und Duncan keine Zeit haben.

»Sie ist in Aberdeen.« Ruth scrollte wie verrückt durch die Nummern auf ihrem Telefon.

»Kann Ellie nicht hingehen?«, schlug Russell vor, unser neuester und bislang unfähigster Ehrenamtlicher.

»Ja!«, rief Ruth in genau dem Augenblick, in dem ich »Nein!« rief.

»Ellie.« Ruth ist früher einmal Grundschullehrerin gewesen, und hin und wieder klingt sie noch, als wollte sie Kinder zur Ordnung rufen. Mein Anteil einer Sechsjährigen ist offenbar immer noch ziemlich groß, denn ihr Ton hat eine starke Wirkung auf mich. »Bitte denk darüber nach. Die sagen, es sei nur ein zehnminütiger Beitrag. Du hast doch schon Radiointerviews für uns gegeben, und du hast dir gerade die Haare machen lassen.«

»Komm schon, Ellie, du wirst hervorragend sein«, meinte Russell, dem das Schauspiel gefiel. Es war interessanter, als unsere Pressekontakte im Tabellenkalkulationsprogramm zu aktualisieren.

»Ruth, ich …«, wollte ich widersprechen, doch dann begriff ich, dass mir in dieser Angelegenheit keine Wahl blieb. Wenn Duncan weg war und Ruth sich ausnahmsweise den Nachmittag freigenommen hatte, um Dianas Tochter herumzufahren, und Leda oben in Schottland war, um in Schulen über HPV-Viren zu informieren, konnte niemand außer mir im Fernsehen über die »Was du abgeschleppt hast«-Kampagne sprechen. Ich musste mich zusammenreißen, aufhören, mich wie ein Baby zu benehmen, und es einfach tun. Die Alternative bedeutete, SEJS um wertvolle Gratiswerbung zu bringen.

Ich habe zwar wirklich ein paar Radiointerviews für SEJS gegeben, aber ich habe schreckliche Angst davor, von vielen Menschen angesehen zu werden. Das habe ich zum ersten Mal in der Schule gemerkt, als ich alle anderen ausgestochen und die begehrte Rolle der Julia in der jährlichen Shakespeare-Aufführung ergattert hatte. Der eigentliche Reiz bestand nicht so sehr in der Rolle selbst als in der Gelegenheit, endlos mit Peter Barclay auf der Bühne herumzuknutschen, dem attraktivsten Jungen der Oberstufe. Er war unweigerlich als Romeo besetzt worden, obwohl große Passagen seines Textes gestrichen werden mussten, weil er sich nicht mehr als ein Dutzend Worte am Stück merken konnte. Ich probte jede Menge und wurde von der Kostümabteilung mit hübschen Kleidern ausgestattet (ein paar im klassizistischen und ein paar im viktorianischen Stil, aber das war mir egal). Ich konnte meinen Text rückwärts aufsagen und, wenn ich das bemerken darf, war ziemlich gut bei allen Proben. Ich träumte sogar davon, nach der Schule auf die Königliche Schauspielschule RADA zu gehen und eine glänzende Karriere auf den Bühnen Londons zu machen. Anschließend wollte ich Hollywood erobern. Am Premierenabend war ich noch nicht einmal sonderlich nervös. Dann kam mein erster Auftritt. Ich trat auf die Bühne hinaus, blickte in das Meer aus erwartungsvollen Gesichtern in den ersten Reihen und dachte an all die Zuschauer, die noch in der Dunkelheit dahinter saßen. Hunderte Augen waren auf mich gerichtet, und ich erstarrte. Ich brachte kein Wort heraus. Ich öffnete den Mund, doch es kam nichts – nicht viel mehr als ein Quieken und sicher nicht: »Was ist's! Wer ruft?« Die Besetzung der Lady Capulet und der Amme spielten souverän einfach ohne mich weiter. Wenn man das Stück nicht kannte, hätte man vielleicht gedacht, dass ich jungfräulich und prüde sein sollte. Es vergingen gefühlte fünf Stunden, in denen eine Hitzewelle meinen gesamten Körper ergriff und sich meine Hände wie Wassermelonen anfühlten. Vermutlich waren es nur wenige Sekunden, denn als die Stelle kam: »Es ist eine Ehre, von der ich mir nicht träumen lasse«, hatte ich mich so weit wieder gefasst, dass ich sprechen konnte. Doch im Lauf des Abends passierte mir dasselbe immer und immer wieder. In jeder Szene, in der ich auftrat, versagte ich komplett und konnte meine ersten Sätze nicht sprechen. Es war furchtbar.

Eine schreckliche Demütigung. Peter Barclay war wütend, und später zu Hause weinte ich so sehr, dass mir übel wurde. Am nächsten Tag täuschte ich eine Halsentzündung vor, und Mandy Simms übernahm meine Rolle.

Das war ganz offensichtlich das Ende meiner Schauspielambitionen. Sollte ich jemals heiraten, habe ich sogar überlegt, die Gäste zu bitten, die Augen zu schließen, wenn ich den Gang hinuntergehe. Die Erfahrung ist sonst zu beängstigend für mich. So war ich, seit ich bei SEJS arbeitete, jeder Gelegenheit aus dem Weg gegangen, die Organisation im »Nationalen Fernsehen« zu repräsentieren, wie man das nannte.

»Das ist nicht so schlimm«, beruhigte mich Ruth. »Die schicken uns gern ein Kamerateam ins Büro. Du musst nicht live vor Publikum auftreten oder so etwas.«

»Los, Ellie, du wirst das hervorragend machen«, ermunterte Russell mich wieder, mein Ein-Mann-Cheerleader-Club.

»Okay«, stimmte ich zu. »Sag ihnen, ich mache es.«

»Du rettest mir das Leben.« Ruth griff nach dem Telefon, und ich trank meinen Kaffee aus. Mir war übel.

Natürlich konnte ich nicht arbeiten, während wir darauf warteten, dass die vereinbarte Uhrzeit heranrückte. Ruth und ich schrieben ein paar Antworten auf und druckten sie aus. Nachdem sie gegangen war, um Chessie abzuholen, bat ich Russell, für mich den Interviewer zu spielen. Ich ging es immer wieder mit ihm durch, bis ich mich wirklich sicher fühlte. Dann raste ich zum Drogeriemarkt Boots, kaufte haufenweise Make-up und klatschte es mir ins Gesicht.

Als ich zurück ins Büro kam, lagen überall Kabel, und es waren Lampen aufgebaut. Russell stand vor der Kamera, hielt ein DIN-A4-Papier neben sein Gesicht und wirkte äußerst wichtig. »Da ist ja Ellie«, sagte er. »Wir machen nur einen Weißabgleich.« Er wünschte sich eindeutig ebenso sehr, im Fernsehen aufzutreten, wie ich mir inständig wünschte, es nicht zu tun.

»Ich bin Karen, die Produzentin«, stellte sich eine hübsche dunkelhaarige Frau im dunkelblauen Kostüm vor. »Und das ist Paul, unser Kameramann. Würden Sie wohl hier herübertreten?« Sie schob Russell aus dem Weg, der der Kamera einen letzten sehnsuchtsvollen Blick zuwarf. »Wir fangen an. Würden Sie bitte Ihren Namen sagen, damit wir den Ton checken können?«

Ich öffnete den Mund und brachte ein ersticktes Quieken hervor. Ich räusperte mich und versuchte es erneut. »Ellie Mottram.« Meine Stimme klang dünn und hoch.

»Danke, Ellie«, sagte Karen. »Kann es losgehen, Paul?«

Paul gab sein Okay.

»Großartig. Ellie, entspannen Sie sich, und versuchen Sie, beim Antworten zu mir und nicht in die Kamera zu blicken.«

Ich nickte, ich hatte das Gefühl, mein Mund wäre voller Baumwolle.

»Ellie, die kürzlich von SEJS gestartete Kampagne, die auf die wachsende Rate von sexuell übertragbaren Infektionen bei jungen Leuten aufmerksam macht, wurde als ekelhaft und als Panikmache bezeichnet. Was sagen Sie dazu?«

Ich schluckte und holte zitternd Atem. In meinen Handflächen sammelte sich kalter Schweiß. »Die Kampagne hat einige negative Reaktionen hervorgerufen«, quiekte ich und räusperte mich ein weiteres Mal, »aber es heißt ja, nichts ist besser als schlechte Werbung. Und obwohl die Kampagne von einigen Seiten kritisiert worden ist, hat man sie von anderer Seite sehr gelobt. Vor allem in einigen einflussreichen Medizinblogs.«

Ich begann mich zu entspannen. Stell dir vor, du sprichst mit Rose, sagte ich mir.

»Und selbst wenn den Leuten die Botschaft nicht gefällt«, fuhr ich fort, »es bleibt die Tatsache, um die wir uns kümmern müssen. Die Infektionsrate bei jungen Leuten steigt in höherem Maße als je zuvor …« Und dann war ich drin. Alles, was Ruth und ich vorbereitet hatten, wartete nur in meinem Kopf darauf, dass ich es aussprach. Während ich Statistiken und Zahlen zitierte, kehrte meine Stimme mehr oder weniger auf ihr normales Niveau zurück. Karen stellte mir noch einige weitere Fragen, die ich locker beantwortete.

»Großartig«, sagte sie. »Ich glaube, wir haben jetzt genug. Sie kommen heute Abend um sechs und um zehn Uhr in den Nachrichten, es sei denn, es passiert noch etwas Weltbewegendes.«

Sie dankte mir, und Paul packte all seine Kabel und Lampen ein. Dann gingen die beiden, und ich brach auf meinem Stuhl zusammen.

»Wie war ich?«, fragte ich Russell, ich brauchte jetzt Zuspruch.

»Toll«, versicherte er mir. »Hervorragend. Als würdest du nichts anderes machen.«

Ich schaffte es nicht, mich selbst an jenem Abend in den Nachrichten anzusehen, aber mein Twitter-Account war voll von netten Kommentaren meiner Freunde, die meinten, ich sei gut rübergekommen. Und als ich meine E-Mails durchsah, hatte ich eine Nachricht von Vanessas Kollegen Barri.

»Ich habe Sie heute Abend auf BBC1 gesehen – sehr beeindruckend. Sie sind eine äußerst glaubwürdige Kandidatin und vertreten das Bild, nach dem wir mit Black & White streben. Ich würde Sie gern Ende der Woche zu einem Vorstellungsgespräch treffen. Meine Assistentin wird sich bei Ihnen melden, um einen Termin zu vereinbaren.«

Keine Nachricht von Ben, auch nicht von Claire oder Rose. Aber Oliver hatte an meine Facebook-Pinnwand geschrieben. »Glückwunsch – habe dich gerade in der Kiste gesehen, du warst toll. Ebenso strahlend wie unwiderstehlich. Hoffe, wir sehen uns bald.« Er hatte die Nachricht mit einigen Küssen beendet und mich – oh, mein Gott – zu seinem fünfunddreißigsten Geburtstag in sechs Wochen eingeladen. Rose und ungefähr vierzig andere Leuten, deren Namen ich nicht kannte, waren ebenfalls eingeladen. Sein Geburtstag war eine Woche vor Pers' erstem Geburtstag, und ich hatte unwillkürlich das Gefühl, dass das ein Zeichen war, auch wenn ich nicht wusste, wofür.

Ich möchte nicht, dass der Eindruck entsteht, meine Arbeit bei SEJS sei ein einziger Traum gewesen, von wegen Fernsehauftritt und auf Firmenkosten Lippenstift kaufen – nichts wäre weiter von der Realität entfernt. Vielmehr stand ich zwei Tage später um fünf Uhr morgens auf, um mit dem ersten Zug ins Büro zu fahren und dort den Muschi-Bus mit tonnenweise Infoblättern, Postern, medizinischem Equipment, unserer ziemlich fröhlichen »Du bist der Boss über deinen Körper«-Flagge sowie massenweise Kondomen zu beladen und zu einem College in Enfield zu fahren. Duncan war aus dem Urlaub heimgekehrt (neben der Februar-Blässe aller anderen wirkte seine Bräune etwas albern), und auch Leda war aus Schottland zurück. Damit Ruth ausnahmsweise einmal ausschlafen konnte, hatte ich ihr angeboten, die PR-Arbeit vor Ort für sie zu übernehmen und ihr die Stellung im Büro zu überlassen.

Nachdem wir uns in zwei leeren Klassenzimmern eingerichtet, Infomaterial über HPV-Impfung, Hormonimplantate, »Nein heißt Nein« und all das auf einem Tisch ausgelegt und als Lockmittel Schalen mit Minischokoriegeln dazwischen aufgebaut hatten, war es halb zehn. So langsam trödelte das Publikum herein. Die Jungs tippten auf den Boden, drehten die Musik auf ihren MP3-Playern auf und versuchten so zu tun, als wüssten sie schon alles. Die Mädchen standen in kleinen Gruppen zusammen, kicherten und stießen einander in die Seite. »Du zuerst, Kaylee.«

»Nein, du zuerst, Lily.« Ich setzte mich hinter den Tisch und machte mich bereit, die Jungs auf der einen Seite zu Duncan zu leiten und die Mädchen auf der anderen Seite zu Leda.

Nach acht anstrengenden Stunden, in denen ich unzählige Male gesagt hatte: »Hallo, ich bin Ellie. Möchtest du ein paar Broschüren mitnehmen, oder willst du mit jemandem sprechen?«, und erklärt hatte, dass ich nicht qualifiziert sei, ihre Fragen zu beantworten, sondern dass sie warten müssten. Nachdem ich mich mit einem kleinen Mistkerl auseinandergesetzt hatte, der versuchte, mich in Verlegenheit zu bringen, indem er sagte: »Miss, mein Freund hat sich das Handgelenk verstaucht. Wenn er mit der anderen Hand wichst, fühlt es sich dann an, als würde es jemand anders machen?«, freundlich gelächelt und gesagt hatte, ich sei sicher, dass Duncan ihm helfen könne, hatte ich die Nase voll von Teenagern.

Neben den frechen, selbstsicheren, vorwitzigen Jugendlichen gab es viele traurige, schüchterne Gestalten in schäbigen Kleidern. Sie sahen aus, als würde sich zu Hause niemand für ihre Probleme interessieren oder ihnen einen Rat geben. Wenn sie mir zuflüsterten, weshalb sie da waren, schauten sie mir nicht in die Augen. Es war Duncans und Ledas Taktgefühl und Geschick zu verdanken, dass sie hinterher alle weniger ängstlich, verwirrt und verlegen herauskamen. Die Vorstellung, dass die beiden in den wenigen Minuten, die sie mit den Jugendlichen verbrachten, vielleicht wirklich etwas im Leben der- oder desjenigen bewegten, war ziemlich beeindruckend.

Schließlich war es fünf Uhr, und wir fuhren schweigend zurück zum Büro, wo wir die morgendliche Routine in umgekehrter Reihenfolge wiederholten – die Flagge wurde zusammengerollt, der stark geschrumpfte Vorrat an Kondomen und Broschüren wanderte zurück in den Schrank, die Tabletten und all der Rest wurden weggeschlossen. Leda und Duncan gingen erschöpft nach Hause, und ich sagte, ich würde nur noch ein paar E-Mails verschicken und dann abschließen. Doch sobald sie weg waren, setzte ich mich an meinen Schreibtisch, holte mein Telefon heraus und rief Ben an.

»Hallo, ich bin's«, brabbelte ich sofort los, als er abnahm. »Du hast sicher schrecklich viel zu tun, aber ich bin im Norden von London« – na ja, ehrlich gesagt war der Muschi-Bus dort vor zwei Stunden hindurchgefahren – »und dachte, vielleicht hast du Lust, mit mir etwas zu trinken?«

Es folgte eine Pause, dann sagte Ben: »Tut mir leid, Ellie, aber ich habe keine Zeit.«

Ich wartete darauf, dass er ein Treffen zu einem anderen Zeitpunkt vorschlagen würde, aber das tat er nicht. Er schwieg. Und dann platzte es aus mir heraus: »Ben. Ist es wegen dir und Claire?«

Wieder folgte langes Schweigen, dann sagte Ben: »Ellie, ich habe heute Abend keine Zeit, mich mit dir zu treffen.«

Ich fühlte mich, als hätte mir jemand einen Schlag versetzt. Tränen brannten in meinen Augen, und ich rang um Atem, und als ich wieder sprechen konnte, krächzte ich:

»Okay. Wir hören uns. Tschüss.« Ich beendete das Gespräch und starrte ein paar Sekunden auf das leere, wenig hilfreiche Display meines Telefons. Ich blickte mich in dem schäbigen, vollgestopften SEJS-Büro um und dachte an das Stellenangebot von Black & White, das an jenem Nachmittag in meinem Mail-Eingang eingetroffen war. Und in diesem Augenblick traf ich eine Entscheidung: Ich brauchte Abwechslung – von meinem Job und von Ben. Ich wollte eine Zukunft, die neue Dinge für mich bereithielt, und vielleicht sogar ein neues Ich.

Ihr wisst, wie das ist, wenn man eine neue Stelle antritt. Ungefähr eine Woche lang ist man damit beschäftigt herauszufinden, wo sich das Klo befindet und wo man einen anständigen Kaffee bekommt. In der Mittagspause bleibt man an seinem Schreibtisch sitzen, als wäre man ein Einzelgänger, der keine Freunde hat. In Besprechungen sagt man nicht viel, weil man nichts Falsches sagen will und nicht Jackie aus der Buchhaltung mit Lauren aus der Personalabteilung verwechseln will und all das. Und dann hat man irgendwann auf einmal das Gefühl dazuzugehören und fängt an, richtig zu arbeiten. So ging es mir jedenfalls, als ich bei Black & White anfing.

Am ersten Tag fühlte es sich ziemlich seltsam an, den Zug zur Victoria anstatt zur Waterloo Station zu nehmen, durch Mayfair zu dem prächtigen Regency-Gebäude zu gehen und den Personaleingang zu benutzen, anstatt durch die beeindruckenden Glastüren zu treten. Ich musste mich einstempeln und erhielt einen vorübergehenden Ausweis. Dann wartete ich beim Sicherheitsdienst, dass Barri auftauchte, und sah zu, wie diverse Motorradkuriere wichtig aussehende Pakete brachten und abholten. Als Barri schließlich erschien, wirkte er noch kleiner, tuntiger und australischer, als ich ihn in Erinnerung hatte. Seit ich alt genug war, um über wichtige, abstrakte Dinge nachzudenken, weiß ich, dass Vorurteile schlecht und falsch sind. Ich bin mir allerdings sicher, dass in all unseren Köpfen in irgendwelchen Winkeln verstaubte Vorstellungen und Vorurteile lauern, die uns nur ab und an bewusst werden. So ging es mir, als ich Barri traf. Ich merkte, dass ich dem Klischee verhaftet war, Australier seien Machos und groß.

Barri hingegen war ein kleiner rundlicher Mann von 1,60 Metern mit elegant geschnittenen Haaren und elegant geschnittenen Anzügen, die an den Schultern allerdings etwas zu stark gepolstert waren. Als ich ihm die Hand schüttelte, fühlte sie sich weich an wie eine Kinderhand. Er brachte mich nach oben in das prächtige Büro der Marketingabteilung, das mit einem taubengrauen Teppich ausgelegt war und von riesigen schwarzen Kronleuchtern beleuchtet wurde. Er zeigte mir einen eleganten weißen Schreibtisch in einer Reihe anderer ebenso eleganter weißer Schreibtische.

Es wurde halb zehn, und nach und nach trudelten die anderen Angestellten der Abteilung ein. Es war wie auf einer Modenschau. Eine nach der anderen stieß die Tür auf, hielt einen Augenblick inne, um den Auftritt in die Länge zu ziehen, und stolzierte anschließend zu ihrem Schreibtisch. Dabei platzierte sie sorgfältig einen Fuß vor dem anderen, sodass die Hüften elegant schwangen und ihre Beine sehr, sehr dünn wirkten. Eine nach der anderen kam zu mir, reichte mir eine weiche kühle Hand und stellte sich vor.

»Isla, Kreativservice.«

»Odette, E-Commerce.«

»Daisy, Event-Management.«

»Piper, Werbetexterin.«

Und so weiter und so fort, es war eine scheinbar endlose Parade todschicker, geschniegelter Frauen. Schließlich eilte ein Mann herein, der rundlich und abgearbeitet aussah und kaum alt genug war, um bereits die Schule abgeschlossen zu haben. Er war »Torquil, die Büroschlampe«. An meinem ersten Tag fühlte ich mich pummelig und fehl am Platz – obwohl ich dank Vanessa nicht schlecht gekleidet war. Doch in den folgenden Tagen merkte ich, dass Piper ziemlich lustig war und dass niemand Daisy mochte – es war also nicht so schlimm, dass ich sie für total eingebildet hielt. Und mit der Zeit fühlte ich mich nicht mehr wie die Neue. Ich schaffte es sogar, mein schlechtes Gewissen zu unterdrücken, weil ich Ruth, Duncan und meine Freunde bei SEJS im Stich gelassen hatte, vor allem weil Barri wollte, dass ich so bald wie möglich anfing. So hatte ich etwas von meinem Resturlaub genommen, um die Kündigungsfrist zu verkürzen. Doch mit der Einarbeitung und ein paar abendlichen Verpflichtungen blieb mir eine Weile kaum Zeit, an etwas anderes als an meine neue Arbeit zu denken.

An meinem zweiten Freitag warf ich einen verstohlenen Blick auf mein Telefon und überlegte, ob ich Rose eine SMS schicken sollte, um herauszufinden, was sie vorhatte. Dabei bemerkte ich schuldbewusst einen verpassten Anruf von Dad, der vor drei Tagen versucht hatte, mich zu erreichen, und den ich noch nicht zurückgerufen hatte. In dem Augenblick klingelte das Telefon, und der Name von Bens Bruder Alex erschien auf dem Display. Genau so habe ich ihn in meinem Telefon gespeichert: »Alex (B's Bruder)«. Obwohl ich Alex schon ewig kenne, fast so lange wie Ben, haben wir nie direkt Kontakt gehabt, immer nur über Ben. Mir war also klar, dass er mir etwas wirklich Wichtiges mitzuteilen hatte.

Nachdem wir ein paar Freundlichkeiten getauscht hatten,

sagte Alex: »Ellie, ich glaube, das gefährliche Phantom ist zurückgekehrt.« Alex ist ein kleiner Science-Fiction-Spinner – ich habe schon öfter gedacht, dass er vielleicht deshalb keine Freundin hat. Ich wusste jedoch sofort, wen er meinte.

Ich sagte: »Nina?«

»Ja.«

»Wie?«

»Über Facebook.«

»Mist.«

Mein erster Gedanke galt Claire. Ich hatte keine Ahnung, wie sich ihre Beziehung zu Ben entwickelte, denn ich hatte seit fast einem Monat mit keinem von beiden gesprochen. Einmal hatte ich mit Claire telefoniert, aber ich hatte ihr nur gesagt, dass ich durch die neue Arbeit schrecklich viel zu tun hätte und sie zurückrufen würde. Was ich nicht getan hatte. Bei dem Gedanken fühlte ich mich ebenso schuldig wie bei dem verpassten Anruf von Dad. Also versuchte ich, ihn zu verdrängen, aber wenn Nina wieder aufgetaucht war, brauchte Claire meine Freundschaft mehr als je zuvor. Nina würde Ben genau wie vor sechs Jahren wie eine dunkle Materie verschlingen, dagegen war Claire chancenlos.

Bis Ben und Nina damals zusammengekommen waren, hatten Ben und ich uns üblicherweise zwei- bis dreimal die Woche getroffen. Wir gingen zusammen etwas trinken oder sahen uns einen Film an. Oder ich fuhr zu ihm und staubte ein Abendessen ab – auch damals war er schon ein deutlich besserer Koch als ich. Hin und wieder schliefen wir zusammen, aber ich sagte mir, dass ich nicht auf der Suche nach einer Beziehung war – sondern jung und frei, und ich wollte mich nicht binden. Wir waren Freunde, Kameraden, Verbündete. Doch dann tauchte Nina auf, und all das war vorbei.

Nach jenem ersten Abend im Latchmere traf ich Ben und Nina nicht mehr zu geselligen Abenden im Pub. An einem Abend trafen wir uns in Ninas Wohnung, aber der erwies sich als alles andere als gesellig. Ich war zusammen mit Alex und noch einem Paar eingeladen, an deren Namen ich mich nicht erinnere, obwohl sich der Rest des Abends in mein Gedächtnis gebrannt hat. Es waren Musikerfreunde von Nina, die beide wallende schwarze Gewänder trugen und den ganzen Abend schweigend und Händchen haltend nebeneinandersaßen. Sie rauchte in einer langen silbernen Zigarettenspitze Cocktail-Zigaretten, und er trug eine übergroße baskenartige Samtkappe, die über seiner Stirn hing – ein prätentiöseres Paar konnte man sich kaum vorstellen. So war ich nicht allzu böse über ihr Schweigen, denn es war sicher besser als die unterirdischen und nervigen Dinge, die sie im Zweifelsfall von sich geben würden.

Der Abend begann etwas seltsam. Wir standen alle in Ninas schummerig beleuchteter Souterrainwohnung in Camden, in der es nach Räucherstäbchen und Sex roch und die ziemlich schmuddelig wirkte. Nina reichte kleine Gläser mit einer Mischung aus Absinth und Wasser herum – gemeines Zeug –, und wir gaben vor, es zu trinken. Am Ende kippte ich meins in eine unglückliche Topfpflanze und sehnte mich nach einem Gin Tonic. Es lief eine CD mit irgendwelcher Pling-Pling-Musik, und als ich Nina fragte, was das sei, erklärte sie, ein Zitherspieler aus den Alpen. Kein Witz. Ich suchte Alex' Blick und versuchte, nicht vor Lachen zusammenzubrechen. Nach einer Weile ging ich in die Küche, wo Ben sich an einem Bottich Brühe abarbeitete, die er erfolglos versuchte, mit Eischnee zu klären.

»Ich will sie nicht enttäuschen.« Er war ganz außer sich. Ich meinte, es sei am vernünftigsten, allen etwas zu trinken zu geben, das sie wirklich trinken konnten. Im Dämmerlicht würde man sicher nicht erkennen, ob die Suppe ganz klar sei. Ben stimmte mir zu. Schließlich nahmen wir alle um den Tisch Platz, auf dem eine Spitzentischdecke lag, und Nina holte eine Flasche Sherry und schenkte ihn in winzige Gläser ein. Ich beobachtete, wie Nina ihre Suppe probierte und dann mit einem leisen Klicken, das man nur als bedeutungsvoll beschreiben kann, den Löffel ablegte. Sie aß nicht mehr weiter, und als sie und Ben die Teller abräumten, hörte ich, wie sie in der Küche zischte: »Die war nicht klar! Sie war nicht anständig geklärt, Benedict!«, woraufhin Ben etwas Beschwichtigendes murmelte. Dann ertönte ein heftiger Knall, und Nina schrie: »Die war nicht klar!«, und es folgte ein weiterer Knall. Alex und ich sprangen auf, um nachzusehen, was los war. Von Ben troff Suppe, während Nina eine Schüssel nach der anderen gegen die Wand schmetterte. Es hätte vielleicht lustig sein können, war es jedoch nicht. Es war vielmehr ziemlich beängstigend, und selbst heute kann ich nicht darüber lachen. Ich erinnere mich nur, wie verwirrt und schockiert Ben aussah und an Ninas Wut, die augenblicklich in hysterisches Schluchzen umschlug. Kurz darauf meinte Ben, wir sollten lieber gehen – was wir uns nicht zweimal sagen ließen.

Nach jenem Abend hatte ich es nicht eilig, Nina zu meiner neuen besten Freundin zu machen. Schon bald stellte sich heraus, dass ich so auch Ben nicht mehr sah. Er und ich verabredeten uns ein paarmal, aber immer sagte er ab. Nina war krank. Nina hatte am nächsten Tag eine Aufführung und brauchte Ben, damit er sie beruhigte. Ninas Großmutter war gestorben. Ninas andere Großmutter war gestorben. Ninas Hausschlange häutete sich und durfte nicht allein gelassen werden. Ich denke mir das nicht aus.

Egal, nachdem das ein paar Monate so ging, rief Alex mich an und sagte, er müsse mich treffen. Mir war klar, dass es um Nina und Ben ging. Also sagte ich meinen Pilates-Kurs ab (ich war erst dreimal dort gewesen und ging nie wieder hin, was typisch für meine Erfahrungen mit Sportkursen ist) und traf mich mit ihm in einer Bar in der Stadt, die in der Nähe von seinem Büro lag. Als ich ankam, war er bereits dort, hatte ein halbes Guinness geleert und wirkte deprimiert.

»Wir müssen Ben aus dieser Beziehung herausholen«, sagte er, bevor ich überhaupt saß.

»Ich weiß, sie ist ein bisschen verrückt«, antwortete ich, »aber meinst du nicht, dass Ben das irgendwann selbst merken wird?«

Alex schüttelte den Kopf. »Ellie, sie ist mehr als ein bisschen verrückt. Ich mache mir Sorgen. Neulich abends hatten sie einen Riesenkrach. Ben ist in meiner Wohnung aufgetaucht und hatte heftige Kratzer im Gesicht. Sie hat ihn mit ihren Nägeln angegriffen.«

Ich dachte an Ninas blutrote Krallen und zuckte zusammen. »Oh, Mann«, stöhnte ich. »Was war denn los?«

»Offenbar dachte sie, dass er im Bus einer anderen Frau hinterhergeschaut hätte, und da ist sie ausgerastet.«

»Oh, Mann«, wiederholte ich. »Warum ist er dann wieder zu ihr zurückgegangen?«

Alex verdrehte die Augen. »Er ist verliebt in sie. Manchmal, wenn ich sie zusammen erlebe, wirken sie wirklich glücklich. Die Musik ist ein Riesending für Nina, und anscheinend ist sie wirklich gut, richtig begabt. Ich glaube, Ben gefällt das alles – du kennst ihn, er guckt immer lieber in der Glotze Fußball, als dass er etwas Kulturelles unternehmen würde. Wahrscheinlich meint er, Nina würde seinen Horizont erweitern. Und natürlich ist sie total attraktiv.«

»Ach, echt?« Ich spürte einen eifersüchtigen Stich. »Sie ist dürr, rothaarig und schrecklich.«

»Frauen erkennen nicht, wenn andere Frauen attraktiv sind«, meinte Alex. »Zum Beispiel Keira Knightley. Frauen meinen: ›Oh, mein Gott, ist die schrecklich‹, aber Typen sehen, dass sie total sexy ist. Wenn wir die Gelegenheit hätten, würden wir sie nehmen.«

»Nina ist ganz anders als Keira Knightley«, wandte ich ein, »abgesehen von dem schrecklichen Teil.«

»Siehst du? Du bestätigst meine Theorie.« Alex trank noch einen Schluck Bier. »Außerdem ist sie zerbrechlich und verletzlich. Ben meint, sie braucht ihn.«

Nach dem, was ich erlebt hatte, war Nina so zerbrechlich und verletzlich wie ein malariainfizierter Moskito. »Echt?«, fragte ich erneut.

»Sie ist eins von diesen Wunderkindern«, erklärte Alex. »Sie spielt seit ihrem vierten Lebensjahr Geige. Jede Menge Druck. Anscheinend wird sie die nächste Vanessa-Mae. Wenn sie auf einen losgeht, passiert das normalerweise, weil sie gestresst ist. Sie hat Ben davon überzeugt, dass sie ihn braucht, damit er sie beruhigt und ihr hilft, ihr Potenzial zu entfalten.«

»Wann ist sie denn noch auf ihn losgegangen?«, fragte ich erschrocken und fasziniert zugleich.

»Einmal, als sie wollte, dass Ben ihr beim Spielen zuhört, und er seine E-Mails gecheckt hat. Sie hat seinen Bürolaptop gegen die Wand geschmissen und demoliert«, berichtete Alex. »Und sie verschwindet. Taucht einfach tagelang ab, geht nicht ans Telefon, ignoriert SMS-Nachrichten. Und wenn Ben gerade davon überzeugt ist, dass sie nicht zurückkommt, taucht sie wieder auf. Es folgt die große Versöhnung, und sie vögeln bis zur Besinnungslosigkeit.«

»Halt!« Ich hielt mir die Ohren zu. »Mehr will ich nicht hören.«

»Tja, mit Zuckerbrot und Peitsche«, sinnierte Alex. »Scheint zu funktionieren, er ist immer noch völlig verrückt nach ihr.«

Wir sprachen noch eine Weile über das Thema, wussten jedoch nicht, was wir tun sollten. So tranken wir noch ein paar Gläser und fühlten uns hilflos. Am Ende löste Nina die Situation von allein. Völlig überraschend rief Ben mich an einem Sonntagnachmittag an, es war ein paar Wochen nach Silvester.

»Hast du Lust vorbeizukommen?«, fragte er. »Ich muss dir etwas zeigen.«

Einerseits war ich wütend auf ihn, weil er seine Freunde für eine hysterische Rothaarige hatte sausen lassen – nicht dass ich etwa eifersüchtig auf Nina gewesen wäre, natürlich nicht. Andererseits freute ich mich so, von ihm zu hören, dass ich versprach, in einer halben Stunde bei ihm zu sein.

Als ich ankam und er mir die Tür öffnete, schlich dieser schwarz-weiße Fellball miauend um seine Füße.

»Darf ich dir Winston Schnurrchill vorstellen«, sagte Ben. »Ich habe ihn heute Morgen in Battersea adoptiert. Man hat ihn mit seiner Mutter und seinen Brüdern und Schwestern in einer Kiste ausgesetzt. Offenbar war die Mutter noch ein Teenager, als sie die Kinder bekommen hat – er ist ein armes britisches Kätzchen.« Ben nahm Winston auf den Arm und hob ihn an sein Gesicht. Das Kätzchen gab ein dröhnendes Schnurren von sich – ein ziemlich bemerkenswerter Laut für eine so kleine Katze. Ben sah genauso verknallt und rührselig aus wie nach seiner ersten Begegnung mit Nina. Man musste wahrlich kein Psychologe sein, um zu wissen, dass Ben Streuner A durch Streuner B ersetzt hatte. Ich setzte mich, und Ben machte Wasser heiß und kochte Tee. Ich wartete und machte bewundernde Laute über Winston, der mit seinen winzigen Krallen meine Jeans hinaufkroch. Schließlich erzählte Ben, was passiert war.

»Mittwochabend bin ich zu Nina gefahren, so wie wir es verabredet hatten«, berichtete er, »aber sie ging nicht an die Tür. Ich hatte keinen Schlüssel, weil sie den ein paar Tage vorher aus dem Fenster geworfen hat.« Ein Schatten huschte über sein Gesicht. »Ich bekam Panik, ich dachte, sie hätte vielleicht etwas Dummes gemacht. Also habe ich die Tür aufgebrochen. Da haben die Nachbarn die Polizei gerufen. Wir hatten in letzter Zeit öfter Krach, und ich glaube, die hatten genug von dem Lärm. Aber sie war nicht da. All ihre Sachen waren weg – ihre Geige, ihre Bücher, die CDs und Monty, die Python, einfach alles. Ich habe versucht, sie anzurufen, und haufenweise Nachrichten hinterlassen, aber sie hat nicht zurückgerufen. Nach ein paar Tagen war die Nummer dann nicht mehr erreichbar. Ich habe keine Nummer von ihren Eltern oder von einem ihrer Freunde – du auch nicht, oder?«

»Nein, ich glaube nicht«, erwiderte ich.

»Ich habe in der Musikhochschule angerufen und versucht, mit ihrem Tutor oder jemandem zu sprechen, aber die dürfen aus Datenschutzgründen nichts sagen. Gott, Ellie, ich wollte nur wissen, ob alles okay mit ihr ist.«

Ich sparte mir den Kommentar, dass mit Nina meiner Ansicht nach nie alles okay gewesen war. »Ich verstehe«, sagte ich stattdessen.

»Dann habe ich gestern das hier erhalten.« Ben griff in seine Tasche und holte einen mauvefarbenen Umschlag hervor. Typisch für diese verdammte Nina. Einen Brief zu schreiben, wenn alle anderen mailten oder eine SMS schickten oder was auch immer taten. Ben zog ein dünnes Papier heraus, und augenblicklich füllte sich der Raum mit Ninas grässlichem schwerem Parfüm. Ich schwöre. Wenn es nicht Poison war, hätte es das zumindest sein können. Ben reichte mir das Blatt, und ich erschauderte, als ich es berührte.

»Lieber Benedict«, las ich, »es ist aus. Ich kann das nicht sagen, ohne dich zu verletzen, aber es gibt jemand anderen. Einen anderen Mann. Dich zu betrügen hat mir das Herz gebrochen, und ich weiß, dass ich weg bin, wird dir das deine brechen. Doch ich kann nicht anders – unsere Liebe ist zu stark, als dass ich sie kontrollieren könnte. Vielleicht begegnen wir uns eines Tages wieder, und du verstehst mich. Vielleicht vergibst du mir sogar. Jetzt kann ich nur Auf Wiedersehen sagen und dich bitten, mich nicht zu hassen und dich an das Gute zu erinnern, das wir miteinander hatten. Nina.«

Ich kann mich nicht an den genauen Wortlaut erinnern, aber auf jeden Fall war es melodramatischer Quatsch und in diesem schwülstigen Stil verfasst.

»Jetzt gibt es dann wohl nur noch Winston und mich«, meinte Ben, dann legte er den Kopf auf den Küchentisch und schluchzte wie ein kleiner Junge.

Zunächst wollte ich instinktiv meine Arme um ihn legen und ihn trösten, aber etwas an seinem Leid ließ mich zögern. Es fühlte sich an, als wäre er ganz für sich. An einem Ort, an dem ich ihn nicht erreichen konnte und nicht willkommen wäre, wenn ich es versuchte. Ich stand auf, berührte sanft seinen Handrücken und machte noch einmal Wasser heiß. Als es kochte, bereitete ich Tee – dieses orangefarbene Zeug, das Ben so gern trinkt und das einem den Zahnschmelz von den Zähnen ätzt, wenn man es nicht schnell genug hinunterschluckt. Nachdem er ein paar Schlucke getrunken hatte, hörte er auf zu weinen, und wir sprachen ein bisschen über

Winston, dann ging ich nach Hause. Bei ihm war kein Platz für mich.

Nach einer Weile schien Ben über Nina hinwegzukommen. Gebrochene Herzen heilen (es sei denn, man ist Leona Lewis, diese Heulsuse). Aber er schien nicht mehr derselbe zu sein, und die Art, wie wir miteinander umgingen, ganz sicher auch nicht. Ich war mir der Lücke bewusst, die Nina in seinem Herzen hinterlassen hatte. Ein dunkler, leerer Fleck, von dem ich mir nicht vorstellen konnte, dass irgendjemand anders ihn füllen konnte. Wir verbrachten keine schönen alkoholschwangeren Nächte mehr miteinander, die angeblich nichts bedeuteten, doch eigentlich so wichtig waren. Nina hatte Ben auf fundamentale Weise verändert, und ich übertreibe nicht, wenn ich sage, dass ich sie aufrichtig dafür hasste. Vielleicht hasste ich sie eigentlich dafür, dass sie auch mich verändert hatte.

All das war natürlich lange her. Ben und ich waren einfach nur Freunde geworden, ohne Extras, und ich dachte nicht mehr oft an Nina. Vielleicht würde sich das jetzt ändern, wenn Ben mit Claire zusammen war und so viel Zeit vergangen war. Vielleicht konnte er endlich richtig über alles hinwegkommen. Wenn irgendjemand den letzten Rest von Ninas Geist aus Bens Herz vertreiben konnte, dann war das Claire. Aber es war mir noch immer äußerst unangenehm, über all das nachzudenken, und so sagte ich noch einmal: »Mist.«

»Ja, Mist«, bestätigte Alex, »aber es wird noch schlimmer.«

»Was?«, fragte ich und wurde von heftiger Angst gepackt.

»Sie hat ein Kind«, erklärte Alex. »Es heißt Benedict.«

13. Kapitel

Kaum hatte ich das Gespräch mit Alex beendet, da klingelte mein Telefon erneut. Ich wollte bei meinen neuen Kolleginnen nicht den Eindruck erwecken, dass ich zu diesen Faulpelzen gehörte, die am Freitagnachmittag nur mit ihren Freundinnen tratschten. Beinahe wäre ich deshalb nicht drangegangen. Dann sah ich, dass es wieder Dad war, den ich noch immer nicht zurückgerufen hatte, und nahm das Gespräch hastig an.

»Serena ist im Krankenhaus«, sagte Dad ohne Einleitung.

»Im … Geht es ihr gut?«, fragte ich. »Geht es den Babys gut?«

»Fürs Erste, ja«, antwortete Dad. »Aber man weiß nicht, wie sich die Dinge in den nächsten Tagen entwickeln.«

Mit beängstigend zitternder Stimme berichtete Dad, dass Serena auf einer Leiter gestanden habe, um eine Wand in Roses altem Zimmer zu streichen. Sie wollten dort das Kinderzimmer einrichten. Offenbar hatten Dad und sie zuvor eine Auseinandersetzung gehabt, weil Serena in ihrem Zustand heimwerken wollte. Sie hatte gemeint, er solle sich nicht wie ein lächerlicher alter Greis aufführen, sie sei schließlich schwanger und nicht krank. Eine glückliche Mutter bedeute ein gesundes Baby. Doch auf der Leiter war ihr plötzlich schwindlig geworden, sie hatte das Gleichgewicht verloren und war zwischen Pinsel, Farbeimer und Schablonen mit lächelnden, pausbäckigen Drachen, Einhörnern und Zauberern gestürzt. Das war vor drei Tagen gewesen, als Dad mich zum ersten Mal angerufen hatte. Mich befiel ein schrecklich schlechtes Gewissen.

»Sie meinte, es ginge ihr gut, sie habe sich nur etwas erschrocken«, berichtete Dad weiter, »aber dann bekam sie gestern plötzlich Schmerzen und Blutungen. Wir dachten, wir fahren besser ins Krankenhaus und lassen sie untersuchen. Wir haben uns zwar gegenseitig versichert, dass wir sicher überreagieren, aber eigentlich haben wir uns beide schreckliche Sorgen gemacht.«

»Was haben die gesagt?«, wollte ich wissen.

»Sie sagen, es sei eine Plazenta-Abruption«, erklärte Dad.

»Plazenta was?« Ich klemmte das Telefon zwischen Schulter und Ohr und gab den Begriff bei Google ein, so wie man es eben macht, wenn man medizinische Informationen erhält. Dabei kommt nie etwas Gutes heraus.

»Die Plazenta droht sich abzulösen«, antwortete Dad. »Normalerweise würden sie die Babys holen, aber die zwanzigste Woche ist viel zu früh, und weil es Zwillinge sind, sind sie ohnehin klein. Also behalten sie Serena im Krankenhaus, und sie muss flach auf dem Rücken liegen.«

Ich scrollte rasch meinen Bildschirm hinunter, schreckliche Worte wie Abbruch und Totgeburt sprangen mir ins Auge.

»Soll ich kommen?«, fragte ich. »Ich könnte heute Abend in den Zug steigen und übers Wochenende bleiben. Ich kann zwar nicht viel tun, aber wenigstens wäre ich bei dir.«

Dad sagte: »Ja, bitte«, und dann: »Sagst du bitte Rose Bescheid? Ich habe ihr ebenfalls eine Nachricht hinterlassen, aber sie hat mich noch nicht zurückgerufen.«

»Klar«, antwortete ich. »Ich bin gegen acht Uhr da, okay? Ich schicke dir eine SMS, wenn ich im Zug sitze.«

Dad bedankte sich und legte auf. Ich schloss meinen Computer und war froh, die schrecklichen Worte von meinem Bildschirm zu verbannen. Ich tauschte die üblichen Freitagsfloskeln mit meinen Kolleginnen und fuhr nach Hause.

Ich dachte, wie furchtbar ungerecht es war, dass die arme Serena so etwas durchmachen musste. Dass sie vielleicht ihre langersehnten, geliebten Babys verlieren würde. Dahingegen hatte die verdammte Nina die Geburt ihres Kindes noch nicht einmal für wichtig genug erachtet, den Vater darüber zu informieren. Natürlich merkte ich, wie albern und unvernünftig dieser Gedanke war, denn Nina, egal wie schrecklich sie war, liebte ihren Sohn sicher sehr. Alle Mütter lieben ihre Kinder, oder nicht? Auch wenn sie sonst überaus unangenehme Leute sind oder eines dieser unattraktiven Babys mit einem Puddinggesicht zur Welt bringen. Nur weil Nina Ben schrecklich behandelt hatte, hieß das nicht, dass sie keine wundervolle Mutter war. Das sagte ich mir, war jedoch nicht ganz überzeugt.

Auf dem Weg nach Hause schilderte ich Rose rasch in einer SMS, was passiert war und dass ich auf dem Heimweg sei, um meine Sachen zu packen. Und dass sie das sicher auch tun wollte. Sie antwortete nicht.

Wenn ich ehrlich bin, schien mir die Aussicht, das Wochenende mit Rose zu Hause bei Dad zu verbringen, äußerst angenehm. Auch wenn die Herausforderung einer neuen Stelle reizvoll ist, ist es doch auch eine ziemlich einsame Zeit. Ich vermisste Ruth, Duncan, Russell und die ganze bunte Truppe bei SEJS – die geschniegelten Angestellten bei Black & White waren auf ihre Weise nett, aber ich musste mich erst an sie gewöhnen. Außerdem litt ich unter der Distanz, die sich zwischen Claire, Ben und mir entwickelt hatte. Ich wollte, dass es zwischen ihnen klappte, wirklich, doch langsam merkte ich, dass es nicht die beste Idee gewesen war, sie sich selbst zu überlassen. Außerdem hatte ich mir vorgenommen, nur noch einmal am Tag in Olivers Meldungen auf Facebook zu sehen. Das war mir allerdings nicht wirklich schwergefallen, denn vom britischen Leitindex zu lesen, Termingeschäften mit Getreide und dem Kricketwettbewerb »The Ashes« zwischen England und Australien weckte bei mir nur bedingt Emotionen. Am meisten vermisste ich Rose. Wir verbrachten nicht regelmäßig gemütliche Schwesternabende mit riesigen Platten voll Obst und Nüssen vor unserer Lieblingsserie, so wie es Schwestern in Büchern tun (von wegen! Rose würde eher ihre eigenen Haare essen als eine Platte mit Obst und Nüssen). Doch im Laufe der Jahre hatte ich mich daran gewöhnt, dass sie jeden Abend gegen zehn Uhr nach Hause kam und mir von ihren wundervollen Erlebnissen erzählte, die sie bei einer Premiere oder auf einer Party oder bei einer Verkaufsaktion gehabt hatte. Und dass ihre Freunde zu Küchenpartys kamen und all das. In letzter Zeit war sie kaum zu Hause gewesen, weil sie vermutlich bei Oliver war. Die Vorstellung, dass die beiden zusammen sind, hinterlässt in mir ein leeres, mulmiges Gefühl, also vermeide ich den Gedanken. Jedenfalls war ich, wahrscheinlich zum ersten Mal in meinem Erwachsenenleben, vollkommen allein. Es gefiel mir kein bisschen. Ich hatte sogar schon überlegt, mir eine Katze anzuschaffen. Doch Rose war allergisch gegen Katzen, und die Vorstellung, wie sie reagieren würde, wenn sie nach Hause kam und an all ihren schwarzen Kleidern Katzenhaare klebten, war unerträglich. Wir würden zusammen zu Dad fahren, uns auf geschwisterliche Weise um ihn scharen und wären wieder eine Familie. Ich stellte mir vor, dass ich bergeweise Gemüselasagne und andere Sachen kochen und einfrieren würde. Mit heißem

Kopf überlegte ich sogar, ob ich nicht häkeln lernen könnte, um kleine Schuhe für Serenas Babys zu produzieren. Dann erinnerte ich mich jedoch an meinen spektakulären Misserfolg mit Pers' Kamelente und schob den Gedanken beiseite.

Egal, als ich mich aus dem Zug kämpfte und zur Wohnung eilte, war ich schon viel fröhlicher und optimistischer gestimmt. Ich lief hinauf in mein Zimmer, holte meine Reisetasche aus dem obersten Fach im Schrank und stopfte wahllos ein paar Slips, Oberteile und Toilettenartikel hinein. Dann zog ich mein Kostüm aus und hing es sorgfältig in den Schrank. Ich streifte eine Skinny-Jeans über, die ich mit Vanessa ausgesucht hatte, und einen pflaumenblauen Kaschmirpullover, den ich noch nie getragen hatte, weil man ihn nur in die Reinigung geben durfte. Ich stand vorm Spiegel und bürstete meine Haare, als ich bemerkte, dass ich mich doppelt spiegelte. Dort standen zwei blonde junge Frauen in Designerjeans und dunklen, engen Oberteilen. Für den Bruchteil einer Sekunde dachte ich, ich halluzinierte vor lauter Stress, oder wir hätten einen Geist in der Wohnung. Dann registrierte ich Rose, die hinter mir im Türrahmen lehnte. Mit meiner neuen Frisur und meiner neuen schlanken Figur sahen wir uns ähnlicher als je zuvor. Geist oder nicht (und ganz offensichtlich gibt es keine Geister, und jeder, der das glaubt, ist geistig umnachtet), es war ziemlich verstörend.

»Ich habe gar nicht bemerkt, dass du da bist«, sagte ich. »Bist du fertig? Wenn wir uns beeilen, erwischen wir noch den Zug um zwanzig nach sechs.«

»Ich komme nicht mit«, erklärte Rose.

»Nicht – wie meinst du das?«

»Ich komme nicht mit«, wiederholte sie ziemlich kühl.

»Hör zu, Rose«, ich bemühte mich stark, ruhig und vernünftig zu klingen, »ich weiß, dass du nicht gut mit Serena auskommst. Ich weiß, es muss dir nach Weihnachten vorkommen, als würdest du klein beigeben, aber denk an Dad. Es sind seine Babys, sie sind unsere Halbschwestern oder -brüder. Er braucht uns jetzt. Serena könnte sterben, sie könnte verbluten oder beide Kinder verlieren. Stell dir vor, wie schrecklich du dich fühlst, wenn du dann nicht da warst.«

»Ellie, ich habe gesagt, dass ich nicht mitkomme, okay? Egal was du sagst, ich werde meine Meinung nicht ändern. Ich bin keine Heuchlerin, ich setze mich nicht für eine rührselige Versöhnungsszene an Serenas Krankenhausbett. Ich mag sie nicht, ich mochte sie noch nie, und daran hat sich nichts geändert. Sie ist im Krankenhaus und wird professionell versorgt. Die Leute dort wissen, was sie tun. Es macht keinen Unterschied, ob ich da bin oder nicht.«

»Aber für Dad macht es einen großen Unterschied«, flehte ich. »Und für mich.«

»Tut mir leid, Ellie.« Rose drehte sich um und ging in ihr Zimmer.

Ich bin eigentlich ein vernünftiger Mensch. Ich verliere selten die Beherrschung, und ich hasse Krach, aber ich fürchte, in der Situation habe ich die Kontrolle verloren. Ich stand im Türrahmen und schrie ihr alle möglichen schrecklichen Dinge entgegen – dass sie immer nur an sich denken würde, dass sie ein kaltes Herz habe, eine selbstsüchtige Zicke sei, und wenn Serena etwas passieren würde, sei es ihre Schuld. Als ich fertig war, weinte Rose, aber das war mir egal. Ich nahm meine Tasche und verließ die Wohnung. Ich habe sogar den Zug noch bekommen.

»Das ist verdammt viktorianisch«, wütete Serena, die in ihrem Krankenhausbett auf dem Rücken lag. Sie war von

Laptop und Kindle, von Telefon und Wii umgeben – von all den neuen Spielzeugen, die, wie ich mittlerweile wusste, ebenso zu ihr gehörten wie ihre abstehenden Haare und die schnittige Brille. Daneben standen allerdings Sachen, die eher ungewöhnlich für sie waren: Blumensträuße, Karten mit viel Rosa und sogar ein gut gefüllter Obstkorb. »Ich dachte, dass man im einundzwanzigsten Jahrhundert einfach normal weiterleben könnte, wenn man schwanger ist. Mein dummer Körper und diese wackelige Trittleiter waren da anderer Meinung. Jetzt stecke ich hier auf absehbare Zeit fest, genau wie unsere Babys. Ich hoffe zumindest, dass sie das tun.« Dann verzogen sich ihre eleganten, klaren Gesichtszüge, ihre helle Haut lief schrecklich rot an, und sie stieß einen Laut aus, der in etwa klang wie »Hnnnnggg«, dann schluchzte sie. Dad sagte: »Engel, reg dich nicht auf«, und Serena antwortete zwischen Schluchzern: »Pass auf, was du sagst, Luke, sonst rege ich mich noch über *dich* auf. Verdammt!« Es war an der Zeit für mich, ein paar Schritte zu gehen.

Es war seltsam, ich konnte ihrem Schluchzen nicht entkommen, auch nachdem ich die Kabine um ihr Bett verlassen hatte. Sie und Dad hätten sich locker ein Zimmer auf der Privatstation leisten können. Dad hatte mir im Wagen auf dem Weg zum Krankenhaus jedoch erklärt, Serena habe darauf bestanden, dass sie und die Babys auf einer Privatstation auch keine bessere Pflege erhalten würden als auf der Kassenstation – oder als »auf unserer Kassenstation«. Ihm war ein gewisser Stolz anzuhören, dass Serena sich auch in dieser Extremsituation zum Sozialstaat bekannte, und ich muss zugeben, dass es mir genauso ging. Jedenfalls lief ich ein Stück die Station hinunter und überlegte, wo ich hier wohl eine anständige Tasse Kaffee bekam – ein schwieriges

Unterfangen, denn das Krankenhaus war zwar in fast jeglicher Hinsicht wunderbar, aber einen Cappuccino Flat White gab es hier nicht. So ging ich in Richtung Ausgang, was mir sehr weit vorkam, als ich mit meinen Absätzen über den angeblich lärmgedämmten Fußboden klackerte. Dennoch hörte ich noch immer das schrecklich verzweifelte Schluchzen. Ich blieb stehen. Warum hörte ich Dads tröstende Stimme nicht mehr? Da bemerkte ich, dass das Weinen in Stereo ertönte oder wie auch immer man es nennt, wenn der Ton aus deutlich mehr als nur aus zwei Quellen kommt. Hinter jeder der durch Vorhänge abgeteilten Zellen ertönten Klagelaute von Frauen – einige wimmerten, andere stöhnten leise vor sich hin, eine jammerte vor Schmerz oder Angst. Jede Stimme drückte ihr eigenes Leid aus.

Ich muss gestehen, ich bin geflohen.

Ich schickte Dad eine SMS, dass ich ihn zu Hause treffen würde – er hatte mir einen Schlüssel gegeben. Ich würde das ganze Wochenende da sein und hatte das Gefühl, vorerst nicht viel ausrichten zu können. Dann stieg ich in ein Taxi, das vor dem Krankenhaus wartete, und bat den Fahrer, mich direkt zum örtlichen Pub zu fahren. Vielleicht habe ich auch gesagt: »Zum Rose and Crown, guter Mann.«

Ich bestellte mir einen Gin Tonic, leerte ihn in null Komma nichts und bestellte einen zweiten. Langsam kam ich etwas zur Ruhe und sah mich um, ob ich jemanden im Pub kannte. Das »Rose and Crown« ist ein richtig bodenständiger Pub, in dem man in Ruhe alleine etwas trinken und ein Buch lesen kann, ohne dass die Leute denken, man sei nur da, weil man abgeschleppt werden wolle. Aber im Allgemeinen bleibt man nicht lange allein, weil man immer jemanden trifft, mit dem man zur Schule gegangen ist, oder einen

Freund von Dad oder die Frau, die den Oxfam Shop betreibt oder … So ein Laden ist das. Und natürlich plauderte ich schon nach kurzer Zeit mit Max, dem Barkeeper. Er hatte irgendwie erfahren, dass Serena ins Krankenhaus gekommen war, und wollte auf den neuesten Stand gebracht werden. Ich ließ die blutigen Details aus und erzählte ihm, dass sie fürs Erste okay war, aber noch nicht außer Gefahr. Ich bestellte einen weiteren Gin Tonic und eine Portion Käse- und Zwiebelchips, weil ich noch nichts zu Abend gegessen und plötzlich schrecklichen Hunger hatte. Als ich gerade die Packung aufriss, sagte eine Stimme hinter mir: »Ellie Mottram!«

Ich war wirklich froh, dass ich noch nicht dazu gekommen war, von den Chips zu essen, denn wer stand vor mir und beugte sich hinunter, um mich mit einem Kuss zu begrüßen? Peter Barclay, der attraktivste Junge der gesamten Oberstufe, der nichts von seiner Attraktivität eingebüßt hatte. Er war groß – über 1,80 Meter – und langgliedrig. Er wirkte etwas schlaksig, woran ich mich noch aus der Schule erinnerte – so wie Jungs, die auf einmal einen Schuss in die Länge machen und nicht genau wissen, wohin mit ihren Händen und Füßen. Obwohl es noch nicht Frühling und noch ziemlich kühl war, war er schon leicht gebräunt. Vermutlich fuhr er Ski oder spielte Golf oder lief oder so etwas. Ich hoffte, dass es nicht Golf war. Er hatte schöne, gleichmäßige weiße Zähne, seine blauen Augen lächelten so wie ich sie in Erinnerung hatte, und seine dunkelblonden Haare standen auf der einen Seite noch immer etwas ab.

All das registrierte ich innerhalb einer Nanosekunde, dann redeten wir das übliche Zeug von wegen, wie lange es her sei und was uns in unsere Heimat zurückführte. Ich erzählte Peter von Serena, und er gab mitfühlende Laute von sich, was mich daran erinnerte, dass er zwar der attraktivste Junge in unserem Jahrgang, aber dabei auch überaus süß und nett gewesen war. Dabei hatte er so gut ausgesehen, dass auch alle Mädchen hinter ihm her gewesen wären, wenn er sich wie der letzte Arsch benommen hätte. Wie sich herausstellte, war er aus London angereist, wo er in der IT-Branche arbeitete, weil seine Schwester Jess am nächsten Tag heiratete. Sie war eine derart zickige Braut, dass Peter sie, ihre fünf Brautjungfern und seine Mum zurückgelassen hatte, um sich im »Rose and Crown« ein bisschen zu erholen.

Nachdem wir uns all das erzählt hatten, waren unsere Gläser leer und die Chips aufgegessen. Peter bestellte eine weitere Runde sowie eine Packung Erdnüsse, und wir plauderten, wie man es so macht, wenn man sich ewig nicht gesehen hat. Wir tauschten Informationen über Mandy Simms und Ewan Miller aus, die verheiratet waren und Drillinge hatten, über Charlie Armtage, der wegen Unterschlagung im Gefängnis saß, und über Alice Chambers, die bei einem Autounfall ums Leben gekommen war. Dabei sagten wir ständig Dinge wie: »Was? Wirklich?« oder »Ich wusste schon immer, dass er ein falsche Fuffziger ist« oder »Oh, Gott, wie schrecklich«, sodass gar kein Platz für peinliche Momente blieb. Wir redeten und lachten so viel, dass ich kaum bemerkte, dass wir noch zwei weitere Drinks bestellten. Irgendwann war ich ziemlich beschwipst, und wir flirteten miteinander.

Wir waren auf ein Sofa gewechselt – im Rose and Crown stehen wunderbar abgenutzte Chesterfield-Ledersofas –, das in der Mitte etwas durchgesessen war. Wir rutschten immer wieder in der Mitte zusammen, und andauernd berührten sich unsere Schenkel. Jedes Mal wenn das passierte, sah mich Peter an, und ich sah ihn an. Wir hielten dem Blick des anderen einen Moment stand, dann rissen wir uns los und unterhielten uns weiter. Nach einer Weile rutschte ich nicht mehr weg und ließ zu, dass sich mein Bein dichter und dichter an seins drückte. Kurz darauf spürte ich seine warme Hand auf meinem Schenkel, und wundervolle Lust durchströmte meinen Körper. Mir war klar, dass wir zusammen im Bett landen würden und dass alles, was von nun an geschah, reine Formsache war. Um halb elf rief Max die letzte Runde aus, und wir nahmen noch einen Drink. Ich suchte die Toilette auf, um im Spiegel zu überprüfen, ob meine Wimperntusche nicht verschmiert war oder Erdnusspelle zwischen meinen Zähnen hing. Zum Glück nicht – vielmehr strahlte ich und sah sogar ziemlich hübsch aus. Ich ging zu Peter zurück, und als wir durch die Tür ins Freie traten, fasste er nach meiner Hand. Es war eine jener kühlen, aber wunderschönen Nächte mit kristallklarem Himmel, mit Vollmond und einem Sternenschleier.

Wir blieben einen Augenblick stehen und betrachteten die Nacht und einander. Dann folgte dieser wundervolle Moment, wenn man weiß, dass man gleich jemanden küssen wird, den man noch nie zuvor geküsst hat. Ich finde, dass das eigentlich der beste Teil vom Sex ist – wenn man noch nicht weiß, ob der andere ein miserabel sabbernder Küsser ist oder wie ein Baby an den Nippeln saugt oder einen potthässlichen Penis hat, der wie ein Egerling aussieht, oder eine der anderen Sachen, die zu großen Enttäuschungen führen können. Jedenfalls standen wir in der kühlen Nacht, und unser Atem hüllte uns in eine Wolke. Peters Hände lagen unter meinen Haaren auf meinen Schultern, ich hatte dieses wundervolle Gefühl von Freiheit und Vorfreude, und ich war verdammt erregt. Ich lächelte zu ihm auf, schloss meine Augen und wartete, dass er mich küsste, und als er es tat, war es nicht im Geringsten enttäuschend. Seine Lippen fühlten sich warm und weich und trocken an, und seine Zunge war auf eine sanfte Weise fordernd. Ich spürte, dass er lächelte, während wir uns küssten, und das tat ich auch. Ich spürte den groben Pullover unter seinem Mantel und seinen festen Rücken, und als er seine Erektion gegen meine Hüfte presste, spürte ich, dass sein Schwanz sicher weder wie ein Pilz noch sonst irgendwie verkümmert aussah.

Nach einer ganzen Weile lösten wir uns voneinander und grinsten uns im Mondlicht an. »Zu deinen Eltern oder zu meinen?«, fragte Peter. »Zu dir ist es näher«, sagte ich, und wir liefen Händchen haltend die Straße hinunter und kicherten wie die Teenager. Hin und wieder blieben wir stehen, um zu knutschen. Schließlich erreichten wir die Auffahrt zu dem großen roten Backsteinhaus von Peters Eltern und schlichen so leise wir konnten über den Kies. Das Haus lag im Dunkeln, und Peter verzog stumm das Gesicht, um mir zu bedeuten, leise zu sein, als er den Schlüssel ins Schloss steckte (nach ein paar erfolglosen Versuchen, denn er war eindeutig ebenfalls etwas betrunken). Peter nahm meine Hand und führte mich durch das dunkle Treppenhaus nach oben in sein Zimmer. Lustigerweise sah es noch exakt so aus wie früher, als wir hier als Teenager herumgehangen, heimlich Zigaretten geraucht und Radiohead-CDs gehört hatten. Sogar die Arsenal-Poster an der Wand hingen noch. Es war wirklich seltsam und irgendwie unglaublich erotisch, denn natürlich hatte ich mich vor all den Jahren stets danach gesehnt, von Peter geküsst zu werden. Dazu war es aber nie gekommen, weil er der attraktivste Junge unseres Jahrgangs gewesen war und ich nur das trottelige Mädchen, das gut in Englisch war.

Er schloss die Tür, ließ die Vorhänge jedoch offen, sodass der Raum von Mondlicht durchflutet wurde. Als er mich ein weiteres Mal in die Arme schloss, sah ich sein Lächeln, das nie zu verschwinden schien, und seine beeindruckend langen Wimpern. Wir küssten uns wieder, wobei wir nun gegenseitig an unseren Kleidern zerrten. Ich öffnete seinen Gürtel und knöpfte ihm unter dem Pullover das Hemd auf. Er löste äußerst fachkundig mit einer Hand den Verschluss meines BHs, und seine warmen Finger fanden meine Brüste. Ich stöhnte leise und schob meine Hüften gegen seine. Er stöhnte ebenfalls, und wir lösten uns wieder voneinander und machten beide »Schhhh«, woraufhin wir wie verrückt kichern mussten. Ich setzte mich aufs Bett und zog Stiefel und Socken aus – unmöglich, das elegant zu tun, oder? Peter setzte sich neben mich und tat es mir gleich, dann schob er mich zurück auf die verwaschene jeansblaue Bettdecke. Er küsste mich weiter, während er meine Hose aufknöpfte und mich mit sanften, geschickten Fingern streichelte, bis ich kam. Ich schaute ihn an und grinste, er wühlte in seiner Nachttischschublade und fand ein Kondom. Wir zogen unsere restlichen Sachen aus, und er streifte es über – ich hoffte flüchtig, es möge nicht wie der Rest des Zimmers aus dem Jahr 2001 stammen –, und dann hatten wir wundervollen Sex. Hin und wieder hielten wir inne, sahen einander an und lachten, weil es so ungezwungen und so schön war. Unsere Körper passten zueinander, wir bewegten uns im Einklang und völlig unbefangen. Dann beschleunigte sich der Rhythmus, wir bewegten uns wilder, und ich spürte Schweiß auf seinem Rücken. Ich hielt die Augen geöffnet, sodass ich sein Gesicht sah, als er kam, und es fühlte sich so gut an, dass ich noch einmal mit ihm kam. Arm in Arm lagen wir in dem schmalen Bett, flüsterten und kicherten, bis wir einschliefen.

Am nächsten Morgen schoss ich aus einem schrecklichen Traum hoch, in dem ich mit dem Gefühl, etwas Wichtiges vergessen zu haben, zu einer Besprechung mit Barri ohne

Kleider erschienen war. Ich brauchte einen Augenblick, um zu realisieren, wo ich mich befand. Peter war bereits aufgestanden, und mir war klar, dass ich mich lieber beeilen und unauffällig verschwinden sollte, um zu Dad zu kommen. Mein Telefon war tot, sodass ich die Uhrzeit nicht herausfinden konnte, doch die strahlende Sonne ließ vermuten, dass es bereits spät war. Ich zog mich an, nahm meine Tasche und schlich auf Zehenspitzen hinaus in der Hoffnung, unbemerkt das Haus zu verlassen. Doch am Fuß der Treppe standen Peters Schwester, Jess, in einem riesigen weißen baiserartigen Kleid sowie zig hübsche Brautjungfern in meergrünen Seidenetuikleidern. Außerdem Mrs Barclay in Koralle und mit einem riesigen Hut auf dem Kopf. Ich überlegte, umzudrehen und zurück in Peters Zimmer zu eilen, doch es war zu spät, sie hatten mich bereits gesehen. Mir blieb nichts anderes übrig, als meinen peinlichen Gang die Treppe hinunter fortzusetzen, wobei ich immer langsamer wurde, je mehr Blicke sich in meine Richtung wandten. Ganz ehrlich – noch nie in meinem ganzen Leben ist mir etwas so peinlich gewesen.

14. Kapitel

Als ich zu Hause ankam, war Dad nicht da. Nachdem ich mein Telefon aufgeladen hatte, erhielt ich eine SMS vom Vorabend, in der er schrieb, dass er die Nacht über bei Serena im Krankenhaus bleiben würde. Ich war ziemlich erleichtert. Zum einen, weil es ihr offenbar noch gut ging. Zum anderen, weil Dad so nicht mitbekommen hatte, dass ich die Nacht schändlicherweise nicht nach Hause gekommen war. Er hätte sich schreckliche Sorgen gemacht, dann wahrscheinlich einen heftigen Wutanfall bekommen und mich zusammengestaucht, wie er es getan hatte, als ich vierzehn war. Den Rest des Wochenendes benahm ich mich wie eine vorbildliche Tochter: Ich machte vegetarische Lasagne, stellte sie in den Kühlschrank und sagte Dad, er müsse bei Kräften bleiben. Außerdem buk ich einen Berg Schokoladenbrownies (das Einzige, was ich wirklich backen kann) und brachte sie Serena zusammen mit ein paar Ausgaben von *Macworld* und *Computer Arts* ins Krankenhaus. Sie freute sich sehr und verputzte sofort drei hintereinander – Brownies natürlich, keine glänzenden IT-Zeitschriften. Für eine so kleine Frau konnte Serena eine unglaubliche Menge Kuchen verdrücken. Laut Dad waren die Ärzte zuversichtlich, dass die Babys noch ein paar Wochen im Bauch bleiben würden. Man wollte ihnen offenbar Steroide geben, damit sie so schnell wie möglich wuchsen, was in meinen Ohren etwas gruselig klang. Ich stellte mir zwei Monsterzwillinge vor, die in Serenas Bauch größer und größer wurden und sie schließlich wie in einem Horrorfilm platzen ließen. Was Geburten angeht, bin ich allerdings schon immer etwas empfindlich gewesen. Wenn sie die Babys bis zur dreißigsten Schwangerschaftswoche halten konnten, waren sie ziemlich sicher gesund. So blieb uns nichts anderes übrig, als die Daumen zu drücken und zu hoffen, dass Serena vor Langeweile nicht völlig durchdrehte, weil sie noch zehn Wochen flach auf dem Rücken liegen musste.

Ich blieb Samstag- und Sonntagabend bei Dad und fuhr am Montagmorgen direkt ins Büro. Ich gebe zu, unter anderem weil ich keine Lust hatte, Rose zu begegnen. Sie hatte mir noch nicht einmal eine SMS geschrieben, um sich zu erkundigen, wie es Serena ging. Jedes Mal wenn ich an Rose dachte, empfand ich eine Mischung aus Wut und Sorge. Ich war wütend über ihr selbstsüchtiges gefühlloses Verhalten Serena gegenüber, und dass ich, obwohl ich mir das Gegenteil vorgenommen hatte, am Ende doch wieder die gute, pflichtbewusste Tochter gewesen war. Ich wusste, dass ich das Richtige getan hatte, doch selbst die Erinnerung an meine Nacht mit Peter, die ein Lächeln auf mein Gesicht zauberte und mich bei dem Gedanken an meine Lust leicht erröten ließ, war nur ein schwacher Trost.

Roses Verhalten verwirrte mich sehr. Sie ist zwar manchmal gedankenlos, aber eigentlich ist sie ein durch und durch netter Mensch. Irgendwie passte es nicht zu ihr, dass sie ein so schreckliches Verhalten so lange durchzog, insbesondere wenn sie verliebt und glücklich war. Es stimmte mich traurig, dass Rose nicht die Erste sein würde, der ich von meiner Nacht mit Peter und von meinem demütigenden Auftritt am nächsten Morgen erzählen würde. Sie hätte sich vor Lachen in die Hose gemacht. Aber ich wollte nicht mit ihr darüber reden, auch nicht über etwas anderes. Ich glaube nicht an Telepathie oder diesen anderen Unsinn, aber unser ganzes Leben lang empfand ich eine Art Verbindung zu Rose, fast als wäre sie mein zweites Ich. Häufig sehe ich ihr Gesicht oder höre ihre Stimme, und ich weiß genau, wie sie auf was auch immer ich tue oder sage reagieren wird. In diesem Fall nicht. Ich hatte absolut keine Ahnung, wo Rose sich befand, was sie tat, dachte oder fühlte. Ich wusste noch nicht einmal, wann ich sie das nächste Mal sehen würde, obwohl ich natürlich davon ausging, dass sie zu den Gästen von Olivers Geburtstagsfeier zählte. Zwischen uns hatte sich eine klaffende Lücke aufgetan. Bei diesem Gedanken musste ich beinahe weinen, während der überfüllte Pendlerzug in Paddington einfuhr, aber dann hätte ich ziemlich durchgeknallt gewirkt.

Auf dem Weg zum Büro schob ich meine trüben Gedanken an Rose beiseite. Das fiel mir nicht schwer, da mir eine geschäftige Woche bevorstand. Es standen einige Dinge an, auf die ich mich wirklich freute. Ich hatte eine Geschichte darüber geschrieben, wie unsere neue Frühjahr/Sommer-Kollektion, die in dieser Woche in den Laden kam, einen Mikrokosmos weltweiter Trends außerhalb der Mode abbildete – beispielsweise Umweltthemen und Technologie, die für das Allgemeinwohl entwickelt wurde, sowie das Empfinden der Menschen als Weltbürger und all das. Sie war sehr gefühlsbetont geschrieben und sollte die Schuld der Black & White-Kunden lindern, dass von dem Geld, das sie für ihre neue Garderobe verbrannten, nüchtern betrachtet, eine Familie in Somalia fünf Jahre leben konnte. Jedenfalls war ich ziemlich zufrieden mit dem Artikel und wusste, dass viele der Modejournalisten, die ich kontaktiert hatte, ihn verwenden würden. Ich hatte vielleicht sogar Chancen, es auf eine der ernsthaften Nachrichtenseiten zu schaffen. Das wäre ein richtiger Coup, den ich unbedingt brauchte, denn langsam merkte ich, dass Barri nicht der einfachste Chef der Welt war. Er war kapriziös, launisch, fordernd und schien einige Teammitglieder zu bevorzugen. Das konnte sich aus einer Laune heraus allerdings schnell ändern. Dann ließ er die Favoritin des Vormonats einfach fallen, ohne dass diese wusste, was um alles in der Welt sie falsch gemacht hatte. Gerade letzte Woche war Odette in Tränen aufgelöst gewesen, weil Barri sie in aller Öffentlichkeit auf besonders demütigende Weise heruntergemacht und dann Isla zum Mittagessen ausgeführt hatte. Hohn und Strenge schienen Barris Arbeitsstil zu sein, was mir nicht gefiel und ich auch nicht respektierte.

Schlechter Führungsstil hin oder her, es war Montagmorgen, und für mich stand außer Frage, dass ich die Woche langsam angehen lassen würde. Also schaltete ich meinen Computer ein, nippte an meinem Kaffee und aß mein ziemlich schreckliches, aber vorgeblich fettarmes Porridge mit wenig Zucker, während ich meine E-Mails durchging. Dann loggte ich mich bei Facebook ein. Sofort tauchte mit einem Pling eine Nachricht von Claire auf.

»Ellie! Wo bist du gewesen?«

Ich habe dich gemieden, dachte ich. Und vielleicht hast du mich ja auch gemieden. »Hallo«, tippte ich, »was ist los?«

»Jede Menge«, schrieb sie zurück. »Eine tolle Woche! Echt!«

Mist, dachte ich. Ben. Heirateten die beiden etwa? Nein, sicher nicht. Sie waren erst seit ein paar Wochen ein Paar. Zogen sie zusammen? In meinem Magen bildete sich ein Knoten, aber ich zwang mich, fröhlich zurückzuschreiben: »Erzähl!«

Es folgte eine Pause, und ich stellte mir vor, wie sie wie

verrückt tippte. Dann erschien ihre Nachricht auf dem Bildschirm.

»Deine Patentochter hat angefangen zu laufen!! Vor ihrem ersten Geburtstag! Ist sie nicht superweit? Sie saust durch die Wohnung und hält sich wie ein kleiner Affe an Wänden und Möbeln fest. Sie ist so niedlich und schlau, aber ich habe überhaupt nicht damit gerechnet. Das ganze Wochenende bin ich damit beschäftigt gewesen, die Wohnung Pers-sicher zu machen. Und sie plappert wie verrückt – ich bin mir sicher, dass sie Samstag versucht hat, ›Kamelente‹ zu sagen. Wie cool, wenn das ihr erstes Wort war?!«

»Die schlaue kleine Wurst!«, erwiderte ich, mein Herz schmolz dahin. »Wann sehe ich euch zwei? Es ist ewig her.«

»Wir müssen uns verabreden«, antwortete Claire unerträglich vage. Erneut stellte ich mir sie und Ben vor, die mitleidig über mich und mein Singledasein sprachen und überlegten, wie sie mir ihre junge Liebe gestehen sollten. Ich würde jedenfalls nicht fragen, aber ich würde sie wissen lassen, dass sie nicht die Einzigen waren, die wilden, leidenschaftlichen Sex hatten.

»Du rätst nie, was passiert ist.«

»Was?«, fragte Claire.

»Ich habe mit Peter Barclay gevögelt«, schrieb ich. Ich hatte Claire in der Vergangenheit mit der traurigen Geschichte von Peter und dem Schultheaterstück erfreut und fügte, falls sie es vergessen haben sollte, hinzu: »Romeo? Der attraktivste Typ der Oberstufe?«

»Waaaaas?!«, schrieb Claire. »Großartig! Was ist passiert?«

Ich brachte sie rasch auf den neuesten Stand über die Serena-Situation, dann erzählte ich ihr die Geschichte von dem Abend im Pub mit Peter und wie wir in sein Zimmer geschlichen waren. Wie ich am nächsten Tag aufgewacht, in

Braut und Brautjungfern geraten war und mich allen hatte vorstellen müssen, obwohl ich eigentlich nur dort wegwollte und dringend aufs Klo musste und mir bewusst war, dass ich nach Sex roch.

»Ich bekomme … keine … Luft«, tippte Claire. »Oh, mein Gott, Ellie. Das ist so lustig. Du hast meinen Tag gerettet. Wirst du ihn wiedersehen? Es wäre so romantisch, wenn ihr zwei zusammenkämt. Romeo und Julia reloaded.«

»Warten wir's ab«, tippte ich, dann fügte ich sicherheitshalber ein paar Smileys hinzu.

Ich trank einen Schluck Kaffee und merkte, dass er eiskalt war. Ich hatte über eine halbe Stunde mit Claire gechattet, und Daisy warf mir einen Blick zu, der sagte: »Du tippst ja wohl kaum Pressemitteilungen um zehn Uhr am Montagmorgen.« Also schrieb ich Claire: »Ich werde beobachtet. Muss Schluss machen. Ich berichte dir alle Neuigkeiten, wenn wir uns sehen. Gib Pers einen Kuss von ihrer stolzen Patentante.«

»Bis dann«, antwortete Claire, dann schloss ich Facebook, nachdem ich schnell noch nachgesehen hatte, ob Oliver seinen Status übers Wochenende aktualisiert hatte. Er hatte nur einen Link zu irgendeiner Geschichte aus dem *Economist* über quantitative Lockerung gepostet. Obwohl er unverständlich und langweilig war, las ich ihn komplett durch, weil ich dadurch irgendwie das Gefühl hatte, Oliver etwas näher zu sein. Ich stellte mir vor, dass ich bei unserer nächsten Begegnung in der Lage sein würde, etwas Intelligentes über die britische Wirtschaft zu sagen, und ihn damit beeindruckte. Was beweist, wenn es dazu überhaupt eines Beweises bedurfte, dass unerwiderte Liebe Idioten aus uns allen macht.

Der Montag nahm seinen Lauf, und ich feuerte ein paar

E-Mails ab, machte letzte Korrekturen an meiner Pressemitteilung und suchte zusammen mit Isla passende Bilder dazu heraus. Dann ging ich hinaus, kaufte mir ein Sandwich und ein Paar Schuhe, und als ich zurück ins Büro kam, stand ein riesiger Strauß gelber Rosen auf meinem Schreibtisch.

»Wo kommen die denn her?«, fragte ich. »Von wem sind die?«

»Torquil hat sie dorthin gestellt«, erklärte Piper. »Offenbar sind die für dich. Ist keine Karte dabei? Wie cool – hast du einen heimlichen Verehrer?«

Ich fand eine Karte zwischen all den Blumen, öffnete den kleinen Umschlag und lief dunkelrot an, als ich sie las.

»Ellie – ich wollte mich nur entschuldigen, weil ich dich am Samstag im Stich gelassen habe. Ich war dazu abgestellt, unsere verrückte Oma zur Kirche zu bringen und sie daran zu hindern, die Gäste mit Pfefferminzdrops zu bewerfen. Ich wollte dich nicht wecken – du sahst aus wie Dornröschen. Aber das hätte ich wohl lieber tun sollen, denn ich habe gehört, dass du einen ziemlichen Auftritt hingelegt hast. Es war jedenfalls eine unglaubliche Nacht, und ich würde dich gern wiedersehen. Du weißt, wo du mich findest. Liebe Grüße, Peter.«

Ich trug petrolblaue Skinny-Jeans und einen grauen Mohairpullover, dazu einen grau- und pflaumenblau gemusterten großen Schal, den ich auf eine von Vanessas trickreichen Arten gebunden hatte. Außerdem eine silberne Pilotenjacke und graue Wildlederstiefel mit Fransen. Ein halbes Jahr zuvor hätte ich dieses Outfit sicher nicht für ein sonntägliches Mittagessen mit anschließendem Spaziergang am Kanal gewählt; Rose hätte so etwas getragen, und ich hätte mich darüber lustig gemacht. Es sah jedoch ziemlich gut aus, und ich hatte das Gefühl, dass mein erstes richtiges Date mit Peter einen gewissen Aufwand rechtfertigte. Ich hatte mir sogar, zum ersten Mal in meinem Leben, in einem Salon die Brauen zupfen lassen. Es war eine überaus beschämende und schmerzliche Erfahrung gewesen. Vor allem als Anya, die Brauen-Frau, zu Anfang die Hand mit der Pinzette geschwungen und erklärt hatte: »Wir fangen in der Mitte an, okay?« Ich meine, ich hatte sie zwar länger nicht gezupft, aber ich bin schließlich nicht Frida Kahlo. Doofe Kuh.

Ich hatte mich mit Peter in einem Pub in Camden, in der Nähe vom Markt verabredet. *Ich* hätte das nicht vorgeschlagen, weil ich weiß, wie höllisch voll die Gegend an Wochenenden ist. Und kaum dass ich dort ankam, wusste ich, dass meine schlimmsten Befürchtungen berechtigt waren – der Laden war gerammelt voll mit Hipstern und Touristen. Zum Glück war Peter so weitsichtig gewesen, einen Tisch zu reservieren. Als die Kellnerin mich zu ihm führte, war er in die Sportseiten des *Sunday Telegraph* vertieft (auch auf die Gefahr hin, jetzt oberflächlich zu wirken – als ich die Wahl seines Lesestoffs sah, schreckte ich leicht zurück). Bei unserer letzten Begegnung hatte er normale Jeans und einen Pullover getragen, heute hatte er sich sichtlich Mühe mit seinem Äußeren gegeben. Er machte auf Opa-Schick, was der angesagte Trend der Saison war. Er trug einen Schal mit Schottenmuster über einem Tweedjackett mit Lederflicken an den Ellbogen und einer groben Strickjacke. Als er aufstand, sah ich, dass er in roten Cordhosen steckte, die am Knöchel über einem Paar Burlington-Socken endeten. Ich hoffte, dass die Wahl der Zeitung nur ein ironisches Accessoire zu seinem Look war. Dann begriff ich, dass möglicherweise nichts von alledem ironisch gemeint war, sondern dass er sonntags eben so aussah. Mein Moderadar war nur nicht feinsinnig genug, das zu erkennen. Egal, als er mich küsste, roch er so gut und fühlte sich so angenehm an, dass ich wieder an unsere fantastische Nacht dachte, mir gleich wohler war und ich ihm die Socken vergab. Und die roten Hosen.

Ich setzte mich, und Peter fragte, wie meine Woche gewesen sei und wie es Serena ginge. Ich erzählte es ihm und erkundigte mich nach Jess' Hochzeit. Er berichtete und bestellte anschließend unser Mittagessen – gegrilltes Hähnchen für ihn, Nussbraten für mich sowie eine Flasche Rotwein –, dann stellte sich eine etwas peinliche Stille ein, die ich mit Geplapper über die anderen Leute im Pub füllte.

»Sieh dir die Familie dort drüben an.« Ich deutete auf ein Paar und ihren oberbraven, sorgfältig gekleideten Spross. »Ich wette, die beiden sind Anwälte und wohnen in Highgate. Hier Mittag zu essen ist ihre Art des einfachen Lebens.«

Peter lachte. »Ich wohne auch in Highgate«, protestierte er, ließ sich aber auf das Spiel ein. »Da drüben, der Typ mit den Rastalocken und dem blonden Mädchen. Eigentlich ist er ihr ein bisschen zu verwegen, sie ist nur mit ihm zusammen, weil ihre Eltern total schockiert wären, wenn sie von ihm wüssten. Leider verschwendet sie ihre Zeit, weil sie nie den Mumm haben wird, ihn ihren Eltern vorzustellen.«

Ich verkniff es mir, ihn darauf hinzuweisen, dass der Rastalocken-Typ so scharf war, dass man auch »einfach so« mit ihm vögeln konnte – fand ich jedenfalls –, stattdessen sagte ich: »Die zwei da in der Ecke, die bloggen übers Essen. Guck, sie hat eine Kamera dabei, sie fotografieren jedes einzelne Gericht und analysieren es genau. Sie hoffen, dass die Geschäftsführung es bemerkt und ihnen etwas ausgibt oder ihnen einen Rabatt gewährt.«

Dann kam unsere Bestellung, und wir begannen zu essen. Das heißt, ich pickte eher auf meinem Teller herum, weil ich nicht sonderlich hungrig war und mich noch immer etwas unbeholfen und schüchtern fühlte. Bei diesem Treffen würden Peter und ich entscheiden, ob wir einander genügend mochten, um noch einmal miteinander zu schlafen. Anschließend mussten wir entscheiden, ob wir gern genug miteinander schliefen, um einander noch einmal zu treffen. Das ist eine ziemlich nervenaufreibende Situation, mehr ein Vorsprechen oder ein Vorstellungsgespräch als ein Date. Ich trank einen Schluck Wein und sah mich weiter im Lokal um – einer dieser höhlenartigen modernen Läden, mit Metallpfeilern und Glasflächen und nacktem Mauerwerk – und bemerkte, dass am Eingang irgendwie Aufruhr herrschte.

»Was ist da los?«, fragte ich Peter.

Ich hörte, wie eine glockenklare Kinderstimme rief: »In dieser Bruchbude will ich nicht essen.« Die Lautstärke im Restaurant sank augenblicklich beträchtlich, alle lauschten aufmerksam dem Drama. Die Kinderlosen verfolgten es mit Schrecken und schworen sich, dass, sollten sie je Kinder haben, diese sich nicht so benehmen würden. Und andere Eltern atmeten auf, weil, zumindest diesmal, der Spross einer anderen Familie für Aufsehen sorgte.

»Ich will zu McDonald's«, tönte das Kind in die plötzliche Stille. Leises Murmeln und verschämtes Lachen ertönten, und als fühlte es sich dadurch noch ermutigt, krakeelte das Kind weiter: »Ich will hier nichts essen. Hier stinkt's. Es riecht nach Poloch.«

Es folgte eine Pause, vermutlich versuchten die Eltern, das Kind äußerst leise dazu zu bringen, verdammt noch mal den Mund zu halten und sie nicht weiter zu blamieren. Dann ertönte die Stimme erneut: »Ich will nicht, ihr könnt mich nicht zwingen! Poloch! Kacka!« Es folgte eine Stille, dann quäkte das Kind frisch inspiriert: »Vorhaut!«

Wie ich es bedauerte, mit dem Rücken zur Tür zu sitzen! Ich konnte das Drama nicht in vollem Ausmaß genießen, ohne mir den Hals zu verrenken. Ich kicherte über meinem Nussbraten, doch Peter wirkte etwas schockiert und pikiert. »Das hätte ich mir als Kind nie erlauben dürfen«, meinte er.

»Arme Eltern«, entgegnete ich. »Man weiß ja nie, vielleicht ist das Kind eigentlich ein richtiger Engel, und das hier ist nur ein kleiner Ausfall. Siehst du, was sie machen?«

»Sie versuchen, vernünftig mit ihm zu reden«, berichtete Peter steif. »Es scheint nicht zu funktionieren.«

»Polöcher!«, rief das Kind wieder. »Ich wette, das Essen schmeckt wie Scheiße! Scheiße und Vaginas!«, endete es triumphierend. Ich konnte nicht länger widerstehen, drehte mich auf meinem Stuhl um und warf einen Blick auf den kleinen Quälgeist und seine Eltern. Zunächst versuchte ich, möglichst diskret zu sein, doch dann erstarrte ich und glotzte unverhohlen. Dort im Eingang standen Ben und Nina und zwischen ihnen ein ungefähr fünfjähriger Junge in einem Batman-Kostüm mit Kapuze.

Mein erster Gedanke war, dass Nina mit ihren langen roten Haaren und den fließenden Kleidern in leuchtenden Farben sich überhaupt nicht verändert hatte. Sie war noch immer winzig und insektengleich, was sie durch eine riesige Retro-Sonnenbrille mit leuchtend blauen Gläsern unterstrich. Das Kind – Benedict – sah weder wie sie noch wie Ben aus: Es war ein pummeliges dunkelhaariges Kind mit buschigen Brauen – ein Fall für Anya, die Zupf-Dame. Und um brutal ehrlich zu sein: Es erinnerte mich an den kleinen Jungen aus *We need to talk about Kevin*. Ich kenne Ben so gut, dass ich im Allgemeinen erahne, was in seinem Kopf vorgeht, ähnlich wie bei Rose. In jenem Moment musste ich ihn jedoch nicht kennen, um zu wissen, wie er sich fühlte, während ihn ungefähr hundert Menschen anstarrten, deren Mienen zwischen Mitleid und Verachtung schwankten. Er wirkte verwirrt und beschämt, als wäre er am liebsten unter den abgeschliffenen Holzbohlen verschwunden und als würde die Erziehung dieses Satansbratens ihn völlig überfordern.

»Sollen wir zu McDonald's gehen, Schätzchen?«, gurrte Nina. »Ist es das, was Mummys kleiner Liebling will?«

»Ja«, murmelte das Kind, was etwas undeutlich klang, weil es dabei die Unterlippe nach vorn schob.

Nina warf ihren hauchdünnen orangeroten Schal über die Schulter, anscheinend ließ sie die Aufmerksamkeit, die sie erregten, völlig kalt, und sagte: »Na, dann komm, Schätzchen. Mummy geht mir dir dahin, und du bekommst einen Bananenmilchshake. Komm!«, zischte sie Ben zu. Die drei drehten sich um und gingen, und die Gäste wandten sich wieder ihrem Essen zu. Sie schienen etwas enttäuscht, dass die Vorstellung vorüber war, doch zugleich froh, nun ein Gesprächsthema zu haben, das sie das ganze Mittagessen über und vermutlich auch noch bei diversen Abendessen unterhalten würde.

Ich überlegte, Peter zu sagen, dass ich Ben kannte, und ihm die ganze traurige Geschichte zu erzählen. Da hob dieser aber schon zu einer Art Hetzrede über Erziehungsmethoden an – wie dieses Laisser-faire, nachlässige Mütter und nicht anwesende Väter, zum moralischen Verfall der Gesellschaft beitrügen – und schlug von dort einen Bogen zu den Londoner Unruhen im vorigen Sommer. Er zitierte sogar einen Artikel von Melanie Phillips, den er kürzlich in der *Daily Mail* gelesen hatte. Echt, es war, als sei sein Körper von Aliens besetzt. Ich wollte sagen: »Wer seid ihr und was habt ihr mit dem Kerl gemacht, den ich mochte?« Und kurz darauf: »Es liegt nicht an dir, sondern an mir«, direkt gefolgt von: »Lass uns Freunde bleiben.« Doch dann dachte ich an Olivers Geburtstagsfeier in ein paar Wochen und dass ich wie ein Mauerblümchen dastehen würde, die keinen abbekommen hat. Und ich dachte an Ben und Claire (oder Ben und Nina), Rose und Oliver, Vanessa und Tom, Simon und Khalid – im Grunde lebte jeder, den ich auf der ganzen Welt kannte, in einer Beziehung. Wie auf Noahs Scheißarche. Und es ist mir peinlich, das zuzugeben, aber ich bin nur mit Peter nach Hause gegangen und habe mit ihm gevögelt, weil ich nicht allein nach Hause gehen wollte.

15. Kapitel

Meine darauffolgende Arbeitswoche begann furchtbar und entwickelte sich stetig noch grauenhafter. Es fing mit Barris Frühstücksbesprechung am Montagmorgen an. Diese von ihm geliebte Einrichtung bedeutete, dass wir uns, anstatt wie üblich halbwegs zivilisiert um halb zehn, bereits um halb acht um den Konferenztisch einzufinden hatten, um die letzte Woche zu analysieren und einen Ausblick auf die vor uns liegende zu geben. Barris sadistische Ader veranlasste ihn, stets eine große Platte mit Gebäck aus der Lebensmittelabteilung zu ordern. Wir starrten auf Buttercroissants, klebrige Blaubeermuffins und Donuts, alle wild entschlossen, nicht als Erste einzuknicken und davon zu essen. Neben der verführerischen Platte stand eine Schale mit Früchten: Bananen, die ich verabscheue, und ein paar ziemlich traurig aussehende Äpfel und Clementinen. Als ich zum ersten Mal an Barris Montagsmeeting teilgenommen hatte, wusste ich noch nichts von den ungeschriebenen Gebäckregeln. Weil ich um sechs Uhr aufgestanden war, um zu laufen, und keine Zeit zum Frühstücken gehabt hatte, war ich schrecklich hungrig. Ich hatte beiläufig ein Croissant gegriffen und hineingebissen. Alle um den Tisch herum waren verstummt. Isla hatte sogar etwas um Atem gerungen, und Barri hörte auf, über Prognosen zu sprechen, und bedachte mich mit einem Blick, der mir quasi den Lack von den Nägeln ätzte.

»Wow, Ellie, du hast ja ein Glück«, stellte er fest.

»Wie bitte?«, fragte ich verwirrt.

»Ich wette, wir würden alle gern so sündigen wie du und dabei unser Gewicht halten ... Ach.« Er sah mich etwas spöttisch und verächtlich an, woraufhin mir jeglicher Appetit verging. Ich ließ den Rest des Croissants auf dem Teller vertrocknen, und mittags war mir dann ganz schwindlig vor Hunger.

Inzwischen hatte ich begriffen, dass das Gebäck nur eine weitere Waffe aus Barris Arsenal war, mit der er sein Team einschüchterte. Wie bei anderen Teilen seiner Strategie war auch hier die Wirkung subtil, aber tödlich. Als ich mir in der vorherigen Woche in der Küche einen Kaffee geholt hatte, war ich dort auf Isla gestoßen. Sie kauerte mit Krümeln am Kinn und Tränen in den Augen über der Frühstücksplatte, nachdem sie ziemlich scharfe Kritik an ihrem Design für die Titelseite des Herbst-Lookbook hatte einstecken müssen. Als sie mich sah, lief sie dunkelrot an und murmelte: »Ich räume nur auf«, warf den Rest des Gebäcks in den Mülleimer und floh anschließend aus dem Raum, als habe ich sie bei etwas Schrecklichem erwischt. Als ich kurz darauf aufs Klo ging, hörte ich sie in einer der Kabinen würgen und schluchzen. Zwischen den beiden Vorfällen muss natürlich überhaupt kein Zusammenhang bestehen, ich meine nur, dass dieses Gebäck unsere Stimmung in einem erheblichen Maß manipulierte.

Inzwischen arbeitete ich jedoch bereits seit einigen Wochen bei Black & White und war mir Barris kleiner Tricks bewusst. So nippte ich still an meinem Kaffee (schwarz mit einem Stück Süßstoff), schälte eine Clementine, aß ein Stück nach dem anderen und schaffte es sogar, drei Stücke auf dem Teller liegen zu lassen. Der Beweis, dass ich meinen schlimmen Urtrieb, Kalorien aufzunehmen, um den Stoffwechsel meines Körpers in Gang zu halten, völlig unter Kontrolle hatte.

»Odette, würden Sie uns bitte ein Update über den Style-Blog geben«, sagte Barri.

»Natürlich.« Odette schob ihre schnurgeraden blonden Haare über die Schulter ihres korallenfarbenen Jacketts nach hinten und strich mit einem türkisblau lackierten Finger über das Trackpad ihres Laptops. »Wir hatten letzte Woche vier reguläre Posts. Eine Story über Pixie Geldofs neuen Stil, einen Artikel von Delta Hughes, der Promistylistin, wie man Turnüren trägt, eine Beschreibung der neuen Neonfarben und«, sie zögerte und warf einen selbstgefälligen Blick in die Runde, »ein Interview mit Bliss Newham. Ihr wisst ja, dass Bliss in dieser Saison *das* Gesicht der Modewochen war. Sie ist für Givenchy, Balenciaga, Chanel, Dior und viele andere gelaufen – sie hat mit siebzig Laufstegauftritten sogar einen Rekord aufgestellt. Wir sind also sehr froh, einen Blogbeitrag von ihr zu bekommen – natürlich hat Piper ihn als Ghostwriterin für sie geschrieben –, in dem sie erklärt, dass sie bei ihrem meteoritenhaften Aufstieg in den Starhimmel nicht die Bodenhaftung verloren hat. Dass sie ihre unglaubliche Figur Sport und guten Genen verdankt. Dass sie Burger und Pommes liebt. Und dass sie in der Modebranche zahlreiche herzliche, schöne Menschen kennengelernt hat, mit denen sie ihrer Überzeugung nach lebenslange Freundschaften pflegen wird.«

Ich unterdrückte eine leichte Übelkeit, zog mein Notizbuch zu mir und schrieb: »Bliss Newham, unverdorbene Schönheit«, um etwas zu tun zu haben, und zwar so, dass Barri, der neben mir saß, denken musste, ich sei voll bei der Sache und hielte Odettes Enthüllungen für äußerst bedeutungsvoll.

»Hervorragend!«, lobte Barri. Odette wirkte noch blasierter.

»Unsere neuen Kollektionen sind raus und verkaufen sich gut«, berichtete sie und wartete mit einigen Zahlen auf, die ich mir für eine Pressemitteilung notierte.

»Und nun, Daisy«, sagte Barri, »wie läuft die Planung für das Polo im Mai?«

Daisy berichtete von all den Prominenten, die für das Ereignis zugesagt hatten, das offenbar eine große Sache für Black & White war. Jedes Jahr gehörte das Geschäft zu den Hauptsponsoren eines internationalen Poloturniers. Es handelte sich um eine jener Veranstaltungen, die als »strahlendes Ereignis« beschrieben werden, als »Highlight des gesellschaftlichen Lebens«. Dort tauchten haufenweise Promis und Kinder reicher Eltern in entsprechender Kleidung auf, um sich zu besaufen. Daisy organisierte die Bewirtung des VIP-Zelts, wo der innere Kreis der Stars den Tag verbrachte, umsonst mit reichlich Essen und Getränken versorgt wurde, das Geschehen auf dem Polofeld verfolgte und dann »auf der von Stars bevölkerten After-Party die Nacht durchtanzte«, wie es in meiner Pressemitteilung hieß. Rose war vor einigen Jahren mit Vanessa dort gewesen, als sie mit Danny, dem Polospieler, zusammen war. Offenbar hatte sie sich blendend amüsiert, und Danny hatte ihr Prinz William vorgestellt, den er aus Eton kannte. Sie hatte noch ewig davon geschwärmt.

Nachdem Daisy fertig war, ging Barri zum Nächsten über. Der arme Torquil wurde wegen einiger fehlender Muster zur Schnecke gemacht. Ganz bestimmt war es nicht seine Schuld, sicher hatte eine Journalistin sie sich unter den Nagel gerissen. Doch Torquil lief tiefrot an, auf seiner pickeligen Stirn bildete sich ein Schweißfilm, und er blickte voll wilder Verzweiflung auf den Teller mit Aprikosenblätterteiggebäck. Ich nahm mir vor, den Teller mit in die Küche zu nehmen und sofort nach der Besprechung zu entsorgen, um Torquil vor sich selbst zu schützen. Als Isla dran war, stammelte und stotterte sie ängstlich herum, kam jedoch relativ einfach davon, da ihr Design meiner Meinung nach inzwischen jeglicher Originalität beraubt war und lediglich schlicht und unterwürfig die Marke bediente.

Ich hatte gelernt, dass »die Marke« für Barri heilig war. Er hielt ein gewichtiges Dokument in Ehren (wenn etwas, das nur im Intranet der Firma existierte, als gewichtig bezeichnet werden kann – es umfasste jedenfalls unzählige Megapixel), das sich die Markenrichtlinien nannte. Dort war ganz genau aufgelistet, welche Schrift, welche Farben und Worte in der Firmenkommunikation zu benutzen waren. Die englische Sprache wurde heftig traktiert – Barri hatte offenbar dem erbärmlichen Komma den Krieg erklärt, und das Wort »dass« durfte nie benutzt werden. Selbst die Londoner Geografie geriet in den Markenrichtlinien unter Beschuss – die Straße, in der das Geschäft lag, durfte nur als »Bond, WIS« bezeichnet werden. In meiner ersten Woche hatte ich das gesamte Werk studieren müssen und mich auf jeder Seite erneut über seine Trivialität geärgert.

Isla beendete ihren Bericht, dann fasste Piper kurz zusammen, womit sie in der vorigen Woche beschäftigt gewesen war – vor allem mit dem Schreiben von Blogs, in denen sie sich als Model ausgab –, dann war ich an der Reihe.

Doch da sagte Barri: »Das ist alles für heute Morgen, meine Damen und mein Herr. Legt los und zaubert!« Alle eilten zurück an ihre Schreibtische, völlig ermattet vor Erleichterung und Anstrengung, obwohl es erst neun Uhr morgens war. »Ach, Ellie. Einen Moment, bitte.« Barri – und ich denke mir das nicht aus – streckte die Zunge aus dem Mundwinkel, strich sich mit theatralischer Geste mit dem Finger über den Hals und ließ dramatisch den Kopf nach hinten sinken. Es ging also um meine Hinrichtung.

Auf der einen Seite langweilte mich sein theatralisches Gehabe, und ich fand, dass er ein schlechter Abteilungsleiter war, wenn er Menschen so behandelte. Aber auch wenn es mir peinlich ist, zum Großteil fühlte ich mich hilflos und verängstigt. Mir dämmerte langsam, wie rachsüchtig und klein Barri war, doch er war mein Chef, und ich brauchte die Arbeit, außerdem will jeder Angestellte, dass man gut über ihn denkt. Also setzte ich mich wieder hin, schlug wieder das Notizbuch vor mir auf, ärgerte mich über meine zitternden Hände, lächelte strahlend und sagte: »Ja, Barri?«

»Was«, zischte er, »ist das?« Aus seiner taubenblauen Lederaktentasche zog er die farbige Beilage der gestrigen *Sunday Mirror*. Siedend heiß fiel mir ein, dass ich so damit beschäftigt gewesen war, mit Peter zu vögeln, mit ihm Pizza im Bett zu essen und dann nach Hause zu sausen, um eine Waschmaschine anzustellen und ein paar Stunden zu schlafen, dass ich nicht wie üblich die Sonntagszeitungen studiert hatte. Barri schlug das Magazin auf. Dort fand sich ein sechs Doppelseiten umfassender Artikel über Globalisierung und Ethik in der Mode, der auf der Pressemeldung basierte, die ich letzte Woche verschickt hatte. Es sah großartig aus – Nadine, die dortige Junior-Modeassistentin, hatte wirklich ganze Arbeit geleistet. Nachdem wir am Telefon herausgefunden hatten, dass sie mit James zusammen war, dem Kerl aus der Nachrichtenredaktion, mit dem ich immer zu tun gehabt hatte, als ich noch bei SEJS gearbeitet habe, hatte sie sich sehr hilfsbereit gezeigt.

»Wow«, sagte ich zu Barri. »Das nenne ich eine umfangreiche Berichterstattung.«

»Ellie«, spie er. »Es ist eine Berichterstattung im *Sunday Mirror*! Haben Sie die Markenrichtlinien etwa nicht gelesen?«

Mir wurde übel. »Doch, natürlich. Dort steht nichts vom *Mirror*, oder?«

Barri lächelte fies. »Nein«, antwortete er. »Dort steht auch nicht, dass wir *nicht* wollen, dass unser Logo auf Eisenbahnbrücken gesprüht wird. Oder dass Landstreicher unsere Kleidung tragen, wenn sie am Trafalgar Square pennen. Oder dass wir freilaufende Katzen engagieren, die unseren Markenduft an Wände pissen.« All das schienen mir innovative Ideen mit einer Menge Potenzial, außer vielleicht die mit den Katzen, die zwar inspiriert, jedoch etwas schwierig umzusetzen war. Barri war allerdings eindeutig anderer Meinung. »Ich dachte, ich hätte in unseren Markenrichtlinien erklärt, dass Black & White exklusiv ist, Ellie. War Ihnen das nicht klar?«

»Doch, natürlich«, sagte ich. »Aber ist das nicht eine großartige Werbung? Der Platz ist ungefähr fünfzigtausend wert.«

Barri beugte sich zu mir, sodass mich eine Übelkeit erregende Wolke seines Rasierwassers umwehte und ich sehen konnte, wie sorgfältig er die Lücken in seinen Brauen nachgezeichnet hatte. »Wir sind elitär. Verdammt, Ellie. Das heißt *Vogue* oder *Tatler* oder *Harpers*. Im Notfall noch die *Elle*. Wir verbinden unsere Marke mit hochwertigen Zeitschriften, und zwar nur mit hochwertigen. Ich will, dass Sie aufhören, unser Bild in der Boulevardpresse zu besudeln. Schicken Sie nur noch Pressemitteilungen raus, die ich persönlich abgenommen habe, und zwar nur an genehmigte Kontakte in den entsprechenden Medien. Ich lasse Torquil eine Tabelle anfertigen, die er mit Ihnen durchgeht. Gehen Sie jetzt zurück an Ihren Schreibtisch, rufen Sie unsere bewährten Journalisten an, und fragen Sie, ob sie Zeit hätten, an unserem Poloturnier im Mai teilzunehmen. Anschließend informieren Sie Daisy. Klar?«

Wenn Ruth oder Duncan mich gebeten hätten, etwas so lächerlich Kontraproduktives zu tun, hätte ich sie angesehen und gesagt: »Was?« Dann hätten wir heiß diskutiert, bis sie sich entweder meiner Sichtweise angeschlossen oder ich die Strategie hinter ihrem Wahnsinn begriffen hätte. Doch ich war mir nicht sicher, ob das mit Barri so funktionieren würde. Um etwas Zeit zu gewinnen, schrieb ich sorgfältig in mein Notizbuch: *»Vogue, Tatler, Harpers«*, dann, in Klammern *»(Elle)«* und *»Polo«*.

Anschließend sagte ich in einem, wie ich hoffte, ruhigen, vernünftigen Ton: »Aber, Barri, ich habe wirklich den Eindruck, dass ...«

»Nein, Ellie.« Er hielt mir seine kleine, manikürte Hand vors Gesicht. »Denken Sie daran. Die Marke ist heilig. Wir dürfen nicht zulassen, dass unsere Egos mit der Marke in Konflikt geraten. Und noch etwas: Es gibt einen sehr klugen Spruch, den ich meinen Mädchen gern sage, wenn sie bei uns anfangen und etwas tun, das nicht ganz ins Konzept passt. Ich habe das Gefühl, dass Sie das ebenfalls beherzigen sollten.«

Er setzte ein Übelkeit erregendes süßliches Lächeln auf. Ich unterdrückte meine Wut, versuchte, aufmerksam zu wirken, und nahm meinen Stift.

»Ellie«, sagte er. »In Team gibt es kein I für ich.«

Ich blickte hinunter auf mein Notizbuch und schrieb sorgfältig: »In Team gibt es kein I für ich.« Ich schaute zu ihm auf, lächelte freundlich und sagte: »Danke, Barri, das werde ich mir merken.« Langsam und deutlich schrieb ich darunter: »Aber in Mistkerl ist ein S für Sie.« Dann stand ich auf, räumte den Teller mit dem Gebäck ab, ging in die Küche und verschlang einen Großteil. Schließlich war mir übel, und ich weinte auf der Damentoilette.

Als ich zu Ende geweint und mir kaltes Wasser ins Gesicht gespritzt hatte (warum macht man das eigentlich? Es bringt nichts, außer, dass man anstatt verquollener Augen und fleckiger Haut verquollene Augen, fleckige Haut und nasse Haare hat), ging ich zurück an meinen Schreibtisch, wobei ich diverse mitfühlende sowie neugierige Blicke von meinen Kolleginnen erntete. Als Piper mich sah, schob die Gute mir diskret ein Päckchen Zaubernuss-Augenpads zu, dann kochte sie mir eine Tasse Tee. Woraufhin ich natürlich sofort wieder weinen musste.

Ich versteckte mich hinter meinem Bildschirm, wartete darauf, dass sich der Kloß in meinem Hals auflöste und meine Augen aufhörten zu brennen. Verletzung und Ungerechtigkeit machten mir zu schaffen, und als Peter mir mittags eine Nachricht über Facebook schickte, um mich zu fragen, wie mein Tag lief, konnte ich nicht anders, als ihm die ganze Geschichte zu erzählen.

»Er hört sich wie ein totaler Arsch an!«, tippte Peter loyal.

»Das ist er«, bestätigte ich und fühlte mich langsam etwas besser. So wie es einem eben geht, wenn man jemandem alles erzählt hat, der einem das Gefühl gibt, voll und ganz hinter einem zu stehen.

»Soll ich die Jungs vorbeischicken?«, fragte Peter.

»Nein«, tippte ich, »Barri ist schwul, dem würde das gefallen.«

»Verstehe«, meinte Peter. Es folgte eine Pause, dann schrieb er: »Soll ich mich in sein Grindr-Profil hacken und in seine Beschreibung eintragen, dass er klein und dick ist?«

Ich kicherte unwillkürlich. »Gute Idee«, tippte ich. »Nur dass er tatsächlich klein und dick ist.«

»Okay, in dem Fall brauchen wir einen besseren Plan. Wie wäre es …«, es folgte eine Pause, dann sah ich, dass er weitertippte, »wenn ich dich zur Aufmunterung heute Abend zu einem Drink und zum Abendessen ausführe? Würdest du dich danach etwas besser fühlen?«

Wie süß. Ich wünschte, ich hätte nicht wachsende Zweifel an unserer Beziehung – wenn man nach zweimal Vögeln überhaupt von einer Beziehung sprechen konnte (drei, wenn man das zweite Mal am Sonntag mitzählte). »Es wirkt schon«, tippte ich.

Den Rest des Tages verbrachte ich am Telefon mit Daisys Pressekontakten. Ich versuchte, Journalisten davon zu überzeugen, dass sie an einem Samstag im Mai keine Zeit mit ihren Familien verbringen, den Rasen mähen, den Tag mit ihren Partnern im Bett bleiben, Dinge aufarbeiten, in den Supermarkt gehen oder unzählige andere Dinge tun wollten, die normale Menschen an ihren Wochenenden anstellen. Sondern dass sie unbedingt an Barris Polotag mit Starrummel teilnehmen wollten, um anschließend darüber zu schreiben. Überflüssig zu erwähnen, dass viele von ihnen sagten: »Ich melde mich wieder bei Ihnen«, ich jedoch gleich wusste, dass sie das niemals tun würden. Ich würde ihnen ewig hinterherjagen müssen, und irgendwann würden sie automatisch meine Anrufe ignorieren und meine E-Mails löschen. Das wiederum erschwerte meine Arbeit erheblich, wenn ich beim nächsten Mal wegen einer anderen Geschichte Kontakt zu ihnen aufnehmen sollte, die sie wirklich interessieren könnte.

Als es schließlich halb sechs war, hatte ich restlos genug, schaltete den Computer aus, nahm meine Tasche und machte Feierabend, obwohl noch drei Namen auf der Anrufliste standen. Ich hätte sie locker noch abarbeiten können. Stattdessen ging ich zu Selfridges, wo ich ein zauberhaftes schwarzes Spitzenoberteil fand, das zu dem grauen

Bleistiftrock passte, den ich zur Arbeit getragen hatte (trotz Personalrabatts gönnte ich Black & White und somit Barri an diesem Tag keinen Penny meines hart verdienten Gehalts). Spontan kaufte ich noch ein süßes kleines T-Shirt mit einer Biene für Pers und einen neuen Nagellack von Dior für Rose. Dann legte ich etwas roten Lippenstift auf und ging zum Connaught, um mich mit Peter zu treffen.

Schon wenige Minuten nachdem ich die Bar betreten hatte, spürte ich, wie ich meinen miesen Tag hinter mir ließ. Der Laden war so schick und toll, dass ich mir selbst ganz toll vorkam in meinem neuen Oberteil, in dem schmeichelnden Rock und mit meinem glänzenden Lippenstift. Peter ließ mich über meinen schrecklichen Tag meckern, brachte mich zum Lachen und besorgte mir einen anständigen Martini mit einer Olive. Ich genoss meinen Drink, ich betrachtete seine gebräunte Haut, seine lächelnden Augen, seine langen Beine und all den Rest und versuchte, glücklich zu sein, dass ich mit ihm ausging. Aber egal wie sehr ich die Stimme zum Schweigen zu bringen versuchte, die tief in meinem Inneren sagte: »Wenn doch nur Oliver hier wäre« – sie verstummte nicht.

Ich kenne eine Menge Männer, die meinen, wenn man eine Frau schlecht behandelte, würde das den Reiz erhöhen. Sie gleichen jedes Kompliment durch eine abwertende Bemerkung aus. Es gibt Männer, die anderen Frauen hinterhersehen, weil sie meinen, ihre Freundin werde sich dann mehr Mühe geben, ihnen zu gefallen. Männer, die nicht zugeben, dass sie dich mögen – es sei denn, du gibst ihnen nicht genug Bestätigung und verletzt ihr armes, erbärmliches Ego. Peter war zum Glück anders. Den ganzen Abend über sagte er mir immer wieder, wie hübsch ich aussähe. Er lachte über meine Witze, versicherte mir, dass alles im Büro wieder in Ordnung käme. Und selbst wenn nicht, dass jemand, der so klug sei wie ich, problemlos wieder so eine Stelle finden würde – Rezession hin oder her. Er besorgte uns noch einen weiteren Cocktail und führte mich zum Abendessen in ein schickes Bistro, wo jede Menge vegetarischer Gerichte auf der Karte standen. Und nachdem er auch noch darauf bestanden hatte, die Rechnung zu übernehmen, und mit beeindruckender Geschwindigkeit und Geschicklichkeit ein Taxi fand, war ich so dankbar für seine Freundlichkeit (und natürlich auch etwas betrunken), dass ich ihn zu mir nach Hause einlud.

Nachdem ich die Schlüssel aus der Tasche gekramt und die Haustür geöffnet hatte, hob Peter mich hoch und trug mich auf den Armen die Treppe hinauf zur Wohnung. Ich weiß nicht, wie oft ich mir gewünscht habe, dass jemand das mit mir macht. Um ganz ehrlich zu sein, stellte ich allerdings fest, dass es zwar romantisch ist, aber völlig überschätzt wird. Mein Kopf stieß gegen die Deckenlampe, Peter stolperte fast über meine Handtasche, und ich machte mir Sorgen, dass er sich den Rücken verrenkte. So war ich ein bisschen erleichtert, als wir die Wohnung erreicht hatten und auf dem Sofa zusammenbrachen. Peter umfasste meine Brüste unter meinem neuen schwarzen Spitzentop. »Gott, du bist so sexy«, keuchte er, und ich schloss die Augen und küsste ihn.

»Du auch«, log ich.

Wir zogen unsere Kleider aus. Ich lag rücklings auf dem Sofa, Peter küsste die Innenseite meiner Schenkel und bewegte sich langsam nach oben, da hörte ich plötzlich Schritte auf der Treppe. »Mist!« Ich schob Peter von mir. »Schnell! In mein Zimmer! Da kommt Rose.« Wir klaubten unsere Kleider vom Boden – oder zumindest die meisten; am nächsten Tag fand ich meinen BH über den Fernseher drapiert, Gott weiß, wie er dorthin gekommen ist –, flohen in mein Zimmer und schlugen die Tür hinter uns zu. In dem Moment steckte Rose den Schlüssel ins Schloss, und Olivers und ihre Stimme drangen in den Flur. Ich hörte, wie Rose genau wie an dem Abend, als ich Oliver zum ersten Mal gesehen hatte, fragte: »Whisky, Ollie?«, doch diesmal lehnte er dankend ab. Er sei ziemlich müde und wolle so bald wie möglich ins Bett.

Peter und ich lagen auf meinem Bett und kicherten über die lächerliche Situation. »Komm her«, flüsterte er. »Ich lasse mich nicht um mein Vergnügen bringen, nur weil deine kleine Schwester zu Hause ist. Die Vorstellung könnte mir sogar gefallen.«

Ich schob ihn sanft zur Seite. Ich merkte, dass ich nicht mit ihm schlafen konnte, vor allem nicht wenn Rose und Oliver nebenan waren. Ich fühlte mich wie zugeschnürt und etwas schuldig – als würde ich Oliver betrügen, wenn ich mit Peter schlief, und Peter irgendwie zugleich verraten. Bei dem Gedanken rollte ich mich zusammen, ich wandte mich von Peter ab, zog die Knie an die Brust und schlang die Arme um meine Beine.

»Ich kann nicht«, flüsterte ich.

»Was meinst du damit, du kannst nicht?«, fragte Peter, und ich sagte: »Schhh«, aber keiner von uns lachte.

»Ich kann einfach nicht«, sagte ich leise, »nicht wenn Rose und Oliver nebenan sind.«

»Aber das muss doch schon häufiger vorgekommen sein.« Peter wirkte verblüfft und gereizt.

Ja, natürlich hatte ich schon oft Sex gehabt, wenn Rose in ihrem Zimmer geschlafen hatte – oder wenn sie wach war, das weiß ich nicht. Es ist mir auch egal, doch das konnte ich Peter nicht sagen. Also wiederholte ich einfach noch einmal: »Pete, ich kann nicht. Es tut mir leid. Nächstes Mal gehen wir wieder zu dir und …«

Aber Peter war bereits aufgestanden und zog sich an. »Ich glaube, ich fahre jetzt nach Hause«, erklärte er ziemlich eingeschnappt. »Und bitte nenn mich nicht Pete.« Natürlich sagte ich: »Dann geh, Pete«, und das war es – unser gemeinsamer Abend war total ruiniert. Ich schlüpfte unter die Decke und lag starr und stumm da, während Peter sich zu Ende anzog und in seinen Taschen nach Schlüsseln, Telefon und so weiter tastete.

Dann sagte er: »Ich ruf dich an«, und ging.

Ich schaltete das Licht aus und lag mit geschlossenen Augen im Dunkeln. Ich brauchte eine Weile, bis ich merkte, dass ich mich anstrengte, irgendwelche Geräusche im Rest der Wohnung auszumachen. Ich meinte, murmelnde Stimmen zu hören, aber ich war mir nicht sicher. Dann hörte ich deutlich, wie sich die Tür zu Roses Zimmer öffnete und wieder schloss und anschließend die Wohnungstür zufiel, deutlich lauter als bei Peter.

Verwirrt stand ich auf – ich musste mir ohnehin die Zähne putzen und mich abschminken – und ging nach unten ins Wohnzimmer. Rose saß auf dem Sofa und hatte die Füße unter sich gezogen. Sie trug eines ihrer hübschen Spitzenunterhemden mit passendem Höschen, in denen sie schlief, und sie weinte.

»Rose? Was ist los?«

»Oliver ist gegangen«, antwortete sie. »Er wollte nicht mit mir schlafen, und als ich versucht habe, darüber zu reden, ist er gegangen.«

Ich setzte mich neben sie, plötzlich war mir zum Lachen zumute. »Du wirst es nicht glauben«, sagte ich, »aber Pete – Peter – ist gerade ziemlich schlecht gelaunt aus der Wohnung gestürmt, weil ich nicht mit ihm schlafen wollte.«

Rose sah mich an, und ich sah sie an. Ich legte die Arme

um sie und spürte, wie so oft in all den Jahren, in denen ich sie umarmt und getröstet hatte, ihre zarten Schulterblätter. Wie immer kitzelten ihre Haare mich an der Nase, und eine Träne lief über ihre Wange in mein Ohr. Ich schüttelte den Kopf, um sie abzuschütteln, und begegnete ihrem Blick, dann brachen wir in heftiges Kichern aus. Am Ende lagen wir umschlungen auf dem Sofa und lachten so sehr, dass wir nicht aufstehen konnten. Irgendwann hatte ich mich so weit beruhigt, dass ich uns eine Kanne Tee kochen konnte, und Rose holte eine Schachtel Schokolade, die sie von einem ihrer Verehrer geschenkt bekommen hatte. Wir hielten ein kleines Mitternachtsmahl, und eine Weile fühlte es sich an, als ob wir niemand anders bräuchten, solange wir uns hatten.

16. Kapitel

Rose hielt ihre langen Haare auf dem Kopf zusammen und wartete, bis ich den Reißverschluss auf ihrem Rücken geschlossen hatte, dann ließ sie den seidenen Vorhang über ihre Schultern fallen. Wir standen nebeneinander vor dem Spiegel. Sie trug ein silberfarbenes Bandage-Kleid mit Spaghettiträgern, das bis zur Hälfte ihrer Schenkel reichte und bei jeder anderen Frau nuttig und übertrieben gewirkt hätte. Doch Rose war schmal und zart – sogar noch schlanker als üblich, wie ich bemerkte – und nur dezent geschminkt, sodass sie elegant und einfach perfekt aussah. Ich hatte mir von ihr ein schlichtes schwarzes Etuikleid geliehen und war äußerst zufrieden, weil ich noch nie zuvor in Roses Sachen gepasst hatte. Jetzt ging es, und ich sah ziemlich gut aus.

»Nicht schlecht«, stellte ich fest.

»Ich glaube, wir sind so weit«, meinte Rose. Wir nahmen unsere Handtaschen und gingen nach unten, um ein Taxi zu rufen.

Ich weiß nicht, wie ich mir Olivers Geburtstagsessen vorgestellt hatte. Als Rose mir erklärt hatte, dass es ein Glas Champagner geben und wir zum Abendessen in ein italienisches Restaurant gehen würden, hatte ich irgendwie gedacht, wir würden uns mit ein paar Freunden irgendwo in einer Bar treffen und dann zusammen zu Pizza Express gehen. So lief es meistens bei meinen Freunden ab. Doch dann hatte Rose weiter ausgeführt, dass der Inhaber dieses italienischen Restaurants ein prominenter Koch sei. Ein Teller Risotto kostete dort vierzig Pfund, weil es mit geriebenen weißen Trüffeln serviert wurde (ich habe mir die Speisekarte im Internet angesehen), die Frauen trugen Designerkleider, und Rose hatte Oliver ein Gemälde gekauft (ein Gemälde! Meine Freunde hatten Glück, wenn ihre Freundinnen ihnen eine Flasche Wein und eine DVD besorgten). Also war ich losgerast, um ihm ebenfalls ein Geschenk zu besorgen, und hatte dann Ewigkeiten damit zugebracht, aus Dutzenden von fast identischen, durchweg teuren Manschettenknöpfen ein Paar auszuwählen. Rose und ich hatten zwei Stunden gebraucht, um uns fertig zu machen, und sie hatte diesen nervösen flackernden Blick, der mich vermuten ließ, dass sie sich von diesem Abend große Dinge erhoffte. Während wir auf unser Taxi warteten, tauschte Rose ihre schwarzen hochhackigen Schuhe (»ich finde, Schwarz sieht aus, als würde man nur ein Paar Schuhe besitzen«, meinte sie) gegen rote Stilettos, die sie jedoch auch wieder auszog (»zu offensichtlich«), dann wechselte sie auf ein Paar silberfarbener Sandalen, die ihr aber auch nicht recht waren (»zu Ton in Ton«), und kehrte zu den schwarzen zurück, die natürlich von vornherein die richtige Wahl gewesen waren. Ich wartete etwas ungeduldig auf sie. Nachdem Peter und ich auf unsere Auseinandersetzung hin beide drei Tage geschwiegen hatten, hatte ich ihm gestern eine SMS geschickt, in der ich mich für mein komisches Verhalten entschuldigt und ihn gefragt hatte, ob er noch immer zu Olivers Geburtstag mitkäme. Ich bedauerte den Streit wirklich aufrichtig, und ich fühlte mich schlecht, weil ich ihn verletzt hatte. Es spielte aber auch eine Rolle – und das war meine oberflächliche, beschämende Seite, die ich schon fast vergessen hatte –, dass Oliver mich mit einem gut aussehenden Mann an meiner Seite sehen sollte, der in mich verliebt war. Also schrieb ich Peter ein weiteres Mal, um mich davon zu überzeugen, dass er die Adresse hatte, und sagte ihm, wir würden uns etwas verspäten. Als das Taxi schließlich zehn Minuten gewartet hatte und ich mir schon Sorgen machte, dass der Fahrer wütend davonfahren würde, war Rose schließlich fertig.

Als wir an diesem Abend auf die Rückbank des Taxis krabbelten, war irgendetwas anders an Rose. Sie hatte abgenommen, das war mir ja schon aufgefallen, als ich den Reißverschluss von ihrem Kleid geschlossen hatte; sie wirkte fast zerbrechlich. Ich machte mir Sorgen, dass sie nicht anständig aß. Doch sie funkelte vor Aufregung und wirkte fast manisch, als sie ihre Tasche öffnete, im Taschenspiegel erneut ihr Gesicht überprüfte, frisches Lipgloss auftrug und ihre Haare richtete. Was hatte Oliver getan, um den Schein der Gleichgültigkeit zu durchbrechen, den Rose in den letzten Wochen so sorgfältig gewahrt hatte?

»Wer kommt denn noch heute Abend?«, fragte ich.

»Na ja, Ollie natürlich«, meinte Rose, »und wir und Peter und Ollies Freund Algy aus dem Büro und noch ein paar Kollegen von ihm und ein paar Kunstleute. Simon und Khalid, Jamie Cunningham.«

»Wer ist das?«, erkundigte ich mich. Der Name kam mir vage bekannt vor.

»Also ehrlich, Ellie, du bist überhaupt nicht auf dem Laufenden.« Rose lächelte. »Das ist ein Künstler. Ollie hat kürzlich ein paar Bilder von ihm gekauft, und wir haben eins von ihm in der Wohnung hängen – die kleine Zeichnung an der Treppe.«

Ich bin nicht wie Rose – ich habe nichts gegen Kunst, aber ich achte auch nicht weiter auf sie. So musste ich die Augen schließen und mich im Geiste in unsere Wohnung versetzen, um mir das Bild in Erinnerung zu rufen. Es war eine kleine Kohlezeichnung von einer Katze, und ich mochte es, weil es mich an Winston erinnerte, Bens schwarz-weiße Katze. Jedes Mal wenn ich es sah, dachte ich an Ben, und das machte mich froh. In letzter Zeit hatte ich es allerdings nicht oft angesehen.

»Cool«, sagte ich. »Ist er nett?«

»Er ist okay«, meinte Rose etwas gleichgültig. »Etwas schüchtern. Er sagt ständig, dass er mich malen will. Ich glaube, er wird sich zwischen Olivers Freunden etwas verloren fühlen.«

Ich dachte, dass ich mich wahrscheinlich zwischen Olivers Leuten ebenfalls etwas verloren fühlen würde, sagte es jedoch nicht. Ich war wirklich froh, dass zumindest Peter da sein würde. Er würde sich mit mir unterhalten, auch wenn keiner der Banker oder Kunstleute mit mir sprach. Kurz dachte ich, wie nett es wäre, wenn ich nicht auf dem Weg in ein schickes Restaurant wäre, in dem ich mich von meiner besten Seite zeigen und mich mit fremden Leuten unterhalten musste, ohne dabei linkisch und schüchtern zu wirken. Wo ich Rose nicht blamieren durfte und Oliver beeindrucken wollte. Viel lieber würde ich mich mit Ben oder Claire auf eine Pizza treffen. Aber ich schluckte den Knoten der Angst in meinem Hals hinunter und sagte zu Rose: »Bist du sicher, dass ich okay aussehe?«

»Du siehst fantastisch aus, Ellie«, sagte sie. »Immer.« Aber sie überprüfte wieder ängstlich ihr eigenes Gesicht, sodass ich nicht genau wusste, ob ich ihr glauben konnte.

»Seymour Street, Madam«, verkündete der Taxifahrer, wir zahlten und stiegen aus.

Vor dem Eingang zum Restaurant standen ungefähr fünfzehn Männer in Jeans, Stiefeln und wattierten Jacken, und ich dachte, wie seltsam es war, dass sich eine Gruppe Obdachloser vor einem teuren Restaurant in Mayfair versammelte. Dann bemerkte ich, dass sie mit Kameras ausgestattet waren, die meisten mit langen Objektiven, die vermutlich mehr als unser gesamtes Abendessen kosteten.

»Lächle!«, zischte Rose, als ein Blitzlichtgewitter auf uns niederging.

Ich lächelte entschlossen und unterdrückte den Drang, meinen BH-Träger nach oben zu ziehen, der über meine linke Schulter glitt. Wir gingen zum Eingang.

»Gott«, sagte ich zu Rose, während wir darauf warteten, dass man uns zu unserem Tisch führte. »Was sollte das denn? So wichtig ist Oliver doch auch nicht, oder?«

Rose lachte. »Nicht ganz«, antwortete sie, »aber Madonna kommt ziemlich oft her. Die hoffen wahrscheinlich, dass sie auftaucht, und in der Zwischenzeit nehmen sie mit uns vorlieb.«

Roses Konterfei war schon ein paarmal auf der Kalenderseite von *Hello* erschienen. Sie tat, als sei es ihr peinlich und unangenehm, aber ich glaube, insgeheim fühlte sie sich schrecklich geschmeichelt. Als sie einmal im *Tatler* abgebildet gewesen war, konnte sie ihre Freude nur schwer verbergen. Als ich ein paar Monate später nach der Speisekarte eines Lieferservice suchte, entdeckte ich den Ausschnitt in der Küchenschublade. Daraufhin fragte ich sie, ob es okay sei, wenn ich ihn wegwerfe, und sie meinte übertrieben lässig, ja natürlich, sie wisse gar nicht, wie der dorthin gekommen sei.

Schließlich erreichten wir Olivers Tisch. Er trug einen seiner tadellos geschnittenen Anzüge und ein amethystfarbenes Hemd ohne Krawatte, außerdem hatte er sich einen leichten Dreitagebart stehen lassen. Offenbar wollte er bei dieser Gelegenheit ein bisschen lässig wirken. Ich stand eine Weile wie angewurzelt da, und das nicht nur, weil Roses hohe

McQueen-Lackschuhe meine Zehen zerquetschten. Ich war so gebannt von Oliver, dass ich Peter kaum bemerkte, der mit zwei Gläsern Wein neben mir stand.

»Hallo, schöne Frau«, begrüßte er mich und raunte mir zu: »Du siehst absolut unglaublich aus. Ich möchte dich unglaublich gern vögeln.«

»Schhhh«, zischte ich. »Hallo. Wie schön, dass du da bist.« Ich wollte ihn auf die Wange küssen, doch er wandte geschickt den Kopf, und der Kuss landete auf seinem Mund.

Vergleiche sind abscheulich, das weiß jeder, und ich schäme mich zu sagen, dass ich genauso abscheulich war. Ich verglich Peter mit Oliver und fand, dass Peter nicht gut abschnitt. Oliver war so kultiviert, er passte in diese Umgebung, wirkte ganz natürlich zwischen den strahlenden, wichtigen, wohlhabenden Menschen. Ich versuchte, das Verlangen, das ich zuvor für Peter empfunden hatte, aufs Neue zu entflammen, aber es war, als versuchte ich, eine Zigarette mit einem defekten Feuerzeug anzuzünden – nur ein stumpfes Kratzen, kein Funke. Ich verglich unwillkürlich seinen völlig netten, aber eben einfachen Anzug mit den Designerausführungen von Oliver und seinen Freunden. Peters völlig normalen Kurzhaarschnitt mit ihren gestylten Frisuren. Peters netten harmlosen Akzent mit ihren geschliffenen Silben. Und als wir uns alle zum Essen setzten und ich mich links neben Oliver wiederfand (Rose saß rechts von ihm), starrte ich unentwegt auf seine Hände, mit denen er in der Weinkarte blätterte. Ich lauschte auf seine Stimme, als er bestellte, ohne auch nur bei einem einzigen Wort zu stocken oder sich zu verhaspeln, wie es mir passiert wäre. Ich bewunderte sein leicht schiefes Lächeln und sein heiseres Lachen. Eine halbe Stunde lang sprach ich kaum ein Wort mit Peter.

Rose schien auf Olivers anderer Seite ebenfalls ganz in

Gedanken versunken. Sie hatte ihr Telefon vor sich auf dem Tisch liegen, tippte hin und wieder ungeduldig darauf und blickte erwartungsvoll zur Tür. Ich fragte mich, ob sie Freunden schrieb und darüber spekulierte, ob Madonna auftauchen würde, aber es interessierte mich nicht wirklich. Als ich eine warme Hand auf meinem Schenkel spürte, wäre ich fast vor Entzücken dahingeschmolzen, doch dann realisierte ich, dass es das falsche Bein und die falsche Hand waren.

»Ellie?«, erkundigte sich Peter. »Ist alles okay?«

»Was? Ja, klar, alles gut.«

Er senkte die Stimme. »Ich bin mir nicht sicher, ob ich dasselbe von mir behaupten kann.«

Ich wandte mich zu ihm um. Er sah zerknautscht und unglücklich aus, wirkte steif und schien sich zwischen Olivers lachenden Freunden nicht wohlzufühlen.

»Was ist los?«, fragte ich.

»Ellie, ich glaube, das weißt du«, antwortete er. »Ich will hier keine Szene machen, aber vielleicht sollten wir hinausgehen und reden.«

Ich schob meinen Stuhl zurück, stand auf und ignorierte den Teller mit Risotto, den man mir soeben serviert hatte. »Gut«, sagte ich.

Draußen war es warm, und es nieselte leicht. Rose würde sich jetzt Sorgen machen, dass ihre Haare sich kräuselten, und ich stellte fest, dass es mir genauso ging.

»Was ist los?«, fragte ich Peter noch einmal.

»Ich glaube, ich habe das mit uns irgendwie falsch eingeschätzt«, antwortete er. Er sah furchtbar unglücklich und auch ein bisschen verärgert aus. »Es ist noch ziemlich früh, aber ich mag dich wirklich, und ich dachte, du würdest mich auch mögen. Aber ich glaube, da ist etwas zwischen dir und Oliver, und damit fühle ich mich nicht wohl.«

Ich sah ihn an und setzte ein strahlendes Lächeln auf. »Was meinst du? Oliver ist nur ein Freund. Er ist der Freund meiner Schwester. Ich weiß nicht, wovon du sprichst.«

Doch genau in dem Moment tauchte Oliver mit zwei Freunden draußen auf – ich glaube, der eine hieß Algy und der andere Fabrice. Sie sahen uns und gingen diskret ein Stück zur Seite, um zu rauchen. Mein Blick glitt unwillkürlich zu Oliver, sodass ich kaum hörte, was Peter als Nächstes sagte.

»Ellie, ich gehe nach Hause. Ich gehöre nicht hierher, und du willst mich hier auch nicht haben.«

»Was redest du denn da?«, protestierte ich. »Natürlich will ich das.« Ich sah, dass Oliver in meine Richtung sah, zog Peter zu mir und versuchte, ihn zu küssen, doch sein Körper fühlte sich kalt und steif an. Er wich aus.

»Bevormunde mich nicht«, warnte er. »Ich war vielleicht nicht auf der Uni, ich arbeite nicht in einer schicken Investmentbank, aber ich bin nicht dumm. Denk über alles nach. Wenn du deine Meinung über unsere Beziehung änderst, ruf mich an, aber meiner Meinung nach ist es vorbei.«

»Pete, ich …« Ich wollte sagen, wie kann es vorbei sein – was immer es war, es hat doch noch gar nicht begonnen. Aber alles, was ich hervorbrachte, war: »Es tut mir leid.«

»Gib das Oliver.« Peter drückte mir etwas in die Hand. Dann drehte er sich um und verschwand in der feuchten Nacht. Ich sah ihm eine Weile hinterher, dann ging ich zu Oliver und seinen Freunden, unterhielt mich mit ihnen und sagte, dass Peter aus beruflichen Gründen weggemusst hätte. Erst als wir wieder ins Restaurant gingen, merkte ich, dass es sich bei dem warmen klebrigen Papierbündel, das ich in der Hand hielt, um achtzig Pfund handelte. Es reichte, um unseren Wein und das Essen zu bezahlen, das keiner von uns gegessen hatte.

Der Abend verlief fröhlich, Oliver wechselte den Platz und sprach mit jedem, Rose ebenfalls, doch sie strahlte nicht dabei. Algy und Fabrice bestellten Brandy und noch mehr Champagner, und nach einer Weile setzte sich Algy auf Peters Platz. Wir unterhielten uns ein wenig, doch ich war nicht voller Begeisterung dabei. Ich konnte nichts essen, und ich schaute immer wieder hinüber zu Oliver auf der anderen Seite des Tisches. Dann setzte sich Rose auf den leeren Platz rechts von mir.

»Wollen wir gehen?«, fragte sie.

»Nein, nein, alles okay«, sagte ich. »Wir können noch bleiben.« Doch ich war traurig und fühlte mich leer. Ohne Olivers glühende Gegenwart an meiner Seite war mir ein bisschen kalt.

»Lass uns gehen«, meinte Rose. »Du bist neben der Spur, weil du und Peter euch gestritten habt. Komm.«

Sie zog ihren Mantel an und nahm ihre Tasche. Wir gingen um den Tisch herum, verabschiedeten uns, und dann standen wir wieder draußen. Der Himmel hatte aufgeklart, und über uns schien ein heller Mond. Rose winkte mit ihrem unschlagbaren Geschick ein vorbeifahrendes Taxi heran und hielt mir die Tür auf.

»Ab mit dir«, meinte sie und umarmte mich flüchtig. »Kommst du klar? Tut mir leid, aber ich habe noch etwas vor.«

Sie nannte dem Fahrer unsere Adresse und schlug die Tür zu. Als wir losfuhren, verrenkte ich mir den Hals, um zu sehen, ob sie zurück ins Restaurant ging, doch sie war verschwunden. Als ich versuchte, sie anzurufen, schaltete sich sofort die Mailbox ein, ebenso bei Peter.

Ich sagte dem Taxifahrer. »Tut mir leid, ich habe es mir anders überlegt. Könnten Sie bitte in die andere Richtung nach Highgate fahren?«

Wir brauchten ungefähr eine halbe Stunde bis zu Peters Wohnung, dennoch wusste ich noch immer nicht, was ich ihm sagen wollte. Als ich bei ihm klingelte, war es mir genauso wenig klar, und als er in T-Shirt und Boxershorts mürrisch und verschlafen die Tür öffnete, konnte ich einen Augenblick nichts sagen. »Es tut mir leid«, stieß ich schließlich hervor.

»Komm lieber rein«, sagte er. Ich trat in den Flur und lehnte mich von innen gegen die Tür.

»Ich bleibe nicht. Ich dachte nur, ich sollte dir sagen, dass du recht hast, es funktioniert nicht mit uns. Ich habe mich ziemlich unfair dir gegenüber verhalten. Dafür wollte ich mich entschuldigen. Ich hoffe, wir können Freunde bleiben.«

Peter lächelte etwas schief. »Es liegt nicht an mir, sondern an dir«, sagte er.

»Genau.« Ich lachte und er auch. Dann umarmte ich ihn und sagte: »Gute Nacht.« Die Fahrt mit dem Nachtbus nach Hause dauerte noch länger als der Hinweg. Mir war kalt, und meine Schuhe drückten gnadenlos, aber das war mir egal – ich war geradezu übermütig vor lauter Erleichterung.

17. Kapitel

Frage Nummer sieben. Frage Nummer sieben, meine Damen und Herren. In einem Monat wird der Preis für den vielversprechendsten jungen britischen Porträtmaler vergeben. An welchen großartigen englischen Künstler erinnert dieser Preis?«

»An Turner?«, schlug Alex vor.

»Was? Nein, du Schwachkopf, Turner hat Landschaften gemalt. Außerdem wird der Turner-Preis im März verliehen«, widersprach ich.

»Ach.« Alex wirkte etwas verletzt. »Es war ja nur ein Vorschlag.«

»Na ja, besser als ich – mir fällt gar nichts ein. Ich könnte Rose eine SMS schicken und sie fragen. Es ist sicher einer der Typen, dessen Zeug sie gut findet und die ganze Zeit verkauft.«

»Keine SMS«, meinte Alex. »Die Lage mag ernst sein, aber nicht ernst genug, um zu schummeln.«

Ich hatte vergessen, dass Alex Bens Moralvorstellungen teilte und sich ebenfalls an die Regeln hielt – das kam vermutlich von dem ganzen Sport an der Uni. Obwohl, wenn man sich die Pakistani ansieht, ist es vielleicht gar kein so ethisch korrektes Spiel.

Wir tauschten einen niedergeschlagenen Blick. Ohne Ben sah unser Quiz-Team ziemlich schlecht aus. Alex ist gut in Fragen zu Kricket und Natur, und natürlich weiß er alles, wenn es um *Star Wars* geht. Dazu hatte es diese Woche jedoch keine Fragen gegeben, und mein Wissen über Renaissance- und Restaurationsdramen war auch nicht gefragt. Komisch. Wir hatten es vermasselt, und das wussten wir.

»Und jetzt zu unserer Musikrunde! Ich spiele sechs Songs an, alle sind kürzlich von einem Kandidaten bei *X Factor* gecovert worden. Nennt den Originalkünstler und den von *X Factor*, beides gibt je einen Punkt.«

»Mist«, sagte ich. »Das ist doch nicht wahr, oder?«

»Nein«, bestätigte Alex. »Ich glaube, für diese Woche können wir den billigen Pinot Grigio abschreiben.«

»Bier?«

»Gern.«

Ich ging zur Bar und bestellte zwei Stellas und eine Packung Erdnüsse. Ich hatte gehofft, dass mich das traditionelle Dienstagabendquiz im Duchess von Oliver und der Arbeit ablenken würde, und auch von meinen Schuldgefühlen wegen Peter. Aber es funktionierte nicht. Ich war niedergeschlagen und mit den Gedanken woanders, und Alex ging es genauso. Deshalb fragte ich, als ich zurück an unseren Tisch kam und unsere Biere abstellte: »Und Nina?«

»Ben geht davon aus, dass sie bei ihm einzieht.«

»Was?«

»Sie zieht bei Ben ein. Mit dem Kind.«

»Aber … er hat nur ein Schlafzimmer«, bemerkte ich etwas naiv.

»Das ist Nina egal«, meinte Alex.

»Warte«, sagte ich. »Das Stück kenne ich.« Die schlechte Anlage im Duchess plärrte: »Ooooh, you make me live.«

»Das ist doch Queen, oder nicht?«

»Stimmt!« Alex notierte es auf unserem Antwortbogen. »Das ist ›You're My Best Friend‹.«

»Top!«, sagte ich. »Wo waren wir stehen geblieben?«

»Praktische Gründe haben Nina noch nie von etwas abgehalten«, meinte Alex. »Offenbar schläft das Kind sowieso bei ihr im Bett.«

»Oh«, bemerkte ich. Ich meine, ernsthaft. Pers schläft bei Claire, aber die ist auch noch ganz klein. Außerdem ist sie bezaubernd, anders als Ninas schreckliche Brut. »Aber der ist doch schon fünf oder so.«

»Sechs«, korrigierte Alex. »Nina glaubt, dass er sich von allein abnabelt, wenn er so weit ist.«

»Ja, bestimmt.« Ich bin auch für eine bindungsorientierte Erziehung und all den Kram. Claire hat mir das erklärt, und es klingt sinnvoll. »Aber das hilft Ben nicht wirklich. Oder Winston.« Ich möchte Winston beschützen, er ist wie eine Patenkatze für mich (ich bin quasi seine Patentante, wie bei Pers), und er schläft immer auf Bens Bett.

»Was ist die allgemeine Bezeichnung für den taubenähnlichen Vogel der Spezies *Cuculidae*?«, fragte der Quizmaster.

»Warte«, sagte ich. »Du kennst dich mit Vögeln aus, oder? Welcher ist das?«

»Das ist leicht. Das ist der Kuckuck«, antwortete Alex und schrieb es auf unseren Antwortzettel. »Jedenfalls, ja, Nina ist nicht gerade begeistert von Winston. Sie fürchtet, dass sein Fell die Allergien des Kinds verstärkt.«

»Was?« Ich kochte. »Wie kann sie es wagen? Was sagt Ben dazu?«

»Ben scheint in dieser Sache keine Wahl zu bleiben«, erklärte Alex. »Die kleine Ratte findet es lustig, Winston am Schwanz zu ziehen, und wenn er ihn dann kratzt, rastet Nina aus und meint, man müsse ihn weggeben.«

»Auf keinen Fall!«, protestierte ich. »Hast du Ben gesagt, dass er Rückgrat zeigen muss?«

»Ich bin nicht dazu gekommen«, erzählte Alex, »er hat wieder in den Stumm-Modus geschaltet. Er beantwortet keine Anrufe, postet nichts auf Facebook, nichts. Von dem Kind und der Katze weiß ich nur, weil ich einfach bei ihm aufgetaucht bin und das ganze Schauspiel live miterlebt habe. Es ist wie bei *Chucky, die Mörderpuppe* oder wie bei *Das Omen*.«

»Ich fasse es nicht! Dass er ihr das durchgehen lässt«, sagte ich. »Lässt sie nach all der Zeit einfach in sein Leben schweben und die Regie übernehmen.«

»Ja«, bestätigte Alex. »Aber, denk daran, meine Mutter hat Ben und mich allein großgezogen, nachdem Dad abgehauen ist. Das war ziemlich hart für sie. Ben hat da irgendein Ding mit unzuverlässigen Vätern laufen.«

»Und jetzt eine Filmfrage.« Ich wurde erneut von der Cockney-Stimme des Quizmasters unterbrochen, der dröhnte: »In letzter Zeit gab es ein verstärktes Interesse an der Redekunst. Welcher mit einem Oscar ausgezeichnete Film hat dazu beigetragen?«

»The King's Speech«, antworteten Alex und ich im Chor und schrieben es auf. »Und was ist mit Ben und Claire?«, fragte ich. »Ich dachte, die wären zusammen und dass Claire sich deshalb ewig nicht gemeldet hätte. Ich bin davon ausgegangen, dass sie Ben verliebt in die Augen starrt, so wie sie es bei Ty gemacht hat. Dabei wollte ich nicht stören.«

Mir war klar, dass ich ziemlich gereizt und überhaupt nicht so klang, als würde ich mich für Claire und Ben freuen. Ich freute mich wirklich für sie, ich fühlte mich nur beschissen, weil meine besten Freunde zusammengekommen waren, ohne mich einzuweihen. Ich sollte mich für sie freuen, und ich war mir sicher, dass ich das zu gegebener Zeit auch tun würde, aber bis dahin war ich einfach nur eifersüchtig. So, nun ist es raus.

»Ich habe keine Ahnung, Ellie. Ben hat mir nie erzählt, was zwischen ihm und Claire läuft. Er war nur ein paarmal mit ihr verabredet, als ich mich mit ihm treffen wollte. Aber was ist mit dem Typen, der vor ein paar Wochen seinen Status auf Facebook in ›in einer Beziehung mit Ellie Mottram‹ geändert hat und dann am Sonntag wieder in ›Single‹?«

»Und hier kommt eine Bibelfrage. Welcher der zwölf Apostel, die im Neuen Testament erwähnt werden, wurde unter Kaiser Nero gekreuzigt, bat jedoch darum, das Kreuz umzudrehen, weil er meinte, es nicht verdient zu haben wie Jesus Christus zu sterben? Welcher der zwölf Apostel …«

»Peter, oder?«, fragte Alex.

»Ja, klar«, erwiderte ich ungeduldig. »Aber was zum Teufel mache ich mit Claire?«

Wusste sie es? Hatte Ben es ihr erzählt? Traf sich Ben hinter ihrem Rücken mit Nina? War Claire in eine schreckliche Ménage-à-trois geraten? Ménage-à-six musste es wohl eher heißen, wenn man Pers, Winston und Ninas entsetzliches Kind mitzählte.

»Wo befindet sich Londons renommierte Guildhall School of Music and Drama?«

»In Barbican, oder?«, meinte Alex, und ich stimmte zu, aber ich hatte das Gefühl, dass die Frage etwas in mir auslöste. Glitschig wie eine frisch gepellte Lychee entglitt mir der Gedanke sogleich wieder.

»Wie lautet der frühere Name vom Hampshire-County's-Kricket-Gelände in Southampton, heute bekannt als der Ageas Bowl?«

»Das ist, glaube ich, etwas für dich«, sagte ich.

Darauf hatte Alex gewartet. »Das ist der Rose Bowl«, verkündete er mit selbstzufriedenem Lächeln. »Was mich an etwas erinnert – erzähl mir von deiner bezaubernden Schwester. Wie geht es ihr? Komm schon, eine detaillierte Beschreibung wäre toll, wie sie im Nachthemd aussieht oder so.« Alex war schon ewig furchtbar in Rose verliebt, die aber seine Zuneigung leider nicht erwiderte.

»Du bist pervers! Ich werde dir keine verbale Wichsvorlage von meiner Schwester liefern. Konzentrier dich jetzt, es geht um unseren Untergang.«

»Was haben die folgenden Wörter gemein: Reed, Stone und Twist?«

Alex stellte wilde Mutmaßungen an.

Herrgott. Ein Quizkomplott. »Oliver«, stieß ich hervor. »Oliver Reed, Oliver Stone, Oliver Twist.«

An Oliver wollte ich als Letztes erinnert werden – aber er schwirrte ohnehin die ganze Zeit wie ein nerviger hübscher kleiner Ohrwurm in meinem Kopf herum. Er störte meine Gedanken und meine Träume und brachte mich dazu, in der U-Bahn kleine Tänze aufzuführen. Egal wie sehr ich mich um Peter bemüht hätte, ich hätte für ihn nie diese Art schwindelerregender Leidenschaft empfunden, die ich zwischen Ben und Claire vermutete. Oder das überstarke Verlangen, das ich für Oliver empfand.

Es war alles grässlich kompliziert wie in einem Stück von Shakespeare, über das ich mühelos Quizfragen hätte beantworten können, hätte dieser unkultivierte Quizclown welche gestellt.

»Ich sage dir was«, wandte ich mich wieder an Alex. »Claire ist die zauberhafteste, tollste Person auf der Welt, aber wenn Nina Ben zurückhaben will, bekommt sie ihn. Es ist, als besäße sie irgendeine dunkle Macht über ihn. Ich wette, sie bewahrt seine abgeschnittenen Zehennägel und sein Sperma und so etwas in einem Fläschchen auf und tanzt bei Vollmond singend gegen den Uhrzeigersinn darum herum.«

»Hör auf!« Alex erschauderte. »Das ist eklig. Ich will nicht an das Sperma von meinem Bruder denken, danke, geschweige denn an Nina, die es sammelt wie jemand aus *Twilight.*«

»Tut mir leid. Reden wir über etwas anderes.«

Es folgte eine Pause, dann meinte Alex: »Was ich sagen wollte, du siehst in letzter Zeit ziemlich gut aus. Nicht dass du nicht immer gut aussiehst.«

»Hör auf, du redest dich noch um Kopf und Kragen.« Ich versuchte, flapsig zu klingen, aber natürlich fühlte ich mich äußerst geschmeichelt.

»Und schließlich unsere Literaturrunde«, sagte der alte Sack von Quizmaster.

»Los, Ellie!«, johlte Alex.

»Auf welcher Geschichte von Hans Christian Andersen basiert das Musical *Honk*?«

»Das hässliche Entlein«, murmelte ich, und Alex hatte den Anstand, etwas verlegen zu gucken.

»In welcher Shakespeare-Komödie«, die Banausen im Pub riefen im Chor: »Oh, nein«, während ich jubelte: »Ja!«, und einen kleinen Luftsprung vollführte. »In welcher Shakespeare-Komödie verführt die nicht-adelige Helena den adeligen Bertram mit Hilfe eines Tricks?«

»Das ist einfach«, sagte ich. *»Ende gut, alles gut.«*

»Gut, Ellie!«, lobte Alex, und wir klatschten uns über den Tisch hinweg ab. Aber es war aussichtslos – wir hatten nur siebzehn von vierzig möglichen Punkten.

»Wenn ich Claire am Samstag bei Pers' Geburtstag sehe, muss ich unbedingt mit ihr reden«, sagte ich, als wir an dem Achter-Siegertisch vorbeikamen, der gewonnen hatte, weil die sich auch mit Kunst auskannten.

»Wenn Ben und Nina wieder zusammenkommen, müssen wir mehr Leute für unser Team gewinnen«, fügte Alex verzweifelt hinzu. »Rose würde wahrscheinlich nicht mitmachen, oder?«

»Keine Chance.« Dann sah ich meinen Bus kommen und lief schnell zur Haltestelle.

Vier Tage später quälte ich mich, beladen mit Supermarkttüten und einer Extratasche mit Geschenken, die schmutzige schmale Stiege zu Claires Wohnung hinauf. Bevor ich klopfen konnte, öffnete Claire bereits die Tür, und Pers lief auf mich zu und warf sich gegen meine Beine. Ich hob sie hoch, hielt sie im Arm und weinte zu meiner eigenen Überraschung Krokodilstränen auf ihren hübschen kleinen Kopf.

»Ellie!«, rief Claire. »Süße, du armes Ding. Dieser verdammte Peter, dieser Mistkerl! Wollen wir Garnelen in den Saum seiner Vorhänge nähen? Ihm Juckpulver in die Unterhosen reiben? Den Klingelton auf seinem Telefon gegen Pers' Schreien austauschen und das Passwort ändern, sodass er es nicht rückgängig machen kann? Komm rein und setz dich.«

Ich trug Pers in die schäbige kleine Wohnung, und alle zusammen ließen wir uns aufs Sofa plumpsen. Ich schniefte noch ein bisschen, dann fasste ich mich und fing an zu lachen. »Es ist nicht wegen Peter«, erklärte ich Claire. »Es ist einfach alles so schrecklich kompliziert. Und Pers wird heute ein Jahr alt, und sie ist so hübsch, und ich liebe sie so, und ich habe dich vermisst, und das ist einfach alles zu viel.«

»Ich weine auch manchmal, wenn ich sie ins Bett gebracht habe und sehe, wie sie schläft. Meist allerdings einfach, weil ich erleichtert bin, dass sie endlich ruhig ist und ich mir einen Gin genehmigen kann.«

»Und?«, sagte ich, nachdem ich mich wieder einigermaßen im Griff hatte. »Wie lautet der Plan?«

»Es kommen sieben Mütter mit ihren Babys«, berichtete Claire. »Ich habe allen gesagt, bei schönem Wetter würden wir uns im Park treffen. Gott sei Dank *ist* schönes Wetter, denn sie alle hier zu empfangen würde das gesellschaftliche Aus für Pers bedeuten. Das wäre fast so schlimm, wie zu McDonald's zu gehen.«

»Wirklich?«, fragte ich. »Das gesellschaftliche Aus? Aber sie ist doch erst eins.«

Claire blickte mich finster an. »Das kannst du dir nicht vorstellen«, meinte sie. »Der Druck ist unglaublich. Es geht nur um Chancen. Auch wenn man gar nicht unbedingt will, dass das eigene Kind einem bestimmten Kreis angehört, muss man sich darum bemühen, weil man sonst bei den Unter-Mamis endet.«

»Was heißt das?«, fragte ich.

»Das ist von Gegend zu Gegend verschieden«, antwortete Claire. »Hier, in Brixton, sind die Oberschichten-Mamis für die bindungsorientierte Erziehung. Hier sind es die stillenden, ökomäßigen Typen, die ihre Kinder im Tragetuch schleppen, was toll für mich ist, weil ich ganz gut dazu passe. Viele von uns sind alleinerziehende Mütter oder haben Partner, die in der Medienbranche arbeiten.«

»Aha«, sagte ich und verstand kein Wort.

»Aber in anderen Gegenden – sogar schon ein paar Straßen weiter – gibt es eine Gruppe von Müttern, die alle *Das zufriedene Baby* von Gina Ford gelesen haben, früh abstillen und Männer haben, die in der Stadt arbeiten. Sie haben ihre Kinder bereits auf Privatschulen und zu Mandarin-Kursen angemeldet. Deren Kinder würden Pers links liegen lassen.«

»Kleine Mistkerle«, bemerkte ich aufgebracht.

»Ellie, sie sind erst ein Jahr alt«, beruhigte Claire mich

sanft. »Egal, man entscheidet irgendwie, zu welcher Gruppe man gehören will, und dann muss man die Initiationsriten durchlaufen: Nachmittage auf dem Spielplatz, Baby-Yoga, Verabredungen zum Spielen im Park – diese Dinge. Das ist Brixton – es ist, als wollte man bei den Cherry Bloods oder bei Ghetto Crew aufgenommen werden, oder?«

»Und was passiert, wenn du es nicht in die Gruppe schaffst?«, fragte ich, um die Zukunft von Klein-Pers besorgt.

»Dann sieht es nicht gut für dich aus.« Claire saugte an ihren Zähnen. »Gar nicht gut. Dein Kind wird nicht zu Geburtstagsfeiern eingeladen, noch nicht einmal von Kindern, die *du* zum Geburtstag *deines* Kindes eingeladen hast. Oder man lädt Kinder ein, und sie sagen ab, auch wenn etwas wirklich Cooles wie das Wissenschaftsmuseum auf dem Programm steht.«

»Das Wissenschaftsmuseum?«, wiederholte ich ungläubig. »Mit eins?«

»Na, klar«, bestätigte Claire. »Pers und ich waren auf mindestens einem Geburtstag dort und auf einem im Naturhistorischen Museum und auf einem auf London Eye. Da war es allerdings ein bisschen schmutzig. Aber du musst dir um uns keine Sorgen machen. Wir gehören zum inneren Kreis der Acre-Lane-Hippie-Mamis. Du wirst sie gleich kennenlernen. Komm, packen wir das Picknick ein.«

Claire stand auf, und wir gingen gemeinsam mit meinen Einkaufstüten in die Küche, Pers tapste hinter uns her. Ich bemerkte, dass Claire ein neues Kleid trug. Es sah richtig neu aus, nicht wie eins der Fundstücke aus einem Wohltätigkeitsladen, die sie sonst trägt und es schafft, fantastisch darin auszusehen. Dieses war aus bedruckter Seide mit einem kubistischen Muster in Türkisblau, Korallenrot und Gelb. Es war bezaubernd.

»Hübsches Kleid«, bemerkte ich. »Die Acre-Lane-Hippie-Mamis haben bei der nächsten Wahl zur Alphafreundin ernsthafte Konkurrenz.«

Claire grinste. »Toll, nicht? Es ist nur von Topshop, aber ich habe mir ewig nichts Neues gekauft und dachte, ich muss mich verwöhnen.«

»Also«, fuhr sie fort, »sehen wir mal, was wir hier haben. Karotten-, Sellerie- und Gurkenstifte, Grissini und Hummus.« Sie holte Tupperware-Dosen aus dem Kühlschrank und packte sie in eine Kühltasche. »Kirschtomaten und Weintrauben.«

»Keine Chips?«, fragte ich schockiert. »Noch nicht einmal Salzstangen?«

»Keine Chips. Die sind zu salzig. Auf der dunklen Seite, auf der Geburtstagsfeier einer Gina-Ford-Anhängerin, die mit einem Banker verheiratet ist, bekommst du Chips. Hier nicht. Hart gekochte Wachteleier, kleine Brote mit Ziegenkäse, Oliven.«

»Sind die denn nicht auch viel zu salzig?«, fragte ich.

»Ja, aber die sind okay. Die Mamis sagen gern, dass der kleine Aneurin Oliven mag, seit er neun Monate alt war. Sieh mich nicht so an, Ellie, ich mache die Regeln nicht.«

»Ich habe massig Champagner mitgebracht«, sagte ich kleinlaut. »Für die Mütter natürlich. Und ein paar Kekse – es sind original Duchys, die sollten okay sein.«

»Hmmm, eine unbekannte Größe«, meinte Claire, »aber wir riskieren es. Ich habe Haferkekse gebacken. Da ist natürlich jede Menge Zucker drin, aber das ist okay, weil Hafer gut für stillende Mütter ist.«

»Und Kuchen?«, erkundigte ich mich. »Ist Kuchen erlaubt?«

»Na klar«, meinte Claire. »Schätz mal den Zucker- und Farbstoffgehalt von diesem Schätzchen.« Sie lüftete den Deckel einer Dose, in der der schönste Schaukelpferdkuchen lag, den ich je gesehen hatte. »Und«, flüsterte sie, »ich habe ihr ein richtiges Schaukelpferd als Hauptgeschenk gekauft. Das ist so cool, sie wird es nachher auspacken. Eigentlich haben wir keinen Platz dafür, aber wir ziehen bald um, deshalb ist es egal.«

Bevor ich nach Einzelheiten dieser verblüffenden Entwicklung fragen konnte – Claire versucht schon ewig mit allen Mitteln, aus dieser schrecklichen Wohnung herauszukommen, und ich dachte, sie würde nie das Geld für einen Umzug zusammenbekommen –, sagte sie: »Wir müssen los. Das Geburtstagskind muss auf jeden Fall rechtzeitig vor ihren Freunden da sein.«

Wir packten alles ein, Claire hob Pers in ihren neuen gelben Trageriemen, der zu ihrem Kleid passte, und setzte eine wunderschöne Sonnenbrille auf, die ebenfalls neu aussah – entweder war sie von Prada, oder es war eine ziemlich beeindruckende Kopie. Ich nahm die schwere Kühltasche in die eine und den Picknickkorb in die andere Hand, dann verließen wir die Wohnung. Der Nachbar von unten fackelte gerade seinen ersten Joint ab und spielte in voller Lautstärke »Simply Red«.

Ich wünschte mir ebenso sehr wie Claire, dass sie und Pers dort herauskamen und ihr Leben verbessern konnten. Mit Claires neuen Sachen und Pers' Schaukelpferd und der Erwähnung vom Umziehen sah es so aus, als hätten sich die Dinge für die beiden gewendet. Finanzierte Ben diesen neuen Lebensstil? Und wenn dem so war, was passierte, nachdem Nina zurück war und versuchte, sich mit einem Kind, das es zwar nicht mit Pers aufnehmen konnte, aber immerhin Bens Fleisch und Blut war, wieder in sein Leben und in sein Herz zu schleichen? Du musst mit Claire reden, sagte ich mir. Du musst sie fragen, was los ist, und ihr von Nina erzählen, egal wie hart das wird.

Doch sobald wir die vereinbarte Stelle im Park erreicht hatten, waren Claire und ich zu sehr damit beschäftigt, Luftballons aufzublasen (offenbar waren die okay, auch wenn sie nicht über einen Ökonachweis verfügten, solange es nicht die aus Metallfolie waren und man sie auf altmodische Weise aufpumpte und nicht mit einem Heliumkanister), Picknickdecken auszubreiten und Essen auf Tellern zu arrangieren (biologisch abbaubare aus Zuckerrohrblättern) und die total aufgeregte Pers im Zaum zu halten, als dass wir uns unterhalten konnten. Und dann tauchten die Freunde auf – Ty mit Olya; Abi mit ihrer Tochter Calypso; Laura mit ihrer Tochter Marina; Sally mit ihrem Sohn Fabian; Cathy mit ihren Zwillingen Harry und Hero; ein kleiner Junge namens Iskandar und seine Schwester Zelide in Begleitung eines hinreißenden Typen namens Ewan, der entweder ihr schwuler Vater oder ihr männliches Kindermädchen war; Fran mit ihrem Baby Zen, das offenbar geschlechtsneutral aufwachsen sollte, denn niemand außer Fran und ihrem Partner wusste, ob Zen ein Junge oder ein Mädchen war. Das ließ mich eine Weile verstummen – natürlich wusste ich genau, was ich gern gesagt hätte. Mir war allerdings klar, dass es zu Claires Ausschluss aus dem inneren Kreis der Acre-Lane-Hippie-Mamis führen würde und zum gesellschaftlichen Aus für Pers. So setzte ich mich ins Gras, trank meinen Champagner, knabberte an einigen seltsam knirschenden Snacks aus getrockneten Karotten und beobachtete die Babys und ihre Mütter.

Es war schon komisch, dass all diese Frauen vor ungefähr einem Jahr der Person, die sie jetzt so gut kannten wie niemand anders auf der Welt, noch nicht einmal begegnet waren. So war es jedenfalls bei Claire und Pers gewesen. Nachdem sie mit Pers nach Hause gekommen war, war Claire eine Woche im Bett geblieben, hatte geweint, brav gestillt und gemeint, sie würde nie ihre Figur zurückbekommen oder überhaupt jemals wieder nachts schlafen oder ein Privatleben haben. Zwischen Jammern und Lamentieren hatte sie geschluchzt, dass sie Pers vor lauter Liebe am liebsten abschlecken würde und dass sie nicht wüsste, wie sie diesem kostbaren und bemerkenswerten Kind jemals eine gute Mutter sein sollte. Doch innerhalb von ungefähr drei Wochen wechselte Claire mit einer Hand Windeln und stillte Pers überall, selbst in der U-Bahn. Sie wusste, ob ihr Weinen bedeutete, dass sie hungrig oder gelangweilt oder müde war, oder dass sie einfach nur schmusen wollte. Ich fragte mich, ob ich mich ebenso leicht mit dem Muttersein arrangieren würde, sollte ich jemals ein Kind bekommen. Irgendwie konnte ich mir das nicht vorstellen, aber es schien bei den meisten Frauen zu funktionieren, sogar bei jenen, die genauso überaus unqualifiziert für diese Aufgabe schienen wie ich.

Wie es wohl für Ben war, mit einem Kind konfrontiert zu werden, von dem er noch nicht einmal gewusst hatte, dass es bereits seit fünf Jahren existierte? Auf einmal sollte er es mit derselben Intensität lieben wie Claire und in einem deutlich geringeren Maße auch ich Pers liebten. Ich dachte daran, was Oliver über den kleinen Jungen gesagt hatte, mit dem er immer die Enten gefüttert hatte, und fragte mich, was ihn so traurig machte. Und ich dachte an Nina. Was hatte sie nur dazu bewogen, Ben um die Chance zu bringen, seinen Sohn in all den kostbaren Jahren kennenzulernen, und dem kleinen Benedict seinen Vater vorzuenthalten? Ich hätte es nicht für möglich gehalten, aber ich hasste sie noch mehr, als ich sie bereits vorher gehasst hatte.

Als alle etwas gegessen hatten und Pers ihre Geschenke

ausgepackt hatte – wobei sie natürlich deutlich mehr Interesse an dem Geschenkpapier (recycelt braun, mit einem Bindfaden zusammengebunden) als an ihren Geschenken zeigte –, und der Kuchen angeschnitten und zum Teil gegessen war, drohte es zu regnen und die meisten Babys einen nachmittäglichen Nervenzusammenbruch zu erleiden. So sammelten wir alles wieder ein und verabschiedeten uns von Claires und Pers' Freunden, brachten alles zurück in Claires Wohnung und packten es weg. Dann holte Claire Pers' Schaukelpferd hervor, Pers quietschte vor Freude, hüpfte auf und ab und lachte wie verrückt. Nachdem wir sie gebadet hatten und sie ganz müde und nörgelig und eindeutig reif fürs Bett war, las Claire ihr eine Geschichte vor. Sie rollte sich zu einer Kugel zusammen, steckte den Daumen in den Mund und sagte, natürlich etwas undeutlich: »Schaukelpferd.« Gebannt von ihrer Klugheit sahen Claire und ich sie an und sagten wie zwei Vollidioten: »Ja, Süße, du hast ein Schaukelpferd!« Pers zeigte sich ihrerseits überhaupt nicht beeindruckt von ihrer Frühreife, drehte sich, machte es sich bequem, zog mit einem Plopp den Daumen aus dem Mund und sagte: »Amelene.« »Sie will ihre Kamelente!«, übersetzte Claire und sauste los, um sie zu holen. Wir sahen zu, wie sie mit ihrem albernen gestrickten Freund im Arm einschlief und ihre Wimpern auf ihre makellosen cappuccinobraunen Wangen sanken. Claire und ich redeten ewig über sie und ihre Zukunft, und dann erzählte ich Claire ein bisschen, was zwischen Peter und mir vorgefallen war. Schließlich war es halb zwölf, und Claire gähnte und sah unauffällig auf ihre Armbanduhr. Also sagte ich, dass ich jetzt besser ginge, obwohl wir noch gar nicht über Nina oder Ben gesprochen hatten.

18. Kapitel

»Ellie, hast du die Tabelle mit den geladenen Gästen aktualisiert?«

»Ellie, haben sich die Caterer bei dir gemeldet?«

»Ellie, haben die Leute von Pimm's zugesagt, unseren Begrüßungsdrink zu sponsern?«

»Ellie, hast du das Interview mit Diego Mendoza im *Evening Standard* arrangiert?«

»Ellie, haben die Beckhams schon auf die Einladung geantwortet?«

Ständig wollte Daisy etwas von mir wissen. Es war hart. Ich fand es immer schrecklich, Events zu organisieren, und hier wurde mir mal wieder bewusst, warum. Bis ich gekommen war, hatte Daisy die Position der Neuen innegehabt, nun genoss sie es sichtlich, sich wichtig zu machen, was ich, ehrlich gesagt, verstehen konnte. Doch abgesehen von der Dauer meiner Anstellung war ich ihr in jeder Hinsicht voraus. Ihre ständigen Bitten um »Hilfe«, die eigentlich nur bedeuteten, dass ich ihr alle schwierigen, unmöglichen oder ganz allgemein nervigen Organisationsdinge des heiligen Black-&-White-Polotages abnehmen sollte, gingen mir langsam auf den Zeiger. Aber ohne den verbotenen Satz zu äußern: »Das ist nicht meine Aufgabe«, konnte ich absolut nichts tun. Und wenn ich gestreikt und ihr erklärt hätte, dass ich für die Kommunikation zuständig sei und kein Partyplaner, wäre sie schneller, als man »miese Einstellung« aussprechen konnte, in Barris Büro gewesen, um sich zu beschweren. Also musste ich es einfach hinnehmen.

Zwei Wochen lang saß ich jeden Abend bis in die Puppen im Büro fest, steckte Einladungen in Umschläge, las Speisekarten Korrektur, verglich schwarze und weiße Bänder und wies Designvorschläge von Floristen zurück, weil die Blumen nicht ausreichend schwarz und weiß waren. Am liebsten hätte ich geschrien: »Es gibt keine schwarzen Blumen! Und die weißen sind nie richtig weiß! Auf welchem Planeten lebt ihr?« Seit dem Vorfall mit der Pressemitteilung lehnte ich nur noch Bildanfragen ab, weil Barri meinte, dass die Publikationen nicht zur Marke passten. Ich konnte also noch nicht einmal behaupten, ich hätte keine Zeit, Daisys Assistentin zu spielen. Abgesehen davon, dass ich beleidigt und verletzt war, hielt Daisy mich derart auf Trab, dass ich noch nicht einmal die Stellenanzeigen auf der Webseite vom *Guardian* durchsehen konnte, um nach einem neuen Job zu suchen.

Je näher der Tag des Poloturniers rückte, desto dramatischer wurden sowohl Daisy als auch Barri. Nichts war gut genug. Auf der Gästeliste standen nicht genügend Stars. Die Caterer waren zu teuer, die Journalisten, die zusagten, zur »exklusiven« Afterparty von Black & White zu kommen, zu unerfahren. Die Cocktails waren nicht exotisch genug. Nachdem ein Sponsor abgesagt hatte und ihnen das Produkt des anderen zu billig schien, beschlossen wir White Russians und Black Coffee Martinis anzubieten. Als ich sie bei dem offiziellen Probemenü probiert hatte, schmeckten beide absolut scheußlich. Als der große Tag bevorstand, hatte ich die Nase mehr als gestrichen voll. Mein Privatleben fand nicht mehr statt. Ich hatte Rose kaum noch gesehen und war zu beschäftigt gewesen, um dem Ben-und-Nina-

Problem auch nur einen Gedanken zu widmen. Und als Claire mich auf Facebook fragte, was Peter so machte, antwortete ich: »Wer?«

Einen Tag vor dem Ereignis fuhren Daisy und ich zum The Venue nach Berkshire hinaus. Ich hatte vorsichtig vorgeschlagen, dass ich bei Dad und Serena übernachten könnte, nachdem sie aus dem Krankenhaus zurück, aber noch ans Bett gefesselt war. Doch das hatte Barri strikt abgelehnt und irgendetwas von wegen Teamwork gebrummt. So landeten wir in einem schrecklichen Tagungshotel – doch nicht dass das wichtig gewesen wäre. Wir waren viel zu beschäftigt damit, die Sitzordnung fertigzustellen und Präsenttaschen zusammenzustellen (eine Schachtel Black-&-White-Schokoladentrüffel, eine kleine Schachtel Black-&-White-Parfüm, ein ziemlich protziger kristallener Schlüsselanhänger von einem Schmucksponsor, eine halbe Flasche des »Limited Edition« Hauschampagners von Black & White … ihr könnt es euch vorstellen). Das meiste musste ich am Ende selbst machen, weil Daisy um halb sieben verkündete, dass sie einen Termin im Hotel-Spa habe, um sich ihre Nägel und ihre Augenbrauen machen zu lassen. »Ich richte das Event aus, deshalb ist es wichtig, dass ich gut aussehe«, erklärte sie in einem Ton, der implizierte, dass es für mich als bloßer Lakai egal sei, wie ich aussähe, und dass mir ohnehin nicht mehr zu helfen sei.

Egal was Daisy dachte, mir war bewusst, dass ich mich den Tag unter unsere glamourösen Gäste mischen musste (insgesamt einhundertfünfzig Journalisten sowie weniger bekannte Stars und richtige Prominente, einige der Namen kannte ich von Roses Abendessen). Ich stellte meinen Wecker auf halb sechs, sodass ich genügend Zeit hatte, mir ebenfalls die Nägel zu machen, die Haare zu glätten und mir

Schminke ins Gesicht zu klatschen, bevor ich mich, wie verabredet, um sieben Uhr mit Daisy traf. Durch das frühe Aufstehen würde ich am Ende des Tages wie tot aussehen, doch ich vermutete, dass das den Gästen dank der Gratiscocktails und der Sonne, die bereits jetzt vom Himmel herabbrannte, auch nicht anders gehen würde. Ich zog das pinkfarbene Kleid an, das ich mit Vanessa gekauft hatte, und als Bekenntnis zur Firma schwarz-weiß gefleckte Sling-Pumps mit Keilabsatz und Schleife. Sie waren höllisch hoch, und ich würde es sicher noch bereuen, mich für sie entschieden zu haben, aber ich wollte mich nicht blamieren.

Als ich Daisy sah, realisierte ich, dass meine Kleiderwahl sowohl stilvoll als auch ziemlich praktisch war. Ich weiß nicht, was ihr durch den oberflächlichen, ehrgeizigen kleinen Kopf unter den kurz geschnittenen platinblonden Haaren gegangen war. Sie trug nämlich ein extrem kurzes, extrem enges weißes Kleid und goldene Stilettos, die sofort im Gras versinken würden, sodass sie nicht von der Stelle käme. Was für mich allerdings nicht schlecht war. Ich konnte deutlich erkennen, dass sie unter dem Kleid einen Slip mit orangefarbenen Schmetterlingen trug, und außerdem bemerkte ich einen langen blassen Streifen auf der Rückseite ihres rechten Schenkels, den sie offensichtlich beim Auftragen des Selbstbräuners vergessen hatte. Ich wies sie nicht daraufhin – nennt mich ruhig eine Zicke, aber an dem Punkt hatte ich wirklich genug von ihr.

Wir stapelten uns mitsamt diversen Kartons mit Platz- und Speisekarten, Präsenttaschen und all dem Rest in ein Taxi und fuhren los. Daisy tippte wie verrückt auf ihrem Blackberry herum und versuchte, beschäftigt und tüchtig zu wirken. Als ich allerdings einen Blick über ihre Schulter warf, sah ich, dass sie ihren Freundinnen SMS schrieb und sie aufforderte, nachmittags zu kommen, um sich an dem kostenlosen Essen und den Getränken zu bedienen.

»Also, Ellie«, sagte Daisy in ihrem nervigen Herrscherin-zu-Dienerin-Ton, den sie sich mir gegenüber angewöhnt hatte, »wenn wir da sind, musst du gleich die Platzkarten und Präsenttaschen auf den Tischen verteilen. Der Florist wird bereits dort sein, aber du musst dafür sorgen, dass alles korrekt platziert wird. So wie es im Plan steht, den ich dir gestern gegeben habe. Du hast ihn doch ausgedruckt, oder?«

»Natürlich«, log ich.

»Die Türen öffnen um zehn, ab da rechnen wir mit unseren Gästen. Sie werden mit weißen Pfirsich-Bellinis oder Tee und Kaffee mit Gebäck versorgt. Achte darauf, dass die Caterer die Bellinis nicht zu stark machen, wir haben nur zwei Dutzend Flaschen kalkuliert. Nach dem ersten Spiel wird das Mittagessen serviert, das Hauptspiel beginnt um drei. Sorg dafür, dass du die ganze Zeit verfügbar bist, dich unter die Gäste mischst und für Fragen zur Verfügung stehst.«

»Ja, Daisy«, erwiderte ich mit zusammengebissenen Zähnen. Sie erzählte mir das alles zum ungefähr fünfzehnten Mal. Nachdem ich die Tischkarten, die auf allen Tischen aufgestellt werden sollten, selbst geschrieben, sie ausgedruckt, in weiße Pappständer geklemmt und mit schwarzen Bändern umwickelt hatte, sollte man annehmen, ihr wäre klar, dass ich das alles im Schlaf aufsagen konnte. Doch sie war nicht zu bremsen.

»Gurkencocktails werden den ganzen Nachmittag über serviert. Denk daran, wir mussten für den echten Pimm's bezahlen, pass also auf, dass der Limonadenanteil hoch ist. Außerdem gibt es Rot- und Weißwein und Mineralwasser. Um fünf servieren wir noch mehr Champagner sowie Tee und Kuchen. Zum Auftakt der Abendveranstaltung um halb sechs gibt es Cocktails, um elf sollte ungefähr Schluss sein. Dann darfst du gehen. Klar?«

»Ja, Daisy«, antwortete ich.

»Ich werde mich darum kümmern, dass unsere prominenten Gäste alles haben, was sie brauchen, und du musst auf die Firmentische achten.« Typisch Daisy – sie hoffte wahrscheinlich, mit einem ehemaligen Boygroup-Star anzubandeln oder ein Supermodel als ihre neue beste Freundin zu gewinnen. »Da sind die Jungs von McCarthy Robinson – Banker wissen, wie man feiert – und die Rawlinson ...« Sie redete und redete. Ich schaffte es, sie auszublenden, und sah aus dem Fenster auf die hübsche grüne englische Landschaft, die in der Morgensonne glitzerte. Ich hatte das Gefühl, seit Ewigkeiten kein Tageslicht mehr gesehen zu haben.

»Da sind wir«, bemerkte Daisy überflüssigerweise, als das Taxi über die elegante Kiesauffahrt knirschte.

Ich will nicht übertreiben, aber die nächsten beiden Stunden waren die reinste Hölle. Die Firma mit den Zelten war zu spät erschienen, was sich auf die Möbellieferanten ausgewirkt hatte. Als wir eintrafen, hatten sie gerade erst die Tische aufgestellt und die Stühle um sie arrangiert. Nun mussten sie noch jeden der hundertfünfzig Stühle mit einer weißen Husse überziehen und sie mit schwarzen Chiffonschleifen zusammenbinden. Solange sie damit nicht fertig waren, konnten die Floristen nicht ihre Arbeit machen, weil sie störten, also standen sie kaffeetrinkend herum. Die Cocktailmixer behaupteten, es herrsche nationale Gurkenknappheit, sodass sie nur eine Scheibe pro Glas mit schwachem Pimm's zur Verfügung hätten. Die Caterer behaupteten dasselbe und sagten, sie hätten die Gurkensandwiches durch Wasserkresse ersetzen müssen, was bedeutete, dass die Speisekarten nicht stimmten. Außerdem hatten sie es irgendwie geschafft, zwölf Dutzend Avocado-und-Flusskrebs-Törtchen zu verlieren, und ihre jüngste Hilfskraft zurück zur Hauptstelle geschickt, um Ersatz zu besorgen. Das bedeutete, dass sie noch nicht das Frühstücksgebäck auf den Tellern arrangiert hatten. Und Daisy stellte fest, was ich ihr auch so hätte sagen können, dass sie mit ihren Absätzen sofort im Gras versank, wodurch ihre Beweglichkeit ernsthaft eingeschränkt war. Sie war somit gezwungen, an einem Ort stehen zu bleiben, mit ihrem Blackberry SMS in die Welt zu schießen und jeden anzuschreien.

Gegen alle Widerstände stand das Zelt schließlich, und ich muss sagen, es sah toll aus. Die hohen Vasen mit schwarzen und weißen Callas (die schwarzen waren eigentlich natürlich tief dunkelbraun, aber sie wirkten fast schwarz, vor allem da das Licht nicht sehr gut war), die schneeweißen Tischdecken mit dem funkelnden Besteck und den Gläsern, das Buffet, das sich unter dem Frühstücksgebäck bog – es war alles wirklich beeindruckend. Wie bei einer vornehmen Hochzeit. Sogar Daisy schien zufrieden.

»Wir haben gerade noch Zeit für einen Kaffee«, sagte sie. »Dann müssen wir da sein, um unsere Gäste zu begrüßen.«

»Schwarz oder weiß?«, fragte eine Kellnerin und hielt einen Kaffeebecher hoch. Ich muss ehrlich sagen, dass ich diese Worte nie mehr hören möchte, solange ich lebe.

Im weiteren Verlauf stolzierten die VIPs herein, die Frauen in eng anliegenden Röcken und mit hohen Absätzen – Daisys Kleiderwahl war nicht ganz so abwegig, wie ich gedacht hatte –, die Männer in grellen Blazern und Flanellhosen und alle mit Designer-Sonnenbrillen. Ich stand mit eingefrorenem Lächeln am Eingang zum Zelt und sagte immer wieder: »Hallo, wie schön, dass Sie da sind. Bitte nehmen Sie sich doch Tee und Kaffee. Willkommen, bitte nehmen Sie sich doch Tee und Kaffee.«

Dann blieb ein Mann mit grellem Blazer vor mir stehen, nahm seine Bulgari-Sonnenbrille ab und meinte: »Da bist du ja, Ellie!«

Es war Oliver. »Was machst du hier?«, stammelte ich. »Du stehst nicht auf der Gästeliste.«

»Nein, das stimmt«, bestätigte er. »Aber mein Freund Algy, und als ich hörte, dass du hier sein würdest, habe ich ihn davon überzeugt, dass er an einem so schönen sonnigen Tag etwas Besseres vorhat als das hier. Lässt du mich rein?«

Natürlich ließ ich ihn rein, sauste los, suchte Algernon Stoke-Pembertons Tischkarte und tauschte sie gegen eine handgeschriebene mit Olivers Namen aus. Er stellte mich einigen seiner Bankerfreunde vor, wirklich unterhalten konnten wir uns jedoch nicht, weil Daisy mir eine SMS schrieb. Bliss Newham verlangte nach Vitaminwasser, und was Bliss wollte, musste sie bekommen. So eilte ich davon, um welches zu besorgen. Bliss gehörte natürlich zu unseren VIP-Gästen, und seit sie letzten Monat auf der Titelseite der US-*Vogue* erschienen war und wir hofften, sie für unsere Herbst-/Winterkampagne zu gewinnen, mussten wir uns erst recht um sie kümmern. Sie war nicht nur dafür bekannt, äußerst hübsch zu sein – sie hatte unglaubliche türkisblaue Augen, schwarze Haare und einen kurzen Pony, den sich nur Frauen mit einem makellosen Gesicht leisten können –, sondern auch ziemlich »temperamentvoll«. Was natürlich nur höflich umschrieb, dass sie eine absolute Zicke war. Keiner der Stände auf dem Pologelände bot Vitaminwasser an. Ich wollte schon in ein Taxi steigen und acht Meilen zum nächsten Tesco-Express-Supermarkt fahren, um welches zu besorgen, als ich eine Familie entdeckte, die ihr Picknick auspackte. Und siehe da, dazu gehörten einige Flaschen Vitaminwasser. Ich überredete sie, mir eins für einen Zehner zu verkaufen. Billig, dachte ich und vergaß, um eine Quittung zu bitten, die ich meinem wachsenden Stapel an Belegen hinzufügen konnte. Als ich schließlich mit dem hart erkämpften Vitaminwasser zurückkehrte, meinte Bliss, es sei die falsche Geschmacksrichtung und sie nehme stattdessen ein kleines Glas Champagner.

Inzwischen war unser Zelt mit VIP-Gästen gefüllt, die sich lauthals unterhielten und lachten, und das erste Polospiel stand kurz bevor. Daisy und ich sahen uns mit der Aufgabe konfrontiert, alle nach draußen zu treiben, was wir auch taten. Ich weiß nicht, ob ihr je ein Polospiel gesehen habt. Ich hatte noch nie eins miterlebt und irgendwie angenommen, dass schnieke Jungs auf Pferden ziellos durch die Gegend galoppierten. So ähnlich wie bei einer Fuchsjagd, nur mit einem Ball anstelle eines Fuchses. Ich war aus Prinzip gegen beides, denn es erschien mir nicht gerade als eine besonders egalitäre Sportart, und außerdem mag ich es nicht, wenn Tiere auf diese Weise ausgenutzt werden. Doch nichts hatte mich auf die Schnelligkeit und die Brutalität dieses Spiels vorbereitet. Die armen Pferde galoppierten wie verrückt von einem Ende des Felds zum anderen. Sie wirkten ziemlich winzig unter den großen, dick wattierten Männern, die auf ihnen ritten, sie gegeneinander drängten, ihnen mit gemein aussehenden Trensen die Köpfe herumrissen und ihnen brutal die Sporen in die Seiten stießen. Beim Zusehen wurde mir übel vor Abscheu und Anspannung – doch irgendwie konnte ich dennoch nicht den Blick losreißen. Obwohl ich es wirklich falsch und schrecklich fand, war ich nichtsdestotrotz von der Geschwindigkeit und der Aufregung fasziniert. Dabei hatte ich keine Ahnung von den Regeln und verstand nicht wirklich, was vor sich ging oder wer gewann. Ich fürchte, so geht es mir generell mit Sport – Ben hat einmal versucht, mir die Abseitsregel zu erklären. Nach ungefähr zehn Sekunden habe ich abgeschaltet und weiß bis heute nicht, was das ist.

Die meisten Pferde hatten unterschiedliche Brauntöne, aber es gab ein kleines graues, das noch kleiner als die anderen war und fast zu fliegen schien, wenn sein Reiter es hinter dem Ball hertrieb.

»Das Feld ist sechshundert Fuß lang«, erklärte eine Stimme neben mir. »Oft galoppieren sie mehrmals pro Chucka mit vierzig Meilen pro Stunde über die gesamte Länge. Deshalb haben sie so viele Pferde – sie müssen sie häufig wechseln, es ist äußerst ermüdend für sie.«

Ich blickte mich um, sah, dass Oliver neben mir stand, und bemerkte, dass ich wie verrückt seinen zartblau und magentarot gestreiften Arm umklammerte. Ich schaffte es nur mit Mühe, meine Hand zu lösen, und hinterließ einen Schweißfleck auf seinem Ärmel.

»Ist das nicht schrecklich brutal für die Pferde?«, fragte ich.

Er zuckte mit den Schultern. »Schwer zu sagen. Es ist schon besser als früher. Früher wurden viel mehr Peitschen und Sporen eingesetzt, heute sind die Regeln strenger. Es ist sicher kein Spiel für Feiglinge – weder Menschen noch Pferde.«

Ich zuckte zusammen und griff wieder nach seinem Arm, als ein großes braunes Pferd gegen das kleine graue raste und seinen Reiter abwarf. »Gott!«, keuchte ich.

Oliver lachte. »Das ist nur das Aufwärmspiel, heute Nachmittag geht es deutlich schneller und härter zu. Poloponys sind wertvolle Tiere, die Reiter gehen keine überflüssigen Risiken ein.«

»Für mich sieht das alles ziemlich überflüssig aus«, antwortete ich. »Spielst du auch?«

»Ich kann nicht«, erwiderte er. »Ich bin Linkshänder, und

um Polo zu spielen, muss man Rechtshänder sein. Es wäre ziemlich gefährlich, wenn ein Clown wie ich den Schläger auf der falschen Seite schwingt.« Er grinste mich an. »Ich jage allerdings. Füchse, nicht nur schöne Frauen.«

»Herrgott«, schnappte ich. »Mehr Klischee geht ja kaum.« Doch ich lächelte und spürte unwillkürlich, wie das Kompliment einen Funken der Lust in mir entzündete, und die Art, wie er »schneller und härter« gesagt hatte, raubte mir den Atem, als wäre *ich* galoppiert. Ich warf ihm hinter meiner Sonnenbrille einen langen Blick zu. Sogar in dem lächerlichen Blazer sah er wunderbar aus – seine leicht gebräunte Haut, die langen Finger um das Champagnerglas, die weiche Haarsträhne, die ihm in die Stirn fiel.

»Du hast nichts zu trinken«, stellte Oliver fest. »Darf ich dir etwas besorgen?«

»Ich bin im Dienst«, erinnerte ich ihn. »Ich mache mich lieber auf den Weg und scheuche die Caterer – in einer halben Stunde soll das Mittagessen serviert werden. Ich bin hier nur als Angestellte, nicht als ehrenwerter Gast so wie du.«

»Versprich mir, dass du dir heute Nachmittag das Spiel mit mir ansiehst«, bat Oliver. »Bis dahin sind alle betrunken und scheren sich nicht darum, ob du deinen Posten verlässt.«

Ich sah mich nach Daisy um und entdeckte sie im Gespräch mit einem pickeligen Jungen. Der war mit seiner Band bei *X Factor* in die Endrunde gekommen – Daffyd Irgendwas, so hieß er, glaube ich. Er war der Schwarm du jour aller unter fünfundzwanzigjährigen Frauen im Land, und vermutlich würde Daisy die nächste Zeit ziemlich abgelenkt sein.

»Vielleicht«, meinte ich. »Ich sage dir noch Bescheid.«

Zum Glück schienen die Caterer nach ihrem morgendlichen Ausfall die Kurve bekommen zu haben, bereiteten

Tabletts mit Törtchen vor, schnitten große Stücke blutigen Rindfleischs und arrangierten ziemlich niedliches Gemüse im Nouvelle-Cuisine-Stil. Irgendwie stelle ich mir beim Anblick eines kleinen Karottenbunds, das mit einem Schnittlauchhalm zusammengebunden ist, immer vor, dass der Koch die zu langen Karotten abgebissen hat. Das finde ich ein bisschen eklig. Egal, meinetwegen konnten sie alles abbeißen, solange alles pünktlich auf den Tischen stand. Nicht dass viel davon gegessen würde; nur wenige unserer Gäste sahen aus, als hätten sie in den letzten Monaten eine anständige Mahlzeit zu sich genommen.

Einem plötzlichen Impuls folgend suchte ich meine Platzkarte, die auf dem Tisch mit den Schmucksponsoren, den Getränkemenschen und ein paar führenden Mitarbeitern von Black & White stand, und Daisys, die sich auf dem Tisch neben Olivers befand, und tauschte sie gegeneinander aus. Daffyd Wie-auch-immer-er-hieß saß an dem Tisch neben dem langweiligen Firmentisch, an dem ich eigentlich platziert war, und ich sagte mir, ich täte Daisy damit einen Gefallen. Dann bürstete ich mir die Haare, trug etwas Puder und Rouge sowie einen Hauch korallenrotes Gloss auf meine Lippen auf, ging zur Bar und holte mir ein Glas Champagner. Schließlich gehörte es zu meinen Aufgaben, mich um die VIPs zu kümmern, und Oliver war ein VIP, ich vernachlässigte meine Pflichten also nicht wirklich.

Wir verbrachten den Rest des Tages miteinander. Als ein Teller Roastbeef vor mir landete, schaltete sich Oliver sehr bestimmt ein und ließ die Kellnerin stattdessen Chicorée Wellington bringen. Als Bliss Newham mit einer verdächtigen Spur weißen Puders auf ihrer makellos geformten Oberlippe aus der Toilette kam, lenkte Oliver die Paparazzi ab, indem er sie darauf aufmerksam machte, dass Daffyd und

Daisy hinter der Ponylinie – so nennt man das, meinte er – verschwunden waren. Als das Nachmittagsspiel zu heftig für mich wurde und ich nicht mehr zusehen konnte, unternahm Oliver mit mir einen Spaziergang über das Gelände. Als schließlich die Preise an das Siegerteam übergeben wurden und die Sonne hinter dem Polofeld unterging, schlenderten die VIPs zurück ins Zelt, um Cocktails und noch mehr Essen zu sich zu nehmen. Der DJ warf seine Plattenteller an, und Oliver nahm mich in die Arme und sagte: »Würdest du mit mir tanzen?«

»Ich tanze nicht«, antwortete ich und schob ihn mit dem Ellbogen von mir. »Außerdem bin ich im Dienst.«

In Wahrheit hatte ich zu diesem Zeitpunkt nicht mehr viel zu tun. Ich überzeugte mich davon, dass die Cocktailmixer alles hatten, was sie brauchten, und dass die Caterer sich darauf einstellten, um halb zehn Würstchen, gebratene Zwiebeln und knusprige Brötchen zu servieren. Ich wies den DJ an, unter allen Umständen um halb elf Schluss zu machen – egal, was jemand anders sagte. Wir seien hier auf dem Land, und man würde es uns nicht verzeihen, wenn das Schaf in der Nachbarschaft seinen Schönheitsschlaf nicht bekäme. Dann überprüfte ich mein Gesicht und bürstete mir noch einmal die Haare. Dank irgendeiner Zaubergrundierung, die ich in Roses Schminkschublade gefunden hatte, sah mein Make-up noch immer gut aus, und mein Eyeliner war nicht verschmiert. Tatsächlich wirkte ich entspannt und strahlend und in meinem pinkfarbenen Kleid sogar ein bisschen schön. Ich ging zurück ins Zelt und suchte Oliver, der an seinen Tisch zurückgekehrt war und mit seinen Freunden Champagner trank. Ich drückte mich am Rand herum und fühlte mich wie das dicke Mädchen auf der Schulparty. Doch sobald er mich sah, stand er auf.

»Okay, Leute«, sagte er. »Ich gehe ein bisschen mit Ellie nach draußen und zeige ihr den Mond.« Dann nahm er eine Flasche Schaumwein von Black & White sowie zwei Gläser in die eine und mich an die andere Hand, und im nächsten Augenblick standen wir vor dem Zelt in der warmen, friedlichen Nacht.

»Bist du noch immer im Dienst?«, fragte Oliver. »Oder bist du fertig und darfst spielen?«

»Ich bin noch immer im Dienst«, antwortete ich. »Offiziell bis elf – das sind noch zwei Stunden. Und wenn ich Schluss habe, bin ich vermutlich so müde, dass ich nur noch schlafen kann.«

»Schade«, meinte Oliver, nahm eine Strähne von meinem Haar und wickelte sie um seine Finger. »Das ist ein viel zu schöner Abend, um zu arbeiten. Aber ich bin dein Gast und ein ziemlich wichtiger und fordernder. Deshalb glaube ich, du musst mich eine Weile unterhalten.«

Ich lachte. »An welche Art von Unterhaltung denkst du? Ich fürchte, ich beherrsche weder Zaubertricks noch Standup-Comedy, und den Tanz der sieben Schleier kann ich auch nicht tanzen. Ich könnte Oscar Wildes gesamte *Ballade vom Zuchthaus zu Reading* vortragen, aber ich glaube, das könnte dich ab der zehnten Strophe etwas langweilen.«

»Ich kann Zaubertricks.« Oliver holte eine Pfundmünze aus der Tasche. »Hier – ich zähle bis drei, dann nimmst du mir die Münze aus der Hand.«

Er war aufgeregt wie ein kleiner Junge, und ich bemerkte, dass er ein bisschen betrunken war, also spielte ich mit.

»Okay, mach.«

Er wedelte mit der Münze und sagte: »Eins … zwei … drei …«, und als ich bei drei nach der Münze griff, war sie natürlich verschwunden.

»Beeindruckend«, bemerkte ich.

»Ich bin noch nicht fertig. Streck deine Hand aus.« Ich tat es, und die Münze fiel aus dem Nichts in meine Handfläche.

»Wie hast du das gemacht?«, fragte ich lachend.

»Ich bin Banker«, antwortete Oliver. »Geld bewegen kann ich gut.«

»Ich weiß, dass es eine ziemlich peinliche Frage ist, aber bist du unglaublich reich?«

»Unglaublich«, antwortete Oliver, »aber eines Tages werde ich noch viel reicher sein.«

»Warum?«, fragte ich. »Schmiedest du einen dunklen Plan, die Wirtschaft in den Dritte-Welt-Ländern zu vernichten, damit die Lebensmittelpreise in die Höhe zu treiben und ein Vermögen mit dem weltweit herrschenden Hunger zu machen? So wie die Banker in Büchern?«

Oliver lachte. »Im wahren Leben sind wir nicht so kalt. Ich werde reicher, weil das mein Job ist. Ich mag Geld. Es gefällt mir, es zu manipulieren, und es gefällt mir, damit die Welt zu manipulieren.«

»Okay, jetzt klingst du ein bisschen wie ein Bösewicht aus einem James-Bond-Film«, stellte ich fest.

Oliver sprach mit russischem Akzent: »Guten Abend, Ms Mottram. Wir haben Sie erwartet.«

Ich wollte gerade losquasseln, dass dieser Satz in keinem der Filme vorkam – das habe ich von Ben übernommen, der ein kleiner Kinofreak ist. Doch am Ende sagte ich nichts, denn in diesem Augenblick küsste Oliver mich.

Der Kuss schien sehr, sehr lange zu dauern, und er war vollkommen: die friedliche Mondnacht, die Musik, die aus dem Zelt drang, der Geruch von gemähtem Gras, der noch über dem Polofeld hing. Und Oliver selbst war ebenfalls vollkommen – sein Kuss drückte eine atemlose Dringlichkeit aus, die mich ansteckte. Ich erwiderte ihn ebenso leidenschaftlich und strich mit den Fingern durch seine weichen schwarzen Haare, wie ich es mir seit Monaten vorgestellt hatte. Ich spürte seinen festen Körper, der sich gegen meinen drückte, und roch einen Hauch Rasierwasser oder Eau de Cologne oder etwas Ähnliches auf seiner Haut – es roch ein bisschen nach Limone und ein bisschen nach Leder und ganz nach Oliver. Mir war ganz schwindlig vor Lust.

Ich wollte jeden Augenblick genießen, öffnete die Augen und sah, dass Oliver ebenfalls die Augen öffnete. Wir lachten, lösten uns voneinander und waren plötzlich etwas verlegen. Ich hörte eine Art Klicken in Olivers Hals, als er schluckte und mit belegter Stimme, die ich noch nie bei ihm gehört hatte, fragte: »Würdest du mit zu mir kommen?«

Ich dachte an meine Tasche im Hotel und an das Sortieren und Aufräumen am nächsten Tag und an das Taxi, das bestellt war, um Daisy und mich am Ende des Abends abzuholen – an all die langweiligen praktischen Gründe, warum ich unmöglich Ja sagen konnte. Ich dachte sorgsam nicht an all die anderen Gründe, die wichtigen Gründe. Und dann sagte ich: »Ja.«

19. Kapitel

Oliver wurde sofort sachlich und nahm die Dinge in die Hand.

»Gut«, sagte er. »Ich rufe meinen Fahrer an und sage ihm, dass er mich abholen soll. Du holst deine Sachen und erklärst deiner Kollegin, dass du etwas anderes vorhast. Es sah allerdings so aus, als ginge ihr das genauso. Mach dir keine Sorgen, wie du morgen früh zurückkommst. Mein Chauffeur, Elliot, wird dich herfahren.«

Ich tat, was er sagte. In jenem Moment hätte Oliver mir wahrscheinlich ebenso gut sagen können, ich solle von einer Klippe springen oder einen Roman von Jeffrey Archer lesen; mein Verlangen nach ihm war so stark, ich hätte auch das getan. Mir war übel, und als ich meine Tasche holte und mich davon überzeugte, dass im Black-&-White-Zelt kein Desaster passierte, sowie Daisy eine SMS schickte, dass ich die Nacht bei Dad schlafen würde, zitterte ich vor Aufregung und vor Lust. Als ich nach draußen kam, erwartete Oliver mich bereits, nahm meine Hand und sagte: »Komm.«

Er hielt mir die Wagentür auf, und nachdem er auf der anderen Seite eingestiegen war, legte er den Arm um meine Schultern. Die Ledersitze waren glatt und weich, sie rochen neu und nach Wohlstand. An die Fahrt kann ich mich nicht mehr genau erinnern. Der Wagen sauste über leere Straßen, und hin und wieder erhaschte ich einen Blick auf Felder und Bäume und große wallartige Tore – Land eben. Wir schnurrten durch die Nacht, und ich musste an den Werbetext aus den Fünfzigerjahren denken, in dem es hieß, das lauteste Geräusch in einem Rolls Royce sei das Ticken der Uhr. Olivers Wagen besaß keine tickende Uhr, aber er war ebenso leise. Ich sagte nichts und Oliver auch nicht. Er hielt meine Hand und streichelte sanft meinen Handteller und mein Handgelenk, bis ich mich fast vor Lust wand.

»Da sind wir«, sagte er schließlich, als die Scheinwerfer die Steinfassade des Hauses anstrahlten. Mir fiel ein, dass es Olivers Großmutter gehört hatte und er es nicht übers Herz brachte, es zu verkaufen. Oliver hatte allerdings nicht erwähnt, dass es sich um eine Villa handelte.

Er stieg aus, und ich wartete, dass er herumkam und mir die Tür öffnete, weil mir klar war, dass er das so wollte. Ich nahm mir vor, mir jede Sekunde dieser Nacht einzuprägen. So lange hatte ich davon geträumt, endlich passierte es. Dann dachte ich, Mist, ich habe den ganzen Tag gestanden, und es ist heiß, hoffentlich riechen meine Füße nicht. Was, wenn er ein Fuß-Mann ist? Und was, wenn er ein Bein-Mann ist? Ich werde ihn bestimmt enttäuschen. Dann öffnete er die Tür, nahm erneut meine Hand und half mir aus dem Wagen.

»Danke, Elliot«, wandte Oliver sich an den Fahrer. »Schlafen Sie gut.«

Ich hoffte, dass er nicht etwas Abgedroschenes sagen würde wie: »Willkommen in meiner bescheidenen Hütte«, doch er ging einfach zur Haustür, schloss auf und sagte: »Komm rein.«

Das Haus war riesig. Richtig groß. Und es hingen wunderschöne Bilder an den Wänden: alte in Goldrahmen mit dunklem Lack über der Farbe, der ihnen ein düsteres, glänzendes Aussehen verlieh, sowie moderne in leuchtenden Farben. Meine Absätze hallten über den Steinfußboden, und dann wurde das Geräusch von einem dicken Orientteppich verschluckt.

»Hast du Hunger?«, fragte Oliver. »Du hast sicher den ganzen Tag kaum etwas gegessen. Oder soll ich einen Wein aufmachen?«

Selbst wenn man mich dafür bezahlt hätte, ich hätte nichts essen können. Mein Hals war wie zugeschnürt vor Anspannung, doch ich hatte den ganzen Tag fast nur Mineralwasser getrunken und merkte, dass ich wirklich große Lust auf einen Wein hatte. Also sagte ich, Wein wäre toll, und fragte dann unglaublich schüchtern: »Und wo ist das Bad?«

Oliver lachte. »Komm mit hoch. Ich zeige dir, wo alles ist.«

Ich glaubte sofort, dass das Haus Olivers Großmutter gehört hatte – es war eindeutig ewig nichts daran gemacht worden. Die Möbel, die Tapete und die Vorhänge waren alt, die Farben zu zarten Rosa-, Jade- und Goldtönen verblasst. Auf dem Treppenabsatz kamen wir an einer Chaiselongue mit einem großen Riss vorbei, aus dem die Füllung hervorquoll. Überall waren Bilder – natürlich hingen sie an den Wänden, aber sie waren auch dagegen gelehnt, manchmal drei oder vier hintereinander. Und es roch, wie es in alten Häusern riecht – nach staubigen Büchern, nach Potpourris, die schon vor Jahren ausgetrocknet waren, und auch ein bisschen feucht. Es war wunderschön, doch es fühlte sich ein bisschen traurig an. Und, ehrlich gesagt, wirkte es, als könnte es eine ordentliche Reinigung vertragen, vor allem das Bad, das Oliver mir zeigte. Im Klo waren verdächtige Flecken, bei denen es sich um Kalkablagerungen, aber auch um anderes handeln konnte. Die Farbe blätterte von den Wänden, und es gab nur ein kratziges, verschlissenes Handtuch. Ich wusch mich, so gut es ging, bürstete meine Haare und legte ein weiteres Mal Lipgloss auf, dann suchte ich Oliver und ließ das klackernde und rauschende Bad hinter mir.

Ich fand ihn im Schlafzimmer, scheinbar dem einzigen Raum im ganzen Haus, in dem in den letzten hundert Jahren etwas gemacht worden war. Es bildete eine Insel der Frische in dem sonst heruntergekommenen und vernachlässigten Haus. Die Holzbohlen waren poliert, die Tapete entfernt und die Wände weiß gestrichen worden. Auf dem ebenfalls weißen Bett lag eine dicke wolkengleiche Decke, darüber hing ein riesiges Bild von einem nackten Paar. Es war ein ziemlich modernistisches Gemälde in Blautönen. Die Proportionen von Mann und Frau waren verzerrt, die Augen befanden sich irgendwo in der Achselhöhle, und die Füße waren aus irgendeinem Grund riesig. Ich konnte jedoch noch immer erkennen, dass sie Geschlechtsverkehr hatten, und zwar in einer Position, die man wohl als umgekehrte Reiterstellung bezeichnet. Vor dem Bett lag ein weißes Schaffell, auf dem Oliver es sich mit ausgestreckten Beinen bequem gemacht hatte und Champagner trank. Ich setzte mich zu ihm.

»Was hältst du von meinem Cunningham?«, wollte er wissen.

»Was?«, fragte ich und überlegte, ob das eine versteckte Anspielung auf erotische Literatur aus dem siebzehnten Jahrhundert war. »Dein Cunning was?«

»Jamie Cunningham.« Oliver deutete auf das Bild über dem Bett. »Rose hat es für mich entdeckt. Cunningham ist nicht sehr bekannt, aber er wird der nächste Marcus Brand. Das Bild ist erst vor zwei Jahren entstanden, als er mit Kubismus experimentiert hat, aber der Wert hat sich bereits vervierfacht. Am besten gefällt mir allerdings das Thema.« Er reichte mir ein Glas Champagner.

Ich weiß nicht, ob es daran lag, dass er Roses Namen erwähnt hatte, oder an der total verrückten, fast obszönen Erotik des Gemäldes oder ob an Oliver selbst, aber die Lust, die ich für ihn empfunden hatte, erstarb. Ich fühlte mich unwohl und fast ein bisschen ängstlich.

»Was stimmt nicht mit seinem Fuß?«, fragte ich.

Oliver lachte. »Er braucht höllisch viele Socken«, sagte er. Wir schwiegen eine Weile. Ich hörte das Prickeln des Champagners in meinem Glas und die Geräusche der fast stillen Nacht auf dem Land: den Schrei einer Eule, einen irgendwo in der Ferne vorbeifahrenden Wagen. »Hier sitzen wir nun, Elodie.«

»Hier sitzen wir nun«, bestätigte ich. Ich wandte mich ihm wieder zu und wartete auf das vertraute Aufflammen der Lust, die sein perfektes Aussehen und seine seidigen Haare in mir entfachten.

Er zog mich an sich und küsste mich, er presste meine Lippen fast grob gegen meine Zähne. Gierig und fordernd bewegte er seine Hände über meinen Körper, drückte meine Brust und kniff durch mein Kleid und meinen BH hindurch in meine Nippel. Vor Lust und Schmerz rang ich um Atem. Die andere Hand glitt meinen Schenkel hinauf. Ich hörte, wie er meinen Reißverschluss öffnete, und spürte kühle Luft auf meinem Rücken, dann strich Olivers warme, trockene Hand über meine Haut. Er schob mich sanft zurück auf den Teppich, und mein Kopf sank auf das weiche Fell. Eine ganze Armee Gänsehaut überlief meine Arme und Beine. Oliver kniete zwischen meinen Beinen, erforschte meinen Körper und lächelte zu mir herunter. Ich schloss die Augen und wünschte mir, ich könnte meinen Verstand ausschalten. Diese kleine Stimme, die stetig lauter wurde und wissen wollte, was zum Teufel ich dort eigentlich trieb.

»Sieh dich an. Du bist wunderschön«, schwärmte Oliver.

Als er sein Hemd auf den Boden warf, klackerten die Knöpfe auf dem Holz, dann ertönte das metallische Geräusch des Reißverschlusses, als er seine Hose öffnete. Sofort riss ich die Augen auf. Oliver war wunderschön, so schön, wie ich ihn mir vorgestellt hatte. Seine Haut war blass, weich und makellos, sein Körper schlank, fast mager. Er starrte mich durchdringend an, sein Blick fühlte sich ebenso heiß und fordernd an wie seine Hände.

»Du bist ein tolles Mädchen«, sagte er. »Ich bin schon so lange scharf auf dich. Ich will dich so heiß machen. Mir ist noch nie jemand begegnet, der so sexy ist wie du.« Er beugte sich vor, um mich weiterzuküssen.

Jetzt protestierte die Stimme in mir laut, sie schrie fast in meinem Kopf. »Sagt er das auch zu Rose?« Und das war es. Als hätte jemand den Stöpsel aus der Wanne gezogen, verschwand meine Lust wie das Seifenwasser durch den Ausguss, und ich sah den Schmutz, der sich dahinter verbarg: dass Oliver Rose betrog. Dass ich meine eigene Schwester betrog. Wie schrecklich ich den armen Peter benutzt hatte und vor allem wie abgestoßen Ben wäre, wenn er wüsste, was ich machte.

»Oliver«, keuchte ich. »Halt.«

Sein gerötetes Gesicht über mir wirkte verdutzt. »Hast du deine Regel? Das macht nichts, wir können trotzdem …«

Gegen meinen Willen musste ich lachen. »Nein. Habe ich nicht. Ich will einfach nur nicht weitermachen. Es ist nicht richtig.«

»Meine Güte.« Er rollte sich von mir herunter, suchte sein Jackett, das er auf den Boden geworfen hatte, holte eine Schachtel Zigaretten heraus, zündete sich eine an und bot mir ebenfalls eine an. Ich schüttelte den Kopf.

»Meine Güte«, stöhnte er wieder. »Das hättest du früher

sagen können. Das tut verdammt weh.« Er deutete auf seine immer noch äußerst beeindruckende Erektion.

»Hast du was dagegen, trotzdem hierzubleiben?«, fragte er. »Elliot ist zu Hause, und ich bin nicht in der Verfassung zu fahren. Ich könnte dir ein Taxi rufen, aber ich bezweifle, dass wir eins finden, das um diese Uhrzeit hier herauskommt.«

»Das ist okay«, antwortete ich. »Du wirst mich wohl kaum belästigen.«

»Deshalb musst du dir keine Sorgen machen«, bestätigte er. Er zögerte, dann fügte er hinzu: »Du hast dich verändert, seit ich dir zum ersten Mal begegnet bin.«

»Ich weiß.« Ich dachte an all die Teller mit Salat und die Schüsseln voll Porridge, an die Läufe und die Spinningkurse, die neuen Kleider und die Maniküre.

»Nicht nur dein Aussehen«, erklärte er. »Alles. Du warst anders als die anderen Frauen, die ich kannte. Weniger oberflächlich. Weicher.«

»Kann sein.«

»Als ich dich kennengelernt habe, fand ich dich toll«, erzählte er.

»Wirklich?« Ich erinnerte mich an meine alten Jeggings und die formlosen Haare.

»Ja. Du schienst so leidenschaftlich für Dinge zu kämpfen, dich so wohl in deiner Haut zu fühlen. Du warst schön, ohne dich darum zu bemühen. Du bist noch immer schön, aber jetzt bemühst du dich darum, und das macht dich weniger … besonders. Da du nicht mit mir vögeln willst, kann ich es dir ebenso gut sagen.« Er lachte.

Ich zuckte mit den Schultern. »Ich glaube, ich musste ein bisschen erwachsen werden.«

Oliver drückte seine Zigarette aus und zündete sich gleich eine neue an.

»Du kannst es dir immer noch anders überlegen, weißt du?«, sagte er. »Heute Nacht ist allerdings deine letzte Chance.«

»Warum?«, fragte ich.

»Weil ich Rose gebeten habe, mich zu heiraten«, antwortete er.

Oliver hielt Wort, ich schlief unbehelligt in einem der anderen Schlafzimmer. Nur dass ich nicht schlief. Ich lag unter der Decke, die sich etwas klamm anfühlte, und drehte mich vom Rücken auf die Seite, auf den Bauch und schließlich auf die andere Seite – wie ein Hähnchen am Spieß. Ich versuchte, mich auf alle möglichen Arten in den Schlaf zu bringen. Ich zählte langsam von hundert rückwärts und dann wieder bis hundert hoch. Ich stellte mir vor, welche berühmten Menschen (tot oder lebendig, real oder fiktiv) ich zu einem Fantasieabendessen einladen würde. Auf meiner derzeitigen Liste standen Caitlin Moran, Oscar Wilde, Jim Morrison, Dorothy Parker, Marie Colvin, Nelson Mandela und Jacob aus *Twilight* – nennt mich ruhig unbedarft, aber die würdet ihr doch auch gern einladen, oder? Schließlich probierte ich progressive Muskelentspannungstechniken, die ich von einem früheren Yogalehrer gelernt hatte. Nichts half. Mein Gehirn wollte einfach nicht abschalten, und mein Körper tat es ihm gleich. Schließlich gab ich auf, holte meinen Kindle aus der Handtasche und versuchte zu lesen, aber das war auch nicht besser. Ich konnte nicht aufhören, an Rose und Oliver zu denken, an Ben und Nina, an das schreckliche Chaos, an dem ich einen großen Anteil hatte.

Gegen sieben Uhr stand ich auf, meine Augen brannten, und ich war sauer, schrecklich wütend. Ich nahm eine nicht sehr angenehme Dusche mit lauwarmem, rostigem Wasser, während die Rohre über mir alarmierend klopften und knarrten, dann zog ich wieder mein pinkfarbenes Kleid an. Kein Zeichen von Oliver, aber als ich nach unten kam, saß Elliot, sein Fahrer, in der Küche und trank Tee. Ich errötete schrecklich, als ich ihn sah. Wie viele Frauen hatte er schon hergefahren in dem Wissen, dass Oliver sie vögeln würde, und sie am nächsten Tag wieder zurückgebracht? Wie Bücher, die man in die Bibliothek bringt, bevor man sie ausgelesen hat, oder Kleidung, die man online gekauft hat und die am Hintern zu locker sitzt.

»Guten Morgen, Schätzchen«, sagte er. »Schöner Tag.«

Ich stimmte ihm zu und sagte so etwas wie, dass es erst Mai sei, sich jedoch anfühlte, als sei es bereits Sommer. Er meinte, es würde wahrscheinlich ein feuchter Juli werden. Und ich erwiderte, was für ein Glück, dass wir so einen milden Winter gehabt hätten, abgesehen von den wenigen Schneetagen um Weihnachten herum. Und er antwortete, man könne meinen, dass an dem Gerede über die Klimaerwärmung etwas dran sei, und ich sagte, ja, er habe recht, und stellte fest, dass das Thema nun aber auch wirklich erschöpft war.

»Oliver meinte, Sie könnten mich vielleicht zurück zum Hotel fahren, in dem meine Kollegin übernachtet hat«, sagte ich. »Meine Taschen sind dort, und ich hatte gehofft, heute Morgen zurück nach London zu kommen.«

»Kein Problem, Schätzchen«, antwortete er. »Möchten Sie eine Tasse Tee, bevor wir fahren?«

»Nein danke«, erwiderte ich, »aber, bitte, trinken Sie erst aus. Es besteht keine Eile.« So musste ich mich setzen und entspannt tun, während er seinen Tee austrank und sich dann noch eine Tasse nahm und sehr, sehr langsam den Sportteil der *Times* las, wobei er hin und wieder Bemerkungen machte wie: »Queens Park Rangers scheinen sich zu erholen«, und »Sri Lanka gibt jetzt alles für 324«, bis ich vor Verzweiflung beinahe geheult hätte.

Schließlich erhob er sich langsam, streckte sich, faltete die Zeitung ordentlich zusammen und legte sie genau in die Mitte des Küchentischs, dann sagte er: »Es wird Zeit, dass wir fahren«, als hätte *ich ihn* warten lassen.

In der Halle des Swains Abbey Novotel roch es nach Kaffee und Speck. Überall standen müde aussehende Menschen mit Kleidersäcken und Hutschachteln – offenbar hatte am Vortag eine Hochzeit stattgefunden. Ich bahnte mir den Weg zu meinem Zimmer, zog eine Jeans und Flipflops an, packte meine Taschen, checkte aus, schickte Daisy eine SMS, dass ich sie am Montag im Büro sehen würde, und nahm ein Taxi zum Bahnhof – all das unter ziemlichem Druck. Erst als ich im Zug saß, wurde mir klar, dass ich mich so beeilte, weil ich hoffte, Rose in der Wohnung anzutreffen. Ich hatte allerdings absolut keine Ahnung, was ich ihr sagen wollte.

»Ich würde dir nicht raten, deinen Freund zu heiraten. Nachdem deine Schwester monatelang hinter ihm her war, hat er sich schließlich an sie rangemacht«, kam nicht infrage. »Oliver ist ein doppelzüngiger Mistkerl, der deine Schwester gevögelt hätte, wenn sie es denn zugelassen hätte«, war auch nicht gerade eine brillante Gesprächseröffnung.

Ebenso wenig gefiel mir: »Du musst wirklich verrückt sein, jemanden zu heiraten, der dich betrügt, kaum dass du einen Ring am Finger trägst, denn, glaub mir, wenn er es einmal gemacht hat, wird er es immer wieder tun. Du wirst bitter und vertrocknet werden wie eine der Orangenscheiben, die man an den Weihnachtsbaum hängt«, auch wenn es stimmte.

Wie so oft auf Bahnreisen, auf denen man nicht wirklich erpicht darauf ist, sein Ziel zu erreichen, gab es diesmal keinerlei Verspätungen. Kurz darauf stand ich vor unserer Haustür, steckte den Schlüssel ins Schloss und betete: »Bitte mach, dass Rose nicht da ist. Bitte mach, dass Rose nicht da ist.« Doch natürlich war sie da.

»Hallo, Rose«, rief ich, als ich in den Flur trat. Ich hörte, dass MTV im Fernsehen lief – es klang nach *Glee*, eine Sendung, die Rose absolut vergötterte. Ich ließ meine Tasche im Flur fallen und ging in die Küche. Rose saß inmitten von Papierstapeln am Tisch. An ihrer linken Hand steckte ein geschmackvoller Platinring mit einem großen Diamanten. Sie sah aus, als hätte sie geweint.

»Rose?« Ich blieb im Eingang stehen.

»Hallo, Ellie.« Rose lächelte ziemlich matt. Ich trat in die Küche und machte Wasser heiß, während ich darauf wartete, dass sie etwas sagte. Erst als das Wasser gekocht, ich eine Kanne Tee zubereitet und sie mit zwei Bechern auf den Tisch gestellt hatte – meinem Marmitebecher und Roses in warmem Pantonegrau –, sagte sie: »Ich heirate. Nicht sofort, aber wahrscheinlich nächstes Jahr. Es hat eine Weile gedauert, aber nun sind wir so weit.«

Ihr Gesichtsausdruck wirkte verschlossen und ruhig. Sie lächelte überhaupt nicht mehr. Ich fasste ihre Hand mit dem Ring.

»So sollte man so etwas aber nicht sagen«, bemerkte ich. »Du müsstest kreischen und tanzen, und ich müsste mitmachen. Und dann müsstest du mich fragen, ob ich deine erste Brautjungfer sein will, und wir würden noch mehr kreischen. So scheint es mir irgendwie nicht richtig.«

Rose lachte, ein leises, heiseres Lachen. »Tut mir leid,

Ellie. Natürlich will ich, dass du meine erste Brautjungfer bist. Ich arbeite daran, etwas begeisterter zu wirken. Versprochen. Ich muss mich nur erst ein bisschen an all das gewöhnen.«

»Rose«, sagte ich, »wenn einen jemand bittet, ihn zu heiraten, ist man außer sich vor Glück. Später kann man sich dann streiten, dass bei seinem Junggesellenabschied Stripperinnen waren oder darüber, ob seine Mutter bestimmen darf, welche Farbe die Slips der Brautjungfern haben. Aber im Moment solltest du einfach nur verliebt sein und aufgeregt, aber das bist du nicht.«

»Du wirkst auch nicht gerade aufgeregt«, stellte Rose fest.

»Na ja, nein«, gab ich zu. »Ich meine, es ist keine Überraschung für mich. Ich habe Oliver gestern getroffen – er war mit ein paar Freunden beim Poloturnier –, und da hat er es mir erzählt. Ich finde, er ist ein netter Kerl, ich denke, dass du und er wirklich glücklich miteinander werden könnt. Es ist nur … du wirkst nicht überzeugt und, um ganz ehrlich zu sein, er auch nicht.«

»Ich bin so überzeugt wie nötig«, behauptete Rose. »Oliver ist das, wonach ich gesucht habe.«

»Das da wäre?«, fragte ich.

»Er sieht fantastisch aus. Er ist großzügig. Er hat gute Beziehungen. Und, Ellie, er ist verdammt reich. Nun ist es raus. Ich muss einen reichen Mann heiraten, und Oliver hat mich gefragt, und ich habe Ja gesagt, denn wenn ich es nicht tue, bin ich völlig am Arsch.« Mit diesen Worten schob sie die Papierstapel vor sich zusammen, legte den Kopf darauf und begann heftig zu schluchzen.

»Rose, was zum Teufel ist los?« Ich legte den Arm um sie und griff nach einer Rolle Papiertücher auf der Arbeitsplatte. »Was hast du?«

»Ellie, bist du wirklich so verdammt naiv? Weißt du, wie viel ich verdiene?«

»Wie viel du … Nein, natürlich nicht.«

Sie wischte sich mit einem Papiertuch über die geschwollenen Augen. »Nun, ich werde es dir sagen.« Und das tat sie.

Ich war schockiert. Versteht mich nicht falsch, Pressesprecherin wird man auch nicht gerade, weil man auf großem Fuß leben will. Mein Gehalt bei Black & White war zwar etwas höher als vorher, aber es war noch immer weit davon entfernt, üppig zu sein. Doch immerhin war es doppelt so hoch wie das Gehalt, das Rose mir nannte.

»Verdammt, Rose, das ist nicht viel.«

»Und weißt du, wie viele Leute sich um eine Stelle wie meine bewerben?«, fragte Rose.

»Nein, das weiß ich nicht«, gab ich zu.

»Hunderte. Jedes Mal wenn Quinn's eine Fachfrau sucht, melden sich Hunderte. Und jede Bewerberin hat einen reichen Mann oder bekommt einen Zuschuss von ihrem Daddy, sodass sie ihre eigene Kunstsammlung aufbauen, sich entsprechend kleiden und die richtigen Läden besuchen kann.«

»Mist, Rose«, wiederholte ich.

»Was hast du geglaubt, Ellie? Was denkst du, wie ich all diesen Kram finanziert habe?« Sie deutete mit der Hand auf sich: auf ihre Paige-Jeans, auf ihr T-Shirt, das wie ein normales schwarzes Top mit einem verschnörkelten goldenen Design aussah, bei näherer Betrachtung jedoch von Moschino stammte, und auf die Mulberry-Tasche auf dem Boden neben ihr. »Das Top kostet vierhundert Pfund«, erklärte sie.

»Vierhundert … Mist«, stellte ich überflüssigerweise noch einmal fest.

»Und Gervase, der mir die Haare macht, kostet mich jeden Monat zweihundertfünfzig«, fuhr Rose ruhig fort. »Kosmetikerin, Maniküre, Pediküre, Augenbrauen, Wachsen – das macht noch einmal ungefähr zweihundert im Monat. Skiurlaub, essen gehen, Champagnerflaschen in Clubs – all das kommt noch hinzu. Das nennt man, in die Zukunft investieren, und es ist an der Zeit, dass sich mein Investment auszahlt. Sieh dir das hier an.«

Sie schob mir den Papierstapel zu, und ich bemerkte, dass es sich um Kreditkartenabrechnungen handelte. Ich blätterte sie durch. Ich bin kein Finanzexperte, aber ich bin es gewohnt, mit Budgets zu arbeiten. Ich erkannte, dass die Dinge für Rose nicht gut aussahen, gar nicht gut. Ich überschlug rasch im Kopf die Zahlen und stellte fest: »Du hast dein Konto um zehntausend Pfund überzogen, und du hast mehr als dreißigtausend Pfund Schulden bei Kreditkarteninstituten.«

»Richtig«, bestätigte Rose. »Ich kann noch nicht einmal die Zinsen bezahlen. Sagen wir mal so – die Kreditkrise ist mir nicht gut bekommen.«

Ich dachte im Stillen, dass das Gegenteil der Fall war und dass die vielen leicht erhältlichen Kredite nicht gut für Rose waren, aber ich fand nicht, dass ich das sagen sollte.

»Ich bin am Arsch, Ellie. Ich kann nicht einmal mehr meinen Anteil an den Rechnungen der Wohnung bezahlen.«

»Okay, hör zu, Rose«, sagte ich. »Du hast dich so dumm verhalten, dass ich dich ohrfeigen könnte. Aber das kann man alles wieder in Ordnung bringen. Es ist nur Geld. Deshalb musst du nicht jemanden heiraten, den du nicht liebst. Dad würde …«

»Ich leihe mir kein verdammtes Geld von Dad«, widersprach Rose. »Wie würde das aussehen? Ich habe mich furchtbar verhalten, das weiß ich. Das ist mir schon die ganze Zeit klar. Ich war gestern dort, um ihm und Serena von Ollie zu erzählen, und ich habe ihnen auch gesagt, wie leid es mir tut. Vielleicht wird Serena mir eines Tages vergeben, ich weiß es nicht. Ich hoffe es. Aber ich werde nicht auf einmal sagen: ›Ach, Daddy, ich weiß, ich war unhöflich zu deiner Frau, und ich war nicht da, um euch zu unterstützen, als ihr fast eure Babys verloren hättet, weil ich das Wochenende nicht ohne meinen Freund verbringen wollte. Aber sag mal, könntest du mir vierzigtausend geben?‹«

»Du warst zu …« Ich zögerte und dachte an all die Situationen, die Oliver genutzt hatte, um Rose zu verunsichern und sie zu beunruhigen. Sein Zuspätkommen, seine Unzuverlässigkeit und natürlich seine Flirterei mit mir, die Rose schwerlich entgangen sein konnte. Mir wurde übel vor Scham. »Du musst das nicht tun, Rose. Es gibt einen anderen Weg. Ganz bestimmt. Wir müssen ihn nur finden.«

»Du bist so lieb, Ellie. Aber es gibt keinen. Das habe ich doch immer gewollt, oder? Einen anständigen Status.« Sie streckte die Hand aus, und der Diamant funkelte in der Morgensonne. »Ich habe mein Bett gemacht und werde mich jetzt hineinlegen. Und es ist ein ziemlich komfortables Bett – Laken mit fünfhunderter Fadendichte und Kopfkissen mit Gänsedaunen.«

»Rose, das darfst du nicht machen. Ich kann das nicht zulassen.«

»Du kannst mich aber auch nicht aufhalten.« Ihr Gesicht war eine glatte, friedliche Maske.

Ich dachte, doch, ich kann dich aufhalten. Ich könnte dir von Oliver und mir erzählen und was letzte Nacht geschehen ist, dann würdest du deine Meinung bestimmt ändern. Doch wenn ich Rose sagen würde, was sie von dieser dummen, lebenszerstörenden Entscheidung abhielte, riskierte ich damit zugleich, die Liebe meiner Schwester für immer zu verlieren.

20. Kapitel

Claire, Pers und ich aßen in Brixton Eis. Ich hatte eine Kugel Schokolade und eine gesalzenes Karamell genommen und pfiff auf die Kalorien; Claire aß eine Kugel Mangosorbet und eine Vanille, und Pers bekam winzige Bissen von allem, allerdings nicht zu viel. Obwohl sie den Geschmack mochte, verzog sie wegen der Kälte das kleine Gesicht. Kaum hatte Rose die Wohnung verlassen – um sich mit Vanessa zu treffen, ihr die Neuigkeit mitzuteilen und sich mit Sicherheit von irgendwelchen albernen Plänen, wie Vera-Wang-Kleidern und Empfängen bei The Sanderson mitreißen zu lassen –, rief ich Claire an und sagte ihr, dass wir uns unbedingt treffen müssten.

»Also, was ist los?«, fragte sie und bot Pers ein winziges bisschen orangefarbener Eiscreme an.

»Alles ist ein einziges Desaster«, berichtete ich. »Dein genialer Plan hat funktioniert, ist aber nach hinten losgegangen.«

»Mein genialer was?« Claire schien verwirrt.

»Dein Plan. Oliver von Rose wegzulocken, weißt du noch?«

»Sehr vage«, meinte Claire. »Du meinst, du … Was habe ich gesagt?«

»Du hast gesagt, Rose sei offensichtlich Olivers Typ und als Roses Schwester sei es ein Leichtes, mich so ähnlich zurechtzumachen und ebenfalls sein Typ zu sein. Du meintest, ich könnte in den Läden auftauchen, in die Rose geht, um ihn dort vielleicht zu treffen. Du meintest, ich müsste etwas Geld in Designerkleidung investieren, und wenn ich mir mehr Mühe geben würde, mich mit Roses Freunden gut zu verstehen, würden sie mich zu ihren Partys einladen, wo ich ihn dann ebenfalls träfe. Außerdem hast du gesagt, ich könnte mir eine neue Stelle suchen, um ihn zu beeindrucken, und einen Freund, um ihn eifersüchtig zu machen.«

»Ellie, du ... Das ist doch verrückt. Ich kann nicht glauben, dass du all das wegen dieses einen albernen Quatschgesprächs getan hast. Was hast du dir dabei gedacht?«

»Ich habe wirklich geglaubt, ich wäre in ihn verliebt, Claire.« Ich schaute hinunter auf mein Eis. Plötzlich schien es mir nicht mehr so köstlich, mir war ein bisschen übel. »Wirklich. Völlig verknallt, wie ein Schulmädchen. Ich wollte nicht, dass das passiert, aber es *ist* passiert. Ich wollte nur in seiner Nähe sein, seine Stimme hören, ihn ansehen. All der Schwachsinn.«

»Und jetzt nicht mehr?«

»Nein.« Ich berichtete Claire von meiner Begegnung mit Oliver beim Polo. Dass ich fast den ganzen Tag mit ihm verbracht hatte und wie toll und romantisch und absolut perfekt es gewesen war. In diesen wenigen Stunden hatte ich mir vorstellen können, dass er mein Freund würde, und Rose ganz vergessen. Ich erzählte ihr mit schamrotem Gesicht, dass ich kurz davor gewesen war, mit ihm zu schlafen, im letzten Augenblick jedoch die Notbremse gezogen hatte, weil es sich in jeder Beziehung falsch angefühlt hatte. Ich sah, dass Claire gern mehr Einzelheiten erfahren hätte, doch sie nickte weise und freundlich, legte den Arm um mich und stibitzte einen Löffel von meinem salzigen Karamelleis.

»Aber jetzt bist du zur Vernunft gekommen?«, fragte sie.

»Du bist über Oliver hinweg, Rose wird das auch bald gelingen. Sie findet jemand Nettes, und du kannst wieder mit …«

»Ich bin über Oliver weg«, bekräftigte ich. »Und ich bin über Peter weg. Ich hätte mich gar nicht erst mit ihm treffen sollen, das war dumm. Ich hätte es bei der einen Nacht belassen sollen, aber ich dachte, ich könnte Oliver eifersüchtig machen. Ich glaube sogar, ich habe ganz mit den Männern abgeschlossen. Aber Rose nicht. Sie wird Oliver heiraten. Und dabei ist er ein verlogener, untreuer Mistkerl, aber das kann ich ihr nicht sagen, weil sie dann weiß, dass ich sie verraten habe.«

Eine Träne lief über meine Wange und fiel in meinen Eisbecher. Ich schob ihn Claire zu. »Du darfst das gern aufessen«, sagte ich. »Es ist sowieso salzig.« Ich berichtete Claire von Roses erschreckendem Schuldenberg, dass sie sich weigerte, Dad um Hilfe zu bitten, und in der Hochzeit mit Oliver die einzige Chance sah, sich aus ihrer misslichen Lage zu befreien.

In dem Moment machte sich Pers selbstständig und watschelte zur Tür, Claire musste hinter ihr her und ließ mich allein zurück. Finster blickte ich auf die bunte Eisauswahl hinter der Theke und dachte, dass ich zusätzlich zu allem Übel auch noch mit Claire über Ben und Nina sprechen musste.

»Ich sehe das folgendermaßen«, verkündete Claire etwas außer Atem, als sie mit Pers auf dem Arm zurückkehrte. »Es gibt drei Wege, das Problem zu lösen. Erstens: Es passiert etwas, das Rose Oliver verleidet. Zweitens: Es passiert etwas, das Oliver Rose verleidet. Drittens: Es passiert etwas, das Roses finanzielle Probleme löst, sodass sie Oliver nicht heiraten muss. Du hast beschlossen, keine Rolle in Option eins zu spielen, was du jederzeit könntest, aber du willst Rose nicht verletzen. Was gut ist. Du bist ebenfalls daran gescheitert, Oliver zu verführen, um ihn von Rose wegzulocken. Es bleibt dir also nur Option Nummer drei.«

»Aber ich kann Roses finanzielle Probleme nicht lösen«, protestierte ich. »Ich könnte zu Dad gehen, ihm sagen, ich bräuchte Geld und es dann Rose geben. Sie würde aber sofort wissen, dass es von ihm kommt, und sich weigern, es anzunehmen, weil sie ein schlechtes Gewissen Serena gegenüber hat.«

Pers wand sich von Claires Schoß und nörgelte ein bisschen. »Komm, lass uns ein Stück gehen«, schlug Claire vor und hob Pers in ihr Tragetuch. Wir gingen hinaus, liefen in Richtung Hauptplatz und drängten uns durch die Menschen, die die Straßen bevölkerten und die frühe Sommersonne genossen. Es war die übliche Brixton-Mischung: der religiöse Spinner mit seinem Megafon, der uns alle ermahnte, uns auf Jesus zu besinnen und zu bereuen; der Rastamann, der Trommel spielte und jamaikanische Teigtaschen verkaufte; die jungen hübschen Mädchen in ihren unmöglich kurzen Shorts; die zwielichtigen älteren Männer, die vorm Bahnhof gebrauchte Bahntickets verkauften. Normalerweise hätte ich das alles genossen: die lebendige Mischung so unterschiedlicher Menschen, den sonnigen Tag, die Gesellschaft meiner besten Freundin und meines bezaubernden Patenkinds. Heute bedeuteten mir die Sonne, die Sommermode und die lächelnden Gesichter nichts. Alles, was ich bemerkte, waren die Zigarettenkippen und die Kaugummiflecken auf dem Pflaster, die Zeitungen und die Plastiktüten, die im warmen Wind flatterten, sowie das alte Fahrrad, das vorm Bahnhof angeschlossen war und bei dem schon lange das Vorderrad fehlte. Ich will nicht übertreiben, aber ich wurde von Hoffnungslosigkeit übermannt, dass ich je wieder in Ordnung bringen konnte, was ich angerichtet hatte.

Zum Glück hat Claire für derlei Nabelschau nichts übrig. »Komm, Ellie, reiß dich zusammen.« Sie führte mich zum Eingang des Parks und zu einer Bank, wo wir uns setzten und Pers ihren Ball gaben, mit dem sie im Gras spielte.

»Rose braucht eine andere Einkommensquelle«, meinte Claire. »Das ist eindeutig die Lösung. Was kann sie?«

»Kunst kaufen«, antwortete ich. »Charmant sein. Auf Partys gehen. Sich an die Namen von Leuten erinnern. Toll aussehen.«

»Hmmm, nichts davon klingt besonders lukrativ. Könnte sie all ihre Klamotten auf eBay verkaufen?«

Ich erklärte, dass die Schulden nur zum Teil durch Roses Garderobe entstanden waren, sodass der Verkauf auch nur einen Bruchteil der Kosten decken würde.«

Claire schüttelte den Kopf. »Keine markttauglichen Fähigkeiten«, stellte sie fest. »Das ist das Problem mit den jungen Frauen heute. Sieh dir dagegen mich an. Ich habe markttaugliche Fähigkeiten, und sobald ich etwas gefunden hatte, wo ich sie einsetzen konnte, waren meine Probleme gelöst. Habe ich dir erzählt, dass Pers und ich nächste Woche in eine neue Wohnung ziehen? Nur die Straße runter, aber sie ist wunderschön, mit einem kleinen Garten und einer anständigen Küche und einem Bad, in dem kein Schimmel an der Wand gedeiht, und alles.«

»Claire, das ist ja großartig«, jubelte ich. »Ich freue mich riesig für dich. Aber wie hast du … Ich meine, hat das etwas mit Ben zu tun?«

»Natürlich«, antwortete Claire. »Das habe ich alles Ben zu verdanken. Er hat mich Lucille ja erst vorgestellt.«

»Was?«, fragte ich. »Was hat Bens Chefin mit alldem zu tun?«

Claire sah mich verständnislos an. »Ich dachte, Ben hätte

es dir erzählt. Ich habe Lucille Sprechunterricht gegeben. Ihr Auftreten bei Reden musste ein bisschen aufpoliert werden, und da hat Ben mich empfohlen. Ich habe das schon einmal gemacht, bevor ich am Kindertheater angefangen habe. Es ist ziemlich langweilig, wird aber verdammt gut bezahlt. Lucille hat mich ein paar Parteifreunden empfohlen, und jetzt stehen sie Schlange, um ihre As und ihre Hs zu üben und kontrolliert zu atmen und diese Dinge. Dadurch können Pers und ich uns eine anständige Wohnung leisten.«

»Halt, Moment«, sagte ich. »Warte mal. Ben und du, ihr seid gar kein Paar?«

»Ben und ich ein Paar?«, fragte Claire. »Ellie, du Krapfen, wie um alles in der Welt kommst du denn auf die Idee? Ich meine, ich mag ihn, aber er ist …« Da stoppte sie, aber ich konnte sehen, wie sie mit den Lippen die Worte »dein Freund« formte.

»Ben ist nicht mein Freund«, widersprach ich automatisch. »Aber du und er hattet plötzlich nie Zeit, und ich habe euch zusammen in der Stadt gesehen. Ben hatte mich schon ewig nicht mehr angerufen, und als dann Nina wieder aufgetaucht ist, wusste ich nicht, wie ich es dir sagen sollte. Ich dachte, Ben würde sich hinter deinem Rücken mit ihr treffen«, platzte ich heraus, und in meinen Augen brannten Tränen.

»Moment, was?«, sagte Claire. »Was war das mit Nina?«

Ich brachte sie rasch auf den neuesten Stand über Ben und Nina und den unsäglichen Benedict und Ninas Pläne, mit ihm bei Ben einzuziehen und den armen Kater Winston zu vertreiben.

»Verflixt!«, fluchte Claire. »Da lasse ich dich ein paar Wochen aus den Augen, und schon stürzt du nicht nur dich ins Verderben, sondern auch noch deine Familie und deine Freunde.«

Ich wies sie darauf hin, dass es wohl kaum meine Schuld sei, dass Nina wieder aufgetaucht war. Sie war eine unaufhaltsame Naturgewalt, wie ein Hurrikan oder eine Gasexplosion oder eine Schweinegrippeepidemie, und Claire musste zugeben, dass ich recht hatte.

»Aber es ist deine Schuld, dass Ben überhaupt frei war, als sie aufgetaucht ist«, beharrte Claire. »Ganz und gar deine Schuld. Jeder sieht, dass du und Ben füreinander bestimmt seid. Wenn du Bens Freundin gewesen wärst, anstatt Oliver zu umschwärmen und mit Peter zu vögeln, hätte Nina keine Chance gehabt.«

»Das ist einfach nicht wahr«, widersprach ich. »Ben ist Nina total verfallen, als er ihr begegnet ist. Gerade ist er noch ein glücklicher Single gewesen, der ab und an mit mir gevögelt hat, im nächsten Moment war er völlig verrückt vor Liebe. So hat er nie für mich empfunden.« Mir fiel auf, dass ich mich traurig anhörte – traurig und gereizt.

Claire warf Pers ihren Ball zu. »Weil du ihm nie eine Chance gegeben hast«, meinte sie. »Die Sache mit Nina ist Jahre her. Ben war praktisch noch ein Kind. Und überhaupt hast du mit diesem albernen Kram angefangen. Du hast darauf bestanden, dass ihr zwei nicht zusammen seid, obwohl all eure Freunde wussten, dass ihr im Grunde zusammengehört. Ihr wart verrückt nacheinander. Er wird jetzt nicht mehr so für Nina empfinden, wart's ab. Du musst mit ihm reden und herausfinden, wie die Lage ist. Und ich hoffe, du hast dich bei Peter dafür entschuldigt, dass du ihn so schäbig behandelt hast, denn offen gestanden, Ellie, du hast lange genug auf dem Leben anderer Leute herumgetrampelt.« Sie umarmte mich, was ihren Worten immerhin ein bisschen die Schärfe nahm. »Du kannst nichts für Rose tun«, fügte sie hinzu. »Entweder kommt sie zur Vernunft, was Oliver angeht, oder eben nicht. Konzentriere dich auf die Sachen, die du ändern kannst.«

Manchmal ist Claire so – ganz Zen, die Ruhe selbst. Vermutlich ist es der Einfluss der Acre-Lane-Hippie-Mamis und all der Baby-Yogastunden. Aber ihre Heiterkeit steckte mich an, und plötzlich merkte ich, wie schön der Tag war – die Sonne, die Blüten, die schwer an den Zweigen der Kirschbäume hingen, und Pers' kleiner geschürzter Mund, als sie mit konzentrierter Miene über den Rasen hinter dem Ball herlief. Ich verzog das Gesicht zu einem breiten Grinsen.

»Du meinst also, ich sollte mit Ben reden?«, fragte ich.

Ich weiß nicht, was ich erwartet hatte. Das jedenfalls nicht, stellte ich fest, als sich eine unangenehme Stille zwischen uns ausbreitete und ich hinunter auf meine Hände schaute. Ich glaube, ich hatte angenommen, Ben und ich würden problemlos an unsere alte Freundschaft anknüpfen. Natürlich ohne Sex, solange Nina da war, aber dass, abgesehen davon, alles beim Alten wäre. Dieselben Witze, die lockere Verbundenheit und das Gefühl, für den anderen der wichtigste Mensch zu sein. Aber natürlich funktioniert das so nicht – man kann nicht der wichtigste Mensch für jemanden sein, der bereits von jemand anderem als wichtigster Mensch vereinnahmt worden ist.

Ben nach so langer Zeit anzurufen hatte sich seltsam angefühlt – ich war es gewohnt, seine Nummer in meiner Anrufliste zu finden, wo er normalerweise an zweiter oder dritter Position der zuletzt gewählten Nummern auftauchte. Dieses Mal scrollte ich ewig bis ganz nach unten, aber sein Name war nicht dabei, und ich musste ihn in meinen Kontakten suchen. Es machte mich ein bisschen traurig – als hätte ich etwas Wichtiges verloren oder zerstört. Doch ich sagte mir, dass alles gut würde, dass alle Freunde schwere Zeiten durchmachten, wenn sie sich weniger sahen, und dann wählte ich. Er ging nicht dran. Ich hinterließ eine fröhliche Nachricht, die ungefähr so klang: »Hallo, Ben, ich bin's. Ich wollte mich mal melden. Lass uns demnächst ein Bier trinken – wir haben uns so lange nicht gesehen! Melde dich. Tschüss.« Aber er reagierte nicht auf meine Nachricht, und auch nicht auf die, die ich einen Tag später hinterließ, und auch nicht auf die vom übernächsten Tag. So rief ich ihn am Ende von meinem Festnetzanschluss bei Black & White an, einer Nummer, die er nicht kannte. Ich kam mir vor wie ein Teenie-Mädchen, das von einem Jungen sitzen gelassen worden ist, der ihr nicht sagt, weshalb, und die ihn deshalb nun verfolgt. Und Ben ging tatsächlich ans Telefon. Was mir natürlich nicht gerade ein tolles Gefühl gab. Dennoch zwang ich mich, weiter heiter und fröhlich zu klingen.

»Ben! Hallo! Lange nichts gehört!«, sagte ich, obwohl ich immer der Meinung war, dass Leute, die sagen »lange nichts gehört«, als Erstes an die Wand gestellt werden, wenn die Revolution kommt. Zusammen mit jenen, die in E-Mails schreiben »unten stehend«, und mit Männern, die extrem enge Jeans tragen.

»Hallo, Ellie«, antwortete er. »Tut mir leid, dass ich nicht zurückgerufen habe. Ich habe viel zu tun – in drei Wochen ist der Ironman, das Training ist ziemlich zeitraubend. Und bei der Arbeit ist auch ganz schön viel los.« Es folgte eine Pause, in der ich vermutlich über Bens vollen Terminplan nachdenken und meine Selbstsüchtigkeit, ihn anzurufen, bereuen sollte. Doch stattdessen hob ich meine helle Stimme noch um ein paar Watt.

»Drei Wochen! Wow! Du musst echt fertig sein!«, sagte ich überschwänglich. »Aber machst du nicht bald wieder das, was du auch vorm Marathon machst? Fängt mit T an? Wenn du deinen Hintern nicht mehr bewegst und nur Spaghetti isst?«

»Tapering.« Ich hörte ein Lächeln in seiner Stimme. »Ja, meine letzte lange Trainingseinheit ist an diesem Wochenende. Hundert Meilen auf dem Fahrrad.«

»Verflixt!«, staunte ich. »Beeindruckend! Krass! Na ja! Wollen wir mal was trinken gehen? Ein Eiweißshake vielleicht? Kannst du das irgendwie einrichten?«

Ben meinte, ein Bier sei okay, und wir hatten uns für den nächsten Abend um acht Uhr in seinem Pub Bear and Bush verabredet.

Nachdem ich drei Stunden meine Haare geföhnt, mich geschminkt und in einem Zustand atemloser Aufregung Sachen anprobiert und wieder verworfen hatte, als würde ich zu einem Rendezvous gehen, saß ich Ben nun gegenüber. Ich betrachtete das Eis in meinem Gin Tonic und befand mich inmitten einer schrecklich unangenehmen Pause.

Das erste peinliche Schweigen war entstanden, als Ben an den Tisch gekommen war, an dem ich auf ihn gewartet hatte, und »Hallo« gesagt hatte und ich mit »Hallo« geantwortet hatte. Dann folgte ein zweites peinliches Schweigen, nachdem er mit unseren Getränken von der Bar zurückgekommen war und sich gesetzt hatte. Dann war ich auf die Toilette gegangen und hatte mich davon überzeugt, dass mein Gesicht okay aussah, und mir die Haare gebürstet. Anschließend war ich ebenfalls zur Bar gegangen, um uns eine Schale Oliven zu besorgen, und an unseren Tisch zurückgekehrt, um den Beginn des dritten peinlichen Schweigens in Folge zu erleben.

»Du siehst wirklich gut aus, Ellie«, stellte Ben nach einer gefühlten Stunde fest. »Machst du noch Sport?«

»Ja«, antwortete ich. »Du hast recht, man wird echt süchtig danach. Du siehst auch gut aus.« Das stimmte. Ben war immer schlank und hochgewachsen gewesen, doch er wirkte irgendwie noch trainierter, etwas kräftiger an Beinen und Schultern und schlanker am Bauch. Ich sah, dass sein Gürtel ein Loch enger geschnallt war. Ich stellte mir vor, wie flach und fest sein Bauch unter dem blau-weiß gestreiften Hemd aussah. Wie sich deutlich der Umriss seiner Muskeln abzeichnete, wenn er wie immer die Arme über den Kopf streckte und sein Hemd auszog, ohne erst die Knöpfe zu öffnen. Wie fest und muskulös sich sein Körper, wie gut sich seine warme, weiche Haut anfühlen würde. Und schon befanden wir uns inmitten des vierten peinlichen Schweigens.

»Noch ein Getränk?«, fragte ich und machte mich hastig auf den Weg zur Bar, ohne erst seine Antwort abzuwarten. Ich wünschte, ich würde noch rauchen, sodass ich ein paar Minuten hinausgehen und mich sammeln könnte. Doch dann sagte ich mir, sei nicht albern – das ist Ben, dein Freund, und du benimmst dich wie ein totaler Idiot. Also nahm ich unsere Getränke, wanderte zurück zum Tisch, setzte mich und zwang mich, ungefähr zehn Minuten lang ein fröhliches ungezwungenes Gespräch zu führen, um das Eis zu brechen. Ich redete über meine neue Arbeit, die aktuellen politischen Ereignisse und sogar übers Wetter. Doch Ben blieb so frostig wie zuvor, und sobald mein fröhliches Geschnatter versiegte, landeten wir in einer weiteren peinlichen Pause.

Jedes Gesprächsthema, das mir einfiel, war belastet. Ich dachte daran, Ben von Serenas Babys zu erzählen, die zum Glück noch ein bisschen im Bauch bleiben würden. Das führte jedoch unausweichlich zum Thema von Bens eigener Vaterschaft. Ich wollte ihn fragen, wie es Winston ging, aber auch dieses Thema führte zu dem grässlichen Benedict.

Nach einer Weile sagte ich: »Beim letzten Quiz im Duchess waren nur Alex und ich da. Wir waren total schlecht. Du hast uns gefehlt.«

Ben trank bedächtig einen Schluck von seinem Bier. Sein Gesicht war ziemlich gebräunt, vermutlich von all dem Laufen und Radfahren, und seine Augen wirkten dadurch besonders blau. Ich bemerkte ein paar hellere Strähnen in seinen Haaren; das dunkle Braun, das an eine polierte Rosskastanie erinnerte, war zu einem aschigen Gold ausgeblichen. Auch seine Hände waren gebräunt, auf beiden Handrücken sah ich eine ovale Form, vermutlich stammte sie von den Löchern in seinen Radfahrhandschuhen. Ich nahm mir vor, ihm zu sagen, dass er Sunblocker auf die Hände auftragen sollte – man kann nicht vorsichtig genug sein. Ich wünschte, er würde lächeln, über den Tisch greifen und meine Hand drücken. Mir irgendein Zeichen geben, dass er mich noch mochte und mich nicht völlig verachtete. Doch er blieb einfach ruhig sitzen und stellte langsam und sorgfältig das Glas zurück auf den Tisch, ganz genau in die Mitte des Bierdeckels.

»Tja, Ellie, vielleicht solltest du Oliver fragen, ob er das nächste Mal mitkommt«, meinte er. »Oder Peter. Oder wen auch immer du diese Woche vögelst.« Ich will nicht übertreiben und sagen, dass er die Namen ausspuckte, aber es war nahe dran. Ich spürte, wie vor Wut und Verletzung eine heftige Röte meinen Hals hinauf in mein Gesicht kroch.

»Ben«, sagte ich. »Bitte, lass das. Können wir nicht …«

Aber ich sah, dass er mir nicht zuhörte. Er hatte den Blick von meinem Gesicht über meine linke Schulter gleiten lassen, wo er etwas entdeckt zu haben schien. Einen Augenblick später hörte ich eine Stimme sagen: »Schätzchen, tut mir leid, dass ich zu spät bin. Ellie, es ist lange her.« Und da stand Nina.

Sie trug ein kurzes Etuikleid in einem Pistazienton und einen flatternden Chiffonschal in Apricot und Lila. Ihre Schuhe hatten Plateausohlen aus Kork und sahen nach Vintage aus, auf ihrem Kopf saß eine übergroße Sonnenbrille, die ihre üppigen kupferfarbenen Haare zurückhielt. Ihre Lippen hatte sie wie immer knallrot geschminkt, und ich spürte einen Stich, als ich mal wieder feststellte, wie schön sie war. Obwohl sie Sommersprossen an den Knien hatte – es soll nicht heißen, ich würde nicht auch die guten Seiten sehen. Ben stand auf und küsste sie auf beide Wangen, und ich tat es ihm nach – es hätte unhöflich gewirkt, es nicht zu tun. Ohne zu fragen, ob es in Ordnung wäre, wenn sie sich zu uns gesellte, ließ sie sich auf die Bank neben Ben gleiten, legte besitzergreifend eine Hand mit rot lackierten Krallen auf sein Bein und schaute zu ihm auf.

»Willst du noch ein Bierchen?«, fragte sie. »Oder wollen wir gehen? Vincent kommt in einer halben Stunden in dieses Jazz-Café.«

Ben und ich haben immer eine Geringschätzung für Leute geteilt, die von Bierchen und Häppchen sprechen und ähnliche Verniedlichungsformen benutzen – wir haben sogar einen Namen für sie: die Niedlioten. Außerdem teilen wir eine Abneigung gegen Jazz und die Leute, die Jazz hören. Ich sah ihn mit einer Mischung aus Verwirrung und Schock an, doch er lächelte in Ninas verzücktes Gesicht.

»Wie du willst«, sagte er. »Es sei denn, du möchtest noch etwas trinken, Ellie?«

Ich war eindeutig nicht zu dem Abend mit Wein und Musik eingeladen – oder vielmehr unmelodisch heulenden Saxofonen und Whisky, der für mich wie Hustensaft schmeckt.

»Ich mache mich lieber auf den Weg. Ich treffe mich

mit Peter zum Abendessen. War nett, dich wiederzusehen, Nina«, log ich.

Ben und ich verabschiedeten uns äußerst kühl voneinander, und Nina plapperte, dass wir uns unbedingt bald zu einem »Mädelsabend« treffen müssten. Ich verkniff es mir zu sagen, dass ich mir lieber die Augen ausstechen würde, und sagte Ben, ich würde ihn anrufen. Dann stieg ich in die U-Bahn und versuchte die gesamte lange Fahrt nach Battersea über, nicht zu weinen. Es gelang mir, die Tränen zurückzuhalten, bis ich zu Hause im Bett lag.

Angeblich soll ja nichts so reinigend sein, wie richtig zu weinen, aber das hat bei mir noch nie gestimmt. Wenn ich geweint habe, habe ich hinterher drei Tage lang verquollene Augen und ein fleckiges Gesicht, das ist alles. So schniefte ich eine Weile in mein Kopfkissen und versuchte zu schlafen, dann holte ich mein Telefon hervor und öffnete Twitter, um mich etwas aufzuheitern. Dort fand sich die übliche Sammlung von Links zu deprimierenden Nachrichten. Es gab Twitternachrichten von diversen Freunden, die unterwegs waren und tolle Sachen an fantastischen Orten machten, sowie ein paar süße Katzenfotos. Dann bemerkte ich einen Tweet von @LucilleFieldMP – Bens Chefin. »Tut mir wirklich leid, dass ich so arschig zu @Ellie Mottram war. Vermisse sie sehr.«

Ben war das Unvermeidliche passiert, er hatte versehentlich von Lucilles Konto anstatt von seinem eigenen geschrieben. Und es tat ihm leid. Ich twitterte: »Krassen Fehler von @BenedictTheRed bemerkt und Entschuldigung angenommen«, und schlief mit dem Anflug eines Lächelns ein.

21. Kapitel

Es war Samstagnachmittag, und ich saß an unserem Küchentisch und arbeitete. Seit dem anscheinend durchschlagenden Erfolg des Black-&-White-Poloturniers war Barri wieder etwas lockerer geworden. Ich durfte wieder eigene Pressemeldungen schreiben, und Daisy stand nun als Lakai unter mir. Leider hatte ich über das Koordinieren von Serviettenfarben und das Beurteilen der Schwärze von diversen Olivensorten ein wichtiges Zeitfenster verpasst, um Pressemeldungen über unsere Sommermodelinie an die Wochenmagazine zu schicken. So musste ich mir eine Last-Minute-Strategie für eine Online-Kampagne überlegen, in der ich behauptete, wir hätten absichtlich alles unter Verschluss gehalten, weil die Kollektion so fantastisch war. Wir hofften, dass alle Medien (okay, die *Vogue*, die in Barris Augen als Einzige existierte) etwas verschieben würden, um Platz für uns zu finden. Da die Hochsommerthemen überwiegend bereits vor Monaten geschrieben, fotografiert und gelayoutet worden waren, war ich nicht sehr optimistisch, was unsere Chancen anging, aber ich war so erleichtert, wieder meine eigentliche Arbeit zu machen, dass ich mein Bestes gab.

Ich arbeitete an Überschriften wie »Das bestbehütete Geheimnis des Sommers«, als ich das Gefühl hatte, beobachtet zu werden. Ich drehte mich um. Rose stand im Türrahmen und schaute lässig auf ihr Telefon, als hätte sie dort nicht schon Ewigkeiten gewartet, dass ich sie bemerkte.

»Ach, tut mir leid, Ellie, habe ich dich gestört?«

Tja, das hatte sie ganz offensichtlich, aber ich sagte: »Nein, natürlich nicht. Was gibt's?«

»Ich habe mich nur gefragt, ob du heute Abend schon etwas vorhast?«

Ich verabschiedete mich von meinem Vorhaben, meine Arbeit zu beenden, zum Sport zu gehen und abends die neue Staffel von »Mad Men« zu schauen und dabei eine fettige Pizza vom Lieferservice zu verdrücken und Tee zu trinken.

»Nein«, sagte ich. »Ich habe nichts vor.«

»Großartig!«, freute sich Rose. »Heute Abend ist nämlich die Preisverleihung vom Gainsborough-Preis – du weißt schon, der Porträtpreis. Das ist wie beim Turner-Preis, nur dass die Künstler nur ein Porträt einreichen dürfen und dass es sich im Allgemeinen um eher gegenständliche Arbeiten handelt. Es ist alles absolut geheim. Mein Chef war in der Jury, und sogar ich weiß nicht, wer gewonnen hat.«

Warum erzählte sie mir das alles? »Klingt faszinierend«, sagte ich, »aber warum sollte mich das interessieren? Du weißt, dass ich nichts von Kunst verstehe.«

»Nur so«, meinte Rose. »Ich dachte, du würdest dich amüsieren. Dort sind eine Menge interessanter Leute. Und da ich arbeite, könntest du dich ein bisschen um Oliver kümmern, während ich mich unters Volk mische.«

Ach ja? Oliver konnte sehr gut auf sich selbst aufpassen, und als interessierter Kunstsammler kannte er ohnehin die meisten Leute dort. Vermutlich mischte er sich liebend gern seinerseits unters Volk. Rose führte eindeutig etwas im Schilde. Versuchte sie eine zufällige Begegnung mit einem alleinstehenden Bekannten einzufädeln? Doch ein Blick in ihr verkniffenes, ängstliches Gesicht überzeugte mich, dass es das nicht sein konnte.

»Okay«, gab ich nach. »Wenn du darauf bestehst. Was soll ich anziehen?«

Rose schwadronierte, dass es eine wirklich lockere, zwanglose Veranstaltung sei – du weißt ja, wie die Kunstleute sind, sie tauchen eigentlich überall in farbbekleckseten Kitteln auf. Betreib also keinen Aufwand, Ellie, wirklich. Ich duschte und verbrachte eine halbe Stunde damit, meine Haare zu glätten, dann noch einmal fünfundvierzig Minuten mit meinem Make-up. Ich zog mein schickes marineblaues Seidenkleid von DKNY an, das ich im Ausverkauf bei Black & White entdeckt hatte, und lackierte mir sogar die Fingernägel. Rose ist meine Schwester, und ich kenne sie lange genug, um zu wissen, wann ich ihr kein Wort glauben darf.

Und natürlich hatte ich recht. Der Veranstaltungsraum bei Quinn's war voll mit Kunsttypen, und obwohl ich nicht bezweifelte, dass sie bei der Arbeit farbverschmiert und schmuddelig waren, hatten sie sich ziemlich herausgeputzt. Fast alle Männer trugen Dinnerjacketts, und wenn es nicht eine leichte Tendenz zu langen fließenden Haaren gegeben hätte, hätte man sie für Banker oder Marketingleiter halten können. Die meisten Frauen trugen Abendkleider, wobei ein Großteil von ihnen nach Vintage aussah. Ich war froh, dass ich mir Mühe gegeben hatte – auch, weil ich mir etwas Sorgen darum machte, Oliver zum ersten Mal nach unserem katastrophalen Abend nach dem Poloturnier wiederzusehen.

Als ich seine Stimme hinter mir hörte, die »Hallo, Ellie« sagte, spürte ich die vertraute Aufregung und Anspannung in meinem Bauch. Ich drehte mich um und lächelte zurückhaltend.

Ehrlich gesagt kam es mir vor, als habe man den Oliver, den ich monatelang begehrt hatte, durch ein wenig überzeugendes Double ersetzt. Zumindest war das die einzig denkbare Erklärung dafür, dass auch der letzte Funke Lust, den ich für ihn empfunden hatte, erloschen war. Seine Haare waren seidig wie immer, doch wenn ich jetzt sah, wie er sich die lose Haarsträhne aus der Stirn strich, stellte ich mir vor, wie Claire sagte: »Geschniegelte, konservative Frisur.« Seine Stimme klang noch immer tief und honigsüß, aber wenn ich ihn jetzt sprechen hörte, erinnerte ich mich unwillkürlich daran, wie er geflüstert hatte: »Du bist ein tolles Mädchen.« Einfach widerlich. Sein Anzug war ein weiteres Wunder der Maßschneiderei, aber ich sah ihn an und dachte: »Mehr Geld als Verstand.« Seine Hände waren lang und schlank wie immer, aber jetzt fragte ich mich, was er für ein eitler Geck war, dass er seine Zeit in einem Salon verbrachte und sich maniküren ließ. Ich meine, ernsthaft, dieses ganze metrosexuelle Ding ist doch absolut out.

Doch ich lächelte süß und sagte: »Hallo, Oliver, wie schön, dich zu sehen«, nahm ein Champagnerglas von einem vorbeikommenden Tablett und plauderte fröhlich mit ihm über die nominierten Künstler und was er meinte, wer wohl gewinnen würde. Auch er muss gedacht haben, dass man mich durch eine Doppelgängerin ersetzt hätte. Es war das erste Mal, dass ich ein Gespräch mit ihm führte, ohne zu erröten oder über meine Worte zu stolpern, und mich insgesamt nicht wie ein verliebtes Schulmädchen verhielt.

»Ich habe auf Jamie Cunningham gesetzt«, sagte Oliver. »Buchstäblich. Zehn Riesen auf sechs zu eins bei Ladbroke heute Morgen. Wenn er gewinnt, verdiene ich natürlich deutlich mehr als das. Ich habe drei Bilder von ihm, und die werden alle mächtig im Wert steigen – ungefähr um das Zehnfache, schätze ich.«

Ich befürchte, in dem Augenblick bin ich doch errötet, weil ich mich an das große blaue Aktgemälde in Olivers

Schlafzimmer erinnerte, unter dem unser kurzes Intermezzo auf dem Schaffell stattgefunden hatte. Zum Glück sah er es nicht, weil er sich im Raum nach Rose umsah, die sich mit einem hochgewachsenen Mann mit rotbraunen Haaren unterhielt. Mir fiel auf, dass Rose direkt nach unserer Ankunft in der Menge verschwunden war und wie eine Verrückte Konversation betrieb. Mit einem unheilvollen Schaudern fragte ich mich, ob sie eigentlich nur gewollt hatte, dass ich mitkam, weil sie es vermied, mit Oliver allein zu sein. »Das ist er«, bemerkte Oliver. »Hast du Lust hinüberzugehen und Hallo zu sagen?«

Weil ich niemand anders kannte und nicht unbedingt allein sein wollte, sagte ich ihm, dass wir das gern tun könnten. So bahnten wir uns einen Weg durch die Menge zu Rose.

»Hallo, Liebes.« Sie empfing Oliver mit einem Lächeln, das ein bisschen zu strahlend wirkte. »Hallo, Ellie, amüsierst du dich? Das ist Jamie, der mit einem Gemälde heute Abend nominiert ist, aber er will mir keine Einzelheiten darüber verraten. Komm schon, Jamie, es wird ohnehin bald enthüllt, es ist also unnötig, uns auf die Folter zu spannen.«

Jamie grinste und schüttelte den Kopf. »Du musst abwarten«, sagte er. Er betrachtete Rose wie die meisten Männer – als könnte er sein Glück nicht fassen, mit ihr im selben Raum zu sein und dieselbe Luft zu atmen. Dennoch ließ er nicht zu, dass sie sich in diesem Fall durchsetzte. Ich mochte ihn.

Plötzlich wurde das Licht im Raum gedimmt, und der Scheinwerfer strahlte ein Podium an, auf dem ein bärtiger Mann im Smoking und mit einem Mikrofon stand. »Das ist mein Chef, Edmund«, flüsterte Rose mir zu.

Er gab die üblichen Plattitüden von sich. Wie froh er sei, dass alle gekommen seien, und wie enorm schwierig es für die Jury gewesen sei, sich zwischen all den eingereichten

Werken von durchweg überaus talentierten Künstlern zu entscheiden. Dass jeder, der behauptete, die Porträtmalerei sei eine aussterbende Kunst, heute Abend Lügen gestraft werde und so weiter und so fort. Nach ungefähr zehn Minuten wurde das Publikum unruhig und warf den Kellnern, die mit Tabletts voller Kanapees an der Tür warteten, sehnsuchtsvolle Blicke zu.

»Und nun habe ich die Aufgabe, das Ergebnis der stundenlangen Jurysitzungen zu verkünden«, erklärte Edmund. »Aus Tausenden von Einsendungen eine vorläufige Auswahl zu treffen und aus dieser dann zehn Künstler zu nominieren, war, vorsichtig ausgedrückt, eine Herausforderung. Doch die übrigen Jurymitglieder und ich sind zuversichtlich, dass wir einen würdigen Gewinner aus dieser außerordentlichen Ansammlung von Talenten bestimmt haben. Es kann zwar nur einen Sieger geben, aber auch die Zweit- und Drittplatzierten verdienen Beifall – und dank der Großzügigkeit unserer Sponsoren dicke Schecks. Bitte gratulieren Sie mit mir Geraldine White, unserer Vizesiegerin.«

Auf der Leinwand hinter ihm erschien ein riesiges Bild von einem Jugendlichen mit schlechter Haut, der einen iPod in den Ohren hatte, und mürrischem Gesichtsausdruck.

»Die Jury lobt Geraldines Porträt ihres Sohnes Glenn für die feinfühlige Darstellung der Drangsal der Jugend.« Im Raum ertönte leises Lachen und Beifall, und eine extravagante Frau in Braun watschelte nach vorn, um einen weißen Umschlag entgegenzunehmen, der vermutlich den großzügigen Scheck enthielt. Ich blickte hinüber zu Jamie, um zu sehen, ob er nervös, aufgeregt oder enttäuscht wirkte, doch seine Miene verriet nichts.

»Den zweiten Platz belegt Marcus Brand, der Gewinner des Vorjahres.«

Ich hatte Arbeiten von Marcus Brand natürlich schon einmal in Broschüren und Unterlagen von Rose gesehen, die in der Wohnung herumlagen. Sein Stil war genau das, was man von einem wilden Kind der Brit Art erwartete: grell, roh und zweifellos überragend, wenn er tatsächlich malte und nicht nur Papierschnipsel von Grillhähnchen-Verpackungen auf die Leinwand klebte. Gegenstand des Porträts war eine ältere obdachlose Frau, die zusammengesackt vor einer Wand, vermutlich in einer U-Bahn-Station saß. Neben ihr lag eine umgekippte Dose Cider sowie ein abgemagert aussehender Hund, der den Kopf in ihren Schoß gelegt hatte und schlief. Obwohl das Thema schockierend war, bewunderte ich unwillkürlich die Sorgfalt und Empathie, die ganz offensichtlich in das Werk eingeflossen waren. Ich überlegte kurz, ob die Jury vielleicht nur Bedenken gehabt hatte, den Preis zweimal hintereinander derselben Person zu vermachen. Es war schwer vorstellbar, dass irgendjemand besser sein konnte. Marcus sprang in schwarzem Leder und mit wehendem Haar nach vorn, um sich seinen Scheck abzuholen. In einer kleinen Ansprache erzählte er, dass Pam, die Frau auf dem Bild, mittlerweile nicht mehr auf der Straße lebte. Während er an dem Bild gearbeitet hatte, habe er sie überredet, mit verschiedenen Obdachloseninitiativen und Suchtberatungen zu sprechen. Sie und ihr kleiner Hund wohnten jetzt in Eltham, und es ginge ihnen sehr gut. Ich musste in meiner Tasche nach einem Taschentuch kramen und meine Augen abtupfen, bevor meine Wimperntusche verlief – er war so nett und so aufrichtig.

»Ich bin mir sicher, dass alle meine tiefe Bewunderung und die der Jury für die Zeit und die Leidenschaft teilen, die bei der Entstehung dieses Werkes mitgewirkt haben«, sagte Edmund. Alle applaudierten, und einige Leute putzten sich die Nase. »Doch es kann nur einen Gewinner geben. So lassen Sie mich ohne weitere Umschweife das Quinn's-Bollinger-Gainsborough-Porträt des Jahres vorstellen und den mit fünfzigtausend Pfund dotierten ersten Preis an ein Gemälde vergeben, das, wie der Künstler mir sagte, nach nur einer Sitzung vollendet war.«

Die Lichter wurden noch etwas stärker gedimmt, und ein neues Bild erschien auf der Leinwand. Es war die Rückansicht einer Frau. Sie saß auf einem Bett und schaute aus dem Fenster. Ihre blonden Haare fielen über ihre schlanken Schultern, und ihr Gesicht war zur Seite gewandt, sodass nur ihr Profil zu sehen war. Auf dem Boden neben dem Bett lag als schimmernde Lache ein Kleid mit Spaghettiträgern neben einem Paar hochhackiger Schuhe. Die Blautöne, die das Bild dominierten, erinnerten mich unwillkürlich an das Bild von Jamie Cunningham in Olivers Schlafzimmer. Die Darstellung war in diesem Fall jedoch keineswegs abstrakt – es war ein großartiges, zärtliches Gemälde einer wunderschönen nackten Frau. Und es war auf den ersten Blick erkennbar, dass es sich bei dieser Frau um Rose handelte.

»Es tut mir leid, dass ich es dir nicht gesagt habe«, wandte sich Jamie durch den Applaus an Rose. »Es ist das Beste, was ich je gemalt habe; ich musste es einreichen.«

Ich bemerkte gerade noch Olivers wütendes Gesicht, als mein Telefon wie wild in meiner Tasche vibrierte. Ich verließ den Raum, um den Anruf anzunehmen.

Eine unbekannte Stimme sagte: »Spreche ich mit Ellie Mottram? Ich rufe aus der Unfall- und Notaufnahme im St.-Georges-Krankenhaus an. Wir haben hier einen Mann, der einen Fahrradunfall hatte, und laut den Kontakten auf seinem Mobiltelefon sollen Sie im Notfall informiert werden.«

Meine Hände zitterten so sehr, dass ich kaum das Telefon

zurück in meine Tasche stecken konnte. Ich stürzte wieder in den Saal und suchte nach Rose, doch sie und Jamie waren von Gratulanten umringt. Es gab keine Chance, in absehbarer Zeit an sie heranzukommen. Dann tauchte Oliver neben mir auf.

»Alles okay?«, fragte er.

»Nein«, erwiderte ich. »Doch. Aber bei Ben nicht. Er ist in der Notaufnahme in South London, ich muss da sofort hin. Weißt du, wo hier in der Nähe ein Geldautomat ist? Ich kann mit diesen Schuhen nicht mit der U-Bahn fahren. Ich brauche ein Taxi, und ich habe kein Geld bei mir.« Meine Unterlippe zitterte.

»Sei nicht albern«, sagte Oliver. »Ich fahre dich. Oder besser noch, Elliot fährt uns beide. Komm. Ich schreibe Rose von unterwegs eine SMS. Sie kommt schon klar.«

Trotz meiner Sorge realisierte ich sehr genau, dass Oliver genauso wenig mit Rose allein sein wollte wie sie mit ihm. »Danke«, sagte ich.

Oliver erledigte einen schnellen Anruf, und wenige Minuten später schnurrte sein Wagen um die Ecke. Oliver teilte Elliot mit, wohin wir wollten, Elliot teilte es dem Navigator mit, und schon waren wir auf dem Weg.

Krankenhäuser sind seltsame Orte. Überall herrscht der Eindruck von enormer Dringlichkeit, aber es wird auch sehr viel gewartet. Wir reihten uns in die Schlange am Empfang ein, von wo aus man uns zur Notaufnahme schickte. Dort warteten wir Ewigkeiten, bis uns eine der vielbeschäftigten Schwestern bemerkte, und dann konnten sie Bens Namen nicht im Computer finden. Ich weinte, weil ich dachte, das müsse bedeuten, dass Ben gestorben war. Doch dann schaltete sich Oliver mit bestimmter Geste ein und ließ sie noch einmal nachsehen. Es stellte sich heraus, dass sie ihn als Benedict und nicht als Ben aufgenommen hatten. Er war gar nicht tot, sondern in den Lanesborough-Flügel verlegt worden, wo sich die Radiologie befand, um ein CT zu machen. Wir mussten warten.

Ich sagte: »Das ist ein Gehirnscan, oder?« Ich muss etwas grün ausgesehen haben, so als könnte ich gleich in Ohnmacht fallen und mir selbst eine Kopfverletzung zuziehen. Oliver ergriff jedenfalls meinen Arm, lenkte mich zu einem Plastikstuhl, platzierte mich darauf und brachte mir einen Becher süßen Tee. Nach einer Weile kam eine der Schwestern zu uns und sagte, Ben sei fertig mit dem Scan und warte auf die Ergebnisse. Sein Wert auf der Glasgow-Komaskala – bei dem Wort Koma fühlte ich mich erneut etwas schwach und furchtbar unwohl – liege bei vierzehn, und wir könnten in die Radiologie zu ihm gehen, wenn wir wollten. Wir liefen durch ein Labyrinth aus Fluren, und nachdem wir uns ein paarmal verlaufen hatten, fanden wir die richtige Station. Eine weitere Schwester führte uns zu einer Kabine, in der Ben in einem Krankenhausbett lag. Er hatte die Augen geschlossen und sah so blass und verletzlich aus, dass ich sofort wieder anfing zu weinen. Als er mich schniefen hörte, öffnete er die Augen.

»Hallo, Ellie«, sagte er.

Ich ging zu seinem Bett, setzte mich, nahm seine Hand und konnte eine Weile nichts sagen. Dann fragte ich etwas dümmlich:

»Alles okay?«

»Ich werde höllische Kopfschmerzen bekommen«, antwortete er, »und mein Radhelm hat schon bessere Tage gesehen. Aber ich lebe.«

»Was ist passiert?«

»Ich weiß es nicht«, erwiderte Ben. »Ich kann mich an

nichts erinnern. Man hat mir erzählt, dass mich ein Laster überholen wollte und mir zu nah gekommen ist. Der Seitenspiegel hat mich am Kopf erwischt und mich abgeworfen. Wenn er ein paar Meilen schneller gefahren wäre, hätte es wohl ganz anders ausgesehen.« Er brachte ein ziemlich schwaches Grinsen zustande und schloss wieder die Augen. Ich drückte seine Hand, als wollte ich sie nie mehr loslassen.

Fast hatte ich Oliver vergessen, als dieser sagte: »Willst du, dass ich noch ein bisschen bleibe? Ich kann draußen warten und dich nach Hause fahren, wenn du so weit bist.«

Ich wollte ihm danken und sagen, dass das wunderbar wäre, wenn es ihm keine Umstände machte, als ich jemand über den Flur rennen hörte und Nina hereinplatzte – wenn man durch Vorhänge hereinplatzen kann.

»Ben!«, heulte sie. »Mein …«

Dann sah sie Oliver, blieb wie angewurzelt stehen, und die beiden und alles um sie herum erstarrte für eine gefühlte Ewigkeit.

Schließlich sagte Oliver: »Nina.«

Und Nina sagte: »Oliver.«

Und Oliver fragte: »Wo ist er?«

Und Nina fragte: »Wer?«

Oliver erwiderte, vielmehr krächzte er, und seine Stimme klang heiser und harsch: »Mein Sohn. Benedict. Mein Junge.«

Ben schob sich auf dem Kopfkissen etwas nach oben, und ich hielt seine Hand noch ein bisschen fester. Wir saßen da und starrten die beiden an, als würden wir eine Mordszene in einem Horrorfilm verfolgen – es ist schrecklich, und man würde am liebsten abschalten, aber man ist auch fasziniert.

Ich hatte nie erlebt, dass Nina unsicher klang oder sich verteidigte, aber jetzt. »Bei meiner Mutter«, antwortete sie.

Es war auch das erste Mal, dass ich von Ninas Mutter hörte. Ich glaube, ich hatte mir vorgestellt, dass sie schon als fertiger Mensch in eine ahnungslose Welt gesprungen war, wie Athene aus dem Kopf von Zeus.

»Warum hast du mir nicht gesagt, dass du in London bist?« Oliver sah Nina mit demselben blinden Verlangen an, das ich bei Ben beobachtet hatte, als er ihr zum ersten Mal begegnet war. Also ehrlich, was hatte diese Frau an sich?

Nina ging auf ihn zu, und Oliver zuckte zurück, wie man vor einer Wespe zurückschreckt, die droht in ein Glas Pimm's zu fliegen. Dann schien er sein Schicksal anzunehmen und legte die Arme um sie, und sie vergrub ihr Gesicht an seiner Schulter oder vielmehr an seiner Brusttasche, da Nina ja kleinwüchsig ist. Ich glaube, das habe ich bereits erwähnt. Ich blickte zu Ben hinüber und fürchtete, dass die Aussicht, Nina ein weiteres Mal zu verlieren, ihn völlig fertigmachen würde, doch er schien eher von dem Schauspiel gefesselt zu sein, das sich da vor seinen Augen abspielte. Ich konnte beinahe hören, wie er dachte, es fehlte nur das Popcorn.

»Ich war so selbstsüchtig«, flüsterte Nina. »Ich habe gedacht, du würdest mir nie vergeben.«

»Du hast mir meinen Sohn weggenommen«, klagte Oliver. »Meinen Sohn, den ich geliebt habe, für den ich zwei Jahre lang gesorgt, mit dem ich gelebt habe. Du wolltest eine saubere Trennung und meintest, es würde ihn nur verwirren, mich zu sehen.«

»Es tut mir leid«, sagte Nina. »Ich weiß nicht, was ich sagen soll. Es tut mir wirklich leid.«

»Was ist aus New York geworden?«, wollte Oliver wissen. Er tat mir leid, er sah so verwirrt, hilflos und verletzt aus und auch wütend. »Was ist aus deinem Traum geworden, den du unbedingt leben wolltest?«

»Ich war drei Jahre dort«, verteidigte sich Nina. »Ich habe gearbeitet. Ich habe sogar bei den New Yorker Philharmonikern vorgespielt. Aber die haben mich nicht genommen.« Ihre Stimme brach. »Ich bin nicht gut genug. Also bin ich nach Hause gekommen.«

Für einen Augenblick tat sie mir beinahe auch leid. Dann schaltete ich mich ein: »Aber warum hast du Ben erzählt …«, und im selben Augenblick sagte Ben: »Aber du hast mir erzählt …«

Nina wandte sich zu uns um und bemerkte wütend: »Ich habe dir nichts erzählt! Du hast geglaubt, was du glauben wolltest! Du hast mich auf Facebook kontaktiert, du hast gesagt, dass du mich sehen wolltest. Was sollte ich sagen? Ich brauchte eine Bleibe.«

»Warum bist du nicht zu mir gekommen?«, fragte Oliver.

»Wie konnte ich?«, sagte Nina. »Nach allem, was ich getan hatte?«

Ich erinnerte mich, wie sehnsüchtig Oliver von dem Kind gesprochen hatte, das er verloren habe, der Liebe, die ihn verlassen hatte. Doch Ben sah ziemlich mitgenommen und blass aus, und so langsam erinnerte mich das Ganze zu sehr an ein Drama aus einer Nachmittagstalkshow. So bemerkte ich ziemlich spröde: »Ich frage mich, Nina, ob das hier der richtige Ort und der richtige Zeitpunkt sind …«

Und Oliver sagte: »Komm, Nina. Bring mich zu ihm.«

Er schien seine Schwäche überwunden und in seinen autoritären Modus zurückgefunden zu haben. Nina schaute bewundernd zu ihm auf und fragte: »Wirklich?«

»Ja«, entgegnete Oliver. »Ellie, wenn du etwas brauchst, ruf mich an. Ich melde mich bei Rose.«

Er nahm Ninas spindeldürren Arm, und die beiden verschwanden durch die Vorhänge.

Ich hielt noch immer Bens Hand und merkte, dass ich sie so fest drückte, dass es wehtun musste, aber es schien ihm nichts auszumachen. Vermutlich hatten sie ihm ein paar starke Medikamente gegeben, nach dem Schlag auf seinen Kopf und allem. Ich ließ seine Hand los und wollte gerade aufstehen, als er sagte: »Ellie?«

»Ja?«

»Komm her.«

Ich lehnte mich zu ihm und legte mich auf die Kissen, und er nahm mich in die Arme und drückte mich fest. Er trug ein Krankenhausnachthemd, das man nur unzulänglich verschlossen hatte, und so sah ich Spuren von getrocknetem Salz auf seiner Haut, wo er auf seiner langen Radtour geschwitzt hatte, und nahm seinen vertrauten Geruch wahr. Mir rannen Tränen übers Gesicht, und auch die schmeckten salzig.

»Du musst vorsichtiger mit diesem verdammten Fahrrad sein«, mahnte ich.

»Ich weiß«, erwiderte Ben.

»Und du musst Sunblocker auf deine Hände machen. Sieh dir an, wie braun deine Hände sind. Wenn du keinen Sunblocker nimmst, bekommst du vielleicht Hautkrebs und stirbst.« Bei dem letzten Wort klang meine Stimme zittrig und ziemlich weinerlich.

»Es tut mir leid, Ellie«, beteuerte Ben erneut. »Ich werde das nächste Mal Sunblocker nehmen. Ich mache es, wenn ich nächste Woche am Triathlon teilnehme, vorausgesetzt, die lassen mich.«

»Vorausgesetzt, die lassen dich … Du willst das doch nicht etwa immer noch durchziehen?«

»Natürlich«, meinte Ben. »Sonst war alles umsonst. Und ich habe zwei Riesen für einen wohltätigen Zweck gesammelt, die ich zurückgeben müsste, wenn ich es nicht bis zum Ende durchziehe.«

»Welchen guten Zweck?«, fragte ich beeindruckt.

»SEJS«, antwortete Ben. »Ich dachte, das würde dich freuen.«

Danach konnte ich nicht mehr viel sagen. Halb saß, halb lag ich auf dem Krankenhausbett und bekam einen ganz steifen Nacken, doch das war mir egal. Nach einer Weile kam eine der Schwestern mit einem Stapel Papier herein.

»Also«, sagte sie. »Es sieht aus, als hätten Sie ziemliches Glück gehabt. Das CT zeigt keine Verletzung an Ihrem Schädel oder Gehirn. Sie werden aber wahrscheinlich ein paar Tage an Kopfschmerzen leiden. Dafür geben wir Ihnen Paracetamol.« Was mir vorkam, als versuchte man, eine Lenkrakete mit einer Fliegenklatsche abzuwehren, aber was weiß ich schon? »Wir behalten Sie über Nacht hier und überprüfen Ihren Zustand morgen früh noch einmal mit der Glasgow-Komaskala. Wenn er bei fünfzehn ist, können Sie gehen.«

»Großartig!«, rief Ben.

»Bei Kopfverletzungen dieser Art dürfen wir einen Patienten allerdings nur entlassen, wenn sich zu Hause jemand um ihn kümmert. Leben Sie allein?«

Ich sah deutlich, dass Ben gerade klar wurde, dass er bis vor zehn Minuten mit Nina zusammengelebt hatte, dass das jetzt allerdings eindeutig nicht mehr der Fall war.

»Ich habe eine Katze«, erklärte er etwas zweifelnd. »Was mich an etwas erinnert! Mist, Ellie, Winston muss gefüttert werden. Meinst du, du könntest zu mir gehen, ihm etwas geben und mir ein paar saubere Sachen mitbringen, die ich morgen anziehen kann, wenn ich entlassen werde?«

»Wie gesagt, Benedict«, meldete sich die Schwester streng,

»wir können Sie nur entlassen, wenn jemand da ist, der sich zu Hause um Sie kümmert.«

Ich stand vom Bett auf und nahm meine Handtasche. »Ich glaube, das bin dann wohl ich«, verkündete ich. »Gib mir deine Schlüssel. Ich füttere die Katze und bringe dir was Sauberes zum Anziehen.«

22. Kapitel

Ich freute mich richtig darauf, Florence Nightingale für Ben, den verwundeten Soldaten, zu spielen, aber ich erhielt keine Gelegenheit dazu. Am nächsten Tag schickte Ben mir eine SMS, dass Lucille ihn in äußerster Panik angerufen habe, weil sie ihn dringend in ihrem Wahlkreis benötigte. Der Oppositionsführer hatte seinen Besuch angekündigt, und Lucille, die sich unbedingt wieder gut mit ihm stellen wollte, musste den roten Teppich für ihn ausrollen und dafür sorgen, dass nichts schieflief. So verbrachte Ben seine Rekonvaleszenz damit, unterwürfige Reden für Lucille zu schreiben und auf der Suche nach anstößigen Zeichen durch den Wahlkreis zu rasen, um dafür zu sorgen, dass der gute Oppositionsführer nicht vor einem von ihnen fotografiert wurde. Wahrscheinlich hat Ben noch einmal Glück gehabt, denn ich schaffe es, eine Topfpflanze in fünf Tagen zu erledigen.

So kam er erst am Wochenende des gefürchteten Triathlons nach Hause. Wir saßen am Küchentisch und aßen Nudeln, die Ben gekocht hatte. Unnötig zu erwähnen, dass sie deutlich besser schmeckten als alles, was ich produziert haben könnte: leckeres gebratenes Gemüse, Vollkornnudeln und irgendeine Soße, in der laut Ben getrocknete Tomaten waren. Wenn ich sage, wir hätten am Tisch gesessen, traf das auf mich zu und überwiegend auf Winston, die Katze. Ben stand immer wieder auf, um sein Sportzeug zu überprüfen, das er sorgfältig in drei verschiedenfarbige Taschen gepackt hatte. Jedes Mal, wenn er aufstand, sprang Winston auf seinen Stuhl und bat höflich um etwas geriebenen Parmesankäse.

»Du musst etwas essen«, sagte ich zu Ben. »Komm, du sollst doch Kohlenhydrate speichern und nicht mit deinem ständigen Hin-und-Her-Gerenne heute mehr Kalorien verbrennen als morgen den ganzen Tag.«

Ben lachte. »Okay. Lass uns nur noch einmal alles durchgehen. Du nimmst mein Telefon und liest die Sachen auf der Liste vor, und ich überprüfe, ob alles da ist.«

Das hatten wir mindestens schon viermal gemacht. Einmal, als er alles aus diversen Schränken, Schubladen und Plastiktüten herbeigeschafft hatte; ein weiteres Mal, als er alles in die Taschen gepackt hatte; und noch einmal, als er alles wieder herausgeholt hatte, nachdem er sein Energiegel in einer Trainingshose gefunden hatte, die er auf gar keinen Fall tragen wollte. Daraufhin hatte er Panik bekommen, dass er alles andere auch falsch gepackt hatte; und noch einmal, als er meinte, es sei das absolut letzte Mal – nur zur Sicherheit. Ich beschloss, es geduldig hinzunehmen.

»Okay«, sagte ich. »Rote Tasche: Fahrradhose, Fahrradschuhe, Fahrradhelm – und der sollte unbedingt funktionieren –, Fahrradhandschuhe, Socken, Handtuch, Sunblocker. Drei Energiegels, zwei Flaschen Energiedrink, eine Flasche Wasser, Sonnenbrille, Uhr.«

»Alles da.«

»Blaue Tasche: Laufschuhe, Laufshorts, Laufsocken, Signalarmbinde, Sunblocker, Baseballkappe als Sonnenschutz, drei Energiegels, eine Flasche Energydrink, zwei Bananen.«

»Okay.«

»Tasche für besondere Bedürfnisse.« Ich machte das äußerst politisch unkorrekte Gesicht, das ich immer mache, wenn ich »besondere Bedürfnisse« sage, und Ben schaute mich missbilligend an. »Zwei Marsriegel, eine Dose Cola, eine Packung Käse- und Zwiebelchips, Marmitebrote. Die mache ich, bevor wir ins Bett gehen. Gott, das ist ja eher ein verdammtes Picknick als ein Triathlon. Bist du sicher, dass du nicht noch einen Korkenzieher brauchst?«

»Keinen Korkenzieher. Nie mehr Alkohol. Jedenfalls nicht bis morgen Abend. Kannst du mir noch einmal sagen, warum ich dachte, es wäre eine gute Idee, da mitzumachen?«

»Weil du ein Mann bist und du dumme, männliche Dinge machst, um deine Männlichkeit zu beweisen«, antwortete ich. »Was mich an etwas erinnert. Erzähl mir doch noch mal, wie das eigentlich mit Nina abgelaufen ist.«

Ben ließ seine diversen Taschen stehen und setzte sich wieder, er nahm Winston auf den Schoß und aß halbherzig etwas von seinen Nudeln.

»Sie hat mir eine Freundschaftsanfrage auf Facebook geschickt«, erzählte er. »Ich habe sie angenommen, weil man das eben so macht. Und ich habe ihr eine Nachricht geschickt, nur um herauszufinden, wie es ihr so geht, und dann hat sie vorgeschlagen, wir könnten uns treffen. Und als wir das getan haben, hat sie mir erzählt, dass sie gerade aus Amerika zurückgekommen sei und jetzt nicht wüsste, wo sie bleiben solle. Ich habe mir Sorgen um sie gemacht, weil sie, na ja, du weißt ja immer …«

»Total übergeschnappt war?«, schlug ich vor.

»Emotional labil war«, verbesserte Ben. »Da wusste ich noch nichts von ihrem Sohn. Aber am nächsten Tag ist sie mit all ihren Sachen und mit ihm in der Wohnung aufgetaucht. Sie hat zwar nie gesagt, dass ich der Vater bin, sie hat aber genauso wenig gesagt, dass ich es nicht bin. Und der Name … Und diesen verdammten Oliver hat sie nie erwähnt. Er war okay, ich meine den Jungen. Ich würde ihn gern wiedersehen.«

Nur über meine Leiche. Doch stattdessen forderte ich: »Sag mir noch einmal, dass du nicht mit ihr geschlafen hast.«

Ben streckte den Arm aus und legte seine warme, trockene Hand auf meine. Von dem ganzen Hanteltraining und all den Dingen, die er im Fitnessstudio gemacht hatte, hatte er Schwielen bekommen, die ich rau auf meiner Haut spürte. »Ich habe nicht mit ihr geschlafen«, beteuerte er. »Ich habe das Sofa genommen, Nina und Benedict haben in meinem Bett geschlafen, und Winston war nicht sehr erfreut darüber, stimmt's?« Er kraulte Winston unterm Kinn, und die Katze ließ ihr lautes Schnurren ertönen, verengte die Augen und himmelte Ben an. Gut möglich, dass ich ihn genauso angesehen habe. »Aber was sollte ich tun? Sie brauchte mich, sie brauchte eine Form von Stabilität, und sie hat mir erzählt, dass sie nicht wüsste, wohin sie gehen könne. Von ihrer Mutter in Croydon hat sie mir nichts verraten.«

»Ich sage ja, völlig übergeschnappt.«

»Emotional labil«, korrigierte Ben erneut.

»Das ist jetzt wohl Olivers Problem.«

»Sieht so aus. Sie sind am Dienstag vorbeigekommen, um Ninas Sachen abzuholen – nicht dass sie viel gehabt hätte. Oliver scheint sie wirklich zu lieben.« Ben schüttelte fassungslos den Kopf.

»Du hast sie auch geliebt, erinnerst du dich? Ich dachte, das wäre noch immer so.«

Ben aß etwas von seinen Nudeln. »Ich glaube nicht, dass es jemals Liebe war«, meinte er. »Ich war vernarrt in sie, fasziniert von ihr. Und dann bin ich in all ihre Hysterie und ihr Drama hineingeraten, und wenn ich Schluss machen wollte, hat sie mir gedroht. Ich war total fertig, als sie abgehauen ist, ich habe mich schuldig gefühlt, dass ich sie nicht glücklich machen konnte.«

»Du bist einfach zu gut für diese Welt«, bemerkte ich.

»Anders als du«, neckte Ben. »Dreistes Stück. Versuchst, mit dem Freund deiner Schwester zu vögeln.«

Ich zuckte zusammen und spürte, wie Röte meinen Hals hinaufkroch. »Nicht«, bat ich. »Ich schäme mich so. Ich habe mich schrecklich verhalten. Aber Rose natürlich auch.«

»Was war am Schluss mit ihr und Oliver?«, fragte Ben.

»Tja, er hat herausgefunden, dass Rose in der Nacht, bevor das Porträt entstanden ist, mit Jamie geschlafen hat, was genau an Olivers Geburtstag war. Und auch noch danach. Verständlicherweise war er total wütend und hat Schluss gemacht. Aber Rose hat nur gesagt: ›Du kannst mich nicht verlassen, ich gehe!‹, weil ihr klar war, dass es zwischen Oliver und ihr nie funktioniert hätte. Sie war eigentlich wirklich nur mit ihm zusammen, weil sie sich in den Kopf gesetzt hatte, wegen ihrer finanziellen Misere einen reichen Mann zu heiraten. Und dann hat Jamie ihr die Hälfte des Geldes gegeben, das er für den Gainsborough-Preis erhalten hat. Außerdem ist das kleine Katzenbild, das Rose von ihm besitzt, jetzt viel mehr wert, als sie ursprünglich dafür bezahlt hat.«

»Ist das großzügig«, fragte Ben, »oder ein bisschen irre?«

»Ach, ich glaube großzügig«, antwortete ich, »aber großzügig mit einem Hintergedanken: Jamie ist völlig verknallt in Rose.«

»Und Rose?«

»Auch, glaube ich. Oder zumindest zu neunzig Prozent. Jamie ist reizend, und er lässt sich nicht von Rose einschüchtern.«

»Und jetzt«, forderte Ben, »warum sagst du mir nicht, dass du nie mit Peter Barclay geschlafen hast?«

Ich sah hinunter auf meine Nudeln. Es war noch eine Menge übrig. »Das kann ich nicht«, gestand ich. »Ich kann dir noch nicht einmal sagen, dass es furchtbar war, denn das stimmt nicht. Aber ich kann dir sagen, dass es nicht annähernd so gut war wie mit dir. Mit dir ist es unvergleichlich.«

»Ich war so verdammt eifersüchtig auf Oliver«, gestand Ben. »Ich habe dich in dem Glauben gelassen, dass etwas zwischen Claire und mir läuft, nur damit du merkst, wie das ist. Und dann hat Claire mir von dir und Peter erzählt, und mir ist klar geworden, dass das total nach hinten losgegangen ist. Als sich Nina gemeldet hat, dachte ich, was zum Teufel, ich gucke, ob sich ein zweiter Anlauf lohnt. Aber mir ist klar geworden, dass es nicht funktionieren konnte und dass ich nie für sie empfunden habe, was ich für dich empfinde.«

»Und das ist?«

»Ellie, lass das. Du weißt, was ich für dich empfinde.«

»Das weiß ich nicht. Du hast es mir nie gesagt.«

»Komm schon, Ellie. Ich war vom ersten Augenblick an völlig verrückt nach dir, schon als du mir vor fast acht Jahren in der Studentenvereinigung die Bierdusche verpasst hast.«

»Vor sieben Jahren, fünf Monaten und sechzehn Tagen«, korrigierte ich. »Aber ist das noch immer so? Obwohl ich ein dreistes Stück bin und dumm und selbstsüchtig?«

»Du warst ein bisschen dumm und selbstsüchtig«, gab Ben zu, »aber das ist jeder mal, zumindest hin und wieder. Und du bist es viel seltener als die meisten anderen Menschen, und du bist lustig und mutig und klug und schön. Und natürlich bist du ein dreistes Stück, aber das mag ich am meisten an dir.«

»Nur ›magst‹?«, fragte ich.

»Verflixt«, schimpfte Ben. »Ich komme mir vor wie in einem Verhör bei der Gestapo. Okay, Ellie, ich liebe dich. Ich habe dich immer geliebt. Und wenn nicht etwas Unglaubliches passiert, werde ich dich vermutlich immer lieben. So, ich muss morgen um vier Uhr aufstehen, um vier Kilometer zu schwimmen, hundertachtzig Kilometer Rad zu fahren und zum Schluss noch mal eben zweiundvierzig Kilometer zu laufen, wir sollten also jetzt ein bisschen schlafen.«

Ich blickte in sein schönes, vertrautes Gesicht und spürte eine Glückswelle durch meinen Körper strömen. Ich hatte den Menschen wieder, der mir der liebste auf der Welt war. Wir waren wieder Freunde, und er liebte mich. Alles würde gut werden. Und als ich seine kräftigen Hände betrachtete, die Art, wie sich sein Mund bewegte, wenn er sprach und lächelte, die schlanken Muskeln an seinen Armen und seine breiten Schultern, spürte ich das wunderbare Glühen der Lust, das ich immer bei ihm empfunden habe. Ich glaube, es war immer da, ich habe es nur nicht mehr bemerkt. Ein bisschen so, als würde man sein Lieblingsalbum auf dem iPod hören, aber nebenher bügeln oder im Fitnessstudio trainieren oder aus dem Busfenster sehen oder was auch immer tun. Es spielt nur im Hintergrund, bis ein vertrauter Satz auf einmal die Aufmerksamkeit wieder auf die Musik lenkt und man mitsingt, ohne wirklich darüber nachzudenken.

»Nicht so schnell, mein Freund«, sagte ich. »Ich habe neulich *Triathlonwelt* gelesen. Dort stand, die Theorie, dass Geschlechtsverkehr vor einem sportlichen Ereignis die Leistung beeinträchtigen würde, sei lange widerlegt.«

»Ach was?«

»Tja, wir können die Hypothese nicht erst in Form einer randomisierten kontrollierten Studie überprüfen«, erklärte ich. »Die Frage ist: Vertraust du *Triathlonwelt* oder nicht?«

»Bedingungslos.« Ben stand auf, setzte Winston auf den Boden, nahm mich in die Arme und küsste mich, als wollte er nie mehr damit aufhören. Atemlos rissen wir einander die Kleider vom Leib, schmiegten unsere Körper aneinander, entdeckten all die vertrauten Dinge wieder und erkundeten die neuen (ich war ziemlich stolz, dass ich wirklich hübsche zueinander passende Spitzenunterwäsche trug und dass ich jedes überflüssige Haar am Vortag weggewachst hatte – rein zufällig), und es war genauso fantastisch, wie es immer gewesen war. Anschließend, als wir uns verschwitzt und zufrieden in den Armen lagen, Winston wie üblich schnurrend auf meiner Hüfte, sagte ich zu Ben: »Weißt du, ich liebe dich auch. Das wollte ich dir noch sagen.«

Wenn euer Angebeteter euch jemals fragt, ob ihr ihn unterstützen würdet, wenn er sich dreizehn Stunden lang durch eine mentale und physische Hölle quält, um Geld für einen wohltätigen Zweck zu sammeln – oder einfach nur, um zu sehen, ob er es schafft –, dann rate ich euch, Nein zu sagen. Geht auf Abstand zu diesem fanatischen Fitnessfreak und sucht euch einen netten rundlichen Kerl, dessen Vorstellung von intensivem Training darin besteht, zum Kühlschrank zu gehen, um sich einen weiteren Becher Eiscreme zu holen. Ernsthaft. Denn wenn ihr tut, was ich getan habe, und treu ergeben seid, geschieht Folgendes:

Ben stellte den Wecker an seinem Telefon auf vier Uhr morgens – eine Zeit, die es meiner Meinung nach gar nicht geben darf, außer man ist noch nicht ins Bett gegangen. Dann ließ er mich den Wecker an meinem Telefon ebenfalls stellen und fand noch einen Online-Wecker, den er zusätzlich stellte. Dann war er zu nervös, um überhaupt zu schlafen, und wir lagen nebeneinander. Ab und an sagte er:

»Warum habe ich gedacht, dass das eine gute Idee wäre?« Dann meinte Winston, es sei eine Maus in der Wohnung, und sprang ungefähr eine Stunde umher, wobei er dieses nervige Jaulen von sich gab, das er immer macht, wenn er jagt. Irgendwann schliefen wir ein, und gefühlte zehn Sekunden später klingelten alle Wecker gleichzeitig. Wir sprangen aus dem Bett und machten uns beide in äußerster Hektik fertig. Ich überprüfte die To-do-Liste, die Ben auf seinem Telefon erstellt hatte (und auf seinem Laptop gesichert und auf Papier festgehalten hatte, falls es eine Art Supervirus geben sollte, der die gesamte elektronische Kommunikation auf der ganzen Welt lahmlegte. Was vermutlich dazu geführt hätte, dass das elendige Ereignis abgesagt worden wäre, aber das sagte ich Ben nicht, er war bereits zu gestresst). Er war so nervös, dass er jede einzelne Sache aufgeschrieben hatte, die er tun musste: »Aufstehen. Duschen. Kaffee trinken. Porridge essen.« Und so weiter.

Schließlich war alles auf der To-do-Liste erledigt, und wir verließen, beladen mit Bens Taschen, die Wohnung, nahmen die U-Bahn, dann den Zug und schließlich den Bus zum Start des Wettkampfs, wo Ben am Tag zuvor bereits sein Fahrrad abgestellt hatte. Es war grässlich früh und noch ziemlich kühl, und wir redeten nicht viel, weil ich zu müde war und Ben zu aufgeregt. Doch er klammerte sich mit tödlichem Griff an meine Hand, bis er gehen musste, um sich in den Neoprenanzug zu zwängen, und sich bereit machte, in das trübe Wasser der Themse zu tauchen, was unvergleichlich kalt und widerlich aussah.

»Ich sehe dich nach dem Schwimmen und auf der Hälfte der Laufstrecke«, sagte Ben. »Und am Ziel. Wenn ich je dort ankomme.«

»Viel Glück«, wünschte ich ihm. »Ich liebe dich.«

»Hast du meine Marmitebrote?«, fragte Ben.

»Na klar! Natürlich!« Ben ging, um sich umzuziehen und mit dem Schwimmen zu starten. Aber natürlich hatte ich die verfickten Marmitebrote nicht, weil wir am Abend so mit Ficken beschäftigt gewesen waren, dass ich sie zu schmieren vergessen hatte. Das Schwimmen sollte nur ungefähr eineinhalb Stunden dauern. Ich würde es auf keinen Fall schaffen, zurück zu seiner Wohnung zu fahren, die dummen Brote zu schmieren und rechtzeitig wieder hier zu sein, um ihn sicher auf sein Rad zu setzen. Ich musste die Sache dreist durchstehen. Also wartete ich und sah zu, wie die absolut identisch aussehenden Schwimmer durch das trübe Wasser pflügten, bis Ben herauskam, sich ein weiteres Mal umzog und mit seinem Fahrrad losfuhr. Er sah gar nicht aus wie das Wesen aus der *Schwarzen Lagune*, wozu jeder, der in der Themse geschwommen war, das Recht hatte. Keiner seiner Finger oder Zehen war von einem Riesenkarpfen gefressen worden oder Ähnliches. Sobald er fort war, fuhr ich in umgekehrter Reihenfolge erst mit dem Bus, dann mit dem Zug und schließlich mit der U-Bahn zurück zu Bens Wohnung und brauchte eine Viertelstunde, um Brot zu schneiden und Butter und Marmite darauf zu schmieren. Ich schnitt sie in Dreiecke, und es ist mir etwas peinlich, aber ich gab jedem Dreieck einen Kuss, bevor ich sie einpackte, um dann wieder mit U-Bahn, Zug und Bus zurück zum Rennen zu fahren. Ich war dort, als Ben mit dem Radfahren fertig war, strahlte ihn an und hielt (mit dem unangemessenen Gesichtsausdruck) seine Tasche mit den Dingen für spezielle Bedürfnisse hoch, in der sich die Brote befanden. Ich sah zu, wie er sich umzog und zur letzten Etappe aufbrach – zweiundvierzig Kilometer zu laufen, um Geld für eine Sache zu sammeln, die mir wichtig war. Wenn ich nicht schon gewusst hätte, dass ich ihn wirklich liebe, hätte ich es spätestens da gemerkt.

Und als er schließlich die Ziellinie überquerte, sah er unglaublich aus, völlig fertig und verschwitzt, grinste jedoch wie verrückt. Ich war so stolz auf ihn, dass ich in Tränen ausbrach. Ich war so unfassbar glücklich, noch rechtzeitig gemerkt zu haben, dass dieser hinreißende, mutige, nette, sexy Mann die ganze Zeit direkt vor meiner Nase gestanden hatte. Ich umarmte ihn, und er weinte auch ein bisschen, und ich hörte meine tränenerstickte Stimme fragen: »Ben, willst du mich heiraten?«

Und weil Ben kein Mensch ist, der sich an gesellschaftliche oder geschlechtstypische Verhaltensregeln gebunden fühlt, die da sagen, der Mann müsse den Heiratsantrag machen, und weil er dasselbe für mich empfindet, sagte er: »Ja, gern.«

Oder es kann natürlich auch daran gelegen haben, dass er vor Erschöpfung kotzte und halluzinierte. Das kann ich nicht mit Bestimmtheit sagen.

23. Kapitel

Auf Bens und meiner Verlobungsfeier ist etwas richtig Lustiges passiert. Natürlich sind überhaupt jede Menge kleiner lustiger Sachen passiert – Alex ist bei dem Versuch, in ein Ruderboot zu steigen, in den Fluss gefallen, und Vanessa wurde von einem wütenden Schwan verfolgt.

Es war ein absolut perfekter Sommertag, und wir saßen alle bei Dad und Serena draußen im Garten. Rose kümmerte sich um das Essen und war erwartungsgemäß völlig besessen davon. Als die Erdbeeren für die Cocktails gekühlt werden mussten und sie nicht genügend Platz im Kühlschrank fand, war sie völlig hysterisch und gestresst. Da hatte Jamie ihr Gesicht in seine Hände genommen, ihr in die Augen geblickt und zärtlich gesagt: »Rosamund, hör auf, dich lächerlich zu machen.«

Und Rose hatte ihn so heiß verliebt angesehen, dass sie die Farbe auf einer Leinwand zum Schmelzen gebracht hätte, woraufhin die beiden für eine gute Stunde in Serenas Arbeitszimmer verschwunden waren. Ben und ich lachten uns schlapp und sagten, wir hätten uns schon gedacht, dass es zwischen ihnen gut liefe.

Oliver war nicht da, ebenso wenig Nina. Ich hätte sie gern eingeladen, aber sie waren ein paar Wochen zuvor nach Hongkong geflogen, was Oliver glücklich machte, weil er dort noch haufenweise mehr Geld machen und haufenweise weniger Steuern zahlen musste. Nina freute sich ihrerseits darüber, weil es der Osten war und es dort etwas spiritueller zuging als in London und weil Benedict fließend Mandarin lernen würde.

Ty tauchte auf und sah wie immer atemberaubend aus, er kam ohne Olya und sprudelte vor Aufregung. Er erzählte Ben und mir, dass er, nachdem er jahrelang in fast leeren Pubs aufgetreten sei, den Durchbruch geschafft habe: eine Werbeagentur hatte einen Song von ihm für eine Weichspülerwerbung gekauft. Ich weiß nicht, wie ich es geschafft habe, ein ernstes Gesicht zu bewahren. Doch dann erzählte er weiter, dass er Olya verlassen hatte.

»Ich sage dir was, Kumpel, so etwas macht dir klar, was wirklich wichtig ist«, erklärte er Ben. »Sieh dich an, du bindest dich, stellst dich der Herausforderung, übernimmst Verantwortung. Ich schätze, es wird Zeit, dass ich …«

Dann entdeckte er Claire, die aus dem Haus kam, wo sie Serena moralische Unterstützung beim Füttern von William und Verity geleistet hatte, die erst einen Monat alt waren. Claire trat hinaus in den Sonnenschein, ihre langen, schönen braunen Beine lugten unter dem Saum ihres orangefarbenen Kleides hervor, und hinter ihr watschelte Pers. Claire schaute sich um, sagte etwas zu Pers, setzte sich auf den Rasen, hob ihre Tochter hoch, küsste sie, schüttelte ihre glänzenden Haare und lachte. Da sagte Ty: »Entschuldigt mich einen Augenblick«, und lief zu ihr. Ich blickte Ben an, und Ben blickte mich an, und ich wusste, dass er genau dasselbe dachte wie ich.

Wir beobachteten, wie Ty zu Claire lief und ihre Hand nahm und ihr genauso in die Augen sah, wie er es immer getan hatte. Aber Claire sah ihn nicht an. Sie hörte Ty eine Weile sehr ernsthaft zu. Dann sagte sie etwas zu ihm, lachte wieder und tätschelte ihm auf eine liebevolle, aber völlig unemotionale Art die Wange. Pers kicherte und versuchte, ihre Finger in Tys Nase zu stecken, und der Moment war vorüber. Ty setzte sich mit Pers auf den Rasen, während Claire sich einen Drink holte und mit Dad darüber sprach, die Off-Stimme für sein neues Spiel zu sprechen.

Na, egal. Das Lustige passierte direkt, nachdem Dad seine Rede gehalten hatte. Ich trank einen ordentlichen Schluck Champagner, und plötzlich musste ich an einen verkaterten Morgen vor ein paar Jahren denken, als Ben und ich zusammen beim Edinburgh-Festival gewesen waren. Ich war auf dem Boden von Roses Studentenwohnung aufgewacht, hatte eine Dose Limo auf dem Boden neben mir entdeckt und einen großen Schluck genommen, um festzustellen, dass jemand die Dose am Abend zuvor als Aschenbecher benutzt hatte. Genauso schmeckte mein Champagner, ich lief sofort grün an und übergab mich in den nächsten Eiskübel. Ben schob mich ins Haus und sagte: »Ellie, meinst du …«, und ich nickte nachdenklich, weil mir klar wurde, dass Roses Pläne für eine märchenhafte Hochzeit verschoben werden mussten. Ganz bestimmt würde sie den ganzen Aufwand nicht für eine schwangere Braut betreiben wollen. Ruth und Duncan waren an jenem Tag ebenfalls da, und ich hatte sie fragen wollen, ob sie sich vorstellen könnten, mir meine alte Stelle wiederzugeben. Ben schlug jedoch vor, dass ich einen Blick in meinen Vertrag bei Black & White werfen sollte, um zu sehen, was dort zu Mutterschaftsgeld stand. Ich bin froh, dass ich seinem Rat gefolgt bin. Ich kann es kaum erwarten, Barris Reaktion zu sehen, wenn er herausfindet, dass ich, genau zwölf Monate nachdem ich dort angefangen habe, ein ganzes Jahr bei voller Bezahlung ausfalle. Vielleicht muss ich ihn daran erinnern, dass kein »I« in »Team« vorkommt.

DANKSAGUNGEN

Obwohl ich weniger als drei Monate an *Den Freund der Schwester klaut man nicht – oder?* geschrieben habe, war der Weg bis zur Veröffentlichung lang, und ohne die Hilfe vieler wunderbarer Menschen hätte ich es nicht geschafft.

Ein riesiges Dankeschön gilt meiner Agentin, Peta Nightingale bei LAW, die an mich geglaubt und mich unterstützt hat. Ich danke ihr für all die harte Arbeit und ihre hervorragenden Ratschläge. Meine Schwester Jassy Mackenzie und meine Freundin Lucy Brett haben die erste Fassung gelesen, konstruktive Kritik und etwas äußerst willkommenes Lob geäußert – ich danke euch, ihr beide seid großartig. Mein Dank gilt Tash Webber für das wunderbare Titeldesign; Rachel Alexander für ihre Einführung in die Welt der Buchverlage; der Ironwoman, Fi Hourston, für ihre Informationen über Triathlons; und Sarah Harman und Jane Brooke für die Idee zum Muschi-Bus.

Und schließlich Hopi, dafür, dass er mir immer zur Seite gestanden hat. Du bist der Beste, ich liebe dich.